LES DRAMES DE L'HISTOIRE

LE SERMENT DU CORSAIRE

Par RAOUL DE NAVERY

LIBRAIRIE BLÉRIOT

HENRI GAUTIER SUCCESSEUR, 55, QUAI DES GRANDS-AUGUSTINS, A PARIS

LE SERMENT DU CORSAIRE

Par RAOUL DE NAVERY

I

LE RETOUR DES HARDIS CORSAIRES

Depuis quatre jours, la ville de Saint-Malo s'abandonnait à une joyeuse effervescence. Les habitants comptaient les heures qui se devaient écouler avant que les officiers et les matelots du *Neptune* pussent descendre à terre.

Le bâtiment ayant été signalé dans le port, parents, amis, négociants, fonctionnaires, teneurs de tavernes, hôtesses de mariniers commencèrent à se poser des questions multiples.

Le *Neptune* amenait à sa remorque un beau navire anglais capturé dans le voisinage des Indes; il pouvait contenir de l'ivoire, des épices rares, des orfèvreries précieuses. Quel mouvement la vente de cette cargaison jetterait dans les négociations commerciales! Avec quelle joie les parents, les amis accepteraient un souvenir de cette campagne glorieuse. Vive Dieu! il n'y avait que les corsaires malouins pour se montrer si habiles et si braves!

Parmi ceux qui se pressaient sur les quais se trouvaient aussi des femmes anxieuses, des mères tremblantes. Le mari, le fils revenait-il? Les dangers des batailles sont terribles! Sans doute, ces âmes tendres avaient promis plus d'un pèlerinage à Saint-Jouan, mais Dieu les avait-il exaucées? Les enfants s'agitaient dans leurs bras ou couraient en avant. Le père! le père!

Mais hélas! on ne verrait point encore le matelot. Ne fallait-il point que l'amirauté remplît son devoir?

Quand on vit sortir les officiers chargés de monter à bord de la prise, afin de s'assurer que les scellés avaient été apposés, puis recevoir les documents et les papiers du bord, on les salua d'un formidable cri de joie.

La nuit arracha difficilement les curieux à la contemplation des

navires. Pendant trois jours encore, on ne songea plus à autre chose.
Le quatrième, l'impatience et l'allégresse se changèrent en délire.

De tous côtés on voyait arriver des charrettes pavoisées, garnies
de branches d'arbres et de bouquets. Les sons des violons s'entendaient dans les guinguettes. De la porte de chaque cabaret s'ouvrant
sur le quai arrivaient, par bouffées, des odeurs de cuisines grasses.
On apercevait de grands feux flambants devant lesquels tournaient
trois rangs de broches chargées de poulets, de canards, de dindons.
Les filles, les bras nus jusqu'au coude, pétrissaient des pâtisseries,
et riaient à l'avance de la gaîté des convives attendus. Les ménétriers arboraient des rubans à leur chapeau.

Des groupes d'hommes graves armateurs et négociants, se dirigèrent à leur tour vers le pont, avides d'avoir des renseignements
sur les bénéfices réalisés.

Deux jeunes gens de belle mine, que saluaient les plus riches habitants de Saint-Malo, se rendaient dans la direction du *Neptune*.
C'étaient MM. Louis et Jean de la Barbinais, pressés de revoir leur
frère, capitaine du navire amarré au quai, et qui avait l'honneur et
la chance de ramener un vaisseau anglais à Saint-Malo.

La joie éclatait sur leurs visages, une joie franche, vraiment fraternelle. Chacun d'eux prenait sa part du bonheur de Pierre de la
Barbinais. Ces jeunes gens ne tardèrent point à être rejoints par un
vieillard d'aspect étrange plus encore qu'effrayant. Les enfants l'appelaient par dérision le capitaine Carcasse, oubliant que ses infirmi-
tés rappelaient soit une rencontre glorieuse, soit un terrible abordage où il avait joué le premier rôle.

Le capitaine Carcasse comptait soixante ans, mais on lui en eût
donné bien davantage. Chacun des coups reçus avait laissé une
balafre sur son visage, une cicatrice sur son corps. Grand et sec,
le regard brillant encore sous des sourcils fendus de coups de sabre,
il semblait le type absolu de ces géants de la mer, effroi des nations
voisines, dont le nom se rattachait aux pages héroïques de l'histoire
de sa ville natale ; pour ses contemporains il était une célébrité ;
pour les enfants, il tenait déjà du personnage légendaire.

Ils ne croyaient point l'offenser en l'appelant le « capitaine Carcasse. » De fait, le brave marin ne pouvait se vanter de garder un seul
membre intact. Les baïonnettes avaient troué sa poitrine ; les sabres
et les yatagans taillladé ses bras. Un coup de crosse de mousquet endommagea si fortement sa mâchoire droite, qu'il gardait sur la face
une sorte de sourire perpétuel et féroce. Sa jambe gauche, trouée de
deux balles, se roidissait comme une jambe de bois ; et le capitaine

s'étonnait souvent de l'avoir encore à son service, tant le chirurgien, qui le soignait au temps où il reçut cette blessure, lui répéta de fois qu'une amputation était imminente. Une lance de sauvage lui avait fait au côté une déchirure profonde ; dans les chairs de l'épaule gauche on comptait trois trous de biscaïens. Deux doigts lui manquaient à une main. Vraiment oui, c'était une vieille carcasse ! semblable à un navire las de la course, vingt fois démâté, battu par l'orage, mais robuste encore, et ne plaisantant pas, mordieu ! quand on parlait des faits de guerre auxquels il avait assisté.

Jérôme Albris, premier-né d'une nombreuse famille aima la mer dès qu'il fut capable de sentir un attrait, de manifester une préférence. Il refusa l'instruction classique rêvée par son père, et s'embarqua un beau matin pour revenir, quatre mois après, mal guéri d'une première blessure, mais comblé d'éloges par son capitaine. De ce moment, on cessa de s'opposer à sa vocation. Il multiplia les prodiges, dépensa gaiement les milliers de livres ramassées sur toutes les côtes et dans toutes les mers, et, parvenu à la vieillesse, riche de souvenirs, il ne connaissait point de plus douce jouissance que de voir arriver les grands vaisseaux, de se mêler à la foule avide de revoir les absents, de s'asseoir à une table où il était certain d'entendre raconter, avec une simplicité antique, des faits d'armes glorieux.

Il tirait bien, par ci par là, l'oreille d'un enfant lui jetant au milieu d'un éclat de rire ce nom de « capitaine vieille Carcasse », mais il finissait toujours par joindre, à cette manifestation de mécontentement, le don de quelques pièces de monnaie, et les enfants, ôtant leurs bonnets, criaient à pleins poumons :

— Vive le capitaine Carcasse !

Sur le port, les armateurs qu'il contribua à enrichir, les marins ayant servi sous ses ordres, les officiers, les chirurgiens qu'il avait eus à son bord, le saluaient avec une courtoisie mêlée de déférence.

On écoutait ses récits, on les provoquait même, et Jérôme Albris, le « capitaine Carcasse », retrouvait de véritables moments de bonheur.

— Eh bien ! fit-il en s'approchant des deux frères la Barbinais, vous voilà heureux, jeunes gens ! Pierre revient ! Et comment rentre-t-il dans la cité des Corsaires ? en y amenant un navire anglais ! Moi, qui ai connu ces joies-là, je sais ce qu'elles valent. S'il aimait l'argent, je pourrais lui prédire à l'avance un gros gain d'or sur sa prise. Chaque canon sera payé cinq cents livres par l'État, sans parler du navire. Et qui sait s'il ne renferme pas, parmi ses marchandises, les lingots d'or et d'argent que Saint-Malo expédie par charretées à l'hôtel des Monnaies de Paris ? M. Colbert sera content ! En voilà un qui aime la Course, et honore notre ville ! Grâce à lui, nous avons notre Compagnie des Indes ! Son rêve est de la voir prendre un essor plus rapide, et donner des résultats plus fructueux encore. M. Colbert peut se rassurer, les Malouins, qui furent les premiers navigateurs assez intelligents pour fonder des comptoirs à Calicut, Surate, Macao et Pondichéry, ne demandaient qu'à étendre et à voir fructifier leurs conquêtes. Moi, qui vous parle, j'ai conduit vingt navires au Chili et au Pérou. La guerre ne m'arrêtait point, mordieu ! J'aimais l'odeur de la poudre et le bruit du canon ! Ma suprême joie était de donner ordre de jeter les grappins d'abordage, et je n'aurais permis à personne de sauter le premier sur le pont du navire ennemi ! Cela me rajeunit de voir un pareil mouvement dans les rues, d'entendre cette musique endiablée, et d'assister à ce retour de matelots grisés de gloire, le cœur chaviré de joie, prêts à courir des bordées en grand, et à semer l'or gonflant leurs poches !

— Capitaine Albris, demanda Jean de la Barbinais, voulez-vous nous faire le plaisir de dîner avec nous ?

— Merci, mes enfants ; ce soir, je serais de trop au milieu de vos effusions de famille. Ne dites pas non, je me souviens... Mais demain, j'accepterai une place à votre table. Pierre me racontera la prise du bâtiment anglais ! Oh ! le brave enfant ! Il y a vingt ans, je le disais déjà à votre mère : — Celui-là fera honneur à Saint-Malo ! Vous le voyez, je ne me suis pas trompé.

En ce moment, les officiers de l'amirauté traversèrent la passerelle, allant du navire au quai ; leur présence fut saluée par de grands cris. Un moment après, un groupe de matelots étrangers formant l'équipage de la prise parut à son tour. Ces hommes avaient la tête basse, et la contenance humiliée. Quelques-uns, un bandeau sur le front, le bras en écharpe ou s'aidant de béquilles, jetaient un morne regard sur les habitants de la cité corsaire.

Mais les vrais braves sont incapables d'une cruauté inutile. Nul ne songea à lancer une insulte à ceux qui, après s'être battus, avaient dû céder à l'entraînante valeur des Malouins. On vit même des matelots du *Neptune* prendre par le bras un marin ennemi, et l'entraîner soit du côté des cabarets dont les clartés illuminaient la rue, soit vers les charrettes pavoisées dans lesquelles les corsaires comptaient faire triomphalement le tour de la ville.

Il régnait, dans cette foule composée d'éléments divers, une exubérance de vie, un paroxysme de joie impossibles à peindre. Ivresse de mères retrouvant sains et saufs les fils pour lesquels elles avaient prié ; bruyant bonheur des sœurs et des frères s'accrochant aux bras

du marin, et lui faisant promettre de conter ses aventures à la veillée ;
tendresse timide des fiancées, en revoyant celui qui devait les conduire à l'autel ; félicité fière des jeunes femmes, poussant les petits
dans les bras du père, et lui persuadant qu'il devait prendre le chemin de la maison, au lieu de se diriger vers le cabaret de l'Ancre-
d'Or tenu par la mère Cachalot, une fière femme, veuve d'un Terre-
neuvien qui, sur la fin de sa vie, s'était fait baleinier.

Il faut avouer qu'en dépit de la satisfaction qu'éprouvaient les
matelots du *Neptune* à retrouver les objets de leur affection, quelque
chose les poussait à l'Ancre-d'Or. Ils éprouvaient, en retrouvant le
plancher des vaches, une sorte de folie et de vertige ; mieux valait
mille fois entraîner chez la cabaretière mères, femmes, fiancées, que
de rentrer dans les petits logis de Saint-Malo. N'avait-on pas couru
assez de dangers, amassé assez d'argent, et subi durant tant de
mois la dure discipline du bord, pour avoir le droit de chanter, de
boire, de crier, de danser au son d'une musique endiablée ?

Vive Dieu ! les ménétriers jouaient déjà.

Ah ! c'est qu'ils connaissaient les habitudes des corsaires, et savaient qu'une fois à terre, le vrai Mathurin Salé éprouve l'impérieux
besoin de courir des bordées d'un autre genre.

Les airs du pays sonnaient comme des fanfares, les enfants dansaient ; les coiffures des jeunes filles se pavoisaient de rubans. Pas une
fête n'égalait, à Saint-Malo, celle d'un retour de corsaires vainqueurs.

Après la musique, les marins, la parenté et les amis, venaient les
curieux, certains qu'on remplirait et viderait des pichets à leur santé.
La gloire semblait fraternelle, dans cette bienheureuse journée.
L'argent ne tenait pas au fond des poches, tous les doigts brûlaient
de le jeter en ripailles, en bals, en cadeaux. La Course avait duré
près de cinq mois, ne fallait-il pas un dédommagement à ces braves ?
Jamais ils ne le rêvèrent si fastueux et si complet.

Quelques-uns donnaient le ton, et menaient le branle. C'étaient
les principaux matelots du *Neptune*, ceux dont les exploits, la gaieté,
les aventures faisaient le plus honneur à l'équipage.

D'abord Malo-le-Brave qui, pour sa part, avait abattu trois têtes
de Turcs, et portait les jours d'abordage les sabres des mécréants.
Sorte d'athlète au teint de bronze, à la chevelure crépue comme
celle d'un nègre, à la voix formidable, il était la gloire du gaillard
d'avant. Il eût assommé un bœuf d'un coup de poing, et soulevé une barrique à bras tendus. Une reine des côtes africaines
lui ayant demandé de régner sur ses peuples, il refusa déclarant que
la Côte d'Ivoire tout entière ne valait pas le pont du *Neptune* et

Le canon tonne. (*Voir page 9.*)

un hamac au fond de sa coque. Ce détail, connu de tout l'équipage,
ne contribua pas peu à sa popularité. Aussi, quand il déclara prendre sous sa protection un gringalet de fifre, appelé Yvonnet, chacun
s'empressa de respecter l'orphelin qui jouait des airs à faire pleurer,
et charmait les longues heures du quart des matelots. Aussi, il fallait
voir la tendresse et le respect d'Yvonnet pour le magnanime colosse.

Le canon tonne. (*Voir page 9.*)

un hamac au fond de sa coque. Ce détail, connu de tout l'équipage, ne contribua pas peu à sa popularité. Aussi, quand il déclara prendre sous sa protection un gringalet de fifre, appelé Yvonnet, chacun s'empressa de respecter l'orphelin qui jouait des airs à faire pleurer, et charmait les longues heures du quart des matelots. Aussi, il fallait voir la tendresse et le respect d'Yvonnet pour le magnanime colosse.

Il se fût battu contre un requin sur un signe de Malo-le-Brave. Et cependant le pauvret n'avait pas choisi son état. Demeuré seul et sans autre appui qu'un oncle avare, il s'éveilla un matin dans la cale d'un navire en marche. Son oncle Fléchard l'avait tout simplement embarqué, sans lui demander son consentement. Il comptait alors onze ans. C'était un être chétif, aux mains délicates, peu faites pour saisir les amarres et nouer les durs filins. On le battit pour lui apprendre la manœuvre, on le battit pour lui faire aimer son état ; rien n'y fit ; il demeura rebelle à l'instruction du bord, et déclara qu'il souhaitait une seule chose : mourir sous les coups du chat à neuf queues qu'on levait incessamment sur lui.

Une nuit que Malo-le-Brave, l'assommeur de Turcs, était de quart, il entendit tout à coup s'élever à quelques pas un air si plaintif et si tendre qu'il lui sembla respirer un bouquet d'ajoncs d'or et sentir passer sur sa joue une brise du pays natal.

Yvonnet, qui ne pleurait plus quand on le battait, confiait ses douleurs à son instrument, et improvisait pour les étoiles.

Cette musique dura longtemps, jusqu'à ce que le patira du bord manquât de souffle, et que les matelots de l'autre quart vinssent remplacer leurs camarades.

Alors Malo passa près d'Yvonnet.

— Tu as donc un grand chagrin, garçon ?

— Je ne sais pas si c'est du chagrin ; mais cela me poigne le cœur et me donne envie de mourir. A quoi suis-je bon ? A rien, paraît-il. Suis-je comme les autres ? Non ! Chacun de vous a décidé de sa carrière, tandis qu'un mauvais parent me jeta à fond de cale comme un ballot. Je sais bien que je manque de force pour devenir un marin fini... Cependant, je ne me sens ni méchant ni lâche. On aurait dû m'éprouver davantage avant de me condamner.

— Il y a peut-être du vrai dans ce que tu dis là, Yvonnet.

— Vous qui êtes grand, qui êtes fort, vous pourriez me protéger contre les autres ; qui sait si je ne vous ferais pas honneur ?

— Toi ?

— Tout comme un autre. Essayez-en ! vous verrez !

— C'est bon ! j'essaierai.

Le lendemain, Malo déclara qu'il entendait qu'à l'avenir on se montrât plus doux pour Yvonnet. Et comme une grande risée s'éleva à cette parole, il ajouta que quiconque s'attaquerait à l'enfant le blesserait, et que ses poings restaient au service de qui voudrait tenter une bataille en règle, soit au fouet, soit à la lutte ordinaire. On prit cette bravade pour une plaisanterie ; mais Malo ne riait pas.

Il appuya sa décision d'un tel coup de poing appuyé sur la mâchoire d'un entêté que celui-ci cracha trois dents, mais endommagea fortement un des yeux de Malo-le-Brave.

— Tu vois, dit celui-ci en montrant son visage à Yvonnet, ce que j'ai reçu pour toi! Songe à payer ta dette.

— Je m'acquitterai, parrain, répondit l'enfant.

Il venait de trouver ce terme affectueux pour exprimer à son protecteur une éternelle reconnaissance.

Trois jours plus tard, un bâtiment anglais est signalé! Les préparatifs de combat se font en hâte, le branle-bas résonne, on monte les grappins. Le canon tonne. Les deux navires se poursuivant s'approchent, les grappins s'abattent, l'action s'engage, tout à coup le son d'un fifre s'élève, jouant un air belliqueux, lançant ses notes grêles avec une incroyable crânerie.

C'était Yvonnet qui, l'instrument aux lèvres, se jetait dans la bagarre à la suite de son parrain, remplissant sa mission instinctive, parlant de la patrie dans la voix frêle de son instrument. On eût dit un gnôme à le voir bondir au milieu de cette mêlée épouvantable. Parfois le son du fifre cessait de se faire entendre. Yvonnet traînait sur le pont un matelot blessé, le mettait à l'abri des projectiles, et reprenait sa chanson. Tandis qu'il remplissait, avec un sang-froid merveilleux, une de ces missions de dévouement, il lui arriva de perdre de vue Malo-le-Brave. Où était-il? Que devenait-il? A tout prix il s'agissait de le retrouver. Yvonnet se jetta sur le pont du bâtiment anglais fouillant les groupes de ses yeux bleus qui, à cette heure, lançaient des flammes. Tout à coup, il aperçoit Malo entouré par cinq matelots anglais, et luttant avec une énergie desespérée. Le plus large des cimeterres tourbillonnait dans sa main, coupant, taillant du fil, tandis que la poignée du second lui servait de massue. Cependant, si robuste qu'il fût, si grande que fût son habileté, il aurait succombé sous le nombre, quand un incident qui semblait puéril lui rendit un redoublement de force, le fifre d'Yvonnet résonnait de plus en plus près. Tout à coup le mousse fit passer son instrument dans sa main gauche, arracha de la ceinture de son parrain un sabre à lame de damas et, s'aplatissant sur le pont, s'en servant comme d'une lame de faux, il fit aux jambes des matelots anglais de si cruelles blessures que ceux-ci tombèrent sur le pont perdant leur sang à flots et mâchant un dernier blasphème.

— Je disais bien, parrain, que je paierais ma dette! s'écria Yvonnet. Vous avez tué trois Turcs, j'ai sabré cinq Anglais.

Il se baissa et ramassa deux longs pistolets qu'il passa à sa ceinture;

puis, tranquillement, il reprit son instrument et courut jouer les airs nationaux à l'endroit où on se battait avec le plus d'acharnement.

La bataille gagnée, le capitaine complimenta les matelots, et demanda au second :

— Mais qui donc vous animait tous, pendant la bataille, avec son enragée musique?

— Moi, capitaine, répondit Yvonnet.

— Toi, le poltron, le paresseux, le chien du bord !

— Il a tué cinq Anglais en les fauchant. J'avoue tout simplement qu'il m'a sauvé la vie, ajouta Malo.

— Que souhaites-tu pour ta récompense?

— Nommez-moi fifre du bord, capitaine.

— Avec part de matelot, ajouta celui-ci.

Depuis ce moment Yvonnet devint populaire, et Malo put être fier de son filleul.

A la suite de l'hercule du *Neptune* et du musicien venait Milanic, si long, si maigre, qu'on aurait juré qu'il mangeait à peine à la fin de chaque carême. Dieu sait, cependant, qu'il dévorait à belles dents, et buvait comme un trou de sable; Milanic était le meilleur pointeur de toute la marine de Saint-Malo. Mais jamais il ne se vantait de ses traits d'adresse ou d'audace. Sombre d'humeur, on eût dit qu'il gardait au dedans de lui-même un secret douloureux.

Jean-la-Grenade, gai comme un oiseau, hâbleur, bon vivant, semblait l'éclat de rire sans fin, et formait avec Milanic l'opposition la plus complète. Chose étrange, ils étaient matelots : c'est-à-dire qu'entre eux existait cette fraternité de bord que rien n'égale et ne remplace. Milanic se serait jeté froidement au milieu d'un danger mortel pour défendre la vie de son ami. Jean-la-Grenade aurait bondi avec une tempête de cris et de coups contre les assaillants de son camarade. On les estimait, on les aimait tous deux. Ce qui appartenait à Jean était le bien de Milanic ; celui-ci laissait sa bourse ouverte à La Grenade. Nul n'aurait goûté un plaisir complet sans son ami. Chez les marins, ces affections-là sont sacrées. Celui qui n'aurait pas de matelot serait frappé d'une sorte de mépris. On le jugerait indigne de dévouement.

Et cependant, au milieu de la bande joyeuse des corsaires, on en voyait un, Poigne-d'Acier, dont le visage gardait l'empreinte d'une douleur profonde. A la dernière affaire, durant l'abordage du navire anglais, son compagnon était mort. Ivon, son ami d'enfance, Ivon dont la mère était proche voisine de la sienne, avec qui vingt fois il avait pris part à de glorieuses batailles, Ivon était tombé, coupé en deux par un boulet ; et Poigne-d'Acier en portait le deuil, sinon sur ses habits, du moins au fond de son cœur.

Galauban, le contremaître, dont le dévouement au capitaine était devenu légendaire, manifestait une joie non moins bruyante que ses camarades. Après la première soirée qu'il comptait passer chez la veuve Cachalot, au cabaret de l'Ancre-d'Or, il ne manquerait point de courir chez celle qu'il appelait sa « bonne femme de mère », une pauvre créature à demi aveugle qui l'attendait en priant pour lui, et faisait chaque année un pèlerinage à Sainte-Anne.

Derrière ces marins, les premiers, les plus populaires du *Neptune*, s'avançaient les autres, bras dessus, bras dessous, chantant, adressant des appels aux amis, offrant à tous une part du vin, des broches de canards et de poulets de la mère Cachalot.

Oh ! la bonne et franche joie populaire ! La foule battait des mains, en voyant ces vainqueurs bons enfants. L'entrain de leur allure leur créait des amis nouveaux.

Toute la nuit, dans la cité des Corsaires, on entendrait heurter des gobelets, remplir et vider des brocs ; les Mathurins Salés chanteraient à pleine gorge des chansons de circonstance, improvisées par Galauban et accompagnées par le fifre d'Yvonnet.

Tandis que les matelots se rendaient dans les auberges, qui à pied, qui dans des charrettes garnies de feuillages, les officiers quittaient à leur tour le *Neptune*.

M. de Miloir, lieutenant du vaisseau, et M. Le Fer, chirurgien, parurent les premiers. Chacun d'eux se rendait dans la maison paternelle, et hâtait les dernières formalités.

Le capitaine, Pierre Porçon de la Barbinais, les accompagnait.

En les voyant paraître, deux femmes vêtues de deuil firent un mouvement pour aller à leur rencontre. L'une paraissait âgée de trente-cinq ans à peine, quoique ses cheveux fussent entièrement blancs, l'autre toute jeune, mais pâle, sérieuse. On eût dit que cette délicate jeune fille grandissait dans une atmosphère de douleur. Ses yeux noirs semblaient gonflés de larmes ; un pli douloureux marquait ses lèvres d'un rose pâle. Mince et grande, elle pliait sous le poids d'un précoce chagrin.

Depuis l'entrée du *Neptune* dans le port, ces deux femmes étaient chaque jour venues sur le quai, comme si elles attendaient une nouvelle et gardaient une espérance.

En passant devant elles, le chirurgien et le lieutenant saluèrent avec respect. Pierre de la Barbinais ne les aperçut pas tout de suite. Louis et Jean, ses frères, venaient de se jeter dans ses bras...

Les trois jeunes gens allaient suivre leur route, quand la femme en deuil s'avança de quelques pas.

— Messieurs! messieurs! demanda-t-elle en joignant les mains, n'apportez-vous point de nouvelles du *Phénix*?

M. Le Fer s'inclina gravement.

— Hélas! non, Madame! répondit-il.

La femme en deuil serra plus fortement le bras de sa fille, et sa main s'appuya sur un monceau de ballots.

— Mon Dieu! mon Dieu! fit-elle, c'est donc fini! fini!

La jeune fille la fit doucement asseoir sur des sacs de coton, et lui prodigua ses soins. Mais, tandis qu'elle s'efforçait de la consoler, de grosses larmes roulaient sur ses joues.

— Qui sont ces deux femmes? demanda le capitaine La Barbinais à ses frères.

— Mme de Miniac, la plus noble et la plus malheureuse des créatures, répondit Jean. Son mari, chirurgien distingué, parti à bord du *Phénix*, a été fait prisonnier par les Turcs ainsi que les matelots et les officiers du navire. Mme de Miniac habitait, près de Saint-Servan, une petite propriété; elle l'a quittée pour vivre à Saint-Malo, et se trouver plus à portée d'interroger ceux qui reviennent de longs voyages. Elle espère toujours apprendre quel est le sort de son mari. Certes, elle n'est pas folle, mais sa douleur intense brûle sa vie, et l'enfant que tu vois à ses côtés ne tardera pas à rester orpheline.

— Elle est bien belle! dit le capitaine.

— Et meilleure encore que belle. Jocelyne est une sainte. Ces deux femmes sont ici l'objet d'une admiration et d'une pitié générales.

— Possèdent-elles au moins quelque fortune?

— Elles vivent d'un travail mal rétribué, sur lequel elles réalisent des économies, pour payer la rançon de M. de Miniac.

— Tu as raison, Jean, ce sont d'admirables femmes.

Jocelyne avait réussi à rendre un peu de calme à sa mère. Celle-ci se leva et se laissa emmener. Puisqu'on ne savait rien sur celui qu'elle pleurait, que ferait-elle sur le port où, par les portes ouvertes des cabarets, arrivaient des chansons de buveurs, des éclats de voix, l'exubérance d'une joie qui lui serrait le cœur?

Jocelyne et Mme de Miniac quittèrent donc le port, et se dirigèrent vers un endroit de la grève où elles étaient certaines de trouver une solitude en harmonie avec leurs chagrins.

La vieille mère étendit sur son front ses mains tremblantes. (*Voir page* 15.)

II

LA MAISON DE BOIS

En ce moment, le rocher du Grand-Bé, complètement découvert, permettait un libre passage. La marée était basse, et l'endroit désert. Qui donc aurait songé à venir s'asseoir sur cette roche battue

La vieille mère étendit sur son front ses mains tremblantes. (*Voir page* 15.)

II

LA MAISON DE BOIS

En ce moment, le rocher du Grand-Bé, complètement découvert, permettait un libre passage. La marée était basse, et l'endroit désert. Qui donc aurait songé à venir s'asseoir sur cette roche battue du ressac des tempêtes, sinon des créatures frappées au cœur, fuyant le tumulte de la ville, le coudoiement des gens heureux, l'ivresse communicative de ce retour des corsaires qui mettait en liesse la cité tout entière.

Jocelyne et sa mère venaient souvent, sur ces rochers noirs, passer les heures de repos qu'elles s'accordaient. En face de l'Océan, elles parlaient de l'absent bien-aimé, se berçaient de l'espérance de le revoir, et calculaient, devenues saintement avares, comment il leur serait possible à la fois de gagner davantage et de dépenser moins.

M. Robert de Miniac, né de parents peu riches, mais qui gardaient un blason au pignon de leur habitation modeste, se sentit dès son enfance entraîné vers la science par les tendances de son esprit, et poussé à travailler au soulagement de l'humanité par les instincts de son cœur. Il apprit la médecine avec ardeur, la pratiqua avec succès, puis entraîné par le besoin de voir des ciels nouveaux, il résolut de s'embarquer pour les Indes.

D'ailleurs, il en était de même de tous ses compatriotes qui ne rêvaient d'autre horizon que celui de la mer, et ne recherchaient d'autre carrière que la vie d'aventure sous des soleils lointains dont les rayons leur semblaient se muer en or en touchant le sol.

Saint-Malo était alors la tête de la Bretagne. Sentinelle vigilante, ceinte de son armure de pierre, inattaquable dans sa cuirasse de granit, reine des mers à la puissance prépondérante, faisant de chacun de ses matelots l'égal d'un capitaine, remuant les millions comme on faisait des écus dans les autres villes, brillante guerrière, folle parfois, aventureuse jusqu'à la témérité. Ah! la grande et bonne ville! et combien ses fils avaient raison de l'aimer.

Il n'aurait pas fallu, par exemple, lui vanter les douceurs de la paix et tenter d'en faire une cité tranquillement endormie au hurlement de ses vagues. Sans la guerre, Saint-Malo eût été ruinée. Elle vivait dans la bataille comme la salamandre au sein des flammes. Elle ne récoltait ni blé, ni vin; ne tondait pas de moutons, ne tissait pas de toile; elle dédaignait les manufactures, et tirait tout de son vaste empire : la mer. Là, elle régnait, redoutant une seule ennemie avec laquelle elle se mesurait, altière, et le plus souvent victorieuse, fidèle à sa haine héréditaire contre les léopards. Plus de cent caboteurs de la cité corsaire sillonnaient incessamment les mers, portant à leur bord les produits de la Bretagne et de la Normandie, les échangeant contre les raretés des Indes, les porcelaines merveilleuses, les tissus lamés d'argent, les épices, l'ivoire, les armes de prix. Les Terreneuviens réalisaient des pêches miraculeuses. Tout enfant de Saint-Malo avait le droit, s'il possédait un cœur intrépide et un bras vaillant, de compter sur la gloire et la fortune. On y vivait pour la course et par la course. Robert de Miniac ne pouvait donc faillir à sa naissance, adopter une autre carrière que celle de ses compatriotes. Sa science, du reste, ne trouverait-elle pas, à bord des audacieuses corvettes, un vaste champ d'expérience, et ne concourrait-elle point à conserver, à sa glorieuse ville natale, les existences si précieuses de tant de vaillants marins? Au surplus, pourquoi ne ferait-il pas le coup de feu, suivant les circonstances !

Un jour, tout armé et équipé, il vint se jeter aux genoux de ses parents pour demander leur bénédiction avant son départ. Sa vieille mère, en larmes, étendit sur son front ses mains tremblantes, tandis que son père lisait dans un texte sacré la formule sainte qui devait protéger le fils dans son existence aventureuse.

Dès lors, il navigua à bord des bâtiments corsaires, estimé, aimé de tous, trouvant la vie belle, et ne rêvant rien de plus que de continuer ses excursions sur des bords lointains, avec la perspective de se retirer un jour assez riche pour ne manquer de rien, fier d'une vie bien employée, d'amitiés loyales, et laissant derrière lui une longue suite de bienfaits. Orphelin depuis plusieurs années, il ne semblait point songer à fonder de famille, quand le hasard le rapprocha de Blanche de la Huchère. Très belle, mais paraissant l'ignorer, elle séduisait surtout par l'expression d'une physionomie exprimant à la fois la bonté et la franchise. Simple de manière, sans affectation de langage, elle cachait des vertus exquises, comme une autre aurait dissimulé ses défauts. Robert de Miniac quitta, cette fois, Saint-Malo avec peine; cependant, il n'osa point faire sa demande, désireux d'éprouver son propre cœur, et de permettre à Blanche d'écouter le sien. La jeune fille songea, plus d'une fois, au beau jeune homme dont le regard la suivait avec sympathie ; elle ressentit de son départ une vive tristesse qu'elle ne parvenait pas à analyser, mais qui creusait insensiblement son visage et éteignait sur sa lèvre les chansons nouvelles.

Quant à Robert de Miniac, durant ce voyage, le plus court qu'il eût jamais fait, et qui, cependant, lui parut d'une longueur interminable, l'image de Blanche le suivit sans trêve. Il croyait la voir émerger des flots bleus, se balancer sur la crête des vagues au milieu de l'écume argentée. D'autres fois, Séléné mystérieuse, elle glissait à travers les nuages, sous les reflets de la lune qui l'habillaient d'argent. Le doux timbre de sa voix restait dans son oreille. Il comptait les jours de la traversée, et à peine fut-il débarqué qu'il courut chez Mme de la Huchère. Blanche était sortie. Le premier mouvement de Robert fut de s'en attrister; le second de s'en réjouir.

Avec une franchise spontanée, il raconta à la mère de Blanche ce qui se passait dans son cœur et lui demanda sa fille en mariage. Mme de la Huchère lui tendit la main.

— Je vous la donne de grand cœur, répondit-elle; et cependant votre profession est dangereuse; il vous arrive souvent de traverser des pays ravagés par la peste ou la fièvre jaune... Votre femme restera, durant des mois, seule à vous attendre au foyer désert... Rares seront les jours de joie, et longs les mois de l'absence... Mais tout ce que je sais de vous me rend si facile la confiance, l'estime, l'affection, que je vous appelerai mon fils avec bonheur.

— Mais Blanche? demanda timidement Robert.

— Vous lui demanderez vous-même son consentement. Dans notre famille les jeunes filles sont modestes, les femmes chastes; les mariages se contractent avec l'entière liberté du cœur.

— Madame, vous êtes bonne comme une mère.

— A propos, Blanche est pauvre!

— Qu'est-ce que cela me fait!

— Nous vivons toutes deux d'une pension que me paie le roi sur sa cassette.

— Je gagne assez pour deux. Quand mes parents moururent, le peu qu'ils possédaient fut abandonné à mes sœurs, afin de leur aider à trouver un établissement. Jusqu'à présent j'ai fait peu de cas de l'argent, j'y tiendrai davantage afin d'assurer le bien-être de ma femme.

Alors tous deux parlèrent de Blanche : l'un avec l'enthousiasme d'une passion naissante, l'autre avec la profonde tendresse d'une mère. Ce furent des complots charmants pour la splendeur de la corbeille, l'élégance du mobilier. Il semblait à Robert qu'une baguette de fée lui permettait de réaliser subitement tous ses rêves. Il dut abandonner les hauteurs de ses projets pour calculer le chiffre de ses économies. Le peu qu'il possédait le stupéfia et l'humilia.

— Ne vous attristez point, mon cher enfant, lui dit Mme de la Huchère; entre vos fiançailles et votre mariage, vous ferez un voyage, et le bénéfice de cette course sera consacré à ma fille. Soyez, du reste, complètement tranquille : ses goûts sont modestes; jugez-en par notre intérieur.

Un moment après, Blanche rentrait. Elle parut plus joyeuse que surprise de la présence de Robert. Pendant que toute la famille se promenait dans le petit jardin, M. de Miniac se trouva un moment

seul avec elle. Alors il eut peur. Si Blanche le refusait? Mais
Blanche le regarda si doucement, que le courage rentra dans son
âme. Tandis qu'elle effeuillait un bouquet de roses, il effeuilla son
propre cœur, et les confidences se terminaient au moment où le
dernier pétale s'échappait des doigts de la jeune fille.

— Je serai votre femme, lui dit-elle.

— Vous m'aimez donc?

— J'ignore si ce que je ressens s'appelle l'amour; mais je suis
certaine de faire mon bonheur du vôtre, de vous chérir dans la joie,
de vous consoler dans la douleur, de n'avoir de plus précieux en
ce monde que votre félicité.

Ce fut la main dans la main qu'ils rentrèrent au logis.

Malgré le sincère attachement qu'ils éprouvaient l'un pour l'autre,
ils furent d'accord pour accéder au désir de Mme de la Huchère qui
souhaitait les soumettre à l'épreuve de l'absence. Elle dura quatre
mois pendant lesquels Blanche et sa mère travaillèrent au trous-
seau. Le plus beau linge fut mis de côté pour le jeune ménage ; la
veuve chercha ses anciennes dentelles, ses derniers bijoux. Désormais, tout ce qui pouvait être élégant et riche devait appartenir aux
enfants. La chambre de Robert fut meublée, ainsi qu'un cabinet de
travail. Enfin le navire le *Glorieux* fut en vue. On l'amarra au quai ;
l'amirauté remplit les multiples formalités de l'arrivée, et Robert de
Miniac se trouva libre de courir où le poussait son cœur. La course
avait été fructueuse. Il rapportait des étoffes, des bijoux, des ivoires
des divers pays traversés. Les deux pièces qu'on lui destinait
furent ornées de souvenirs de voyages et l'intérieur de cette modeste maison prit un air de luxe, pour le mariage du jeune chirurgien avec Blanche de la Huchère.

Alors commença, pour ces deux êtres, un bonheur que la main
du malheur put seule mettre en débris. Ils s'aimaient ardemment,
noblement, et pas une désillusion ne projeta son ombre sur leur joie.
Il fallut repartir cependant. Mais cette épreuve trouva Blanche courageuse. Elle avait désormais un double intérêt dans la vie et,
pendant l'absence de Robert, on la vit chaque jour coudre ou
broder de mignons objets qu'elle jetait en souriant dans une
corbeille.

Durant la troisième absence de son mari, deux événements graves
se passèrent dans la maison du faubourg de Saint-Servan. Mme de
la Huchère mourut en bénissant à la fois Blanche et l'enfant qui venait de naître, et qu'on appelait Jocelyne.

Robert trouva donc sa jeune femme en deuil ; et cependant il la vit sourire en lui présentant la petite créature rose et blanche qui le regardait de ses grands yeux surpris.

Le chagrin ressenti par Mme de Miniac avait altéré sa santé; le chirurgien ne repartit pas tout de suite. Il voulait laisser sa femme un peu consolée, et s'accoutumer lui-même à son double bonheur.

Les semaines, les mois s'écoulèrent; le front de Blanche se rassérénait, et Jocelyne commençait à sourire. On offrit à Robert un engagement qu'il accepta. Durant l'espace de dix années, il devait naviguer à bord du *Phénix*, bâtiment bon marcheur, gréé, ponté comme pas un, et qui avait déjà fait ses preuves.

Sans doute, Blanche tremblait chaque fois que son mari reprenait la mer; mais on s'accoutume au péril. Les pêcheurs, dont les maisons se dressent sur des falaises minées par la vague, y dorment sans songer au péril; Robert revenait de chacun de ses voyages sans maladie et sans blessures, et Blanche finissait par croire impossible qu'il lui arrivât malheur.

Cependant, à Saint-Malo, on attendait en vain le *Phénix*.

La date de son retour était passée, et les armateurs restaient sans nouvelles. A cette époque on s'alarmait vite. Si la tempête est, aujourd'hui, l'unique danger couru par les marins, au XVIIe siècle les pirates de toutes nations devenaient mille fois plus redoutables. Il n'était pas une mer, pas une baie où l'on pût être à l'abri des écumeurs barbaresques ou des pirates anglais. Ils infestaient les côtes, comme les requins certains parages. Tirant leur richesse de la piraterie, dédaignant le commerce qui procure des bénéfices trop lents, les Turcs, montés sur des navires de toute forme et de tout tonnage, faisaient de la Méditerranée un vaste champ de bataille. Les hardis écumeurs étaient l'effroi et la ruine du commerce de la chrétienté. Sans doute on luttait contre eux, on remportait de grands, de nombreux avantages. Mais combien de larmes coûtait une défaite. Il s'agissait bien moins alors de la cargaison volée, du bâtiment pris sur lequel flotteraient désormais les étendards du prophète, que des prisonniers faits par les Turcs. Quel était le sort de ces infortunés, soit que le Pacha les gardât dans ses bagnes, soit qu'on les vendît à des particuliers? Aux tortures du corps s'unissaient les persécutions. Placés souvent entre l'apostasie et la mort, la terreur faisait de quelques-uns des rénégats, et les chrétiens ne comptaient point de plus mortels ennemis.

On comprend les angoisses envahissant le cœur des Malouins, quand un de leurs navires tardait à rentrer au port. On savait le Turc embusqué de tous côtés. On multipliait les vœux et les pèlerinages. Chaque jour une terreur croissante ramenait sur le port les parents, les amis des matelots, des négociants et des passagers. On interrogeait les capitaines des autres navires.

La tempête avait-elle sévi dans les parages que devait parcourir le *Phénix*? Les bâtiments commerçant avec le Levant apportaient-ils une légende grosse de sang et de larmes?

Parmi les femmes et les mères empressés d'apprendre le sort d'êtres chers, Mme de Miniac était la plus intéressante et la plus affligée. Tenant par la main Jocelyne elle errait sur les quais, interrogeant les matelots, fouillant l'horizon du regard, demandant à tous ce qu'ils savaient du *Phénix*. Un à un elle quitta ses ajustements coquets, et parut vêtue de noir, comme Jocelyne. Toutes deux portaient le deuil par avance; et pâles, belles dans leur douleur, elles eussent arraché des larmes aux cœurs les plus durs.

A mesure que passaient les semaines se confirmait davantage la certitude d'un malheur.

Si la jeune femme eût encore conservé un doute, une lettre, reçue par la mère du capitaine du *Phénix*, révéla l'étendue de l'infortune qui atteignait un grand nombre de familles.

A la suite d'un combat inégal, le *Phénix* avait dû céder au nombre. Les corsaires turcs, après avoir dépecé le navire selon les lois du partage établi, avaient vendu les officiers et les matelots. Un certain nombre d'entre eux travaillaient sur le port, quelques-uns devenus la propriété du Pacha servaient dans les palais, ou gémissaient dans les cachots. Quant au capitaine, acheté par un négociant, il accomplissait un travail de manœuvre.

Il croyait savoir que M. de Miniac faisait partie des esclaves auxquels avait droit le Pacha sur chaque prise amenée par les corsaires.

Mais là se bornaient les renseignements du capitaine du *Phénix*. Une partie de son équipage avait été entraînée dans l'intérieur des terres, et nul ne pouvait savoir si jamais on en entendrait parler. C'était la séparation sans fin, plus terrible que la mort même, puisqu'elle s'augmentait de la pensée des tortures quotidiennes subies par un être aimé.

Quand Mme de Miniac apprit quel était le sort de son mari, elle fut saisie d'une fièvre si subite et si violente qu'on la crut perdue. Elle survécut, cependant, rattachée à la vie par son amour pour sa fille et par une faible et lointaine espérance.

Une chance de salut restait aux marins devenus esclaves : celle du rachat. Ceux qui avaient fait l'acquisition des malheureux spéculaient sur la pitié et la générosité de leurs proches. Un homme

dont la famille était riche rapportait un gros bénéfice à son maître.
Le Pacha, qui se réservait les prisonniers les plus intelligents et les
plus robustes, comptait leur rançon au nombre de ses revenus. Souvent, aussi, il se trompait dans ses calculs. Tel savant appartenait à
une famille pauvre, qui jamais ne parviendrait à le racheter.

Les parents écartés, restaient les religieux de la Merci.

Ceux-là revenaient, les mains pleines d'aumônes, brisaient les fers
des captifs, les ramenaient en France et les rendaient à des parents
désolés. Mais quelle que fût la générosité des fidèles, et leur pitié
pour les prisonniers des Turcs, bien peu chaque année recouvraient
leur liberté. Ne fallait-il point, d'ailleurs, songer d'abord aux plus
faibles, aux plus malheureux, résister aux entraînements de la compassion et remettre, à un prochain voyage, ce qu'on aurait voulu tout
de suite accomplir.

Mais, enfin, si lointaine que fût cette chance, elle existait. Mme de
Miniac rattacha son cœur à cet espoir. S'efforçant de dominer son
angoisse, elle triompha de la fièvre qui la clouait sur son lit, se reprit à s'occuper de sa fille, et eut désormais un but dans sa vie : la
délivrance de Robert.

Jusqu'à cette heure, elle avait vécu des sommes gagnées par son
mari. Il lui restait une réserve bien modeste, encore s'interdit-elle
d'y toucher, et résolut-elle de vivre désormais de son travail. Très
instruite, fort adroite, elle pouvait tour à tour donner des leçons et
s'occuper d'une façon fructueuse.

Avec un courage héroïque et simple, elle se rendit chez ses anciennes amies, visita les femmes de riches armateurs, leur demandant appui et conseil.

L'intérêt qu'elle inspira, intérêt mêlé de respect, ne tarda point à
porter ses fruits.

Trois mois après avoir appris la catastrophe du *Phénix*, Mme de
Miniac pouvait non seulement se suffire, mais mettre chaque mois
de côté une somme consacrée au rachat du captif.

Une orpheline, sa filleule Ganette, fut chargée du soin de la maison,
afin de permettre à Jocelyne de prendre part à l'œuvre commune.

Tandis que la petite servante vaquait aux soins du ménage, Jocelyne exécutait des broderies délicates ; sa mère parcourait la ville,
s'intéressant à sa tâche. Le soir les réunissait, et toutes deux recom-
mençaient l'entretien dans lequel revenait sans fin le nom du père
et de l'époux.

Afin de se trouver plus près de ses élèves et des magasins,
Mme de Miniac quitta sa maison de Saint-Servan, et vint habiter

Saint-Malo. Il lui eût été impossible de traverser, deux fois par jour, en bateau, l'espace séparant la ville de son faubourg. Elle trouva une maison modeste et tranquille, dans une rue étroite, et loua la demeure où elle avait vécu si heureuse.

Les seuls événements de sa vie étaient l'arrivée des bâtiments corsaires.

Il lui semblait toujours que l'un d'eux apporterait des nouvelles de l'absent. Vingt fois déçue, elle n'en continuait pas moins ses douloureuses enquêtes, demandait aux officiers, aux matelots, si nul ne savait ce que devenaient les marins du *Phénix.*

Hélas! les bagnes et les cachots d'Alger les gardaient trop bien, pour qu'il leur devînt possible d'écrire à la famille.

Le jour où les marins du *Neptune* se répandirent en joyeuses bandes dans les rues de Saint-Malo, Mme de Miniac reçut au cœur le même choc qui la frappait à chaque débarquement. Mais, sur ce cœur meurtri, les coups retentissaient d'une façon plus cruelle et plus sinistre. Le temps, en s'écoulant, bien loin d'amortir sa douleur, la rendait plus âpre. Elle redoutait de mourir à la peine, avant d'avoir accompli son œuvre de libération.

Serrant contre elle le bras tremblant de Jocelyne, elle demeura longtemps assise sur le rocher du Grand-Bé sans avoir le courage de prendre la parole. Elle laissait couler des larmes sur son beau et pâle visage, et fixait son regard voilé d'un brouillard de pleurs sur la mer qui se plaignait au loin, et mourait en petites vagues sur une bande de sable doré.

Des barques, dont les voiles se découpaient sur un ciel pur, passaient au large; des vols de mouettes traversaient l'azur. Autour d'elles régnait le silence, et tandis que des tavernes de la cité Corsaire s'élevaient des chants d'une joyeuse ivresse, Mme de Miniac et sa fille, pressées l'une contre l'autre, pleuraient celui qui, sans doute, murmurait leur nom.

— Robert! ah! Robert! s'écria Mme de Miniac dans ses sanglots.

Jocelyne passa un de ses bras autour de son cou.

— Pourquoi te laisser abattre et te désespérer aujourd'hui? demanda-t-elle. Rien n'est changé dans notre situation et dans la sienne. Si nul ne nous apporte des nouvelles de mon père, il ne s'ensuit pas qu'il doive être plus malheureux. Nous prions tant pour lui, que le Seigneur le prendra en pitié; nous travaillons si activement pour amasser le prix de sa rançon, que nous parviendrons à compléter ce qui nous manque

— Jocelyne, en trois années, combien avons-nous amassé?

— Si nous comptions ce que tu possédais à l'époque de la prise du *Phénix* la différence des revenus de ta maison avec le loyer que nous payons, ce que tu as gagné avec tes leçons, et moi avec mes broderies, nous avons plus de deux mille livres.

— Chérie! Ne sais-tu pas qu'il en faut au moins le double pour acquitter la rançon de ton père?

— On le paie davantage, mes broderies deviennent à la mode. Encore deux années, et nous aurons l'argent nécessaire. Alors, profitant d'un voyage des Pères de la Merci, nous leur confierons notre trésor, et nous les chargerons de négocier, avec le Pacha, la liberté de mon père.

— Deux ans! répondit Mme de Miniac, vivrai-je jusque-là?

— Ah! tu deviens cruelle! s'écria Jocelyne en resserrant davantage la chaîne de ses bras caressants. Je sais bien que dans ton cœur mon père occupe la première place; je ne saurais m'en plaindre. Le soulager dans son malheur, parvenir à lui rendre la liberté est le but unique de ma vie. Cependant, la préoccupation qu'il me cause ne m'empêche pas de t'aimer. Mais toi! C'est à peine si ta pensée se reporte sur moi, quand des nuages sombres traversent ton esprit. Mourir! tu n'en as pas le droit tant que je te reste, car ta perte serait ma condamnation. Nous devons exister l'une pour l'autre. Si tu ne veux pas désespérer ton enfant, jure-lui de ne jamais plus céder à ces idées de découragement.

— Ah! dit Mme de Miniac, j'en triomphe souvent, je te le jure; cet amour maternel, dont tu sembles douter à cette heure, me fortifie cependant chaque jour. En te voyant si belle, en te trouvant si courageuse et si dévouée, je me dis que ton père sera fier de toi le jour où il te pressera dans ses bras.

— Il ne me reconnaîtra pas, dit Jocelyne en secouant la tête. Je comptais huit ans quand il partit pour le voyage dont il n'est pas revenu. J'étais une enfant, il retrouvera une jeune fille. Mais, j'en suis certaine, si ses yeux hésitent, il me devinera à mes baisers.

Mme de Miniac attira sa fille dans ses bras et la garda sur son cœur.

Plus de deux heures elles restèrent ainsi, plongées dans des sentiments si profonds qu'ils arrêtaient la parole sur leurs lèvres.

Le jour baissait; l'horizon paraissait ceint d'une double écharpe pourpre et vert pâle; un bruit lent et monotone se faisait entendre autour du Grand-Bé: clapotis sourd et continu dont les deux femmes n'entendaient point les murmures. Cependant, peu à peu, le sable devint humide, des flaques d'eau envahirent les roches; des franges d'écume baignèrent l'îlot de granit.

La mer montait.

Lorsque Mme de Miniac sortit de sa contemplation, la route, conduisant à la terre ferme sans être interceptée, devenait cependant difficile. La mère poussa un cri de frayeur.

— Ce n'est rien ! fit Jocelyne; néanmoins, il est temps de partir.

Elles descendirent le Grand-Bé, traversèrent, en posant le pied d'une pierre sur l'autre, la distance qui les séparait du rivage, et se trouvèrent en sûreté au moment où une vague énorme battit avec fracas les flancs de l'écueil.

Alors, deux têtes dont l'expression n'avait rien de rassurant se montrèrent entre la brèche d'une muraille ruinée. Jadis, on avait élevé des constructions sur le Grand-Bé. Le vent d'hiver en balaya la toiture ; les murailles tombèrent sur place, laissant debout deux angles, puis des meurtrières, et une sorte d'appentis suffisant pour mettre un homme à l'abri de la pluie.

Souvent, durant les heures chaudes de la journée, les enfants y couraient, heureux de trouver ces cachettes propices. Les pêcheurs y préparaient leurs appâts ; les petits s'y attardaient, s'amusant à voir monter la marée; le dimanche, les jeunes filles y venaient rêver en cherchant sur la mer l'ombre d'une voile.

Il n'était point rare, non plus, que de mauvais gars s'y cachassent, certains que personne ne les écouterait préparer des projets criminels et disposer leurs batteries.

Ceux qui, après le départ de Jocelyne et de sa mère, apparurent au milieu des murailles ruinées, passaient à bon droit pour des êtres malfaisants. Paresseux, ivrognes, on ne leur connaissait point d'état, et bien que, de temps à autre, on les vît manier les rames d'un bateau, ils ne comptaient point parmi les mariniers. Les fraudeurs, en grand nombre à Saint-Malo, les régalaient souvent d'eau-de-vie de contrebande. Chaque fois qu'un méfait se commettait dans la ville, on pouvait, sans crainte de faire tort à leur réputation, en accuser Corbillaud et Bouche-en-Cœur. Trop habiles pour se laisser prendre, ils réussissaient toujours à prouver un alibi vainqueur, chèrement payé à leurs complices, et reprenaient le cours de leurs méfaits avec une nouvelle audace.

Corbillaud comptait vingt ans : court, trapu, râblé, certain de sa force, ayant de longs doigts pressants et nerveux, un regard capable d'embrasser vingt objets à la fois, il était le premier des deux associés. Bouche-en-Cœur lui obéissait humblement, et il ne se révoltait jamais qu'au moment du partage, assez peu équitable quelquefois.

Ce jour-là, aucun d'eux ne put réclamer la priorité de l'idée qui leur traversa le cerveau. D'un regard, tous deux se comprirent :

— Bonne affaire! dit Corbillaud.

— Excellente occasion, ajouta Bouche-en-Cœur.

— Il s'agit d'enlever le magot.

— Quand?

— Ce soir.

— C'est bien vite, nous manquons de renseignements.

— Bah! les femmes nous en ont suffisamment fournis... Plus de deux mille livres à cueillir...

— Sais-tu où elles demeurent?

— Elles se chargeront de nous l'apprendre.

— Suivons-les alors.

Tous deux descendirent le Grand-Bé, en quelques enjambées, et se trouvèrent à quelques pas de Mme de Miniac et de sa fille.

La maison qu'elles occupaient n'avait que deux étages surplombant l'un sur l'autre. De larges poutrelles noires s'entrecroisaient sur la façade, les fenêtres aiguës dressaient des pignons sombres, et toute la devanture de cette demeure se composait de vitrages à carreaux étroits, donnant à l'ensemble un aspect de légèreté.

En passant devant cette maison on y sentait, d'instinct, qu'elle devait être habitée par des femmes. Des rideaux d'une blancheur de neige, des fleurs derrière les vitres lui communiquaient une grâce intime ; au-dessus de la porte, une statue de la Vierge la rendait sainte ; les sculptures des montants, deux gargouilles, la rendaient curieuse d'aspect. Bien avant dans la nuit, on y voyait briller la faible clarté d'une chandelle à la lueur de laquelle les deux femmes travaillaient, en parlant de l'absent bien-aimé.

Leur vie s'écoulait dans un deuil adouci par une lointaine espérance. Elles étaient, d'ailleurs, trop chrétiennes pour ne point se confier à Celui qui console.

D'un pas alourdi par la secousse qu'elle venait de recevoir au cœur, Mme de Miniac gagna la maison de bois, souleva le loquet, traversa le corridor sombre et gagna le premier étage.

Une seconde après, la porte s'ouvrit de nouveau, puis, sans bruit, Bouche-en-Cœur et Corbillaud jetèrent autour d'eux un regard investigateur. Ils échangèrent un sourire.

Enfin, ils se trouvèrent dans la place.

Six dogues venaient de front... il fallait fuir. (*Voir page* 34.)

III

LE CRIME

Le calcul des deux misérables était bon. La police n'avait guère le temps, ce jour-là, de s'occuper de l'intérieur d'une ville si paisible d'habitude. Ne devait-elle point concentrer tous ses efforts sur la

39
1

Six dogues venaient de front... il fallait fuir. (*Voir page* 34.)

III

LE CRIME

Le calcul des deux misérables était bon. La police n'avait guère le temps, ce jour-là, de s'occuper de l'intérieur d'une ville si paisible d'habitude. Ne devait-elle point concentrer tous ses efforts sur la surveillance à exercer dans les cabarets bruyants et les tavernes du port !

Quel tapage joyeux dans les auberges ! les matelots chantaient, racontaient des batailles ; les violons grinçaient ; les buveurs exécutaient des danses de caractère. Aux étages supérieurs des tavernes où se réfugiaient les plus riches marins, la fête, pour être plus intime, n'en restait pas moins folle.

Devant les invités ouvrant les yeux comme des écubiers, ils racontaient la prise du navire anglais, les exploits du capitaine Pierre Porçon de la Barbinais ; ils escomptaient le produit de la vente des marchandises, et promettaient à la mère Cachalot, outre le paiement intégral qui lui serait dû pour des ripailles de Gamache, une chaîne d'or faisant trois fois le tour de son cou, et descendant sur sa poitrine à la façon des colliers de femmes sauvages.

Une véritable hôtesse de marins, cette mère Cachalot !

Blanche, grosse, fleurie de teint, le geste large, posant habituellement ses poings sur les hanches, comme si ce mouvement familier lui eût aidé à conserver son équilibre, la voix forte, devenue un peu rogomme à force de trinquer à la santé des vainqueurs, ses habitués. Durant les deux premières années de son veuvage elle porta strictement le deuil, et rien n'était plus bizarre que de voir cette large figure ouverte pour le rire, éclairée par de grands yeux pétillants de malice, encadrée dans une coiffe de veuve. Lorsqu'elle eut convenablement pleuré le défunt, l'hôtesse de l'Ancre-d'Or reprit ses jupes éclatantes, ses vertugadins à fleurs, ses rubans variés comme les drapeaux de toutes les nations de l'Europe. Du même coup, elle retrouva ses plaisanteries drôles et sa bonne humeur. Elle comprenait que son chagrin déteignait sur sa clientèle, et la commerçante l'emportant sur la veuve, elle reprit, avec ses toilettes voyantes, sa mine fleurie et ses chansons.

Il ne resta d'autre souvenir de la perte éprouvée que le surnom dont la gratifièrent les camarades de son mari.

Vers la fin de sa vie, Servan, en ayant assez de la Course, et s'imaginant que la pêche de la baleine serait plus productive, partit d'abord avec des Terreneuviens, puis se risqua jusque dans la mer du Nord. Deux voyages réussirent admirablement ; au troisième, tandis qu'il lançait le harpon sur une bête gigantesque, l'animal blessé plongea d'une façon subite, entraînant avec elle non seulement le fer resté dans la plaie, mais Servan le Harponneur.

On le retira sans vie. La vengeance qui fut tirée du cétacé monstrueux ne rappela point Servan à l'existence. On retira du corps du monstre toute la quantité d'huile qu'il contenait; mais, afin de donner satisfaction à la douleur de la veuve, les matelots nettoyèrent les os de la bête, le chirurgien du bord les assembla et, lorsque les Malouins revinrent à terre, ils offrirent à la veuve le squelette du squale.

Elle l'accepta, le suspendit dans la salle basse de sa maison, et dut à ce souvenir le nom de « la mère Cachalot. »

Durant les semaines où les navires se trouvaient en mer, quand il ne lui restait qu'une clientèle peu nombreuse, elle s'ennuyait. Sa grande joie était, comme aujourd'hui, dans le mouvement de l'arrivée, le joyeux tapage des corsaires. Elle riait, les poings sur ses hanches robustes, en voyant tourner les broches chargées de guirlandes de poulets et de canards. Que de rires et de chansons! Les Mathurins Salés, hardis à l'abordage, fêtaient leur joyeux retour et il n'était folies dont ils ne fussent capables. Tous les braves du redoutable équipage de Porçon de la Barbinais étaient là : Mulot le boute-en-train, Galhauban le terrible, Jean-la-Grenade aux saillies vives, Poigne-d'Acier, qui fricassait à la poêle des pièces d'or qu'il jetait en pâture à la foule, et jusqu'au petit Yvonnet, le musicien du bord.

Tandis que la joie débordait dans l'auberge de la mère Cachalot, une scène bien différente se passait dans la rue étroite et sombre habitée par Mme de Miniac et sa fille.

Lorsque Bouche-en-Cœur et Corbillaud les suivirent, ils entrèrent tranquillement dans le couloir du rez-de-chaussée, qu'ils inspectaient du regard.

En bas une vaste pièce servant de buanderie et de séchoir, des celliers, un caveau, tout ce qui était utile et commode pour les soins de la vie matérielle.

Jadis, la salle à manger et l'office de cette maison s'emplissaient d'un bruit joyeux de convives et de serviteurs; mais l'une de ces pièces avait été convertie en lingerie, et meublée de grandes armoires. On vivait au premier étage.

Bouche-en-Cœur ouvrit diverses portes, s'assura que le bûcher présentait une retraite sûre jusqu'à la nuit, et s'y enferma avec Corbillaud.

Sans doute, le temps leur semblerait long jusqu'au moment d'agir; mais l'importance de la prise valait bien qu'on se donnât un peu de peine. Ils avaient entendu parler de deux ou trois mille livres : une fortune! Chacun d'eux gardait le silence, dans la crainte que la voix remontât et les trahît. A part soi, chacun faisait des projets pour l'emploi de sa part de prise.

— Tâchons de dormir, dit Bouche-en-Cœur, le temps me semble diablement long.

— Sans compter que nous ne dînerons pas.

— Mais quel souper !

— Eh bien ! mais non, pas de cela ! Un souper, une noce, afin que dès demain on nous soupçonne. Il faudra de la tenue au contraire, et mon avis serait de risquer un joli petit voyage à Brest pour y faire bombance à notre aise.

— En effet, ce sera plus prudent.

— Le premier qui s'éveillera secouera l'autre... Attendons que tout le monde soit couché.

En revenant du Grand-Bé, Mme de Miniac se sentait si faible et si triste qu'elle n'eut pas tout de suite le courage de se remettre à son métier. La vaillante Jocelyne prit ses laines et ses soies et se plaça devant la fenêtre, tandis que Ganette allait et venait dans la maison avec une légèreté d'oiseau. A proprement parler, Ganette n'était point une servante. Fille de la nourrice de Jocelyne, au moment de la mort de sa mère, elle vint en pleurant demander à Mme de Miniac ce qu'elle allait devenir et ce qu'elle pouvait faire.

— Gardez-moi, avait-elle dit, gardez-moi avec vous... Madame, vous le savez bien, je n'aime au monde que vous et Jocelyne, ma sœur de lait. Oh ! je ne prendrai de place que celle que vous voudrez me donner... Ne vous faut-il point une servante ? Je deviendrai la vôtre. Seulement, vous ne me paierez pas, et vous recevrez mes services par amitié, et je vous devrai encore du retour... Depuis le départ de M. de Miniac vous êtes obligée de vous livrer à tous les travaux du ménage... Ils dévorent votre temps, ils fatiguent vos mains... ce sera mon affaire, à moi fille de ferme.

— Mais Ganette, tu n'y songes pas ! s'écria Mme de Miniac, ta mère vivait sur son bien, toi-même tu possèdes une petite fortune... Nous ne pouvons faire de toi une servante.

— C'est mon vouloir, Madame, ne me refusez pas ! Lorsque j'aurai terminé le travail de la maison, vous m'apprendrez à coudre, à broder, et je pourrai vous aider peut-être. Je ferai les courses, qui vous dépensent un temps précieux ; si vous saviez combien je me trouverai heureuse entre vous deux ! Ne me jetez pas au milieu d'étrangers que je ne saurais aimer. Ma place est ici entre vous... Je regrette assez ma mère pour que vous puissiez pleurer devant moi.

Mme de Miniac hésitait encore, mais Jocelyne se jeta au cou de Ganette, et s'écria :

— Je te garde ! Je te garde !

Le contrat d'adoption se trouva signé.

A partir de ce moment, Mme de Miniac eut une aide de toutes les heures. Ganette tint plus encore qu'elle n'avait promis. Active, intelligente, admirablement douée du côté du cœur, elle accomplit bientôt plus d'ouvrage que ne l'eussent fait deux servantes. La maison, grâce à ses soins, respirait une propreté merveilleuse; la cuisine, bien simple, était soignée. Ganette ajoutait, au modeste ordinaire de la table de ses maîtresses, les redevances qu'elle demandait à ses fermiers.

La vie de Ganette paraissait absolument liée à celle de Blanche et de Jocelyne, et l'affection qu'elle leur portait ne lui permettait point d'en rêver d'autre. L'époque de sa majorité était venue, cependant; la ferme des Glandées prospérait, et le fils du fermier qui la tenait à bail paraissait chercher les occasions de venir à Saint-Malo et de causer à sa propriétaire.

A l'encontre des métayers, jamais il ne demandait de réparations. Il offrait seulement d'en faire. Ses voyages étaient un prétexte pour offrir à Ganette mille surprises amicales : des pigeons privés, de gros bouquets de fleurs des champs, des oies grasses. Ganette l'accueillait joliment, doucement, ne s'apercevant ni du tremblement du pauvre garçon, ni des larmes qui roulaient dans ses yeux quand, après une longue causerie, il s'éloignait sans avoir eu le courage de dire l'unique chose qui lui tînt au cœur.

Le matin de l'arrivée du *Neptune*, Bruno était venu chargé comme un mulet; plus triste encore que de coutume, il était parti après avoir tourné son chapeau plus d'un quart d'heure entre ses doigts. Sa présence ayant un peu retardé Ganette, celle-ci dut se presser davantage pour achever sa besogne durant l'absence de ses maîtresses. Quand elles rentrèrent, la pauvre fille comprit qu'il n'y avait point de nouvelles; elle parla plus bas et marcha plus doucement, afin de ne point troubler cette religieuse douleur.

On dîna vite et sans appétit. Les pensées de la mère et de la fille se reportaient vers le captif. Que faisait-il? Quels devaient être ses tourments et ses angoisses? Son nom monta de leur cœur à leurs lèvres; furtivement elles s'essuyèrent les yeux, et Mme de Miniac dit à sa fille :

— Jocelyne, comptons nos épargnes, veux-tu?

Celle-ci alla prendre dans un petit meuble une boîte de bois de santal, l'ouvrit et en renversa le contenu sur la table.

Au même moment, Ganette entra dans la chambre.

Marchant sur la pointe des pieds, elle s'avança derrière les deux femmes penchées sur la table et, subitement, ouvrant sa main fermée, elle laissa tomber quelques pièces d'or, de gros écus et de la monnaie.

— Que fais-tu, Ganette? demanda Mme de Miniac.

— Dame! Je me traite en enfant de la maison... Bruno est venu payer le fermage... Je le mets à votre caisse d'épargne...

— Chère créature du bon Dieu! dit Mme de Miniac en serrant Ganette contre sa poitrine.

— Mère, mère, combien tout cela fait-il?

— Deux mille huit cent vingt-deux livres!

— Il nous faut encore?

— Dix-huit cents livres, environ.

— Dieu nous viendra en aide, répondit Jocelyne.

Le coffret fut remis à la même place, et les trois femmes commencèrent à travailler : Mme de Miniac à une tapisserie au petit point, Jocelyne à une délicate broderie, Ganette fixa sa quenouille à sa ceinture, et dans la pièce silencieuse on tira l'aiguille et le fil jusqu'à dix heures.

De temps à autre des chansons de matelot, des airs de violon arrivaient jusqu'à la maison de bois, mais les ouvrières ne levaient point la tête ; leur tâche était sacrée.

Au moment où l'horloge sonna, Mme de Miniac rangea son métier ; Jocelyne ses soies, et chacune d'elles se retira dans sa chambre. La lumière s'éteignit, et la maison de bois parut elle-même s'endormir.

Environ une heure et demie après, Corbillaud secoua Bouche-en-Cœur par l'épaule.

— Viens, dit-il, voilà le moment d'opérer.

Ils allumèrent une lanterne sourde, gravirent l'escalier, ouvrirent la porte de la salle à manger et la parcoururent du regard.

— Ce n'est pas ici, dit Corbillaud.

— Tu sais, pas de bruit! ajouta Bouche-en-Cœur.

Corbillaud prit son mouchoir, et d'une main ferme il ouvrit la porte d'une chambre plongée dans l'obscurité.

Si léger qu'eût été le grincement de la porte, il suffit pour réveiller Mme de Miniac, elle se dressa sur son lit, et ses yeux effarés aperçurent Bouche-en-Cœur et Corbillaud.

— Qui êtes-vous? Que voulez-vous? demanda-t-elle.

— Des déshérités de la fortune, généreuse dame, répondit Bouche-en-Cœur, le hasard a voulu que nous entendions votre conversation au Grand-Bé ; remettez-nous le magot, et nous ne vous ferons aucun mal.

— Jamais! répondit Mme de Miniac, jamais! Si vous avez épié mes paroles, vous savez que cet argent a une destination sacrée. Vous me tuerez, si vous le voulez, mais vous ne l'aurez pas!

— Tant pis! dit Corbillaud, vous nous obligerez à recourir aux grands moyens.

Mme de Miniac, en voyant Corbillaud tirer de sa poche un paquet de cordes, et Bouche-en-Cœur plier un mouchoir, fut prise d'une horrible épouvante.

— A l'aide! au secours! cria-t-elle.

Enveloppée à la hâte dans une longue robe de nuit, elle sauta sur ses pieds et s'apprêtait à se défendre, quand Corbillaud se baissant à terre lui entrava subitement les jambes, pendant que Bouche-en-Cœur la bâillonnait. On lui lia également les poignets, et elle se trouvait déjà réduite à l'impuissance, quand Jocelyne, attirée par les cris de sa mère, parut sur le seuil.

— A la colombe, maintenant! dit le plus jeune des misérables.

Jocelyne était robuste, elle se débattait avec d'autant plus de courage que Ganette, ouvrant une fenêtre avec violence, criait de toute sa force :

— A la garde! On assassine ici! Secours au nom du ciel!

Quelque irrités que fussent les voleurs des cris de Ganette, ils ne voulaient cependant point abandonner Jocelyne avant de l'avoir mise hors d'état de leur nuire. Hélas! ce ne fut pas long : Deux hommes contre cette frêle créature!

Au moment où Bouche-en-Cœur achevait de la bâillonner, Ganette crut apercevoir un groupe d'hommes à l'entrée de la rue, et les bras tendus elle répéta :

— Au secours! A l'aide!

Puis, abandonnant la croisée, elle descendit en courant l'escalier.

Ganette ne s'était point trompée, trois hommes s'avançaient du côté de la maison de Mme de Miniac. Aux premiers cris de la sœur de lait de Jocelyne, l'un d'eux se sépara de ses compagnons et, d'une voix forte accoutumée à dominer la tempête, il cria en faisant un porte-voix de ses deux mains :

— A moi, les matelots du *Neptune!*

Immédiatement, la bande de marins qui s'avançait à quelques pas s'élança à la suite des trois jeunes gens.

— On tue ici! cria celui qui les avait hélés. La main aux couteaux, mes braves.

— Ça y est, capitaine! foi de Galhauban.

Une seconde après, Ganette remontait l'escalier suivie par une douzaine de marins déterminés, le couteau aux dents, les poings en avant, la rage dans les yeux.

— Ici! par ici! dit Ganette, oh! mes pauvres maîtresses!

— Occupons-nous de ces marsouins-là, d'abord.

Bouche-en-Cœur et Corbillaud, après avoir bâillonné et lié les deux femmes, firent sauter les serrures de deux meubles, fouillèrent les tiroirs, et trouvèrent la boîte dans laquelle la mère et la fille enfermaient les économies destinées au rachat du captif.

Renversant la cassette sur la table, ils allaient procéder au partage, quand Jean-la-Grenade saisit Bouche-en-Cœur par le cou; en même temps, Galhauban donnait un coup de poing si solide sur le crâne de Corbillaud, que celui-ci s'affaissa sur le plancher.

— Enlevons les paquets! dit Galhauban.

Il fallut une minute aux marins pour ficeler les deux voleurs, et avec une rapidité plus grande qu'ils n'en avaient mis à gagner la maison ils la quittèrent, voyant la besogne faite.

Yvonnet et les violoneux les attendaient au bout de la rue.

— La musique! la musique! cria Poigne-d'Acier.

Les violons et le fifre reprirent leurs airs joyeux, et le groupe des marins continua de marcher.

— Où allons-nous? demanda Jean-la-Grenade.

— Remettre ces coquins au guet de Saint-Malo.

— Alors, retournons sur le port.

— Sur le port! Jamais de la vie! Au Sillon! Au Sillon! les gars!

Ce mot si simple fit courir dans le groupe un frisson d'épouvante.

Bouche-en-Cœur et Corbillaud, qui l'entendirent, poussèrent un rugissement de terreur.

Ils se débattirent dans leurs liens avec un redoublement de vigueur et de rage, mais les corsaires les avaient si solidement arrimés qu'il leur fut impossible de briser les liens, noués de mains de maîtres.

Les camarades, qui virent passer le groupe des Mathurins Salés conduits par le violon du père Faucheux et le fifre d'Yvonnet, s'imaginèrent que les marins continuaient les joyeuses facéties du retour.

Cependant, une difficulté se présenta subitement à l'esprit des corsaires. A cette heure avancée de la nuit les portes de la ville se trouvaient fermées, il n'était point possible de les faire franchir aux deux voleurs. Jean-la-Grenade communiqua cette observation à Poigne-d'Acier. On tint conseil et, après l'échange de quelques phrases d'autant plus alarmantes pour les deux complices qu'ils ne les entendirent pas, le plus jeune de la bande s'élança en courant du côté du port, où il ne pouvait manquer de trouver le bout de filin indispensable.

En attendant, la marche des matelots continuait du côté des remparts.

Lorsqu'ils y furent arrivés, les Mathurins Salés firent halte; on plaça debout les deux misérables ligottés comme des momies, et réduits à une complète impuissance; cinq marins, les principaux de la troupe, formèrent une sorte de conseil de guerre présidé par Galhauban; le violon et le fifre cessèrent leurs notes grêles, et Mâlo-le-Brave, l'Hercule du *Neptune*, dit aux deux complices :

— Vous avez volé cette nuit, volé deux femmes estimées de toute la ville... Peut-être même alliez-vous les tuer... La Providence nous a envoyés à leur aide; après les avoir sauvées, il nous reste à les venger... Oh! je sais bien que vous préféreriez, à cette heure, un cachot à la tour Solidor, et les lenteurs de la justice au châtiment que nous allons vous infliger... Nous ne vous tuerons point! La vie des hommes appartient à Dieu... Nous allons seulement vous remettre au guet de Saint-Malo, chargé conjointement avec la milice de faire la police de la ville.

Galhauban se tourna vers Poigne-d'Acier :

— Enlève leurs bâillons, dit-il.

A peine Bouche-en-Cœur et Corbillaud se virent-ils débarrassés des ceintures qui leur couvraient la moitié du visage, qu'ils répétèrent d'une voix étranglée :

— Grâce! Grâce!

— Point de grâce, répondit Galhauban; en avez-vous eu pour les femmes à qui vous ravissiez leur fortune... De la pitié pour vous! On vous connaît, à Saint-Malo, fraudeurs et contrebandiers que vous êtes! allant de la côte de France à celle d'Angleterre faire un commerce de coquins! Les matelots du *Neptune* vous condamnent; que le diable vous sauve, s'il le peut.

Alors des bouches frémissantes des misérables s'échappèrent, dans une sorte d'éloquence sauvage et désespérée, des supplications lâches, des cris d'angoisse et des sanglots.

Mais les Mathurins Salés ne semblaient pas les entendre, et lorsque Souriquois revint, portant en guise de ceinture des filins solides, Poigne-d'Acier dévida les cordes, puis, aidé par Galhauban et Jean-la-Grenade, il confectionna un nœud coulant qu'il fit passer sous les aisselles de Corbillaud, puis de Bouche-en-Cœur.

Cette opération terminée, on les hissa sur l'étroit espace formé par le rebord de la muraille du rempart; en deux coups de couteau, les entraves des jambes et des bras des misérables tombèrent, puis brusquement, et avant qu'ils se doutassent comment s'exécuterait la sentence portée contre eux, on leur fit perdre pied, et les deux cordages se déroulèrent avec lenteur le long de la muraille.

Bouche-en-Cœur et Corbillaud s'efforcèrent vainement de saisir la corde, et de remonter à la force des poignets, ce fut inutile; ils essayèrent sans plus de succès de crisper leurs orteils contre le granit, les pieds glissaient, et le filin descendait toujours.

Cependant, au loin, on commençait à distinguer de sourds aboiements ; les vingt-quatre dogues de Saint-Malo, chargés de la garde de la ville une fois les portes fermées, comprenaient, grâce à leur admirable instinct, qu'un événement propice pour eux venait de s'accomplir.

Les dogues de Saint-Malo, plus terribles que ne l'eussent été jadis des lions de cirque, appartenaient à une race anglaise gardée pure de tout croisement. Ils avaient leur logis, leurs revenus, leurs gardiens, et formaient une garde spéciale destinée à protéger les navires contre les voleurs. Nul ne se serait hasardé à travers le Sillon, où ils se tenaient durant la nuit ; et la connaissance de leur férocité avait arraché à Bouche-en-Cœur et à Corbillaud les expressions d'un faux repentir, mais d'une détresse dont rien ne saurait rendre l'horreur.

Bientôt le vacarme des voix grandit ; les hurlements redoublèrent de violence : à la clarté de lune, il devint possible d'apercevoir les énormes silhouettes des dogues affamés lancés sur une piste, et comptant sur une proie.

Au moment où le plus alerte des chiens se trouva complètement en vue, Corbillaud, dont les pieds touchaient terre, saisit le filin à deux mains pour remonter; ils se trouvaient à peine à une hauteur de six pieds quand Galhauban lâcha la corde... Le voleur tomba sur les pieds, étourdi par la secousse, et demeura une seconde immobile, oubliant que ses redoutables ennemis prenaient une effrayante avance.

Bouche-en-Cœur n'avait pas bougé ! Six dogues venaient de front, il fallait fuir... fuir sous peine d'être broyé sous ces mâchoires effrayantes. Les misérables retrouvèrent en présence du danger une énergie désespérée, et coururent à perdre haleine, traînant après eux la corde à l'aide de laquelle on les avait descendus le long de la muraille.

Rentrer en ville était impossible ; l'unique moyen de salut des misérables était d'atteindre un navire à l'ancre, et de s'y réfugier, en attendant qu'on les arrêtât. Mieux valait la prison, même la corde et le bourreau, que d'être dévorés vivants par les molosses.

Jusqu'à ce moment, l'exécution des coupables n'avait procuré aux justiciers que des émotions modérées ; elles allaient se changer en intérêt violent et passionné. Du haut des remparts, ils pouvaient suivre la lutte mortelle engagée, et bientôt les matelots du *Neptune* se mirent à courir le long des murailles afin de ne perdre aucun détail de cette chasse à l'homme.

La terreur communiquait aux deux complices une vigueur inattendue, mais les dogues, pressés par la faim, accoutumés à remplir leur devoir de surveillants avec une ponctualité merveilleuse, n'étaient guère disposés à abandonner leur proie. Le souffle manquait à la poitrine de Corbillaud et de Bouche-en-Cœur ; leur cerveau éclatait sous leurs crânes. Ils voyaient passer des étincelles devant leurs yeux, et leurs oreilles s'emplissaient d'un bruit de cataracte auquel se mêlaient les aboiements de plus en plus furieux des molosses. La corde, qu'ils traînaient derrière eux semblable à un long serpent, entravait leur marche. Corbillaud résolut de s'en débarrasser. Il saisit à deux mains le nœud coulant glissé sous ses aisselles, agrandit le cercle qu'il formait, l'éleva au-dessus de sa tête, et se trouva non seulement délivré, mais muni d'une arme défensive, peu redoutable, il est vrai, mais peut-être suffisante pour tenir quelques instants la meute en respect.

Rassemblant en quatre la corde dans sa main, il en fit un fouet terrible qui, sifflant dans l'air, irrita plutôt qu'il n'épouvanta les chiens du guet.

Bouche-en-Cœur fut moins heureux. Plus faible que son complice, pliant déjà sur ses jambes grêles, il commençait à désespérer d'atteindre un bâtiment à l'ancre.

Une seconde, il eut la crainte de glisser sur le sable pour ne plus se relever. La meute courait sur ses talons, le souffle brûlant des monstres montait jusqu'à lui. S'il se retournait il était perdu, et il allait, halluciné, fou, regardant le prochain navire comme une arche de salut.

Un des dogues saisit dans sa gueule le bout de corde traînant sur le sable, et le secoua d'une façon furieuse ; d'un geste rapide, Bouche-en-Cœur tenta de l'arracher par une forte secousse ; il n'y réussit point et traîna le molosse après lui.

Un second s'élança, happant un lambeau de son vêtement. Il était perdu, si le gigantesque fouet de Corbillaud, sifflant dans l'air et décrivant une courbe énorme, n'eût fouaillé les plus proches des agresseurs.

Bouche-en-Cœur, délivré, reprit sa course.

Un Trois-Mâts était là; encore quelques pas, et les misérables échappaient à leurs ennemis. Corbillaud se jeta à la mer et se mit à nager.

Les forces de Bouche-en-Cœur diminuaient de seconde en seconde. Il sentait qu'il allait subir un châtiment terrible, cependant il cria dans un râle :

— Prends la corde ! tire-moi après toi !

Bouche-en-Cœur allait se trouver remorqué par le nageur.

Corbillaud revint sur ses pas, saisit le bout de filin que lui tendait Bouche-en-Cœur et se reprit à nager.

Corbillaud tenait déjà les degrés de l'échelle du navire, et halait avec le peu de force qui lui restait, quand un épouvantable cri de détresse retentit à peu de distance. Il tourna la tête, et gravit deux échelons, tirant sur le câble auquel se trouvait attaché son complice, mais cette fois il ne le vit point debout. Le misérable, atteint par les dogues, venait d'être subitement renversé.

— A moi ! à moi ! hurla Bouche-en-Cœur.

Corbillaud se trouvait sur le pont. Il se courba en arrière, roidissant ses muscles et courbant ses reins... un paquet sanglant glissa dans l'eau, et une minute plus tard, les matelots de garde à bord du navire marchand ramassaient, sur le pont, une masse de chairs sanglantes... Les chiens du guet venaient de couper les deux jambes du misérable.

Quant à Corbillaud, au moment où les marins lui mettant la main sur les épaules attachèrent des chaînettes à ses poignets et à ses chevilles, il s'affaissa comme un corps inerte en murmurant :

— Merci !

Puis il s'évanouit près du cadavre de son compagnon.

Il avait poussé une exclamation de douleur. (*Voir page* 40.)

IV

DOULOUREUSE HISTOIRE

Dès que les matelots du *Neptune*, accourus à l'appel de Pierre de la Barbinais, se furent éloignés, les trois jeunes gens tinrent rapidement conseil dans le petit salon, tandis que Ganette prodiguait à ses maîtresses des soins jusqu'alors demeurés inutiles.

Il avait poussé une exclamation de douleur. (*Voir page* 40.)

IV

DOULOUREUSE HISTOIRE

Dès que les matelots du *Neptune*, accourus à l'appel de Pierre de
la Barbinais, se furent éloignés, les trois jeunes gens tinrent rapidement conseil dans le petit salon, tandis que Ganette prodiguait
à ses maîtresses des soins jusqu'alors demeurés inutiles.

— Jean, dit le capitaine du *Neptune*, va réveiller notre ami, le docteur Gallois, explique-lui ce qui vient de se passer, tandis que Louis éveillera l'apothicaire le plus proche, et prendra chez lui une ample provision d'eau de rose, d'eau de Hongrie et, ma foi, ce qui est de circonstance, du vinaigre des Quatre-Voleurs. Quant à moi, je resterai ici, rassurant par ma présence la jeune fille qui soigne en ce moment Mme de Miniac.

Les deux frères quittèrent immédiatement la maison de Bois, et Pierre s'accouda à la fenêtre restée ouverte depuis l'appel désespéré de Ganette.

Le ciel était d'une pureté admirable, les étoiles brillaient dans un azur sombre, profond; pas un nuage. Du large soufflait cette fraîche brise saline qui emplit les poumons de vie et de jeunesse.

Les dernières lumières brillèrent sur le port. A leur clarté on distinguait encore des groupes de matelots en longue file, répétant des chansons de bord d'une voix mal assurée; on entendait, adoucis par la distance, les air du pays joués sur de mauvais instruments.

C'étaient les matelots du *Neptune* qui, ayant eu la fantaisie de dîner en musique, avaient recruté pour eux la plupart des ménétriers de la ville. Ceux-ci, grassement payés, suffisamment rafraîchis, jouaient en conscience, les uns du violon, les autres de la flûte, de la trompette, de la bombarde ou de la vielle. Peut-être même jouaient-ils des airs différents. Mais bah! la musique est du bruit, n'est-ce pas? et, ma foi! les musiciens jouaient ferme et donnaient du son pour l'argent. A cette cacophonie étrange dansaient, au dehors, les filles du voisinage dont les ombres sveltes passaient et repassaient devant la porte grande ouverte de l'auberge.

Sans doute, les corsaires, rentrant ivres de joie, fiers de leurs prises, la poche alourdie par des écus et des pièces d'or de provenances diverses, se sentaient d'abord animés des meilleures intentions. Dîner plantureusement, vider des brocs de cidre, des bouteilles de vin, des cruchons de liqueur des Iles ou de Hollande leur suffisait. Mais nul ne répondait de l'avenir. Ces lourdes cervelles de Bretons s'échauffent vite sous les multiples griseries du vin, de la causerie et des chansons. Un mot maladroit, un démenti trop vif finissaient maintenant par susciter des disputes qui se transformaient en querelles et finissaient par dégénérer en bagarres. Et les poings se levaient maintenant, des poings durs comme des cognées. Les cruchons, les gobelets, les bancs et escabeaux étaient lancés à toute volée d'un bout à l'autre de la pièce. Le Guet alors, timidement, venait tirer le rideau sur le dernier acte de la journée, amenant provisoirement les moins agiles ou les plus gris entre les quatre murailles d'une prison, où les plus ivres ne tardent pas à retrouver le sang-froid. La grosse gaieté, les folies, les rires s'éteignaient alors graduellement dans la Cité corsaire. Encore une heure elle retomberait dans le silence et s'endormirait, en attendant que les premières clartés du jour vinssent réveiller les marins et leur permettre de poursuivre des bordées, dont la durée se mesurerait sur le nombre d'écus restant au fond de leurs poches.

Il y aurait bien quelques têtes fêlées, des membres démis après tant de coups reçus et de coups donnés. Toutes les ivresses ne se cuveraient point sous les tables de la mère Cachalot et des autres cabaretiers. La milice avait dû conduire, pour l'exemple, plus d'un batailleur à la tour Solidor. Mais les crânes sont durs en Bretagne, et la justice se montrait toujours indulgente durant ces jours de kermesse maritime, où le vertige du retour rend le cœur et le cerveau capables de se laisser entraîner à plus d'une ivresse.

Tandis que Pierre de la Barbinais attendait le retour de ses frères et l'arrivée du médecin, Ganette s'efforçait en vain de rappeler ses maîtresses à la vie.

La violence avec laquelle le bâillon avait été lié sur la bouche de Mme de Miniac l'avait presque entièrement suffoquée. Ses yeux étaient clos, son corps rigide, Ganette ne saisissait même plus le souffle sur ses lèvres fermées.

Jocelyne, en proie à un spasme violent, délirait sur son lit et se tordait les bras.

Le sentiment de la réalité n'existait plus pour elle. Sans la reconnaître, elle appelait Ganette à son secours.

Parfois un cri étouffé de la jeune fille arrivait à l'oreille de Pierre de la Barbinais. Il tressaillait, hasardait quelques pas vers la chambre, puis soudain s'arrêtait, retenu par le respect. Chaque minute lui paraissait avoir la durée d'un siècle. Il accusait ses frères de lenteur. Il se demandait si le docteur Gallois faillirait au devoir professionnel, et refuserait de venir donner ses soins aux deux femmes. Durant le dernier abordage où il faillit laisser la vie, il ne s'était pas senti aussi ému que pendant les minutes de cette attente anxieuse.

Lorsqu'arrivaient les plaintes déchirantes de Jocelyne, il se souvenait de l'avoir vue, cette même journée, si triste et si pâle, appuyée sur le bras de sa mère. La douceur de son regard lui restait dans le cœur.

Quel hasard, quelle providence le jetait sur les pas de cette enfant, et le mêlait à sa vie?

Il se rappelait l'expression de respect inspirée par la vue de ces deux femmes en deuil, et un sentiment indéfinissable d'attendrissement et d'admiration s'élevait dans cette âme vaillante et jeune, capable de tous les héroïsmes, touchée par toutes les grandeurs.

Enfin un groupe de trois personnes apparut à l'extrémité de la rue, et Pierre poussa un soupir de soulagement.

Louis monta rapidement l'escalier qu'éclairait Pierre de la Barbinais, et le docteur parut.

C'était un petit homme tout rond, guilleret, fin causeur, gourmand émérite, doué de toutes les qualités du cœur et d'un excellent estomac. Son couvert restait mis aux meilleures tables de Saint-Malo. Il racontait à merveille, inspirait confiance à tous et, grâce à des cures inespérées, il gardait sa situation de premier médecin de la ville. D'autres étalaient une science mêlée de morgue, semaient un nombre de mots latins plus grand à leurs discours, affectaient un pédantisme raffiné ; mais le docteur Gallois raillait doucement ces savants pointilleux, et continuait à traiter ses malades avec une gaieté qui leur rendait confiance.

Il connaissait depuis longtemps déjà Mme de Miniac. Jocelyne avait même exécuté pour sa famille quelques belles broderies. A l'annonce du crime que lui avait faite sa sœur, le brave homme avait poussé une exclamation de douleur. Il accourait donc, pressé plus encore par la sympathie que par le devoir. Les détails de l'agression des bandits, fournis par Jean de la Barbinais, ajoutaient un intérêt dramatique au sentiment de bienveillance qui l'entraînait vers les deux femmes, dont les malheurs occupaient encore la ville de Saint-Malo.

Louis confia au docteur les drogues pharmaceutiques de l'apothicaire, et Gallois pénétra dans la chambre où Ganette versait des larmes mêlées d'impuissance et de douleur. Après avoir rapidement étudié l'état des deux femmes, le docteur mit tous ses soins à rappeler à la vie Mme de Miniac. On l'eût dite tombée en catalepsie à voir la rigidité de ses membres. Il lui fit respirer des parfums violents, frictionna la poitrine et les bras, insuffla l'air dans cette bouche close, entr'ouvrit, à l'aide d'un couteau, les dents serrées et versa quelques gouttes de cordial sur les lèvres. Enfin, après une demi heure de médication énergique, les cils des paupières battirent ; les lèvres s'agitèrent dans un spasme douloureux ; les doigts se tordirent légèrement, puis la malade se releva sur son lit :

— Ma fille ! dit-elle.

— Votre fille ne court aucun danger, répondit le docteur.

— Dieu soit béni! murmura Mme de Miniac.

Mais immédiatement une autre préoccupation s'empara de sa pensée, de Jocelyne son souvenir alla sans hésiter vers son mari :

— L'argent! ajouta-t-elle, l'argent!

— Il est en sûreté!

Un grand soupir souleva sa poitrine, puis se tournant vers le docteur :

— Je ne vois pas Jocelyne, qu'avez-vous fait de ma fille?

La crise fiévreuse de la pauvre enfant avait atteint des proportions telles qu'on s'était vu obligé de placer un matelas à terre et d'y déposer la malheureuse fille. Brisée par un accès elle venait de retomber sur sa couche improvisée quand, Ganette la quittant, il devint possible à Mme Miniac de l'apercevoir.

— Sauvée, avez-vous dit, docteur ; non, elle n'est point sauvée; mais me promettez-vous de la guérir?

— Avant une heure vous la tiendrez dans vos bras.

La malade prit le breuvage que lui tendait le docteur, puis, ranimée et résolue, elle demanda sa mante à Ganette, s'en enveloppa, quitta son lit, et vint s'incliner sur le corps de sa fille. Celle-ci gémissait maintenant tout bas.

Mme de Miniac la déposa sur le lit :

— Je me sens capable de la veiller désormais, dit-elle avec douceur.

— Vous ne le ferez pas seule ; je ne vous quitterai point de la nuit, non pas qu'il y ait danger imminent, mais les nerfs de cette enfant ont reçu une commotion dont les suites peuvent être longues, sinon dangereuses... Je vous le répète, vous n'avez rien à redouter, mais je crois mes soins utiles.

— Merci docteur! merci, dit Mme de Miniac.

— Et maintenant, reprit le médecin, je vais congédier ces Messieurs, nous n'avons plus besoin de leur dévouement.

— Qui donc nous a protégées et sauvées?

— M. Pierre de la Barbinais et ses frères.

— Pierre de la Barbinais... Je me souviens... Le capitaine du *Neptune*... C'est à lui que je me suis adressée, hier, pour savoir s'il n'avait point entendu parler des esclaves du Pacha d'Alger...

— Oui, Madame.

— Portez-lui les bénédictions d'une mère, docteur.

Augustin Gallois rentra dans le salon, et tendant la main au Corsaire :

— La mère a recouvré l'usage de la parole ; la fièvre de la jeune fille cédera moins vite que la syncope de Mme de Miniac; mais enfin je réponds de toutes deux.

— Docteur, fit Pierre de la Barbinais en tirant de sa poche une poignée de piastres espagnoles, ces femmes sont pauvres...

— Mais je suis riche! moi, répliqua Gallois en repoussant du geste la main pleine d'or que lui tendait Pierre.

Le Corsaire n'insista pas dans la crainte de l'offenser.

— J'espère, reprit-il, qu'il me sera permis de prendre des nouvelles de vos malades?

— Toutes deux vous doivent la vie, capitaine, vous serez le bien reçu, car la mère m'a déjà chargé de vous offrir l'expression de sa gratitude.

— Alors je vous retrouverai ici, docteur?

— Certainement... Vous seriez même très aimable d'aller rassurer Mlle Gothon, ma vieille sœur; quand l'inquiétude la prend à mon sujet, elle en perd la tête... Et dame! une tête de son âge déménage vite.

— Votre commission sera faite. Merci et au revoir, docteur.

— En vous promenant sur le port, si vous rencontrez les matelots du *Neptune*, faites-leur mes compliments sur la façon dont ils remplacent la milice de Saint-Malo; d'après ce que m'a raconté votre frère, il paraît que les voleurs ont été saisis et garrottés le plus proprement du monde... Sans doute qu'à cette heure ils sont proprement logés à la tour du Solidor.

— J'aurai de leurs nouvelles, docteur.

Les trois jeunes hommes serrèrent la main du médecin, et quittèrent la Maison de Bois.

Leur surprise fut grande en voyant rôder de ce côté une partie de l'équipage du *Neptune*.

— Eh bien! mes braves! demanda Pierre de la Barbinais, que faites-vous dans ce quartier redevenu tranquille?

— Deux choses, capitaine, répliqua Galbauban avec un déhanchement vainqueur, en laissant poliment jaillir une fusée de salive sur le sol, d'abord apprendre si les dames ne sont pas trop malades de peur, ensuite vous dire que nous avons rempli vos ordres.

— Quels ordres?

— Ne vouliez-vous point qu'on remît les coupables entre les mains de la milice?

— Sans doute.

— Nous l'avons fait; seulement, au lieu de la milice à deux pieds, nous avons choisi le guet à quatre pattes.

— Les dogues de Saint-Malo ?

— Justement, mon capitaine !

— Alors, les misérables sont dévorés à cette heure... Je ne vous avais pas commandé de vous montrer si terribles dans le châtiment.

— Morts ! non certes, ils ne le sont pas ! à moins que ce soit de peur. Nous avons assisté à une drôle de chasse, capitaine ! Vingt-quatre dogues aux trousses de deux coquins, rien que cela ! J'ai vu des tigres dans les jungles moins effrayants que cette meute-là. Maintenant, les voleurs sont à fond de cale du bâtiment la *Rance*, où les miliciens les pourront cueillir.

— Vous avez outrepassé les lois de l'humanité et les limites du droit ! Je regrette ce qui vient d'arriver. Si vous le pouvez, à la première heure, informez-vous de ce qu'on a fait des deux misérables.

— Oui, capitaine, répondit Galhauban.

— Assez d'aventures pour cette nuit, n'est-ce pas ?

— Certes ! et en double dans le hamac de la mère Cachalot !

Caïman, Galhauban, Poigne-d'Acier, Jean-la-Grenade et Yvonnet reprirent le chemin de l'auberge de la veuve ; mais le fifre ne jouait plus, et les matelots réfléchissaient aux paroles de leur capitaine.

Oui, peut-être avaient-ils été trop loin dans leur vengeance. Peut-être venaient-ils d'empiéter sur les droits de la justice.

Leur retour eut lieu silencieusement, et ce fut avec une tranquillité qu'elle était loin d'attendre de ses clients, que la mère Cachalot les vit rentrer dans sa cambuse.

Qu'ils éprouvassent ou non des inquiétudes au sujet de Bouche-en-Cœur et de Corbillaud, ils n'en dormirent pas moins jusqu'à huit heures. La grosse horloge de la salle basse les réveilla.

En une minute, ils se trouvèrent debout.

— Cherchons des nouvelles, dit Galhauban.

Les matelots du *Neptune* quittèrent la ville et se rendirent du côté du trois-mâts la *Rance*.

Tout le monde se trouvait sur le pont.

Dès l'aube, on était allé chercher le docteur Gallois à son domicile, afin de le charger de faire l'amputation des deux jambes à Bouche-en-Cœur. Il avait été impossible de descendre le misérable à fond de cale, où se trouvait son compagnon. Du reste, on ne pouvait craindre que ce tronçon sanglant quittât l'endroit où il avait été placé. Des cris de douleur et de sourds blasphèmes se pressaient sur les lèvres du misérable ; il suppliait les matelots de la *Rance* de l'achever. Ceux-ci, ne pouvant rien pour le soulager, se contentaient de lui apporter des gobelets d'eau fraîche et du linge blanc pour envelopper ses jambes mutilées.

La sœur du docteur Gallois répondit, aux marins de la *Rance,* que son frère se trouvait chez les dames de Miniac; elle eut la présence d'esprit de remettre aux matelots une boîte de chirurgie, et un quart d'heure plus tard Augustin Gallois, quittant le chevet de Jocelyne, se dirigeait vers le bâtiment où les deux misérables avaient trouvé un asile.

On n'était pas encore venu chercher Corbillaud car, avant de l'arrêter, il devait subir un premier interrogatoire. L'arrivée inattendue des deux complices, la nuit, à bord de la *Rance,* ne les incriminait pas d'une façon suffisante. Évidemment, des hommes prenant la nuit un bâtiment d'assaut, fuyant les chiens du guet et donnant les signes d'une terreur folle ne paraissaient pas dignes d'une grande confiance; néanmoins, on devait attendre qu'une plainte fût portée, et c'était par mesure de précaution que les matelots de la *Rance* avaient mis aux fers Corbillaud.

Celui-ci semblait, cependant, sur un lit de roses quand on comparait sa situation à celle de Bouche-en-Cœur.

A peine eut-on enlevé, devant le docteur Gallois, le lambeau de toile à voile couvrant ses cuisses broyées par les dents des molosses, que le vieux praticien dit tout bas :

— Amputation difficile! Portez-moi cet homme à l'hôpital.

— Du secours, docteur, docteur, du secours! hurla Bouche-en-Cœur.

— Je ne puis t'en offrir d'autre, mon garçon, que de couper ces moignons hideux, et il est temps de te décider; avant une heure, tu mourras d'épuisement si tu n'es opéré et pansé.

— Alors faites de moi ce que vous voudrez.

On forma un brancard à l'aide d'avirons; un matelas fut placé dessus, puis les porteurs se mirent en marche, suivis à distance par le docteur.

Dès qu'il arriva dans la salle de l'hospice où se pratiquaient les opérations chirurgicales, il fit étendre Bouche-en-Cœur sur un matelas de cuir; des aides apportèrent l'eau, les éponges, les bandes, les compresses et les scies, et la terrible opération commença. On ne connaissait point alors les stupéfiants grâce auxquels la science supprime aujourd'hui la douleur. Il fallait subir les tortures multiples des amputations. Sentir la lame des couteaux trancher la chair vive, couper les muscles, et s'ébrécher sur les os que la scie détachait lentement. Puis la pince du chirurgien fouillait dans toute cette masse souffrante, cherchant les artères pour en opérer la ligature. Quatre hommes suffisaient à peine pour maintenir Bouche-en-Cœur. Tantôt il demandait qu'on l'achevât; tantôt il suppliait qu'à tout prix la vie lui fût conservée. Après le pansement il s'évanouit, et lorsqu'il reprit ses sens il se trouva dans une chambre d'hôpital garnie de lits drapés de blanc, le long desquels passaient les ombres sveltes et sombres des religieuses, dont le voile mettait un coin de ciel dans les tristesses de ce lieu de souffrances.

Aux questions qui lui furent adressées, Bouche-en-Cœur dédaigna de répondre. Chaque mot le pouvait compromettre. Il serait assez tôt de parler quand viendraient les juges instructeurs, ce qui ne pouvait manquer d'arriver car, sans nul doute, plainte serait portée contre les bandits.

Du reste, la fièvre qui se déclara le rendit bientôt incapable de subir un interrogatoire de quelque nature qu'il pût être. Dans son délire, il continuait à se croire poursuivi par la meute des dogues de Saint-Malo, et appelait à l'aide d'une voix désespérée.

En quittant le mutilé, le docteur Gallois rentra dans sa maison où sa sœur maugréait, se désolant des dangers courus par son frère, s'affligeant à la pensée qu'il déjeunerait mal ou ne déjeunerait pas du tout. Elle remettait sans cesse sur le feu des plats retirés ensuite avec découragement; consultant l'horloge, se penchant à la fenêtre, se lamentant en pure perte. Enfin elle aperçut le docteur à l'extrémité de la rue, étouffa une exclamation de joie, donna à sa coiffe un coup qui l'abattit sur l'oreille, fit sonner les casseroles de cuivre sur les fourneaux, puis courut ouvrir au docteur. Seulement, le chagrin très sincère qu'elle ressentait un quart d'heure auparavant avait déjà fait place à une colère furibonde, et ce fut avec des reproches dont sourit le docteur Gallois qu'elle l'accueillit, après l'avoir si impatiemment attendu.

— Tu ne t'y feras jamais, ma pauvre sœur! dit le docteur. Je t'ai cent fois répété que, les jours d'arrivée des navires corsaires, nous avions plus d'ouvrage que nous n'en pouvions faire. Et je ne suis pas au bout! D'habitude il s'agit seulement de têtes fêlées; cette fois, c'est bien autre chose...

— Vraiment, Augustin? répliqua la vieille fille saisie d'une curiosité ardente; après tout, ce que j'en dis, c'est par affection pour toi... Je suis ton aînée de tant d'années que je me crois le droit de gronder un peu.

— Un peu ne serait rien, mais tu grondes fort.

— Alors, mon ami, j'ai doublement tort, et je t'en demande pardon. Ainsi la nuit a été terrible...

— Deux femmes volées et demi-mortes !

— Je les connais?

— La femme et la fille d'un collègue... Mme de Miniac...

— Seigneur Dieu ! de si bonnes âmes !

— Puis un coquin à demi dévoré par les chiens du guet.

— Tu as sauvé ce qui en restait?

— Naturellement ; mais cela ne vaut pas grand'chose.

— Qui a volé Mme de Miniac?

— Le misérable que je viens d'opérer et son complice.

Tout en parlant, le docteur avalait les morceaux doubles, buvait sec, et paraissait redouter que son déjeuner, déjà si retardé, se trouvât interrompu. Un coup de sonnette violent fit tressaillir à la fois le praticien et sa sœur. On demandait le docteur à la tour Solidor et au cabaret de la mère Cachalot.

En dépit des soupirs de sa sœur, Augustin Gallois se leva, avala une tasse d'une liqueur noire et bouillante nouvellement importée en France et pour laquelle il s'était pris de passion, puis réconforté par l'arome du café, il partit pour le cabaret de l'*Ancre d'Or*.

— Quand reviendras-tu? demanda la vieille fille.

— Ne m'attends plus, répondit le médecin.

Elle ne devait point, en effet, le revoir durant cette journée.

Vers quatre heures, seulement, le docteur trouva une minute pour se rendre à la Maison de Bois. Il trouva Mme de Miniac debout au chevet de sa fille, dont l'accès de fièvre gardait la même violence.

Après l'avoir rassurée il écrivit une ordonnance, puis se rendit à la tour Solidor visiter ses clients de la nuit.

A peine le docteur Gallois quittait-il Mme de Miniac que Ganette accourut, annonçant la visite de Pierre de la Barbinais.

Mme de Miniac s'avança vers lui, la main tendue.

— Comment se trouve Mademoiselle votre fille ? demanda le capitaine.

— Le docteur ne semble pas inquiet, mais la fièvre persiste. Sans vous, nous étions perdues toutes les deux, Monsieur !

— J'ai été l'agent de la Providence.

— Tout ce qui est arrivé, cette nuit, s'est passé si rapidement que j'ignore les derniers détails de l'événement... Que sont devenus les voleurs emmenés par vos matelots?

Pierre tressaillit au souvenir des confidences de Galhauban.

— On a usé à leur égard d'une justice expéditive, Madame. Mes

matelots sont plus d'une fois allés dans un pays où tout homme
pris en flagrant délit de crime est pendu haut et cout... Indignés de
l'attentat dont vous avez failli être victime, ils ont entraîné les coupables sur les remparts, puis les ont descendus au bas des murailles. Vous devinez le drame terrible qui se passa ensuite.

— Les chiens du guet ! s'écria Mme de Miniac.

Pierre inclina la tête.

— Sont-ils morts ? demanda-t-elle avec un frisson.

— Non ; l'un d'eux, cruellement déchiré par les dogues, a été ce
matin amputé par le docteur Gallois ; l'autre attend, au fond de la
cale du bâtiment la *Rance*, que vous portiez plainte contre lui.

— Je ne le dénoncerai pas, répliqua Mme de Miniac ; tous deux
sont châtiés... Dieu m'a trop protégée pour qu'il me reste le droit
de me montrer sévère... Ma fille guérira ! quant à moi je souffre
moins, et dans quelques jours je pourrai reprendre mes travaux...
J'eusse accepté un martyre dix fois plus cruel pour garder l'argent
que tentaient de voler ces misérables... Oh ! ne me croyez point
avare pour moi, Monsieur... Peu me suffit, et ma fille se contente
de rien ! Si nous tenons à l'or qu'enferme cette cassette, c'est qu'il est
destiné à racheter mon mari... Vous ne l'avez pas connu, Monsieur,
vous êtes bien jeune, et depuis longtemps vous exercez votre carrière
maritime ; mais si vous prononcez devant les habitants de Saint-Malo
le nom de Robert de Miniac, vous entendrez faire de mon mari l'é-
loge le plus absolu, le mieux mérité... Comprenez-vous ce que représente pour moi cet or gagné avec tant de peine, amassé lentement... Il est le sang et les larmes du prisonnier du Pacha d'Alger...
Il est le courage, il est l'espérance ! Cet or est sacré pour nous, Monsieur ; j'aurais succombé au découragement s'il m'avait été ravi.

Pierre de la Barbinais écoutait Mme de Miniac avec un respect
attendri ; il lui demanda d'une voix émue :

— N'avez-vous jamais eu des nouvelles de votre mari ?

— Jamais.

— Oh ! cela est vraiment terrible !

— Chaque fois qu'arrive un navire, je vais sur le port le cœur rempli d'espoir, je rentre défaillante et triste... Il me semble toujours
qu'un marin, un Français me dira : « Je l'ai vu ! il attend, il vous aime !
Il sait que vous ne l'oubliez pas ! » C'est de la folie, Monsieur. On
n'entre point dans les cachots au fond desquels le Pacha retient ses
captifs. L'unique moyen d'apprendre leur sort est d'amasser une
somme d'argent suffisante et de la confier à un homme généreux, à un
moine, en disant : — « Allez, payez sa rançon et rendez-le moi ! »

Mais cette rançon doit atteindre au moins le chiffre de quatre mille livres, et je ne les ai point encore... Jugez ce qu'est pour nous cette épargne, par le but sacré que nous nous proposons d'atteindre. Si vous saviez combien de privations ce peu représente : les leçons que je donne, les broderies de Jocelyne, jusqu'à l'aide de Ganette, qui nous apportait hier encore le loyer de sa ferme... Vous êtes jeune, Monsieur, peut-être n'avez-vous point souffert encore...

— Vous vous trompez, Madame, j'ai perdu ma mère...

— Alors vous savez ce que c'est que pleurer ; les plus forts pleurent une mère... Le mari que je regrette, Monsieur, était le compagnon d'élite de ma vie, la meilleure moitié de mon âme... Hors ma famille, je n'ai chéri que lui ; mais de quelle affection ardente et passionnée ! Des années sont passées depuis notre séparation, la plaie saigne comme au premier jour. Il faudrait connaître son intelligence et son cœur pour comprendre la profondeur et la violence de nos regrets. Si je ne croyais pas que Dieu me le rendra, il y a longtemps que je serais morte.

— Dieu ramène toujours ceux qui sont ainsi pleurés, Madame.

— Le croyez-vous ? dites, le croyez-vous ?

— Du fond de l'âme, et si jamais un de mes navires entre dans le port d'Alger, je vous jure de m'informer tout de suite de M. de Miniac et de vous rapporter au moins de ses nouvelles.

— Vous feriez cela ? s'écria Mme de Miniac en saisissant les mains du jeune homme avec une sorte de fièvre.

— Je vous le jure ! répondit gravement le capitaine du *Neptune*.

Peut-être allait-elle parler davantage au jeune homme de celui qu'elle pleurait, mais Ganette pâle, et les larmes aux yeux, parut à l'entrée de la salle :

— Oh ! Madame ! Madame ! dit-elle, Jocelyne a le délire ; je ne suffis pas à la maintenir dans son lit.

Pierre se leva rapidement.

— Que Dieu la guérisse et vous console toutes deux ! murmura-t-il en appuyant les lèvres sur la main que lui tendait Mme de Miniac.

Voulez-vous garder cette coquille en souvenir de moi? (*Voir page* 54.)

V

FIANÇAILLES

Quinze jours plus tard, Jocelyne faible encore, mais désormais hors de danger, sortait pour la première fois. Appuyée sur le bras de Mme de Miniac elle se promenait sur le port, regardant les navires avec un redoublement d'intérêt.

39
1

Voulez-vous garder cette coquille en souvenir de moi? (*Voir page* 54.)

V

FIANÇAILLES

Quinze jours plus tard, Jocelyne faible encore, mais désormais
hors de danger, sortait pour la première fois. Appuyée sur le bras de
Mme de Miniac elle se promenait sur le port, regardant les navires
avec un redoublement d'intérêt.

Un grand mouvement régnait sur les quais d'embarquement. Les plus notables commerçants de Saint-Malo frétaient des navires, non plus dans l'intention de risquer des traversées rendues dangereuses par l'isolement des navires, mais avec le projet de faire surveiller et défendre l'escadre marchande par une corvette armée en guerre. Le nom du capitaine ne se disait point encore, mais chacun des négociants, prêt à risquer une partie de sa fortune, savait à la garde de qui il souhaitait la confier. Jocelyne et sa mère s'intéressaient d'autant plus à cette flotte, qu'elle devait traverser la Méditerranée et passer devant Alger. Les deux femmes avaient préparé pour M. de Miniac des lettres qui le devaient assurer de leur affection constante, et lui promettre en même temps une prochaine liberté. Parmi les marins occupés à rouler des boucauts, à arrimer des barriques à fond de cale, Poigne-d'Acier, Galhauban et Jean-la-Grenade n'étaient point les derniers. Ces dames les connaissaient, elles avaient tenu à les remercier de la bravoure avec laquelle les matelots du *Neptune* s'étaient emparés des dangereux bandits. De leur côté, les marins, quand ils les rencontraient, ne manquaient jamais de tirer leur bonnet de laine.

— Mère, mère, dit Jocelyne, quelque chose semble m'affirmer que ce voyage sera heureux. Au retour de cette flotte, nous recevrons des nouvelles de mon père... M. de la Barbinais a promis de lui faire parvenir nos lettres, et certes il ne saurait mentir.

— Tu as raison, ma fille, c'est un noble jeune homme.

— Si dévoué, si modeste et si bon! Nous ne l'avons pas vu, hier.

— Tu l'as remarqué?

— Sans doute, répondit ingénument Jocelyne. Il venait, d'habitude, si régulièrement prendre de mes nouvelles... Nous vivons tellement isolées, que les visites sont une distraction et une joie... D'ailleurs, sa conversation est intéressante; il décrit d'une admirable façon les pays qu'il a parcourus... Enfin, et surtout, il parle souvent de mon père... Il me semble l'avoir toujours connu, tant il m'inspire de confiance...

— Jocelyne! dit gravement Mme de Miniac, tu ne ressembles pas aux autres jeunes filles, mon enfant! Ta vie appartient, comme la mienne, à l'accomplissement d'une tâche sacrée, tu n'as pas le droit de rêver...

— Rêver... murmura la jeune fille, je ne rêve pas... Je pense seulement à ceux que j'aime! Je les voudrais tous groupés autour de moi... Toi! mon père bien-aimé, dont les traits ne sont point effacés de ma mémoire, puis... C'est tout! fit l'enfant en baissant la tête.

— Oui, c'est tout! répéta Mme de Miniac.

Un silence suivit ces mots, et peut-être se fût-il prolongé d'une façon pénible, si le docteur Gallois ne fût entré. Sa bonne figure ronde, l'expression cordiale de son sourire et de son regard soulagèrent la mère et la fille de leur oppression.

— Très bien! dit le docteur, très bien! Je vois qu'on suit mes prescriptions à la lettre; vous vous en applaudirez, ma mignonne! Les couleurs fleurissent déjà sur vos joues. De l'exercice, du grand air, du bonheur si vous pouvez!

— Sinon du bonheur, du moins de l'espérance.

— Apportée par qui?

— Le capitaine de la Barbinais nous a promis de faire escale à Alger.

— Eh bien! c'est une excellente idée! Elle ne m'étonne pas, du reste; depuis la fameuse nuit où Corbillaud et son complice tentèrent de vous dévaliser, Pierre ne parle plus que de l'Algérie! Beau pays, s'il ne renfermait ni Turcs ni Arabes... A propos, vous ne me demandez point comment va mon amputé? A merveille! Il mange comme quatre et fume comme un Hollandais... Quel chenapan! Et dire qu'il répond au nom gracieux de Bouche-en-Cœur. Dans un mois, je lui ferai confectionner une jatte de bois, dans laquelle il s'assiéra, puis les deux mains appuyées sur des sellettes, il implorera la charité des bonnes âmes de Saint-Malo... Vous serez capable de lui faire l'aumône, Jocelyne.

— Je n'eusse point demandé un tel châtiment.

— Il avait mérité la corde!

— Et Corbillaud?

— Disparu de la ville. Il doit faire la contrebande sur la côte... Oh! je suis tranquille! le guet de Saint-Malo le retrouvera! Quand ces damnés molosses ont flairé de près un gredin, ils le reconnaissent et le happent à la prochaine occasion.

— Que Dieu convertisse cette âme perverse! répliqua Mme de Miniac. J'ai dû à la criminelle tentative de ces misérables le dévouement d'un ami, et je me sens le cœur rempli d'indulgence.

Le docteur quitta ses clientes; celles-ci continuèrent à se promener sur le port jusqu'à ce que le jour baissât, et que l'ombre couvrît à la fois les mâts des vaisseaux, les grandes voiles déployées, les clochers de la ville, et la masse imposante de la tour Solidor. A mesure que s'effaçaient les objets à leurs yeux, un calme plus grand rentrait dans leur âme, et ce fut en parlant de l'absent avec une tendresse mêlée d'espoir qu'elles regagnèrent la Maison de Bois.

Leur surprise fut grande en voyant sortir Galhauban.

Depuis la nuit durant laquelle le matelot avait tour à tour fricassé des pièces d'or, et livré deux voleurs à la justice expéditive des chiens du guet, il ne se passait guère de jours sans qu'il rodât autour de la maison où logeait Ganette. Il connaissait l'heure de ses sorties et celle de ses rentrées, se trouvait à point à l'heure du marché pour rapporter son lourd panier, et lui demandait des nouvelles de ses maîtresses avec un intérêt qui la laissait sans défiance. Cependant, le marin en avait gros sur le cœur. En voyant Ganette leste et mince comme une corvette élégante, en entendant sa voix douce, en écoutant jaser les voisins et surtout les voisines, il s'était pris d'une admiration profonde pour la sœur de lait de Jocelyne.

Ce fut alors qu'il regretta d'avoir fricassé des roubles dans toutes les parties du monde, au lieu d'amasser un capital qui lui permît d'acheter une barque, et de faire comme un autre la pêche de la sardine. Avec de la chance et du courage, on pouvait même remonter plus loin, guetter les bancs de harengs, et commencer une véritable fortune. Mais, jusqu'alors, il avait cédé à l'entraînement de l'exemple, mangeant ses parts de prises chez la mère Cachalot, comme s'il éprouvait une honte secrète à conserver quelques avances. Mais voilà, il aimait la bonne chère, la musique endiablée des violoneux, les bordées dont on rappelle plus tard les souvenirs durant les quarts en pleine mer; et maintenant il pouvait retourner ses poches! Oh! elles se trouvaient à sec, et il lui faudrait même demander une avance pour solder son compte à l'Ancre-d'Or.

Il ne pouvait pas admettre, cependant, qu'il lui fût possible de quitter Saint-Malo avant d'avouer à Ganette combien il eût souhaité l'avoir pour femme. Mais Galhauban, l'hercule des marins, le premier matelot du *Neptune*, tremblait comme un enfant dès qu'il s'agissait d'adresser la parole à cette petite blonde de Ganette; il se sentait pris d'un tremblement, et demeurait timide, honteux de sa crainte, tordant son bonnet de laine, puis, brusquement, il lui jetait une phrase banale et se sauvait.

Lorsqu'il se retrouvait seul, il se maudissait, se traitait de la façon la plus dure; puis, cherchant Jean-la-Grenade, dans l'un des cabarets du quai, il le suppliait de lui apprendre quelques phrases éloquentes capables de toucher le cœur d'une fille d'un gabarit comme jamais il n'en avait vu! Là-dessus Jean-la-Grenade, prenant en pitié son camarade, préparait un compliment en style de matelot, le faisait apprendre par cœur à Galhauban, et celui-ci le récitait tout le long du jour, le répétait en rêve, jusqu'à ce que l'heure vînt du marché

au poisson où Ganette se rendait régulièrement chaque matin. Oh!
Galhauban était fier! la mémoire était son fort. En la regardant
venir, si preste dans sa jupe courte, un sourire au fond de la prunelle,
un autre sourire niché au coin des lèvres, il se frottait les mains! Les
jolis écubiers bleus! et une démarche! On dirait une brigantine
poussée par une brise jolie! Galhauban feignait de marchander
les grandes raies plates aux tons roses, sur le dos desquelles se marquaient des os d'ivoire, ou les congres semblables à des serpents
gardant encore une expression féroce, ou les rougets bêtes avec leur
tête énorme et leur queue écourtée. Il maniait les petites soles collées
par couples, faisait ruisseler dans ses grosses mains les moules
violettes, les bigorneaux verdâtres, les coquilles blanches, les longs
couteaux. Cette marée encore vivante souffrant les dernières pulsa-
tions de l'agonie, les varechs sombres, les fucus gigantesques rappor-
taient une odeur de vague qui lui faisait du bien. Il plaisantait avec
de bons gros rires; puis tout, à coup, il voyait Ganette tout près; elle
le frôlait de son bras fin et robuste, feignait de la reconnaître tardivement, lui adressait un bonjour embarrassé, parlait de la pluie et
du beau temps, affirmait que le poisson était hors de prix, et finissait
par saisir le panier de Ganette qu'il affirmait être trop lourd pour
elle. La jeune fille refusait, acceptait, puis sa tournée terminée, elle
reprenait son chemin à travers la ville, s'arrêtait devant la Maison
de Bois et reprenait son panier.

— Comme cela, Mademoiselle Ganette, vous n'avez plus besoin de
moi?

— Non, Monsieur Galhauban.

— Et c'est tout ce que vous avez à me dire?

— Non, j'ai à vous remercier.

Galhauban poussait un gros soupir, frappait le pavé du pied tout
en se donnant un coup de poing dans l'estomac, et restait devant la
maison, regardant les fenêtres, et leur récitant l'éloquent compliment
sorti du cerveau de Jean-la-Grenade.

Cependant cette situation ne pouvait toujours durer. Les armateurs s'occupaient du départ. On embarquait les marchandises; le
marin ne pouvait quitter Saint-Malo avec une semblable angoisse
sur le cœur. Il chercha et trouva un prétexte. De son dernier voyage,
il avait rapporté quelques coquilles rares, et résolut d'en offrir à
Ganette le plus bel échantillon. Celle-ci se trouvait seule quand
Galhauban entra.

— Mademoiselle, dit-il, nous allons bientôt quitter Saint-Malo, et
je viens vous supplier de me faire un grand plaisir.

— Tout de suite, Monsieur Galhauban, tout de suite !

— Non! Tout de suite cela ne se peut pas, je le sais bien... Mais enfin cela viendra peut-être... Voulez-vous garder cette coquille en souvenir de moi... Tenez, quand vous l'approcherez de votre oreille, vous y entendrez le grand bruit de la mer... Rappelez-vous alors, rappelez-vous...

— C'était le moment ou jamais de placer le discours fleuri de Jean-la-Grenade, et le matelot reprit :

— C'est pour vous dire en vous disant que depuis que j'ai subi le feu de vos écubiers, je pense à vous à bâbord et à tribord, et que...

Mais Ganette venait d'éclater d'un rire franc qui, subitement, arrêta l'éloquence de Galhauban. Alors, perdant la tête sous l'influence du sentiment vrai qui le dominait :

— C'est mal à vous de vous moquer d'un pauvre homme dont la cervelle se trouve présentement à l'envers, comme un bateau qui resterait la quille en l'air... Je parle mal, c'est possible, mais la main est solide, le cœur loyal, et tout cela est à vous, si vous voulez... A mon prochain retour j'aurai une assez grosse part de prise pour acquérir un bateau ponté, et risquer la pêche à mon compte... Je me demande souvent à quoi je suis bon en ce monde, puisque je n'ai pas une femme et des enfants à aimer ? Voulez-vous être cette femme-là, Mademoiselle...

Ganette regarda le matelot droit dans les yeux.

— Ainsi, c'est sérieux, les promenades sur le marché, les drôles de choses que vous me disiez...

— Et les coups de poing que je me donnais, oui, Mademoiselle... C'est venu tout seul, vous m'avez jeté le grappin dessus... et je suis pris pour la vie.

— Savez-vous que la mienne ne m'appartient pas ?

— Avez-vous juré de ne jamais vous marier ?

— Pas avant le retour de M. de Miniac, du moins.

— Mais alors tout s'arrange ! je vous demande seulement de ne point me décourager, de ne pas répondre : Non ! avant d'avoir réfléchi... Je serai sur le même navire que le capitaine de la Barbinais... Eh bien ! si j'en crois mes pressentiments, celui-là se fera tuer pour tirer M. de Miniac des prisons du Pacha d'Alger ! Nous serons deux pour travailler à la même œuvre... Lui, le maître, l'officier brillant, le noble jeune homme ; moi, le matelot, mais un matelot fini, ayant bourlingué sous toutes les latitudes, prêt à dégaîner un sabre d'abordage, à tirer le mousquet ou à se battre à coups de poing ! Mademoiselle Ganette que me répondez-vous ?

— Que vous ne serez point trop de deux pour sauver M. de Miniac, et que, le jour où vous le ramènerez, je me sentirai si contente que la tête pourrait bien me tourner et le cœur suivre la tête.

— C'est une promesse, cela ?

— Un mot d'encouragement, tout au plus.

— Quand vous serez tentée de m'oublier, consultez la grande coquille, Mademoiselle Ganette, elle vous répétera d'attendre et d'espérer.

— Au revoir, Monsieur Galhauban, le travail presse, et vous me distrayez de mon devoir.

— Est-ce du temps perdu ?

— Je ne dis pas cela, mais...

— Eh bien ! je vous quitte ! Au revoir, à demain ! Je rapporterai M. de Miniac mort ou vif.

Le matelot regarda une dernière fois la malicieuse fille, descendit l'escalier, puis, arrivé devant la maison, il esquissa un pas de caractère appris chez les sauvages.

— Qui m'aurait dit que j'aurais plus d'éloquence que Jean-la-Grenade ? se demanda-t-il ; quand je commençai le discours qu'il m'a fait apprendre, elle riait et se moquait de moi... Pendant que je parlais, elle pleurait presque... Brave fille, va ! Oh ! oui, je le ramènerai, M. de Miniac, quand ce ne serait que pour obliger mon capitaine, et pour m'entendre remercier par la fleur de Bretagne qu'on nomme Ganette.

La joie du marin resplendissait tellement sur son visage que Mme de Miniac et sa fille s'en aperçurent.

— Voilà un garçon qui semble bien heureux de partir, dit Jocelyne.

Mme de Miniac ne répondit rien ; peut-être soupçonnait-elle une partie de la vérité. Cependant, elle ne se crut point le droit d'interroger la jeune fille. Certaine de la pureté de son cœur et de la régularité de sa conduite, elle préféra attendre les confidences que sans doute elle lui ferait spontanément.

La soirée se passa d'une façon silencieuse.

Le lendemain, Mme de Miniac partit à l'heure accoutumée afin d'aller donner ses leçons. L'après-midi était superbe, Mlle de Miniac songea à en profiter pour respirer un peu ; accompagnée de Ganette elle se dirigea vers la grève : sans qu'elle sût pourquoi, le Grand-Bé l'attirait. Elle y avait passé de si longues heures, avec sa mère, regardant tour à tour se soulever puis mourir les flots ; tant de fois elle y avait épié le retour des navires, songeant au père adoré, prisonnier en face d'une autre mer, ce père dont l'absence lui déchirait l'âme, qu'elle éprouvait une consolante douceur à y retourner.

Les deux jeunes filles gravirent la roche, puis Ganette tira de sa poche un ouvrage de couture, tandis que sa maîtresse prenait une délicate broderie. Toutes deux travaillèrent quelque temps en silence ; la blonde Ganette se souvenait de l'étrange déclaration de Galhauban et, le front rouge, le cœur troublé, elle se demandait si elle devait confier à Jocelyne cette histoire. Un peu de honte la retenait. Certes, elle n'aimait point Galhauban, mais le sentiment sincère qu'elle avait lu dans les yeux du colosse lui remuait cependant l'âme. En le repoussant, du reste, elle aurait cru commettre une méchante action à l'égard de ses maîtresses. Le courage et le dévouement d'un matelot fini, tel que Galhauban, méritaient mieux que le dédain. Il jurait d'aider au salut de M. de Miniac, et Ganette le croyait homme à tenir parole. Tandis qu'elle cherchait une solution à ce problème, Jocelyne s'aperçut tout à coup qu'elle ne se trouvait pas seule sur le Grand-Bé. Un peu au-dessous, se tenait à demi-couché un homme de haute taille dont elle ne pouvait voir le visage. Immobile, le coude appuyé sur le granit, lui aussi rêvait en face de la mer dont les vagues venaient mourir avec des clapotements doux au pied du récif.

Quel était-il ? Jocelyne ne se le demanda pas, et pourtant il lui sembla vaguement avoir entrevu cette taille bien prise, cette chevelure noire aux boucles souples. Un vol de mouettes passa, elle oublia le rêveur.

Mais celui-ci, soit qu'il fût rappelé au sentiment d'un devoir par la rapidité avec laquelle s'enfuyaient les heures ; soit qu'il tentât de secouer les pensées absorbantes remplissant son esprit, se leva brusquement et demeura immobile sur la roche, comme sur un piédestal.

Au cri de surprise étouffé par Mlle de Miniac il tourna la tête, la reconnut, et une subite pâleur envahit son visage.

Il salua, fit deux pas pour s'éloigner, puis brusquement il revint et demeura debout devant elle. Une expression d'angoisse indicible pouvait se lire sur sa physionomie mobile, et les yeux bleus de Jocelyne en se fixant sur les siens augmentèrent encore son trouble.

— Mademoiselle, dit-il en essayant de surmonter une émotion qui étranglait sa voix, avez-vous préparé les lettres et les objets que vous souhaitez faire parvenir à votre père ?

— Êtes-vous certain de parvenir jusqu'à lui ?

— Je sais, du moins, que pour le tenter je risquerai ma vie.

— Oh ! répliqua Jocelyne, agissez avec prudence, je vous en conjure...

— Voilà un mot ou plutôt un sentiment que je ne connais guère, Mademoiselle. La prudence ! Toute la force des corsaires est dans l'impétuosité, la hardiesse, la folie de l'attaque. Si vous saviez avec quelle bravoure, disent les uns, mais plutôt quelle insouciance véritable je joue ma vie dans l'attaque de vaisseaux dix fois plus forts que les miens, au milieu d'équipages mieux armés, dans des conditions d'infériorité matérielle indéniables, vous verriez que jamais je ne sus être prudent. Et pourquoi, je vous le demande, bravais-je ces périls ? Afin de défendre des intérêts matériels, de disputer quelques tonnes d'or, et des marchandises précieuses...

— Non, Monsieur, répondit Mlle de Miniac, tel n'était point votre but. Vous combattez sous le drapeau de la France, et cette pensée vous suffit. Intéressé, vous ! Il suffit d'entendre ce que racontent vos matelots pour être certain du contraire.

— Eh bien ! oui, vous avez raison ; j'ai non point l'amour de la gloire bruyante, mais la passion de l'honneur poussée à sa dernière limite. Chacun peut être plus célèbre, plus riche que moi ! Je défie qu'on soit plus sincèrement honnête homme. Dans ce sentiment repose ma grande, mon unique fierté ! L'estime vaut mieux que l'or, l'estime surpasse tout, même le bruit éphémère qui se produit autour d'un nom. J'ignore combien de temps Dieu me laissera vivre, et si j'aurai le bonheur d'augmenter par quelques victoires le renom déjà fameux de la Cité des Corsaires, mais ce dont je suis certain c'est que Saint-Malo ne donnera jamais le jour à un homme dont la franchise soit égale, dont le serment soit plus sacré !

— Je le sais, murmura Jocelyne.

— Alors, vous le croyez aussi, je verrai votre père... Par quel moyen... Je tenterai les moins périlleux, non par crainte du danger, mais parce que, aujourd'hui, je me sens pris d'un violent désir de vivre, de m'illustrer, de compter parmi les plus nobles enfants de ma ville natale... Les Pères de la Merci, qui viennent souvent à Saint-Malo, solliciter des aumônes destinées au rachat des captifs, m'ont beaucoup parlé de notre consul à Alger, le Père Vacher... C'est à lui que je m'adresserai d'abord. Sa situation le met, plus que personne, à même de savoir dans quelles conditions s'opèrent les rachats de prisonniers. Il me guidera dans mes recherches, il aplanira des difficultés nouvelles pour moi... Oh ! croyez-le, Mademoiselle, je réussirai. Est-il donc plus difficile de payer une rançon que de s'emparer d'un navire ! Mais, si Baba-Hassan le demande, je lui rendrai trois vaisseaux turcs contre la liberté de M. de Miniac.

Des larmes d'attendrissement et d'admiration roulaient sur les joues de Jocelyne. Ses mains se joignirent, elle murmura :

— C'était trop peu de vous devoir la vie ! Je vous devrai donc de revoir mon père !

— A moins que je succombe dans les difficultés de la tâche.

— Succomber ! Vous le plus généreux, le meilleur des hommes !

— La vie d'un corsaire n'a pas de lendemain certain, Mademoiselle. Je puis tomber, atteint d'un coup de feu, sur le pont du premier navire auquel je lancerai mes grappins d'abordage... Une tempête peut broyer le vaisseau sur le pont duquel je vais mettre les pieds... Que sera ma mort ? Obscure ou glorieuse ? Dieu le sait, lui seul... Mon père est mort, ma mère le suivit dans la tombe... Qui me pleurerait ? Mes frères ? Quelque attachement qu'ils aient pour moi, j'en serais peut-être vite oublié... Ils fonderont des familles et, dans la joie de se voir entourés d'une femme aimante, de beaux enfants, ils verront lentement s'effacer de leur cœur le souvenir de l'aventureux corsaire...

— Ne dites pas cela ! Ne le dites pas ! s'écria Jocelyne, si Dieu vous rappelait, si vous succombiez dans l'accomplissement de votre tâche, cette tâche sacrée acceptée au nom de la pitié, il est une créature qui ne se consolerait jamais ! Une âme qui parlerait de vous au Seigneur dans toutes ses prières ; un pauvre cœur déjà brisé pour qui votre nom resterait cher à jamais !

— Jocelyne ! Jocelyne ! répliqua le corsaire, en saisissant les deux mains que Mlle de Miniac portait à son visage afin de lui dérober ses larmes, dites-vous vrai ? Sous l'influence d'une émotion profonde excitée par le souvenir de votre père, n'exagérez-vous point le sentiment de votre reconnaissance ! Ah ! parlez ! parlez ! rendez-moi invulnérable ! Dites-moi qu'en me sacrifiant au salut de M. de Miniac je travaillerai, moi aussi, au salut de mon père !

Pierre de la Barbinais plongea ses yeux noirs dans le regard voilé de Jocelyne. La tête renversée en arrière, il la regardait d'en bas, et paraissait plutôt, à cette heure, adresser des prières à un ange que solliciter le timide aveu d'une jeune fille.

Jocelyne, troublée jusqu'aux sanglots, ne trouvait point la force de répondre. Pour la convaincre de sa tendresse, Pierre de la Barbinais venait d'employer le meilleur, le plus saint des arguments...

Cependant le tumulte de son cœur s'apaisa, ses larmes se séchèrent, mais laissant sa main dans la main loyale qui la retenait :

— Là-bas, dit-elle, sous les voûtes des cachots du Pacha d'Alger, ou sous le ciel de l'Afrique où tous deux vous serez libres, répétez à mon père ce que vous venez de me dire... Ajoutez, si vous le voulez, que Jocelyne de Miniac vous a donné non point la promesse d'être votre femme, mais sa parole de ne jamais être la femme d'un autre. Il n'appartient qu'à mon père de disposer de ma vie.

— Jocelyne! Jocelyne! dit le corsaire, chère fiancée devant Dieu! j'en jure par la solennité de cette heure, par le ciel qui nous entend, par la mer qui confond ses bruits avec nos paroles, vous serez désormais ma pensée unique et le but de mon existence!

— Pierre, ajouta Mlle de Miniac, recevez la plus fidèle de mes promesses, vous en ce monde, Dieu dans l'autre!

Elle s'était levée à son tour; alors la rejoignant sur la haute roche, le corsaire resta longtemps bouleversé par la joie, serrant la petite main qui lui était promise.

Quand ils sortirent de ce silence, le soleil s'abaissait vers la mer, Ganette pliait son ouvrage; l'heure de rentrer était venue.

— Vous partez? demanda le corsaire, moi je reste ici, jusqu'au moment où il me sera possible de me présenter chez votre mère. Elle doit apprendre aujourd'hui même ce qui s'est passé entre nous..

Les jeunes filles quittèrent le Grand-Bé, et Pierre les suivit du regard.

— Jolie goélette, hein! capitaine, dit une grosse voix mêlée de rires.

— Que veux-tu dire, Galhauban?

— Dame, capitaine, sauf votre respect, cette petite Ganette est gréée à loisir, et fine, et sage! Alors vous comprenez...

— Tu es amoureux de Ganette, toi!

— Comme un imbécile, capitaine!

— Et tu l'épouses?

— Quand nous aurons sauvé M. de Miniac.

Le capitaine tendit la main au matelot.

— Bien, mon garçon, bien! Je suis content de toi! Et, je te le jure, c'est moi qui doterai Ganette et qui paierai les frais de la noce!

M. de la Barbinais avait certes confiance dans tous ses marins, mais il gardait à l'égard de Galhauban une secrète préférence. Il savait ce cœur doux, bon, dévoué; désormais, il se croyait certain de réussir dans les projets les plus hardis, puisqu'il l'avait à ses côtés.

Lorsque Galhauban s'éloigna pour se rendre chez la mère Cachalot, le corsaire le rappela.

— As-tu encore du lest, matelot?

Pour toute réponse, Galhauban retourna philosophiquement ses deux poches.

— On possède de l'honneur et du crédit; d'ailleurs, avant l'embarquement, les armateurs ne nous refuseront pas une avance.

— Une avance! prends cette poignée d'or, mon brave, dépense-la à la santé de Ganette et au succès de notre entreprise.

— Ça pour moi! s'écria Galhauban! C'est trop, vingt fois trop. On griserait tous les Mathurins Salés de Saint-Malo avec une pareille somme... Enfin, si c'est votre fantaisie, faut pas vous contredire! Merci et au revoir, capitaine! Si je me donne à Saint-Malo une bosse de plaisir, je vous assure que les premiers Turcs qui me tomberont sous la main recevront une fameuse tripotée.

Gaulhauban s'éloigna en fredonnant :

> On aperçoit par tribord
> Un navire d'apparence
> A mantelets de sabord...

A peine Ganette venait-elle de commencer les apprêts du souper que Mme de Miniac rentra, le teint animé par la course qu'elle venait de faire. Elle saisit à deux mains la tête de sa fille, l'embrassa sur le front à plusieurs reprises, puis éloignant doucement le visage de Jocelyne, et le considérant avec une attention plus grande :

— Qu'as-tu? demanda-t-elle.

— Oh! mère! murmura Jocelyne, je suis bien heureuse.

Un nom vint aux lèvres de Mme de Miniac.

— Pierre de la Barbinais?

— Tu sauras tout ce soir.

En effet, vers sept heures, le capitaine se présenta chez la mère de Jocelyne. Avec une franchise attendrie il raconta tout, depuis la première impression produite sur le port par la vue de Jocelyne, jusqu'à la pitié sincère d'admiration qui s'était emparée de lui, en apprenant l'histoire de M. de Miniac.

— Maintenant, lui dit-il, bénissez-moi, comme une mère bénit son fils ! et je jure de mourir ou de sauver celui que vous pleurez.

— Ah! s'écria Jocelyne, vous parlez toujours de mourir !

Une expression grave passa sur le visage du corsaire.

— La vie serait bonne désormais, pourtant !

Durant cette soirée qui pour eux devait rester inoubliable, ils mêlèrent à la naïveté sublime de leur tendresse fraîche éclose, toutes es idées de dévouement et d'héroïsme remplissant deux âmes également nobles, également grandes, à la fois sacrées pour l'amour, et sacrées pour le malheur.

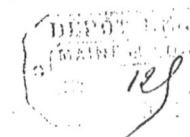

Les officiers promenaient sur la mer un regard ennuyé. (*Voir page* 71.)

VI

EN MER!

Les armateurs de Saint-Malo, effrayés par les dangers que couraient leurs navires, non seulement plaçaient sur le pont de leurs
bâtiments une légère artillerie, et munissaient les matelots de piques,

Les officiers promenaient sur la mer un regard ennuyé. (*Voir page* 71.)

VI

EN MER!

Les armateurs de Saint-Malo, effrayés par les dangers que couraient leurs navires, non seulement plaçaient sur le pont de leurs
bâtiments une légère artillerie, et munissaient les matelots de piques,

de haches et de pistolets, mais ils joignaient souvent à leur flottille un véritable navire de guerre ayant pour mission de la protéger. Du reste, chaque navire exposé aux attaques des pirates Barbaresques avait, en général, avant de lever l'ancre, le soin de se munir d'une commission de l'amiral de France. Afin de répondre des injustices que ses représentants pouvaient commettre en mer, et dont il répondait, le négociant armateur déposait préalablement une somme de quinze mille livres.

On annonçait dans tous les quartiers la campagne maritime, et les engagés ne manquaient pas! Les matelots préféraient monter des navires armés pour la Course, à bord desquels ils avaient des chances de gros profits, et couraient les risques de bonnes estafilades, que de naviguer sur des bâtiments dépourvus de moyens de défense ; en ce cas, le danger se présentait sous des côtés doublement sinistres : les pontons anglais d'un côté, de l'autre les bagnes de la côte Barbaresque. Ne valait-il pas mieux se battre comme un enragé sous les plis du drapeau français, maintenir la réputation des matelots de Saint-Malo, sans autres rivaux que les marins de Dieppe? Dès qu'on annonça le départ prochain de la flottille, tous les matelots en possession de leur congé affluèrent chez les armateurs. Chacun vantait son courage, faisait valoir ses talents maritimes, énumérait ses campagnes, discutait le prix de son engagement, et terminait par réclamer une avance qui rarement était refusée. Ne fallait-il point régler les comptes des hôtesses complaisantes, laisser quelques ressources à la vieille mère, quelque chose à la femme et aux enfants?

Les registres, ouverts dans les divers quartiers de la ville, se couvraient de signatures. Au milieu des hommes robustes, des marins ayant déjà fait le coup de feu, hardis loups de mer capables de tous les carnages, se glissaient timidement des orphelins. Ceux-là, tour à tour effrayés et curieux, se demandaient quelle serait désormais leur vie à côté de ces hommes à la voix rude, à l'allure gouailleuse, balafrés en mainte campagne, et sous les ordres desquels ils allaient bientôt se trouver.

Serrés les uns contre les autres, oiseaux craintifs changeant le nid connu pour la lame et les grandes vagues, ils se sentaient pris à cette heure d'une tristesse profonde, en songeant à l'hôpital où ils avaient grandi. La maison sombre, enclose de grands murs, leur servit de berceau ; nulle mère ne veilla sur leur enfance ; épaves de la vie, orphelins voués à l'isolement et à la douleur, car celui qui ne connut pas sa mère ne put jamais se dire heureux, ils grandirent pliés sous un joug pieux, ne connaissant d'autres protecteurs que des prêtres aux cheveux blancs, d'autres femmes que des religieuses dont le regard s'emplissait, en les regardant, d'une exquise pitié. Ils s'en allaient brusquement. L'État, qui les avait nourris, en faisait des mousses. Plus d'une fois, pressés l'un contre l'autre, le soir, dans la chaleur d'une chambre close, ils s'étaient entretenus des grands voyages réalisés par leurs anciens camarades. Plus d'un d'entre eux était revenu apportant des fruits rares, des souvenirs à ses anciens compagnons. Mais si quelques-uns vantaient la vie libre en plein air, entre l'Océan et le ciel, d'autres montrèrent sur leurs membres grêles la trace des brutalités des matelots. Quel serait leur sort, à eux qui allaient partir? Se trouveraient-ils sous les ordres de marins à la main rude, à la voix de tonnerre, oubliant qu'ils ont été petits et tremblants comme ceux-ci?

Ils pleureraient souvent, sans doute, à bord! Et les yeux naïfs se fixaient sur les matelots venant chercher des engagements, afin de savoir si, parmi ceux-là, ils en trouveraient qui leur parussent capables de les aimer.

Au nombre des orphelins désignés par les administrateurs pour faire la prochaine campagne, il s'en trouvait deux, Servan et Mériadec, dont l'amitié ne s'était jamais démentie. Ceux-là ne demandaient pas grand'chose : pourvu qu'on les embarquât sur le même navire, ils s'estimeraient contents. Le cœur leur battait, tandis qu'ils passaient les marins en revue. Tout à coup, Servan s'adressant à son camarade lui dit, en désignant un marin de taille colossale :

— En voilà un qui semble bon. Si nous lui demandions à partir avec lui?

— Je n'oserais pas, répliqua Mériadec.

— Pourquoi donc? Il est grand, fort; il sera indulgent pour des petits comme nous. Je me risque. Que pouvons-nous perdre, d'ailleurs!

Servan s'avança vers le marin et le tira par sa veste :

— Monsieur le matelot, monsieur le matelot!

— Que veux-tu, petit?

— On va faire de nous des mousses. Ce n'est pas que nous ayons peur, au moins, mais nous désirons ne pas être séparés, et puis voilà, vous nous inspirez confiance, prenez-nous avec vous.

— Des mousses, vous! des gringalets! Et ne sachant rien faire encore!

— C'est vrai, monsieur le matelot, mais on ne nous a rien appris... Si vous saviez comme nous avons bonne volonté.

— Cela ne suffit pas! répliqua le colosse en enflant sa voix.

— Si, monsieur le matelot, avec un bon maître.

— Savez-vous que je serai à bord du navire de M. de la Barbinais?

— Nous! nous étions encore à l'hôpital ce matin.

— Qu'on se battra?

— Si c'est le devoir.

— Que les Turcs ou les Anglais peuvent nous couper la tête?

— Qu'est-ce que cela fait, nous n'avons pas de famille.

— Pas de famille! c'est vrai, ces petits de l'hospice! pas de bonne femme de mère qui dise des chansons! Rien! Mais enfin je ne puis pas la remplacer, votre famille.

— Non, monsieur le matelot, ajouta Mériadec qui reprenait courage en voyant s'adoucir l'expression de la face bronzée du marin; seulement, vous pouvez dire à vos camarades : « Ces petits moucherons-là me sont confiés par la Providence, faisons-en des mousses heureux pour qu'ils deviennent de bons matelots. Allez, nous ne serons pas plus peureux que les autres! Et puis, quand nous prierons Dieu, nous lui demanderons de protéger ceux que vous aimez... Vous avez eu une mère, vous! »

— Allons! tais-toi! dit le matelot. Enjôleur, à ton âge! Je vous prends tous deux, je vous présente au capitaine. Eh bien! oui, et je vous adopte! vous prierez le bon Dieu pour Ganette...

Les orphelins se jetèrent au cou du matelot.

— En route! dit celui-ci, allons voir la frégate, maintenant.

Elle se balançait sur ses hanches, légère sous le poids de ses trente-six canons, fine de coupe, gracieuse de quille; elle devait glisser sur la mer avec la grâce d'une mouette. Aussi le brave Galhauban, l'ancien roi de l'avant du *Neptune*, se réjouissait-il à l'avance des belles chasses qu'elle donnerait aux Anglais, et des féroces abordages qu'elle risquerait avec les fustes barbaresques. Il en parlait avec amour, avec enthousiasme, nommant aux petits chaque pièce de la manœuvre, observant sur leurs visages l'impression produite par sa conversation imagée. Ils l'écoutaient l'œil agrandi, la bouche entr'ouverte, curieux et charmés. Il leur semblait déjà être loin, bien loin sur la mer, oubliant les murailles nues de l'hôpital, baignés par la claire lumière d'un ciel d'Orient, bercés par le grand roulis de la mer.

Puis, afin de sanctionner son adoption, Galhauban emmena les petits chez la mère Cachalot, pour leur donner un avant-goût de la vie maritime et des plaisirs qu'elle procure.

Tandis que sur les quais on chargeait les navires en partance, au fond des églises et des chapelles les femmes, les mères, les fiancées et les sœurs pleuraient. Quelques-unes se rendaient à Saint-Juan-du-

Désert, pieds nus, allumer à son autel une chandelle de cire, et suivaient anxieusement du regard la direction de la flamme, montant plus ou moins droit vers le ciel.

Dans les hôtelleries et les cabarets on préparait les derniers festins ; quelques matelots y dépensaient non seulement les avances reçues, mais encore leur future part de prise. Savaient-ils s'ils reviendraient, seulement ?

Tant de dangers les menaçaient qu'on pouvait bien se montrer indulgent pour leurs dernières folies. On vit donc passer, dans les rues de Saint-Malo, avec plus de tristesse que de blâme sévère, les dernières bandes de marins que les libations abondantes empêchaient peut-être de pleurer.

On comptait les heures séparant les matelots du terme de l'embarquement.

Dans un entretien empreint de la solennité des adieux, Pierre de la Barbinais recommanda à ses frères la femme et la fille du docteur de Miniac, sans leur révéler cependant quel lien l'attachait désormais à Jocelyne. Elle et Dieu devaient seuls le savoir.

Jusqu'au moment où il s'agit d'aller, pour la dernière fois, voir celle dont il espérait faire sa femme, Pierre conserva son courage. En dépit de sa force, il se sentit faiblir à l'instant où il franchit le seuil de la Maison de Bois.

Les dames de Miniac l'attendaient : Jocelyne avec un sourire, la mère le cœur serré !

— Mon fils, dit-elle, car je veux vous donner ce titre par avance, afin de vous porter bonheur, voici une lettre pour celui que nous pleurons ; après l'avoir lue, il aura en vous la même confiance que nous-mêmes... Dans cette cassette sont réunies nos économies... Je sais qu'insuffisantes pour la rançon du captif, elles viennent d'être complétées par vous... Et nous n'en rougissons pas !

— Madame ! ma mère ! répliqua Pierre en pliant le genou, je veux seul vous rendre un mari et ramener un père à Jocelyne. Gardez cet or sacré. Je n'en ai nul besoin. S'il plaît à Dieu, je reviendrai riche de ce voyage... Il me serait trop pénible de rester inquiet à votre sujet durant cette traversée...

Mme de Miniac insista inutilement ; Jocelyne, qui comprit la tendre pensée dictant la conduite de son fiancé, s'en remit à lui d'un devoir qui lui tenait au cœur comme à elle.

Au moment où il se leva, Mme de Miniac lui demanda :

— Quand partez-vous ?

Il eut à peine le temps de répondre que les sourds roulements du tambour se firent entendre.

— Avant que ce signal cesse de retentir dans la ville, je devrai me trouver à bord, dit Pierre.

— Nous vous accompagnerons, repartit Mme de Miniac.

Ils sortirent tous les trois, se dirigeant d'un pas lent vers le navire à l'ancre autour duquel rôdaient déjà les matelots. Galhauban y amenait les futurs mousses ; le fifre d'Yvonnet se rapprochait ; Poigne-d'Acier et Jean-la-Grenade, se prêtant un appui mutuel, criaient leurs adieux à des terriens bons enfants.

Pierre pressa durant une seconde la main de Jocelyne :

— Dans la joie ou la douleur, la tempête et la bataille, dit-il, à vous, toujours à vous !

Et, les yeux levés au ciel, Jocelyne répondit :

— Dans la vie et dans la mort, je serai à vous, Pierre...

Il y eut entre ces trois êtres également bons une solennelle minute de silence ; Pierre ne pouvait se résigner à quitter Jocelyne ; ce fut Mme de Miniac qui lui dit :

— Allez, mon fils, et que Dieu vous garde !

— Vous prierez pour moi, n'est-ce pas ?

— Tous les jours, quand je prierai pour mon père !

Pierre, voyant grossir sur le quai le nombre de ses matelots, craignit que son émotion fût remarquée, et brusquement il quitta les deux femmes pour monter à bord du *Sirius*.

Elles rentrèrent quand la brume enveloppa les quais et le pont du navire et, lorsqu'elles se trouvèrent seules, toutes deux fondirent en larmes.

— J'ai peur ! J'ai peur ! s'écria Jocelyne.

— N'a-t-il point bravé bien d'autres dangers ?

— La crainte ne se raisonne pas, ma mère ! Quelque chose me fait redouter, pour la traversée du *Sirius*, des périls au-dessus des forces humaines. Nous avons tant souffert que nous devons difficilement accueillir l'espérance.

Cependant Mme de Miniac trouva des paroles si tendres, elle enveloppa tellement de ses caresses Jocelyne alarmée, que celle-ci retrouva assez de courage pour se rendre, le lendemain, sur le port à l'heure où la flotte devait mettre à la voile.

Toute la ville de Saint-Malo se trouvait là.

Au moment où l'ancre dér apaet où Pierre salua pour la dernière fois de la main deux femmes debout sur le port, un pressentiment funeste, qu'il ne fut pas maître de repousser, envahit son cœur. Lui

aussi pensa, comme Jocelyne, que cette campagne lui serait fatale!
Il s'empressa de chasser de son esprit cette pensée.

Du reste, le temps était admirable, un bon vent poussait le navire; tout faisait présager une traversée heureuse. Pierre, à peine
âgé lui-même de vingt-six ans, avait pour second un homme de
vingt-deux ans, M. de Méloir, digne de toute sa confiance; le chirurgien Louis Vernon était à son premier voyage; intelligent, avide
de science, dessinateur habile, écrivain distingué, il se promettait
d'écrire les campagnes du corsaire.

C'est avec eux, qu'assis sur l'arrière du *Sirius*, Pierre de la Barbinais s'entretenait tour à tour de la patrie qu'ils venaient de quitter,
des dangers à craindre sur les côtes Barbaresques, des précautions
prises pour lutter avec avantage contre les pirates.

Pendant que les officiers parlaient guerre, marine, politique et
voyage, Galhauban, durant ses moments de loisir, réunissant les orphelins Servan et Mériadec, leur enseignait l'art de nouer les filins
de toutes grosseurs; leur montrait à grimper aux cordages, à prendre
les riz dans les huniers, à laver, frotter, astiquer le pont. Ils devaient
également connaître le degré de respect avec lequel ils s'adressaient
à chaque matelot. Enfin, pour joindre l'agréable à l'utile, il leur
répétait des chansons de bord, leur enseignait à danser la « Mate-
lote » aux sons du fifre d'Yvonnet, en faisant tour à tour des mousses
alertes, des marmitons aidant le maître coq à la cuisine, des pages
obéissant au moindre signe du capitaine.

Durant les premiers jours, les pauvres petits s'étaient trouvés
égarés et comme affolés à bord de cette maison flottante, vacillant
sous les pieds, entendant retentir à la fois les commandements transmis par le porte-voix, les sifflements du vent dans les manœuvres,
les cris des uns, les jurements des autres. Puis, en dépit de sa
bonté, Galhauban ne traitait pas toujours ses élèves avec une douceur extrême. Il fallait comprendre un mot, un signe, un clin d'œil.
Enfin ces enfants timides, grandis entre les murs sombres d'un
hôpital, accoutumés à la voix douce des religieuses, à la parole
affectueuse du chapelain, dont la grande joie consistait dans une
promenade faite le dimanche en dehors de la maison hospitalière,
s'effaraient du mouvement du bord, s'épouvantaient en fixant l'horizon sans borne, ne laissant voir que deux lignes d'azur confondues :
l'eau et le ciel! Quand il s'agissait de grimper aux cordages, de
monter dans de longues échelles secouées par un vent violent, de s'y
cramponner de leurs pieds encore maladroits, de leurs petites mains
saignantes, ils trouvaient le métier rude, et plus d'une fois leurs

pensées se tournèrent vers la maison recueillie, où leur tâche quotidienne était si facile.

Mais le soir, lorsqu'à l'abri de la grande voile battant le mât avec un bruit sec ou se gonflant toute ronde, assis sur un rouleau de câbles, ils écoutaient les récits du gaillard d'avant, les chansons de bord, la musique mélancolique d'Yvonnet, ils se disaient qu'après tout mieux valait le noble métier de corsaire que d'exercer dans une cave humide l'état de tisserand, ou de fabriquer de la corde dans quelque coin de la ville, allant et venant comme une machine humaine, roulant du chanvre sans fin, pour des profits insuffisants.

— Est-ce que nous n'avons pas été mousses! s'écriait Galhauban lorsqu'il voulait ranimer leur courage. Moi qui vous parle, je suis matelot de père en fils depuis quatre générations ! Mon premier jouet fut un bateau, ma première joie un voyage pour la pêche aux harengs, sur la côte Néerlandaise ! Mais dame ! j'étais né pour l'état. Je parlais la langue de bord comme pas un. A six ans, je raccommodais les filets de pêche, je connaissais tous les nœuds d'arrimage. La force seule me manquait. Elle vint vite ! A ma première pêche en succéda une seconde. Pendant les grains jamais un mot, un cri, un tremblement. Mon père était fier de moi ! Et quand il mourut, quand notre vieille barque fut coulée par les Anglais qui me l'on déjà payée trois fois sa valeur, je ne voulus plus de la pêche, pas même de la pêche à la baleine, comme le vieux de la mère Cachalot. Il me fallait des Anglais et des Turcs à combattre ! Vous avez perdu du temps, c'est vrai, rattrappez-le! Sans me vanter, vous voilà dans les mains d'un fameux maître d'équipage ! Vous deviendrez novices, comme les autres, puis matelots. Et dame ! la joie, l'or plein les poches, et de la gloire par-dessus le marché. Vous ne connaissez pas cela, vous, la gloire? Ça ne semble rien ! et on se ferait hacher pour en tâter, ne fût-ce qu'une fois ! Quand le bâtiment pavoisé est en vue, que toute la ville vous attend, que les femmes ont à la main des fleurs, que les enfants agitent les bras, que la foule bat des mains en criant : « Vivent les Corsaires! » voyez-vous, mes petits amours, ça vous grise un homme comme les vins d'Italie ! On était brave, on se sent devenir héros! Nous sommes tous comme cela, à bord du *Sirius*.

— Et le capitaine? demanda Servan.

— Oh! le capitaine est au feu le premier de tous, répliqua Jean-la-Grenade. Dur sur la discipline, mais courageux comme un lion. Je l'ai vu rester le dernier à bord d'un navire dont le pont flambait sous les pieds.

— Et, ajouta Galhauban, te souviens-tu, La Grenade, de la tem-

pête qui brisa le *Jupiter* sur les côtes Malaises ? Il s'agissait de gagner
la côte à la nage, mais de cette côte les pirates Malais, montés dans
des praos, venaient à notre rencontre, armés de kriss capables de
nous renseigner suffisamment sur leurs intentions. Le capitaine
prend un pistolet de chaque main, garde un poignard entre les dents
et, s'élançant d'un radeau dans la première prao qui passe près de
lui, il casse la tête de deux Malais, en poignarde trois, et fait des
signes d'amitié aux autres. Mais les Malais veulent venger la mort
de leurs compagnons ; trois praos, puis six entourent la pirogue dans
laquelle se trouvait le capitaine. Il dut lutter contre dix hommes ! Oh !
je le vois encore, cassant les têtes avec les crosses des pistolets,
bondissant comme un tigre, maniant le couteau comme un Espagnol.
Peut-être eût-il succombé sous le nombre, mais nous avions eu le
temps de charger nos armes, et l'artillerie parla si bien que nous
laissâmes aux requins les cadavres de cinquante bandits.

— Oh ! moi, ajouta Poigne-d'Acier, ce n'est pas ce trait qui me
touche davantage dans la vie du capitaine. On est matelot et soldat,
on se bat, c'est le devoir. Mais à Soura-Karta où nous étions allés
faire un voyage, afin de traiter en grand d'une cargaison d'épices, le
capitaine apprend qu'un Javanais vient d'être condamné à mort..
Chez nous, en France, le bourreau est un homme armé de cordes, de
ferrailles et de couperets... Là bas, à Java, c'est un éléphant, la plus
noble des bêtes, qu'on dresse à ce métier hideux. Le condamné, après
avoir été traîné dans une arène attaché à l'un des pieds du colosse,
pose la tête sur une table de pierre, et cette tête le bourreau l'écrase
du pied... Celui qui allait subir ce supplice était le fils d'une pauvre
veuve, n'ayant pour vivre que le travail de son enfant. Elle l'aimait
follement, comme aiment les mères, quoi ! Puis elle affirmait qu'il
était innocent, et demandait à tous la grâce d'Arindo... Nous nous
trouvions à Soura-Karta un jour de réjouissances publiques. Le
Sultan offrait à son peuple la vue d'un combat de bêtes fauves faites
prisonnières dans les jungles et réservées pour les plaisirs du maître.
Non seulement les tigres et les rhinocéros combattaient entre eux,
mais des hommes se jetaient au milieu des fauves, tantôt excités par
l'appât d'une récompense, tantôt encouragés par une promesse de
grâce effaçant une grave condamnation.

Pendant les quarts de liberté, chaque jour, sur le gaillard d'avant,
on recommençait des récits de ce genre. On ne s'ennuyait pas, vrai
Dieu ! C'était un fameux conteur que Jean-la-Grenade ! Poigne-
d'Acier roucoulait les airs de bord à la satisfaction de tous, et le fifre
d'Yvonnet redisait des airs bretons.

Le capitaine avait obtenu une invitation pour cette lutte, et nous devions nous tenir en arrière de la palissade de bois de teck. Comment la mère du condamné se trouva-t-elle sur notre chemin? Par quelle divination s'adressa-t-elle au capitaine, en le suppliant d'intercéder pour elle? Dieu garde souvent ces secrets-là. Mais, une heure plus tard, nous apprenions que Pierre de la Barbinais avait fait offrir au Sultan de Soura-Karta de lutter contre le plus féroce de ses tigres, à la condition qu'il aurait la grâce d'Arindo. Quelle que fût l'issue du combat, le malheureux serait rendu à sa mère. Vous imaginez-vous ce qui se passa dans notre tête et dans notre cœur? Le capitaine risquer sa vie! Et pour qui? Pour un misérable au teint de cuivre, s'agenouillant devant des idoles, s'habillant d'un rien du tout de ceinture! Nous étions furieux. Ah! s'il nous avait été permis de prendre part à cet abordage d'un nouveau genre, de nous battre contre les fauves à coups de mousquets ou de couteaux, c'eût été bon! Mais être réduits à demeurer spectateurs de cette lutte inégale et féroce; voir les dangers courus par notre capitaine, et demeurer impuissants à le servir! La plus féroce des bêtes nous semblait alors le Sultan, à qui les hommes ne parlent qu'à genoux. Il ne comprenait rien, du reste, à la magnanime proposition du maître du *Jupiter*. Le misérable enfant de race javanaise, qu'il s'agissait de sauver, ne valait pas ses oiseaux privés et son singe de Bornéo. Nous, c'est autre chose! Tout en blâmant le capitaine d'affronter volontairement un semblable péril, nous savions que cet infortuné avait une âme. La fête commença par des combats d'homme à homme. Ensuite, des bêtes furent lâchées dans l'arène. Le sable était encore teint de leur sang, quand le tigre noir y bondit, cherchant de ses prunelles quel ennemi serait assez audacieux pour l'attaquer. Au même moment, le capitaine sauta par-dessus une barrière de bois de teck. Il avait à la main une forte lame, large, creusée de rainures dans lesquelles avait coulé le suc de l'euphorbe. Pendant une minute, le tigre le regarda. L'animal s'était couché sur le sable, et là, tranquillement allongé, léchant ses pattes de sa langue rose, il paraissait se demander comment il attaquerait le maître du *Jupiter*. Tout à coup il se ramassa, bondit, décrivit en l'air une grande courbe et passa par-dessus son adversaire qui, d'un geste souple, s'était dérobé. La bête trompée se retourna furieuse, léchant ses babines, jetant des flammes par ses prunelles jaunes, et rugissant tandis qu'elle décrivait un cercle autour du capitaine. Lui la suivait du regard, calme, froid, paraissant la défier. Cette fois elle se leva, avança une de ses pattes énormes, et la jeta sur le bras du capitaine... Un cri nous échappa... Il était perdu... Mais, au même moment, l'arme du capitaine s'abattit sur le tigre, et l'atteignit au défaut de l'épaule. Il roula foudroyé, tandis que le capitaine essuyait tranquillement le sang coulant de sa blessure. Un collier de diamants d'un prix inestimable tomba dans l'arène ; afin de ne point paraître dédaigner le présent du Sultan, notre chef le releva ; un moment après il le remettait à la mère qui baisait ses pieds en sanglotant.

— Ah ! s'écria Servan, quel homme que le capitaine !

— Nous en pourrions raconter ainsi durant sept années, et jamais nous n'aurions fini. Le capitaine est un héros, un grand cœur ! Et il n'y a qu'un la Barbinais au monde ! Voilà pourquoi, graines de mousses, dans vos prières du soir, vous devez remercier Dieu de vous avoir fait entrer dans l'équipage du *Sirius* qui, sans nous vanter, ne compte pas un failli chien !

Les jours succédaient aux jours ; le vent continuait à être bon, et la flotte voguait semblable à une troupe de blancs albatros effleurant les vagues de leurs immenses ailes de neige.

Vainement les officiers promenaient sur la mer un regard ennuyé, toujours rien à l'horizon, sinon d'honnêtes navires de commerce avec lesquels on échangeait un salut. Que pouvait-on demander de plus que ce beau temps et cette mer facile ? Et cependant officiers et matelots devenaient tristes. La traversée s'achèverait-elle donc sans une de ces rencontres, sanglantes mais glorieuses, dont le souvenir vit dans toutes les mémoires et qui finit par devenir une de ces légendes de bord que se transmettent les conteurs du gaillard d'avant ? Sans doute, les négociants y gagneraient. Leur cargaison ne paraissait courir aucun risque. Mais le matelot que ferait-il à terre avec les rares écus de sa paie, s'il n'y pouvait joindre une riche part de prise ? Sans compter que bon nombre des Mathurin Salés du *Sirius* l'avaient à l'avance vendue, les uns à la mère Cachalot, les autres aux cabaretières du port. Sentir sous ses pieds une jolie frégate de trente-six canons qui ne demandaient qu'à parler et se voir réduits à compter les étoiles durant la nuit, et à chercher pendant le jour la silhouette d'une tartane turque ou d'une fuste en chasse !

Pierre de la Barbinais, en se promenant à l'arrière, entendait souvent les matelots se plaindre d'un repos forcé. Ils avaient hâte de pointer des canons, de remuer des gargousses, de courir sur des mécréants invocateurs d'Allah, de plonger des mains avides dans la cargaison dont ils auraient leur part.

Lui aussi songeait qu'une rencontre heureuse, une bataille qui eût

mis davantage son nom en relief grandirait sans doute l'amour de
Jocelyne. Mais il ne demandait point à Dieu d'envoyer l'ennemi dans
ses eaux, craignant de le tenter et d'appeler la foudre sur sa propre
tête. Il commençait à croire que les navires qu'il escortait achève-
raient tranquillement leur traversée. Pendant qu'ils prendraient un
nouveau fret, il se rendrait à Alger et, de concert avec le consul de
France, il obtiendrait, à quelque prix que ce fût, la liberté de M. de
Miniac.

Ces idées le ramenaient à Jocelyne; le doux visage de la jeune
fille rayonnait devant lui, et les dernières paroles prononcées par
elle retentissaient dans son cœur.

— Sur la terre et dans le ciel, à vous sans partage.

Un soir, la vigie cria :

— Navire à tribord !

La Barbinais braqua sa lunette, les matelots s'efforcèrent de distinguer, à travers la distance, quelle pouvait être la nationalité du
bâtiment, mais un brouillard assez épais qui se mit à tomber rendit
impossible de trouver la solution du problème.

Pierre resta longtemps sur le pont, bien qu'il ne pût rien distinguer à quelques encâblures. Son front était devenu grave, le danger
était là.

— Eh bien ! capitaine, à quoi pensez-vous ? lui demanda M. de Méloir.

— Je songe que nous nous battrons demain.

— Contre qui ?

— Contre des Turcs, évidemment.

— Alors ! la journée sera bonne pour tout le monde... Si vous connaissez déjà la gloire, vous ! nous souhaitons vivement la voir nous
sourire.

La Barbinais posa la main sur l'épaule de l'officier.

— Croyez-moi, lui dit-il, priez ce soir, et écrivez à votre mère.

Quand le soleil se leva, il éclaira un vaisseau turc de forces deux
fois plus considérables que le *Sirius*.

Le branle-bas de combat amena sur le pont tous les hommes.

— Mes enfants, leur dit Pierre, l'ennemi est là, l'ennemi de la
France, l'ennemi qui garde au fond de ses cachots nos compatriotes
et nos frères ! Il s'agit de prendre ce navire, et de faire des prisonniers. Allons, camarades, Dieu vous voit et vous êtes Malouins !

Il lança une doubl   'arge. (*Voir page* 80.)

/11

DIX CONTRE UN

Il y eut, à bord du *Sirius*, une explosion de joie indescriptible :
Enfin, on allait se battre !

A peine les deux navires se trouvèrent-ils assez rapprochés pour

mis davantage son nom en relief grandirait sans doute l'amour de
Jocelyne. Mais il ne demandait point à Dieu d'envoyer l'ennemi dans
ses eaux, craignant de le tenter et d'appeler la foudre sur sa propre
tête. Il commençait à croire que les navires qu'il escortait achève-
raient tranquillement leur traversée. Pendant qu'ils prendraient un
nouveau fret, il se rendrait à Alger et, de concert avec le consul de
France, il obtiendrait, à quelque prix que ce fût, la liberté de M. de
Miniac.

Ces idées le ramenaient à Jocelyne ; le doux visage de la jeune
fille rayonnait devant lui, et les dernières paroles prononcées par
elle retentissaient dans son cœur.

— Sur la terre et dans le ciel, à vous sans partage.

Un soir, la vigie cria :

— Navire à tribord !

La Barbinais braqua sa lunette, les matelots s'efforcèrent de distinguer, à travers la distance, quelle pouvait être la nationalité du
bâtiment, mais un brouillard assez épais qui se mit à tomber rendit
impossible de trouver la solution du problème.

Pierre resta longtemps sur le pont, bien qu'il ne pût rien distinguer à quelques encâblures. Son front était devenu grave, le danger
était là.

— Eh bien ! capitaine, à quoi pensez-vous ? lui demanda M. de Méloir.

— Je songe que nous nous battrons demain.

— Contre qui ?

— Contre des Turcs, évidemment.

— Alors ! la journée sera bonne pour tout le monde... Si vous connaissez déjà la gloire, vous ! nous souhaitons vivement la voir nous
sourire.

La Barbinais posa la main sur l'épaule de l'officier.

— Croyez-moi, lui dit-il, priez ce soir, et écrivez à votre mère.

Quand le soleil se leva, il éclaira un vaisseau turc de forces deux
fois plus considérables que le *Sirius*.

Le branle-bas de combat amena sur le pont tous les hommes.

— Mes enfants, leur dit Pierre, l'ennemi est là, l'ennemi de la
France, l'ennemi qui garde au fond de ses cachots nos compatriotes
et nos frères ! Il s'agit de prendre ce navire, et de faire des prisonniers. Allons, camarades, Dieu vous voit et vous êtes Malouins !

Il lança une double décharge. (*Voir page* 80.)

VII

DIX CONTRE UN

Il y eut, à bord du *Sirius*, une explosion de joie indescriptible :
Enfin, on allait se battre !

A peine les deux navires se trouvèrent-ils assez rapprochés pour

Il lança une doubl•   ʼiarge. (*Voir page* 80.)

VII

DIX CONTRE UN

Il y eut, à bord du *Sirius*, une explosion de joie indescriptible :
Enfin, on allait se battre !

A peine les deux navires se trouvèrent-ils assez rapprochés pour

qu'il fût possible de commencer la lutte, que le *Sirius* fit feu de toutes ses pièces de l'avant, avec un admirable ensemble, afin de balayer totalement le pont de l'ennemi.

Mais sur ce pont se trouvaient à peine quelques hommes, dont la moitié gagna les basses manœuvres; deux seulement, blessés d'une façon dangereuse, s'attachèrent au bordage du navire, sans rien perdre du calme de leurs visages qu'il était désormais possible de reconnaître.

Les deux bâtiments se trouvaient alors en face : l'avant de l'un s'opposant à l'arrière de l'autre.

Brusquement, avec un bruit sourd, suivi d'un craquement de toute leur membrure, les deux vaisseaux se heurtèrent pendant que les marins du *Sirius* poussaient un formidable hourra. Au même instant, et comme si une avalanche de fer tombait du ciel, les vergues tortueuses, les grappins d'abordage s'abattaient sur le vaisseau turc.

Il ne restait plus aux Malouins qu'à vaincre ou à mourir.

— En avant pour la France! cria La Barbinais, et il s'élança dans la mêlée.

Vraiment, ce fut une grande et mémorable lutte. Un combat de Titans défendant leur drapeau contre des hordes de sauvages hurlant le nom d'Allah en se jetant sur les Français. Les gueules des mousquets crachaient la mort dans les masses compactes; les haches d'abordage, maniées par les gars de Saint-Malo, faisaient de larges trouées, crevant les poitrines, fendant les crânes, abattant les membres... Le sang ruisselait sur le pont; les pieds glissaient dans des flaques rouges. Chaque blessure devient mortelle; le pont s'accumule de blessés trop faibles pour se relever, de mourants que les combattants piétinent sans pitié. A l'atrocité de ce combat se mêlent les horreurs d'explosions incessantes. Les grenades éclatent sous les pieds des lutteurs. Turcs et Malouins sont atteints à la fois pas les flammes.

Tout à coup, un des projectiles met en crépitant le feu à l'une des voiles du vaisseau turc. Un cri de rage et de désespoir éclate :

— Le feu a gagné la réserve de poudres, dans une minute nous sauterons!

L'instinct de la vie reprend les soldats turcs, ils se précipitent sur le *Sirius* en poussant des cris d'épouvante.

— Le feu! le feu! hurlent-ils.

La Barbinais comprend le nouveau danger qu'il court; si le vaisseau ennemi saute, le *Sirius* auquel les grappins l'attachent partage le même sort. Tandis que l'officier surveille la mise aux fers des vaincus, Pierre de la Barbinais ordonne de détacher les grappins et de fuir au plus vite.

Le *Sirius* venait à peine de se séparer du vaisseau pirate, qu'une terrible explosion éclate ; le navire turc, démonté, bondit puis retombe sur les vagues rouges des clartés de l'incendie. Il ne forme bientôt qu'un immense brûlot. Appuyé sur le bastingage du *Sirius*, Pierre assiste à cette suprême catastrophe. La coque du bâtiment ennemi disparaît, les mâts s'abaissent ; leur cime seule dépasse le niveau de la mer ; une vague passe... Elle a tout englouti.

On peut rendre grâce à Dieu d'une victoire chèrement disputée. Il reste, heureusement, quelques heures de jour encore.

Quelques heures plus tard le *Sirius*, plus leste, plus fringant que jamais, filait sur la mer d'un bleu sombre.

On attendit la nuit pour rendre les derniers devoirs à ceux qui venaient de succomber. Roulés dans une toile à voile, un boulet attaché aux pieds, les cadavres restèrent un moment sur le pont, tandis que La Barbinais, d'une voix que l'émotion faisait trembler, récitait les prières des morts devant l'équipage recueilli.

Puis des bras robustes balancèrent les corps immobiles, les vagues se creusèrent brusquement sous le poids d'un fardeau, et ce fut tout. Le sillage du *Sirius* effaça les dernières rides des vagues ; cependant, les cœurs des marins ne retrouvèrent pas, en dépit de la victoire remportée, la gaieté habituelle. Où passe la mort reste un grand deuil.

La Barbinais ordonna une double distribution de vivres. On but à la marine, aux Malouins, le fifre d'Yvonnet fit entendre des airs nationaux, et les marins s'efforcèrent d'oublier...

Le capitaine et le second restèrent, bien avant dans la nuit, debout sur la dunette observant la mer.

— Redoutez-vous donc quelque chose ? demande l'officier à Pierre.

— Je ne redoute pas, mais j'observe. Cette mer est tellement infestée de pirates, qu'il s'en trouve partout. On dirait une nuée d'oiseaux de malheur. On doit toujours craindre que le bruit de la fusillade et du canon soit entendu par d'autres forbans. Ils accourraient sur nous comme des vautours sur une proie. Nous avons pu remporter la victoire sur un navire, que ferions-nous contre dix ?

— Prenez du repos, capitaine, Poigne-d'Acier veille avec les meilleurs matelots du bord.

— Ces braves gens doivent être plus las que moi, monsieur de Méloir. Que penseraient-ils si je dormais tranquillement, alors qu'ils veillent ?

Pierre s'assit sur une cage à poules, et son esprit, s'éloignant des scènes terribles qui venaient de se passer, retourna vers Jocelyne. L'avantage que La Barbinais venait de remporter était énorme. S'il ne laissait point entre les mains des marins du *Sirius* une prise dont ils pourraient tirer une somme importante, ils gardaient, entravés au fond de la cale, soixante-cinq prisonniers représentant plus que de l'or et des marchandises précieuses.

La Barbinais avait, désormais, une excellente raison pour aller à Alger et y traiter de l'échange de ses captifs.

La liberté de M. de Miniac était certaine, dût-il l'acheter au prix de dix rançons ordinaires. Son cœur battait, ses yeux se mouillaient de larmes. Il songeait à la reconnaissance de Mme de Miniac, à la joie de Jocelyne. Quel triomphe quand il rentrerait à Saint-Malo, ramenant, à bord du *Sirius*, tous ceux de ses compatriotes que le Pacha retenait dans ses bagnes ou faisait lentement mourir dans les cachots ! On ne verrait plus seulement en lui l'aventureux corsaire purgeant les mers des pirates qui l'infestaient, mais le libérateur d'un grand nombre d'enfants du pays. Et ce serait une vraie gloire préférable à toutes les fortunes, à toutes les parts de prise du monde, que celle d'entrer, à Saint-Malo, entouré d'un cortège d'infortunés lui devant la liberté et la vie !

Les belles, les pures et nobles visions qui passèrent devant les yeux de Pierre ! Combien il se sentait heureux d'être jeune, intelligent, robuste, aimé ! Quel avenir s'ouvrait devant lui ! Que ne pouvait-il demander à la destinée après avoir déjà tant obtenu !

Il s'assoupit sur son banc, et des rêves qui traversèrent son sommeil lui rendirent plus magnifiques encore les songes de ses veilles.

A l'aube, le temps s'obscurcit ; bientôt à l'horizon se montra un point noir qui ne tarda pas à grandir.

Après la bataille surgissait la tempête.

Elle se déchaîna furieuse ; la mâture craqua comme de jeunes arbres sous l'effort de l'orage. Des vagues d'une hauteur énorme balayèrent le pont du *Sirius* ; une voile fut emportée.

Les matelots, brisés de fatigue après le terrible abordage du vaisseau turc, durent pendant plusieurs heures courir effarés aux manœuvres, sans avoir même le temps d'avaler un peu d'eau-de-vie. La situation devenait terrible. Le capitaine pendant un moment trembla pour son navire. Mais les matelots du *Sirius* étaient les premiers matelots du monde, et après quatre heures de lutte la tempête s'apaisa.

L'équipage exténué prit un peu de repos ; la nuit fut relativement bonne. Au moment où se leva le soleil, la mer avait repris son calme. Néanmoins, Pierre veillait toujours. L'orage de la veille semblait avoir chassé ses espérances. Pour se rendre un peu de courage, et remplir en même temps un devoir d'humanité, il descendit dans la cale où l'on avait jeté les prisonniers, ordonna qu'ils fussent transportés dans un endroit moins étouffant, leur fit distribuer des vivres. Pendant ses nombreuses courses en Orient, Pierre avait assez appris la langue turque pour se faire comprendre des prisonniers.

Il les assura qu'ils n'avaient rien à craindre ; que son premier soin, en arrivant à Alger, serait de les échanger contre des captifs français ; qu'il faisait la guerre pour un motif plus noble que l'amour du lucre, et que sa religion et son honneur lui défendaient à la fois l'injustice et la cruauté.

Ils l'écoutèrent, mornes, le front baissé, ne comprenant point qu'il n'usât pas de représailles sanglantes. Au moment où il s'éloignait, le plus âgé des matelots s'écria :

— Dieu est grand !

Mais ce mot dans sa bouche ressemblait moins à une pieuse parole qu'à une menace.

Au moment où La Barbinais reparaissait sur le pont, la vigie cria :

— Une voile à tribord !

Le capitaine prit sa lorgnette et regarda ; mais il lui fut impossible de deviner, à cette distance, la nationalité du vaisseau signalé !

— Voile à bâbord ! cria de nouveau la vigie !

Ces deux navires accouraient avec une égale vitesse.

Puis, coup sur coup, la vigie répéta :

— Une ! deux ! quatre ! six voiles !

La Barbinais les compta lui aussi.

— Huit ! dix voiles !

Le capitaine abaissa sa lunette.

Dix voiles ! Pas un instant il ne s'y trompa. L'ennemi est là, un ennemi formidable. Il comprend dans quel cercle de feu il se trouve enserré. A mesure que ses regards suivent la tactique de l'ennemi, il le voit s'approcher d'une façon régulière et concentrique, de telle sorte que, quelle que soit la rapidité de la marche du *Sirius*, il se trouvera en face de trois ou quatre navires. Pendant un instant, La Barbinais se demande ce qu'il peut, ce qu'il doit faire. Essayer de passer ? Impossible ! S'il attend davantage, la ceinture de fer et de flamme l'enserrera plus encore. Le Ciel l'a-t-il condamné ?

Il descend rapidement dans sa cabine, y mande le second, les officiers, le maître d'équipage, et ces matelots d'élite avec lesquels

tant de fois il avait risqué de terribles aventures. Jamais drame ne
se présenta sous un aspect plus terrible.

— Mes amis, leur dit Pierre d'une voix empruntant une force
solennelle à la grandeur du péril, il ne servirait de rien de nous
abuser. Les coups de canon tirés hier ont été entendus par l'un des
navires qui nous sont signalés. Celui-là les a transmis à d'autres...
J'ajouterais : nous sommes perdus ! si je doutais de vous, si je doutais de moi-même ! Nous nous trouvons en face de deux partis :
attendre et combattre désespérément ; faire force de voiles et tenter
de passer...

— Oui, oui, passons ! répliqua de Méloir.

Le capitaine devint plus grave encore.

— Nous ferons notre devoir, Messieurs ! Je vous remercie de m'a-
voir compris. L'heure est solennelle, je devrais dire mortelle... En
face d'un imminent danger, à l'heure où la tempête laisse les matelots sans espoir de salut, le maître du bord écrit un document signé
par tous ses officiers constatant les dangers de la situation, l'imminence de la perte du navire. Ce testament suprême, roulé par les
vagues, se trouve quelque jour rejeté sur une plage... On apprend
alors comment sont morts des braves que le devoir ne vit point
pâlir... Nous tracerons un document semblable, Messieurs, et nous
le confierons à la mer, tandis que nous remettrons notre âme à Dieu.

Il y eut un moment de silence imposant.

Pierre prit une feuille de parchemin et, lentement, sans que sa
main tremblât, il écrivit :

« Aujourd'hui, à bord du vaisseau le *Sirius*, frégate chargée de
protéger trente navires marchands appartenant à divers armateurs
de Saint-Malo, moi, capitaine du navire, je rédige cette note afin
que nos amis et commettants apprennent un jour, si nous devons
périr, quels événements se sont passés. Après une victoire difficile
remportée hier sur un vaisseau pirate turc, deux fois mieux muni que
le *Sirius* d'hommes et d'artillerie, nous comptions poursuivre notre
route jusqu'à Alger, afin d'y négocier l'échange de soixante prisonniers en ce moment dans l'entrepont. Le fracas de l'artillerie a, sans
doute, attiré les dix vaisseaux qui sont à cette heure en vue, et dont
la manœuvre tend à nous envelopper. Nous ferons notre devoir en
Français et en Malouins. Priez Dieu pour les morts ! Nous nous con-
fions à la Providence, sans croire qu'il soit humainement possible
de n'être point écrasés par le nombre : dix contre un !

« Pierre Porçon de la Barbinais,
« Capitaine du *Sirius*. »

Puis M. de Méloir, le chirurgien, Servan et les officiers signèrent à leur tour. Galhauban fit deux barres en forme de croix.

On enferma cette pièce dans une bouteille, elle fut bouchée, cachetée à l'aide d'une capsule de plomb, puis le capitaine remontant sur le pont la lança par-dessus le bord.

Il demeura ensuite un moment immobile, constatant que les navires en vue se rapprochaient d'une façon terrible.

Durant une seconde il souffrit le déchirement des grandes âmes qui voient brusquement s'effondrer leurs espérances. Mais le calme remplaça vite cet orage, et le maître du bord après Dieu se retrouva lui-même.

Alors il donna des ordres. Non point comme s'il s'agissait d'un combat ordinaire, mais avec la certitude que le combat serait si terriblement inégal qu'ils y trouveraient sûrement tous la mort. En conséquence, on ne laissa pas une arme aux râteliers, pas un boulet, pas une grenade dans la cale. Les blessés, placés dans l'endroit le mieux abrité de la frégate, ne connurent point l'imminence du danger. Ils crurent simplement qu'un second vaisseau se trouvait en vue, et la première victoire remportée leur donna du courage.

Servan, quoique blessé, voulut aider à la manœuvre, on ne le lui permit pas, et il reprit le poste qu'on lui avait assigné auprès d'un monceau de grenades.

Les navires ennemis s'approchaient. Le vent les poussait avec une rapidité effrayante.

Le capitaine ordonna de mettre toutes voiles dehors, et le *Sirius* prit l'allure rapide d'un oiseau gigantesque, volant sur la mer, emporté par l'envergure et le ressort de ses ailes.

Cette quantité de toile déployée constituait même un danger pour le navire, mais ce danger était moins grand que celui de courir le risque d'être cerné. Du reste, la marche des vaisseaux ennemis, quoique généralement supérieure, demeurait cependant inégale en raison de leurs diverses natures. Les uns couraient plus vite, les autres marchaient avec lenteur. Goëlettes, frégates, fustes, brûlots faisaient force de voiles, obéissant au commandement du chef de la flotte, mais leurs tentatives ne devaient point être couronnées d'un égal succès. Cette différence dans la marche pouvait laisser une lueur d'espérance à La Barbinais. En distançant les ennemis, peut-être pouvait-il les combattre tour à tour. Si grande était sa bravoure, si complète sa confiance dans les marins qui l'entouraient, qu'il garda le sang-froid nécessaire pour la lutte, et communiqua à tous sa résolution.

L'ordre habituel du combat était changé. Il ne s'agissait plus de se précipiter sur le pont des navires ennemis, et de tenter de les emporter à l'abordage. Les matelots du *Sirius* se défendraient cette fois au lieu d'attaquer, et la tactique du capitaine serait d'éviter qu'on jetât sur sa frégate les grappins d'abordage.

— N'éparpillons pas nos forces, camarades, dit le capitaine. Qu'il reste à la manœuvre le moins d'hommes possible. Sur le pont, en dehors des servants des canons, les matelots présenteront un carré, plus serré à mesure que la mort y fera des vides. Les piquiers défendront les rangs des seconds combattants. Nous tirerons jusqu'à ce que les munitions nous manquent.

Le *Sirius* volait sur l'eau.

Les navires turcs ne tardèrent point à comprendre qu'il tenterait de s'échapper, et des signaux ordonnèrent aux divers reïs de prendre la chasse.

A bord du *Sirius* les hommes calculaient les chances qui leur restaient d'échapper à cette flotte.

Deux des navires prenaient une terrible avance. Mais La Barbinais comptait qu'il lui serait possible de lutter contre deux vaisseaux.

Quand il les vit assez près, il lança par tribord et par bâbord une double décharge. Seulement, au lieu de s'attaquer aux hommes, les boulets s'enfoncèrent dans la coque des navires, et les endommagèrent d'une façon terrible. Si les navires faisaient eau pendant la bataille, toute chance de salut n'était peut-être pas perdue.

Les vaisseaux turcs ripostèrent rapidement, mais eux s'en prirent aux hommes, et une double volée d'artillerie causa des vides cruels dans les rangs des marins.

— Filons toujours! commanda La Barbinais.

— Le *Sirius* ne peut davantage porter de toile!

— Encore! encore! ou nous sommes perdus!

La marche du navire s'accentua, mais cette rapidité violente le fatigua d'une façon terrible; en dépit même de ce redoublement de vélocité, l'ennemi gagnait du terrain. Il s'approcha si près que la lutte corps à corps devint imminente entre les trois vaisseaux.

Les grappins d'abordage se trouvaient déjà fixés aux vergues des vaisseaux turcs; un double mouvement des deux navires serrant le *Sirius* l'un à bâbord, l'autre à tribord, allait le rendre le théâtre d'un double abordage, mais au moment où les Turcs abaissaient les vergues, quatre furent brisées à coups de canons, et leurs débris jonchèrent le pont d'un des navires ennemis. De ce côté on avait un peu de répit, mais tandis que La Barbinais remportait cet avantage, les grappins du vaisseau turc de bâbord accrochèrent brusquement le *Sirius*, et l'effort de la bataille se tourna de ce côté.

Le navire se trouvait complètement immobilisé.

Avec des cris de rage, l'ennemi se précipita sur le pont de la frégate, et les pirates, agitant au-dessus de leurs têtes les sabres à lames recourbées, s'efforcèrent d'entamer le carré de matelots hérissé de longues piques.

Au-dessus de ces piques éclatait, sans interruption, une mousqueterie formidable. Les canons bien servis tonnaient; une pluie furieuse de grenades pleuvait sur le vaisseau turc, éclatant sous les pas des combattants. Quand un soldat tombait à bord du *Sirius*, les hommes se rapprochaient, reformant le carré. Cependant, quelques efforts qu'ils fissent pour éviter d'être enveloppés, les vides creusés dans les rangs, les efforts des pirates pour rompre cette barrière de fer et de feu parvinrent à détacher du groupe un certain nombre de matelots. A l'affaire générale succédèrent des actions partielles. Le capitaine, debout sur la dunette, ne tarda point à se voir enveloppé. Ses pistolets n'avaient plus de balles, le temps manquait pour les recharger. Il saisit sa hache d'abordage et la fit tournoyer au-dessus de sa tête avec une furie et une habileté qui, durant quelques minutes, le sauvèrent; mais le reïs du vaisseau turc devinant, à sa bravoure, que cet homme devait être le capitaine du *Sirius*, pensa que lui mort il aurait vite raison du reste de l'équipage. Son large damas se heurta contre sa hache, mais il tenta vainement d'atteindre Pierre, défendu par le tournoiement fulgurant de son arme. Peut-être, cependant, allait-il lui devenir impossible de lutter contre vingt adversaires, quand un homme s'élança à ses côtés. Celui-là n'avait à la main qu'une barre de fer, mais si lourde que des marins ordinaires l'auraient à peine soulevée. Maniée par Galhauban, elle semblait légère comme une simple baguette; mais l'ennemi s'aperçut bientôt qu'elle fendait les crânes comme une massue, et brisait d'un seul coup les membres. Les sabres s'ébréchaient à son choc. Elle roulait avec une rapidité folle, remplaçant à elle seule un groupe de défenseurs. A côté de cet allié, que la Providence envoyait à La Barbinais, se glissa bientôt un être plus petit. Comprenant que, debout, il ne rendrait aucun office utile, Hervé, rampant sur le sol, ramassait un sabre tombé sur le pont, et s'en prenait aux jambes des adversaires de Pierre, tandis que Galhauban leur broyait la tête.

Cependant le reïs avait, jusqu'alors, échappé à la terrible masse forgée comme à la hache d'abordage. Il préférait prendre La Barbinais vivant, comprenant que l'importance de cette capture lui serait

chèrement payée. Mais, au moment où il s'efforçait de saisir La Barbinais dans une mortelle étreinte, la hache de celui-ci abattit son
bras droit, et il roula sur le sol foulé immédiatement sous les
pieds des combattants.

Les Turcs, rendus furieux par la perte de leur capitaine, redoublèrent de rage, et La Barbinais eût peut-être été entraîné si, d'un seul
coup de lame longue comme une faux, Servan n'eût abattu cinq des
principaux lutteurs. Cependant un Maltais parvint à l'atteindre au
bras gauche, le sang coulant sur ses habits trahit sa blessure. Il ne
parut point s'en apercevoir, et continua à se battre comme un enragé.
Pendant ce temps, l'autre navire dont les vergues avaient été brisées
improvisait une passerelle, et une quarantaine de marins renégats
se précipitèrent sur le pont du *Sirius*.

La Barbinais ne recula point devant cette lutte homérique. Les
autres navires s'approchaient. Deux d'entre eux allèrent se mettre en
travers du *Sirius*, couvrant de leurs feux crépitants l'avant et l'arrière.

Nul ne reculait parmi les marins du *Sirius*. S'il fallait mourir, on
mourrait en faisant son devoir.

Attaqué par derrière, Galhauban, l'épaule entamée, laissa tomber
sa barre de fer, et sentit en même temps le sol manquer sous ses
pieds. Il allait tomber quand la Barbinais, le soutenant de son bras
blessé, continua de se battre à coups de hache.

En ce moment, un petit être que nul n'avait vu se souleva et
murmura à l'oreille de Pierre :

— Ayez pas peur, capitaine, je calerai Galhauban.

— Toi ! mon enfant?

— J'ai abattu quinze Turcs! Dame, capitaine, on fait ce qu'on
peut, je tirais aux jambes !

Le capitaine se pencha vers lui :

— Les poudres... dit-il.

— Faut-il les noyer?

— Non ! nous sauterons avec le *Sirius*.

— Fameux! capitaine! répondit l'enfant.

Depuis le commencement de la traversée, à l'école de Galhauban,
de Poigne-d'Acier, de Malo-le-Brave et de Jean-la-Grenade, l'orphelin de l'hôpital avait déjà appris l'héroïsme.

Il se rejeta sur le sol, à plat ventre, et rampant avec des allures
de reptile, il gagna l'escalier et s'y affala.

Mais le mousse avait été vu. Les Turcs n'en étaient plus à savoir
de quoi les Français sont capables en fait de bravoure. L'enfant
passe brusquement héros dès qu'un danger menace le drapeau qu'il

doit défendre. Deux soldats turcs surpris de la singularité et du mystère de son allure le suivirent. A peine se trouva-t-il dans la sainte-barbe préparant stoïquement la mèche destinée à faire sauter le navire, qu'ils se jetèrent à la fois sur lui. Mais l'enfant connaissait la valeur d'une consigne, il se défendit comme un diable, mordant et déchirant avec ses ongles le visage et les mains des mécréants, jusqu'à ce que brisé de coups, la tête enveloppée dans l'étoffe déroulée d'un turban, les pieds entravés et les mains liées derrière le dos, il restât suffocant de rage couché sur le plancher, à côté des barils de poudre qui devaient faire éclater le *Sirius*, en même temps que les quatre navires l'enserrant dans une ceinture de flamme.

En haut, La Barbinais, atteint de deux nouvelles blessures, continuait à se défendre avec le tronçon d'un sabre ramassé à terre.

Une énergie désespérée brillait dans son regard.

Quand il comptait avec désespoir les morts couchés autour de lui, il comprenait trop que désormais une victoire était impossible. La veille, il avait pu triompher d'ennemis dans la proportion de cinq contre un! Mais cette fois ils étaient dix! Les matelots du *Sirius* ne demandaient qu'à mourir.

Le mousse râlait dans un coin; Malo-le-Brave venait de succomber, Poigne-d'Acier, l'épaule ouverte d'un coup de sabre, était tombé comme un arbre qu'on déracine; les cadavres amoncelés autour de lui prouvaient assez la vigueur de sa défense. Jean-la-Grenade luttait contre trois Turcs. Atteint à la tête, aveuglé par le sang répandu, il se battait au hasard donnant, à droite et à gauche, des coups qui retardaient seulement l'heure de sa chute.

Du reste, quatre fustes, accostant par le flanc les autres vaisseaux turcs, venaient de verser des combattants nouveaux à bord du *Sirius*. Une dizaine de Malouins se défendaient encore; désespérant, invoquant la mort, accablant d'injures les pirates afin de monter plus haut leur colère; mais ceux-ci n'étaient pas hommes à se priver d'une part de prise. D'un mouvement brusque, un groupe de soldats qui venaient de sauter du pont d'un navire sur l'autre afin de parvenir jusqu'au *Sirius*, se précipita en avalanche humaine sur les Malouins et les écrasa.

Blessés, sanglants, hurlant de rage, pleurant d'impuissance, ils se roulèrent, entravés, sur le pont, au milieu de flaques rouges coagulées, de grenades éclatant par intervalle, de débris de manœuvre, de lambeaux de voiles noircis par la fumée, déchiquetés par le feu.

Tandis que se passaient à bord du *Sirius* les derniers épisodes de cette bataille, les vaisseaux turcs qui, les premiers, avaient soutenu l'effort des Malouins, s'enfonçaient lentement. L'eau, qui pénétrait par les trous faits à la coque, emplissait déjà la cale. Encore une heure ils seraient engloutis.

Les Turcs, comprenant qu'il en fallait faire le sacrifice, restèrent à bord de la prise que remorquèrent des navires n'ayant pas encore souffert de la lutte. On dégagea le *Sirius* qui fut attaché à un remorqueur.

La Barbinais et ses compagnons restèrent à leur bord, et le docteur Vernon fut requis de secourir les blessés.

— Le pal si tu tues les nôtres, chien de chrétien !

— Il n'y a plus ici ni chrétiens ni musulmans, ni Turcs ni Français, mais un chirurgien soignant des blessés, répondit-il.

On l'obligea à panser d'abord les pirates.

Lorsqu'il put enfin arriver près de Pierre de la Barbinais, il constata cinq blessures dont pas une n'était mortelle, mais qui toutes prouvaient avec quelle incomparable bravoure le corsaire malouin s'était défendu.

— Ami, lui dit La Barbinais, si vous m'aimez, laissez-moi mourir.

— Votre devoir est de vivre.

— La mort est bonne aux vaincus.

— Et la revanche, Pierre !

— Vous oubliez la captivité.

Cependant, il céda à ce que le chirurgien appelait le devoir, et une heure après il se trouvait dans un hamac, au milieu des derniers survivants du *Sirius*.

En ouvrant les yeux, il reconnut Servan.

— Tu m'as désobéi ! fit-il d'une voix amère !

— Regardez mes poignets, capitaine ! Les Turcs les ont hachés de coups de couteau au moment où j'allais mettre le feu aux poudres.

— Dieu ne l'a pas voulu ! murmura La Barbinais.

Sa tête retomba sur l'oreiller et, murmurant le nom de Jocelyne, il s'évanouit.

Ces opérations n'allaient pas sans incidents. (*Voir page* 89.)

VIII

ESCLAVES

— Jocelyne !

Après l'héroïsme, le martyre.

Mais ce cri de La Barbinais restait inconscient ; et bientôt des pa-

Ces opérations n'allaient pas sans incidents. (*Voir page* 89.)

VIII

ESCLAVES

— Jocelyne !

Après l'héroïsme, le martyre.

Mais ce cri de La Barbinais restait inconscient ; et bientôt des paroles incohérentes se succédèrent sur ses lèvres. Il se croyait toujours sur le pont de son navire, luttant contre les Turcs. Sur l'avant et sur l'arrière du *Sirius*, il voyait toujours sesuccéder les décharges d'artillerie. Au milieu d'une tempête de fer et de feu, il entendait rugir des masses de soldats, tous montant de la cale sur le pont. Le mousquet au poing, le sabre aux dents, ses matelots ripostaient à chaque décharge par une décharge double et se jetaient furieusement sur les assaillants dans des corps à corps homériques. Et toujours plus nombreux, les Maures envahissaient le pont. A quoi bon les compter ? Il s'agissait de les anéantir. Cinq, dix contre un, qu'importe ?

Et La Barbinais se ruait dans la mêlée.

A moi les Malouins ! criait-il.

Et les Malouins suivaient.

Les pirates, repoussés, tentaient un effort gigantesque afin de reprendre l'avantage ; mais les matelots du *Sirius*, qu'un semblant de succès semblait animer, se battaient comme des lions.

Et La Barbinais, dans son délire, criait des encouragements tandis que les vociférations des Malouins et de l'ennemi se confondaient en un tumulte effroyable. Puis une convulsion l'agitait douloureusement : c'était, dans sa vision maladive, un mât enflammé qui venait de s'abattre sur le pont, écrasant dans sa chute un groupe de combattants, dans une clameur désespérée bientôt suivie de lamentations.

Des voiles, atteintes par l'incendie, se détachaient par lambeaux ; les calles goudronnés se tordaient à terre semblables à des serpents de feu. Une pluie embrasée tombait sans cesse, suffoquant, aveuglant les combattants.

Alors, après avoir donné son sang, offert sa vie, il se rattachait à cette suprême espérance que Servan, docile à ses ordres, allait mettre le feu aux poudres et que la frégate sauterait, couvrant de débris les fustes barbaresques dont la plupart se trouveraient ensevelies dans son désastre.

Cette folie délirante aggravait l'état de La Barbinais. La violence de ses mouvements dérangeait les appareils ; les blessures se rouvraient ; le sang coulait de nouveau, et Vernon commençait à désespérer du salut de son blessé, quand Servan un bandage autour du front, les poignets meurtris et à demi brisés, descendit de son hamac et s'approcha de celui de Pierre.

— Monsieur le chirurgien, dit-il, confiez-moi la garde du capitaine, je le soignerai bien, je vous jure... Avant d'être mousse, j'habitais l'hospice... Plus d'une fois j'aidais les Sœurs ; ayez confiance.

Et puis, voyez-vous, je garde un appareil pour les blessures de M. Pierre.

— Toi, pauvre enfant?

— Oui, Monsieur... Tout le monde l'ignore... Au milieu du tumulte de la bataille, on ne s'inquiétait guère d'un enfant... Mais Galhauban avait eu des bontés pour moi, et je tenais à les reconnaître... Il fallait prouver à tous que l'orphelin était digne de se battre avec les corsaires malouins. Aussi, quand il me sembla que le *Sirius*, pris entre quatre feux, ne se sauverait jamais, je grimpai au mât, et au milieu du tourbillon de fumée des mousquets et des éclats des grenades, j'arrachai notre pavillon... Le *Sirius* est pris, c'est possible, mais nous n'avons pas amené le drapeau...

Et l'enfant tira de sa poitrine un haillon de soie blanche, noirci, troué, déchiqueté, mais qui pour tous représentait encore l'honneur de l'équipage.

. Vernon serra Servan dans ses bras.

— Cache-le bien! fit-il, cache-le bien!

— Soyez tranquille! je ne le rendrai qu'au capitaine! D'ailleurs, j'ai mon idée; où un matelot ne passe pas, se glisse un enfant... Galhauban m'a fait jurer de lui faire honneur, je tiendrai ma promesse... Maintenant, me croyez-vous digne de soigner mon capitaine?

— Oui, oui, répondit Jules Vernon avec émotion; Dieu nous le rendra peut-être; cependant...

Il n'acheva pas, car il sentait au fond de l'âme que mieux valait mille fois mourir, que de vivre pour devenir prisonnier des Turcs.

Après quelques jours de traversée, les minarets d'Alger se montrèrent au milieu de bouquets de palmiers, et bientôt on entra dans le port.

Deux des blessés avaient succombé. Poigne-d'Acier ne donnait plus d'inquiétude, Galhauban maugréait et jurait toute la journée; mais chez le matelot il s'agissait d'une habitude si invétérée, qu'après avoir récité son *Confiteor*, il recommençait sans s'en apercevoir. Pour le maître d'équipage, c'était simplement une énergique forme de langage, et jamais il ne lui vint à l'esprit de songer à offenser Dieu et les saints en les prenant à témoins de la conduite des pirates.

Au moment où le reïs du vaisseau barbaresque entrait dans le port d'Alger, en remorquant le *Sirius,* afin d'annoncer son succès il fit tirer un coup de canon; mais il ne put arborer à son propre navire le pavillon du vaisseau pris, ce pavillon que Servan cachait dans sa poitrine comme une relique sacrée.

Le vaisseau turc fut rangé le long du quai ; puis le Pacha, informé de la victoire remportée, envoya à son bord le « contrôleur des prises. »

Il s'agissait d'exercer le droit de *caraporta*, et de s'assurer de la valeur du *Sirius*.

A cette époque, le gouvernement possédait un seul vaisseau.

Les navires composant la force maritime de la Turquie étaient la propriété de particuliers, n'ayant pas le droit de refuser à l'État le service que celui-ci demandait.

La Course était l'unique source de fortune des particuliers et du gouvernement. Quand un homme possédant un ou plusieurs navires avait résolu de mettre à la voile, il choisissait sa croisière.

Ces croisières embrassaient, outre la Méditerranée, le détroit de Gibraltar, le cap Molinero, Gat, Palos, Saint-Martin, Saint-Sébastien, Majorque, Minorque, le cap Corse, Cossine, la rivière de Gênes, le golfe de Naples.

Il semble, en lisant l'énumération des endroits servant de théâtre aux déprédations des navires turcs, qu'Alger devait posséder de vastes chantiers de construction, et faire venir du Nord les bois, les voiles, les cordages nécessaires pour le gréement des vaisseaux.

Il n'en était rien.

Sans doute on demandait à la province de Bougie, le bois nécessaire à la fabrication du fond et des quilles du navire, mais le reste était pris sur les vaisseaux chrétiens. Le droit de *caraporta* comprenait la faculté de s'emparer des mâts, des manœuvres, des cordages et des voiles des vaisseaux conquis.

Au Pacha revenait de droit le huitième de la valeur de ces prises.

Quand le contrôleur, après avoir parcouru le *Sirius*, eut évalué ce que pouvaient valoir encore ses mâts, ses agrès brisés, ses toiles brûlées, il descendit dans l'entrepont où se trouvaient ceux des matelots survivant à la bataille et à leurs blessures. Chacun d'eux fut interrogé sur sa nationalité, son âge, ses aptitudes.

Tous purent répondre, hors Pierre La Barbinais dont la pensée restait encore la proie du délire.

Il ne restait plus à inscrire que Servan ; mais en vain le cherchat-on sur le vaisseau, il devint introuvable.

Au moment où le navire remorqueur du *Sirius* entrait dans le port d'Alger, le mousse, grimpant à la hauteur d'un sabord, amincissant son corps déjà si frêle, passa à travers la fenêtre étroite, puis brusquement il se laissa tomber à la mer.

Nul ne surprit cette évasion.

Le reïs, craignant une réprimande, n'insista point sur l'absence du mousse. Il fut indiqué, au procès-verbal, que l'on avait oublié de constater sa mort survenue à la suite de blessures graves.

Ces premières formalités remplies, on procéda au débarquement des esclaves et des marchandises du *Sirius*. On transporta les ballots dans une sorte d'entrepôt général où tout fut empilé pêle-mêle. Ces opérations n'allaient pas sans incidents provoqués par l'avidité des Arabes, qui se disputaient parfois jusqu'au sang quelques menus larcins.

Les hommes de l'équipage furent conduits dans une dépendance du même bâtiment, jusqu'à ce que des soins intéressés eussent amené la guérison parfaite de leurs blessures afin d'en tirer un prix avantageux sur le marché aux esclaves.

Ils se laissèrent conduire où on voulut, muets et mornes, le front baissé, l'âme déchirée, regrettant amèrement que Dieu ne les eût point retirés de ce monde avant de permettre qu'on les chargeât de fers.

La Barbinais et Grand-Pommier, un de ses matelots, furent seuls, en raison de la gravité de leurs blessures, dans l'impossibilité de marcher au lieu de leur destination. On dut les y transporter. Mais ce ne fut point à la pitié qu'ils durent d'y être conduits d'une façon supportable, — devenus une marchandise, il s'agissait de l'avarier le moins possible ; mais si la litière sur laquelle on plaça les blessés fut presque douce, en revanche la population ne manqua pas d'accabler d'injures les marins du *Sirius*. Ceux qui allaient à pied se trouvaient réduits à l'impuissance de faire un mouvement, mais les regards furieux qu'ils jetaient sur les insulteurs prouvaient assez quelle était leur indignation. Chacun d'eux portait la trace de blessures reçues de face, en braves, à la poitrine, à la tête ; des linges sanglants entouraient leurs fronts et leurs membres, et pourtant sur leur passage, hommes, femmes, enfants, les voyant désarmés, les traitaient de lâches et de « chiens de chrétiens ».

Ils furent conduits dans une salle assez vaste, et comme chacun d'eux portait les traces d'un coup de mousquet ou d'un coup de sabre, on laissa le chirurgien au milieu d'eux.

Vernon prit pour aides deux mousses, Mériadec et Hervé, qui témoignèrent un zèle égal pour soigner les blessés.

Le capitaine délirait toujours. Dans ses paroles incohérentes revenaient tantôt le nom de Jocelyne, tantôt il multipliait les encouragements aux marins du *Sirius*. Pour lui, la bataille allait s'engager. Jamais il ne comprit qu'elle était perdue. Vernon aurait préféré le voir plongé dans le désespoir que ne pouvait manquer de lui assurer la défaite car, de l'heure où il retrouverait le sentiment de la réalité, l'excès de la souffrance morale pouvait amener une terrible rechute.

Au bout de quelques jours Poigne-d'Acier, Galhauban et Jean-la-Grenade pouvaient bouger leurs membres endoloris; mais à mesure que les blessures guérissaient, on doublait le poids de leurs chaînes, dans la crainte d'une évasion qui eût été une perte considérable, non seulement pour le capitaine qui s'était emparé du *Sirius*, mais encore pour le Pacha.

On nourrissait les captifs de ragoûts de mouton et de monceaux de riz qui finirent par leur faire regretter l'ordinaire du bord. Certes, plus d'une fois, ils avaient raillé la cuisine du maître Coq; combien, à cette heure, ils s'en seraient régalés! Sur le *Sirius*, ils se moquaient du Riz-Pain-Sel, le rogneur de portions, mais à cette heure où les bidons étaient vides, où le boujaron ne s'emplissait jamais d'eau-de-vie, ils sentaient de fameux trous dans l'estomac, et maudissaient mille fois Mahomet d'avoir proscrit le vin et les liqueurs fortifiantes.

Un autre mal les rongeait : l'ennui. Ces matelots, accoutumés à la vie de bord, aux heures de quart, ne savaient que faire de leurs mains. N'importe quel travail leur eût semblé préférable à l'inaction forcée, et cependant quand, à ce sujet, ils exprimaient leur souci, le chirurgien répondait :

— Camarades, nous vivons ensemble; déjà compatriotes, nous voilà devenus frères par le malheur. Un jour viendra où vous regretterez les heures que vous maudissez maintenant. Sans doute nous souffrons, mais l'avenir qui nous est réservé n'est-il point mille fois plus épouvantable encore? Je vous en conjure, rassemblez votre courage, fortifiez-vous dans la foi, dans l'amitié, afin d'avoir assez d'énergie pour endurer l'esclavage.

— L'esclavage! s'écria Galhauban, croyez-vous donc, Monsieur, que je le subirai une seule heure, moi le premier matelot du *Sirius*? Le mécréant qui m'achètera fera, je vous assure, un mauvais marché! A peine serai-je rendu dans sa demeure maudite que, me faisant une arme de n'importe quoi, je le tuerai, aussi vrai que nous sommes ici face à face.

— Non, tu ne le feras pas, Galhauban.

— Qui m'en empêchera?

— Ta conscience.

— Vous ne croyez cependant pas, Monsieur, que ces Turcs-là soient des hommes comme nous?

— Ce sont des hommes! Si, au lieu d'être vaincus, nous nous trouvions vainqueurs, te croirais-tu le droit de les assassiner? Non! Les lois de l'humanité te l'interdiraient plus encore que ton intérêt personnel. Pourquoi veux-tu exiger de gens n'ayant ni tes mœurs ni ta croyance, des vertus de compassion que tu dois à la civilisation et à la foi? Seras-tu le seul malheureux? Tous nous souffrirons et tous nous serons vendus comme esclaves, et traités avec la dernière rigueur. Les questions religieuses, questions passionnées pour les Turcs, nous vaudront une aggravation de peine. Tu mourrais plutôt que d'abjurer ta foi, n'est-ce pas? Tu dois vivre plutôt que de renoncer au devoir qui te commande de te montrer supérieur à ta mauvaise fortune.

— Vivre! Monsieur Vernon; je consentirais à vivre quand on devrait me nourrir de riz à l'eau, et me condamner à boire du bouillon de grenouilles! Mais songer qu'on me vendra comme une bête de somme, que je devrai obéir à des Mahométans, servir sur leurs vaisseaux, des vaisseaux qu'on nous aura volés, jamais je ne le ferai, jamais, voyez-vous!

Le chirurgien posa la main sur le bras de Galhauban.

— Certes, lui répondit-il, je crois plus aisé de subir la torture qui brise les os, que d'endurer quotidiennement des mauvais traitements et des injures. Mais Dieu nous garde, camarade! Il voit ce que nous souffrons, et à nos douleurs il mettra un terme.

— Quand je vous le dis, nous mourrons!

— Tu oublies la revanche!

— La revanche! Regardez nos mains et nos pieds! Nous sommes des prisonniers, nous deviendrons des forçats!

— Galhauban, depuis que les croisades nous jetèrent sur l'Orient, les Turcs sont pour nous d'irrévocables ennemis, et nous avons tout à redouter de leur cruauté!

— Vous voyez bien, Monsieur, vous en convenez!

— Laisse-moi achever. Le Turc, mou, lâche, efféminé dans ses harems, est sans industrie, sans force et sans marine. Il devient voleur pour acquérir ce qui lui manque. Tu l'as appris en entendant le récit qu'on nous a fait de la vente et du démembrement du *Sirius*. A peine notre pauvre navire se trouvait-il dans le port, qu'en raison du droit de *Caraporta*, les agrès du grand mât revenaient au gardien du port, tandis que les agrès du mât de misaine devenaient la propriété du vaisseau capteur. Quant à la coque, cette coque fine et légère, sortie des chantiers de Solidor, on la vendra dans le palais de Baba-Hassan, et les pirates en partageront le prix, dans la même proportion que les marchandises et les esclaves...

— Quand je vous dis...

— Alors on nous vendra.

— Tonnerre de Brest! on vendra Galhauban!

— Remercie le ciel de ton habileté de marin. Tu n'iras pas au bagne, toi! Les vaisseaux pirates des Turcs ont besoin de matelots habiles. Ils font des Maures leurs canonniers; la plupart des manœuvres sont confiées à des chrétiens. Comprends-tu, maintenant? Un homme adroit et courageux, qui se trouve en face d'un port ou qui passe dans les eaux d'un navire, saute à la mer et reconquiert sa liberté! Le reïs du navire capteur a dû compter tes coups durant la bataille, tu seras un de ceux qui se vendront le plus cher, et celui qui gardera le plus de chance de se sauver...

— Est-ce vrai, Monsieur Vernon, qu'on essaiera de me faire abjurer ma religion?

— Tu es trop vieux pour qu'ils le tentent. Parmi nous, deux êtres seuls sont exposés aux persécutions de ce genre; les deux mousses! Oui, si ces pauvres petits êtres domptés par la douleur se faisaient musulmans, peut-être se verraient-ils comblés de faveurs par le Pacha lui-même; mais excepté les hommes d'une haute situation qu'on tente de lier par l'abjuration, les Turcs ont encore le bon sens de comprendre que celui qui trahit son Dieu trahira son maître. Tu resteras chrétien, mais tu seras esclave... Pourtant, je ne t'ai parlé que d'une des chances qui te restent de reconquérir ta liberté! Dieu a mis dans le cœur de certains hommes une charité que rien ne rebute et n'effraie. A chaque malheur fondant sur l'humanité il envoie un moyen de guérison. On a vu, parfois, à Saint-Malo, des moines quêteurs sollicitant les aumônes des fidèles en faveur des captifs; ils viendront ici; ils rachèteront des prisonniers, ils les rendront à leur pays, à leur famille... La nouvelle de la perte du *Sirius* excitera un regret général. Il n'est pas un matelot rentrant dans la Cité des Corsaires avec sa part de prise qui ne sacrifie quelques écus pour aider à notre rachat. Tu reverras Saint-Malo, Galhauban, tu chanteras encore dans le cabaret de la mère Cachalot.

— Ça, Monsieur, c'est impossible! J'étais comme les autres, gai et même un peu fou; on est à terre, c'est pour rire, n'est-il pas vrai? Mais je ne rirai plus jamais, sinon quand le ciel permettra que j'étrangle un chien de Turc. J'étais fier, voyez-vous, de m'être toujours trouvé à bord de navires rentrant pavoisés dans le port, et la cale remplie de marchandises. Je m'étais accoutumé à être vainqueur, à lever la tête, et à compter parmi les plus intrépides matelots de la Course. Me voilà vaincu, je m'en souviendrai toujours! Toujours! Il n'y aura point de pitié flanquée aux Turcs, si Dieu permet que je redevienne libre, qui puisse me consoler d'une défaite.

— Galhauban, tu te consoleras à la prochaine victoire. Le seul serment que je te demande est celui de ne jamais oublier tes camarades, et de te venger ensuite le mieux que tu pourras.

— Jocelyne! Jocelyne! appela le capitaine.

Vernon courut à La Barbinais.

Celui-ci s'était dressé sur son lit, et tendait les bras à une vision lointaine. Grâce aux soins du jeune chirurgien, les blessures des mains et des bras se trouvaient cicatrisées; la plaie de l'épaule se fermait rapidement; seul le coup de sabre, qui avait manqué de fendre en deux la tête de Pierre, laissait encore un sillon sanglant.

Vernon s'assit près du lit du blessé.

— Vous reverrez Jocelyne, lui dit-il; de loin elle prie pour vous. Elle vous aime....

— Est-ce que la croisière n'est pas finie? demanda Pierre. Je me suis battu! J'ai mis le feu au navire turc... Il flambe! Il éclaire la mer à plusieurs lieues... Oui, mais à cette clarté j'aperçois d'autres navires... Ils sont cinq, huit, dix... Les Turcs! Les Turcs! toujours, encore! Vive le roi! Et Notre-Dame d'Auray nous soit en aide! Ah! mes braves camarades! Mes loups de mer! En avant! à l'abordage! à l'abordage!

Il agita les bras puis, soudain, pris de vertige, il retomba sur son oreiller.

— Ne guérirez-vous donc pas le capitaine? demanda Galhauban au médecin.

— Hélas! répondit celui-ci, tandis que la raison est perdue, il ignore les malheurs survenus, les douleurs à subir. Quand il renaîtra au sentiment de la réalité, son désespoir sera d'autant plus affreux qu'il gardera moins d'espérance.

— Et j'ose me plaindre! murmura Galhauban.

Il quitta le chirurgien et rejoignit les deux mousses. Quelques-unes des paroles de Vernon lui restaient sur le cœur.

A mesure que l'état de santé de la majorité des prisonniers devenait meilleur, on augmenta de soins et de prévenances à leur égard. Vers la fin du jour on emmena au bain les mieux portants. Il revinrent de ces étuves le corps reposé. Un repas presque recherché leur fut servi.

Ne fallait-il point soigner sa marchandise, et la préparer pour la vente?

Les matelots essayèrent un moment de refuser ce nouveau genre de vie; alors ce fut à coups de bâtons qu'on les força de se baigner, de manger des choses nourrissantes. On leur ôta les fers serrant leurs bras et leurs chevilles. Leur défiance augmentait en même temps que les égards dont ils devenaient l'objet.

Cependant, jamais on ne leur parlait de vente d'esclaves.

Un jour, Vernon demanda à un des Turcs qui apportaient les repas :

— Où sommes-nous, ici?

— Dans une des dépendances du palais du Pacha.

— Quand en sortirons-nous?

— Quand vous aurez un maître.

On ne les trompait pas; les Pachas d'Alger, très défiants au sujet de la bonne foi des reïs ramenant au port une riche prise, commençaient par mettre les hommes sous la garde de leurs soldats. Les survivants du *Sirius* habitaient dans le palais. Mais, de ce palais, ils ne connaissaient que la vaste chambre blanchie à la chaux, et garnie de minces matelas sur lesquels ils dormaient.

Un matin Pierre se souleva sur son lit, et promena autour de lui un regard dans lequel il n'était plus possible de trouver trace de folie.

— Où suis-je? demanda-t-il à Vernon qui accourut.

— Au milieu de tes amis.

— Mon navire...

Le chirurgien hésita.

— Parle, dit-il, je puis tout entendre.

— Le *Sirius* est vendu.

— Nous sommes prisonniers?

Vernon inclina la tête.

— C'est bien! répondit La Barbinais, je comprends... Je me souviens... Après la victoire, la défaite! Écrasés sous le nombre... Mon Dieu! mon Dieu!

Il fit signe aux matelots d'approcher.

— Ce qui se passera, mes amis, sera plus terrible que la plus épouvantable bataille! Mais Dieu nous garde! Dieu nous sauvera, nous sommes chrétiens et nous sommes Bretons!

Il semblait, du reste, que les mécréants eussent attendu la guérison de Pierre de La Barbinais pour arrêter comment se passerait la vente des esclaves. On ne dérogeait point aux usages habituels, et cependant on devinait que le Pacha portait un vif intérêt à tout ce qui concernait le *Sirius*.

La bravoure de ses matelots, la nature du navire monté par eux, ce que le reïs capteur avait raconté des prodiges de courage réalisés par La Barbinais, tout concourait à l'intéresser au plus haut point. Cependant, il ne se prononçait pas encore. Soit indécision, cruauté ou désir de juger par lui-même du degré d'énergie des Malouins, il décida que le jour même où le chirurgien déclarerait que ses soins cessaient d'être indispensables, La Barbinais et ses compagnons seraient conduits devant lui.

Ils étaient treize, plus les deux mousses. Plus d'une fois, en les regardant d'une façon menaçante, leurs gardiens prononcèrent le nom de « Balistan »; mais ils ne comprirent pas. Pourtant, ce mot éveillait en eux l'idée vague d'une humiliation et d'une souffrance.

Une dernière fois on les conduisit au bain puis, à la place des lambeaux sordides qui les couvraient, on leur distribua des vêtements propres. Enfin on les enferma dans une cour intérieure dépendant du palais du Pacha.

Ils y restèrent longtemps, exposés à un soleil brûlant, jusqu'à ce qu'un grand bruit de portes ouvertes, de sabres traînant sur les dalles, d'hommes se précipitant agenouillés sur le sol, les tirât de la torpeur dans laquelle les jetaient cette lumière vive, cette chaleur dévorante.

L'entrée dans la cour d'hommes armés de bâtons, sortes d'exécuteurs précédant Iacoub, les avertit que l'heure d'un changement nouveau dans leur existence venait de sonner. Alors, au lieu de courber le front ils le relevèrent, résolus à tout subir plutôt que de s'humilier devant le vainqueur.

Le Pacha, sans doute pour les frapper davantage de respect et de crainte, s'était fait précéder et suivre d'un grand appareil militaire. Vêtu d'habits magnifiques, constellé de pierreries, le regard fixe et dur, s'appuyant sur la poignée d'un sabre enrichi de rubis et d'émeraudes, il s'avança et promena longtemps son regard à l'expression hautaine et glacée sur le groupe des Malouins.

Ensuite il s'avança du côté de La Barbinais.

Celui-ci comprenait assez la langue turque pour entendre ce que Baba-Hassan demandait à son vizir. Cependant il ne le laissa pas deviner, craignant que cette nouvelle donnât encore plus d'intérêt à sa capture.

Le Pacha n'avait point besoin de cela pour souhaiter garder pour lui le capitaine du *Sirius*. La loi lui donnant le huitième des hommes saisis, il comptait en réclamer deux :

La Barbinais d'abord. En dépit des papiers trouvés dans son coffre, Baba-Hassan refusa de reconnaître le maître du *Sirius* comme le capitaine d'un navire destiné à protéger la navigation de bâtiments marchands faisant au loin le commerce. On s'agitait en ce moment beaucoup en France. La Turquie redoutait que Louis XIV entreprît contre elle une guerre sans merci, et tout ce que le reïs du navire vainqueur raconta persuada au Pacha, comme à ses ministres, que la raison du voyage de La Barbinais était toute politique, et qu'on devait bien moins le considérer comme un Corsaire que comme un envoyé du roi chargé de s'assurer de la puissance de la force navale de la Turquie.

Le Pacha étendit donc la main dans la direction de La Barbinais :

— Ce chrétien est à moi ! fit-il.

Le visage de Pierre conserva son calme marmoréen, mais une douleur subite l'atteignit au cœur. Il comprenait qu'une fois prisonnier d'un tel maître, toute espérance de liberté serait perdue.

Les yeux froids du Sultan inspectèrent de nouveau les matelots du *Sirius* ; il désigna Galhauban du geste :

— Celui-ci ramera sur la galère.

Puis le Pacha couvert de brocart et de pierreries, les Janissaires, les noirs disparurent, la porte se referma et les captifs se retrouvèrent dans la cour, seuls avec des gardiens.

On lia les mains de Galhauban et celles de La Barbinais, puis on fit descendre à celui-ci les triples étages d'un escalier souterrain.

Ils furent alors poussés dans une vaste pièce, à peu près obscure, et dans laquelle se trouvaient couchés une centaine d'hommes, de toutes conditions et de tous les âges.

— Salut, frères ! dit La Barbinais d'une voix grave.

— Quelle cambuse ! grommela Galhauban en haussant les épaules.

Tous deux cherchèrent une place pour se coucher et dormir.

Le sommeil seul, désormais, leur permettait d'oublier.

A peine se furent-ils assis sur le sol, qu'un mouvement lent et presque solennel s'opéra parmi les prisonniers. On en vit se lever avec peine, s'appuyer contre les murailles, marcher en tremblant dans la crainte de froisser les membres d'un ami malade, de blesser un agonisant. Dans leurs yeux caves le regard brillait ; leur teint blafard s'animait d'une rougeur subite et, s'inclinant vers les nouveaux venus, ils murmurèrent d'une voix tremblante :

— La France ! parlez-nous de la France !

Ceux qui se battirent sous ses plis le reverront. (*Voir page* 107.)

IX

L'ÉVADÉ

Le choix fait par le Pacha devait être suivi de près par la mise en vente des infortunés compagnons de La Barbinais.

Trois jours après que Pierre et Galhauban eurent été séparés de

Ceux qui se battirent sous ses plis le reverront. (*Voir page* 107.)

IX

L'ÉVADÉ

Le choix fait par le Pacha devait être suivi de près par la mise en vente des infortunés compagnons de La Barbinais.

Trois jours après que Pierre et Galhauban eurent été séparés de leurs compagnons, ordre fut donné de conduire ceux-ci au *Balistan*.

C'était le marché où se vendaient les chrétiens.

On plaça les prisonniers sur trois rangs. Quand ils entrèrent au *Balistan* une foule assez nombreuse s'y trouvait déjà.

Parmi les spectateurs amenés là, les uns par curiosité, les autres par spéculation, un grand nombre raillaient cruellement ces glorieux vaincus. L'insulte jaillit plus d'une fois de la bouche des Turcs insolents; les prisonniers ne parurent point les entendre.

Enfin un des courtiers prit Vernon par le bras, et lui fit faire par trois fois le tour du marché. Ceux qui avaient le désir de mettre une enchère regardaient tour à tour le visage et la démarche du prisonnier.

— Quel âge a-t-il? demanda un vieillard.

— Trente ans, répondit le courtier.

— Sa profession?

— Médecin; il a soigné et guéri les blessés du *Sirius*.

La promenade autour du marché continua et les enchères commencèrent. Chacune d'elles était inscrite sur le livre du courtier. Il la répétait à haute voix, s'efforçant de stimuler le désir des acheteurs, en énumérant les qualités morales et physiques du sujet.

Un vieillard à barbe blanche, qui passait lui-même pour le médecin le plus célèbre d'Alger, mit une enchère assez considérable pour que Vernon espérât l'avoir pour maître. La physionomie de Yousouf était grave et douce. Le chirurgien pensa que le docte vieillard souhaitait se l'attacher, afin d'apprendre de lui les secrets de la médecine d'Europe. La dernière enchère resta à Yousouf et déjà Vernon s'avançait vers lui, quand un vieillard lui dit en secouant la tête :

— Rien n'est terminé, il s'agit seulement ici de la première vente préparatoire; la seconde aura lieu dans le palais du Pacha.

Du reste, cette première affaire avait excité peu de rivalités. Les hommes qui se promenaient sur le marché avaient moins beso auprès d'eux de jeunes gens instruits que d'hommes robustes, capables de soulever de lourds fardeaux, et de rendre des services bord des galères. Lorsque l'*Inventeur* saisit Poigne-d'Acier par e bras, il y eut dans la foule un mouvement d'admiration.

Le torse nu du matelot laissait saillir des muscles puissants, sa face large et bronzée indiquait l'intelligence. A peine eut-il fait une fois le tour du marché que les acquéreurs l'entourèrent, palpant ses bras durs comme l'acier, et auxquels il devait son surnom. D'autres lui ouvraient la bouche, inspectaient la mâchoire et les dents afin de s'assurer s'il mangerait aisément le dur biscuit des galères.

Quelques-uns touchaient ses mains et s'assuraient qu'il avait l'habitude de la manœuvre à bord des navires.

Pendant ce temps l'*Inventeur*, chargé de faire valoir la marchandise humaine, recueillait les enchères et criait à haute voix :

— Arrache! Arrache !

Les prisonniers finirent par comprendre que cette expression signifiait :

— Augmentez le prix! mettez davantage !

Le matelot fut disputé avec entêtement par deux propriétaires de navires ; le courtier inscrivit le chiffre de la dernière enchère, puis on ramena le captif à côté du chirurgien.

Chacune de ces négociations donnait un total différent, versé dans des caisses diverses: Ainsi le prix de la vente faite au *Balistan* appartenait au propriétaire et à l'équipage du navire *preneur*, tandis que l'excédent résultant de la seconde vente, qui devait avoir lieu au palais, tombait dans les caisses du Pacha.

Il s'agissait donc seulement d'une indication, d'une base d'opérations, d'après laquelle il n'était pas même toujours possible de juger du chiffre qu'atteindrait une seconde et dernière épreuve.

Cette vente fictive ne pouvait exciter les obstinations, les folies de la seconde.

En y assistant, en mettant leur enchère, les chalands remplissaient seulement une formalité.

Jean-la-Grenade partagea avec ses camarades les honneurs de cette exhibition douloureuse. Les enfants atteignirent un prix suffisant, capable de faire espérer que leur adjudication définitive serait doublement avantageuse pour les pirates et pour le Pacha.

Quand ils rentrèrent dans la pièce qui leur servait de logis commùn, on aurait dit que quelque chose était changé en eux. En effet, ils venaient de subir les premières flétrissures de l'esclavage. On les avait marchandés comme un bétail, palpés, auscultés. Il leur avait fallu marcher, courir, montrer la force de leurs mâchoires et l'élasticité de leurs membres. Ils se sentaient amoindris, humiliés, et s'enfonçaient dans un abîme de nouvelles douleurs.

— Ah! s'écria Poigne-d'Acier, un seul d'entre nous tous est heureux. Servan n'est pas mort, durant le combat je le suivais du regard ; on l'a jeté au fond de la cale avec les autres ; mais le courageux petit s'est jeté à la mer. Il avait eu la présence d'esprit de sauver le drapeau ; il aura bien eu la chance de se sauver lui-même.

Personne n'oubliait l'enfant depuis le jour terrible de la bataille. Le sang-froid avec lequel il arracha le pavillon, le dérobant à la honte de parer le navire pirate à son entrée dans le port d'Alger, la hardiesse avec laquelle il s'était glissé par le hublot pour tomber dans le port, entre l'entassement des navires qui s'y trouvaient amarrés, tout cela formait déjà une légende dans les souvenirs des survivants du *Sirius*.

On applaudissait à son jeune courage, on enviait son sort.

Le chirurgien secouait parfois la tête en écoutant les conversations des matelots. Servan était jeune, malingre, il faisait sa première traversée.

— C'est vrai! pensaient les matelots qui devinaient la pensée de Vernon ; mais Servan était le favori, le pupille de Galhauban : il avait juré de lui faire honneur.

— Ça! c'est vrai! murmurait Yvonnet; et puis, dès qu'on est Breton et Malouin, ça suffit!

Cela suffisait sans doute, car Yvonnet montrait un grand courage. Cependant, il ne pouvait se consoler de la perte de son fifre. A l'aide d'un morceau de bois et d'un couteau il essaya d'en fabriquer un et peut-être y aurait-il réussi; mais Jean-la-Grenade lui dit un jour :

— Cache tes talents, Yvonnet, crois-moi, c'est prudent. Si on te savait bon musicien, on t'engagerait dans l'orchestre du Pacha, et alors adieu la chance de revoir le rocher de là-bas! Si tu éprouves le besoin de faire de la musique, contente-toi de siffler comme les merles en cage.

Yvonnet secoua la tête et parut oublier les sons joyeux de son fifre menant le bal des Corsaires chez la mère Cachalot.

Tandis que les marins du *Sirius* se demandaient quel avait été le sort de Servan, l'énergique enfant n'oubliait pas plus ses anciens compagnons qu'il n'en était oublié.

A peine se fut-il affalé entre les coques de deux navires, qu'il nagea lentement afin de sortir de cette passe difficile; lorsqu'il se trouva dans un espace moins restreint, il remonta, respira, puis continua de manœuvrer entre les navires jusqu'à ce que, trouvant un batelet rempli d'un amoncellement d'objets de toutes sortes, il y grimpa, se cacha sous un amas de loques, puis, épuisé par la fatigue, en dépit de l'angoisse qui le torturait, il s'endormit.

Lorsqu'il ouvrit les yeux le ciel étincelait d'étoiles, un grand calme régnait autour de lui; le clapotis des lames contre les vaisseaux était l'unique bruit qu'on pût alors saisir. Le canot dans lequel il se trouvait était-il abandonné? Ses propriétaires habitaient-ils Alger? L'enfant ne se demanda point d'une façon bien absolue si sa conscience lui permettait de disposer de cette barque.

— Bah ! pensa-t-il, ils ont volé le *Sirius*, je prends leur canot, et j'y perds ! Mauvais marché pour moi.

A la clarté de la lune il fouilla autour de lui, trouva les rames, un couteau dont il se servit pour couper l'amarre ; enfin, saisissant les avirons, il prit la précaution de les envelopper avec un lambeau d'étoffe, et roidissant ses bras il nagea silencieusement.

Courbé contre le bordage on le voyait à peine, et son canot glissant sur les eaux ressemblait à un oiseau rasant la mer de son aile noire. Où allait l'enfant ? Certes, à cette heure, il ne se le demandait pas. Le premier besoin qu'il éprouvât était celui de fuir n'importe où, pour aller devant lui. Échapper aux pirates lui paraissait déjà un assez grand bonheur. Quand ses mains brisées laissèrent tomber les rames, il se trouvait loin du port, et les clartés de l'aurore lui montraient une plage couverte de sable d'or. Plus loin, les ruines d'une maison formaient une tache blanche, au-dessous des éventails de trois énormes palmiers.

Servan résolut d'aborder. Après quelques minutes le bateau toucha le fond, et l'enfant se trouva sur la grève.

Il comprit vite que son costume le trahirait aux regards du premier Turc qu'il rencontrerait ; avec prestesse il ôta ses vêtements, prit deux ou trois morceaux d'étoffe dans le fond du canot, s'en entortilla d'une façon pittoresque, après avoir noué autour de sa taille le pavillon du *Sirius* ; ensuite, plaçant dans une couffe de paille des fruits, quelques biscuits et une gourde remplie d'eau, il passa le couteau à sa ceinture, jeta la couffe derrière son épaule, repoussa du pied le canot à la mer, et se dirigea vers les ruines de l'habitation ombragée de palmiers.

Il importait qu'on oubliât la capture du *Sirius* avant que le mousse essayât de pénétrer dans la ville. Du reste, le pauvre enfant dont la blessure au front n'était pas fermée fut saisi par un accès de fièvre qui le laissa, durant cinq jours, étendu sur un lit de feuilles, n'ayant plus ni le sentiment des douleurs passées, ni l'appréhension des dangers futurs. Lorsqu'il comprit ce qui s'était passé, qu'à travers une ouverture étroite comme une meurtrière il aperçut la mer, quand une brise matinale secoua le parasol des palmiers au-dessus de sa tête brûlante, il se laissa glisser sur les genoux :

— Mon Dieu ! dit-il, vous m'avez sauvé, aidez-moi à sauver les autres !

Retournant sur le rivage, il prit un bain qui le reposa, attendit la nuit, puis enveloppé au hasard dans les larges ceintures qu'il avait trouvées, il se rapprocha de la ville. Qu'allait-il y faire ? Dès les premiers pas qu'il y risquerait, ne serait-il point arrêté, jeté dans un cachot? Peut-être! Mais demeurer dans les ruines de la maison écroulée ne l'avancerait à rien. On pouvait l'y surprendre. Les guenilles couvrant son corps seraient reconnues peut-être... Servan n'était pas Breton pour rien, et tant de fois Galhauban lui avait répété qu'il faudrait lui faire honneur, que le mousse appelant à lui tout son courage se dirigea vers la ville.

Il était un mot qui, pour lui, renfermait une idée de salut et d'espérance : le *Consulat français*.

Si petit qu'il fût, il savait que le drapeau de son pays y flottait, que sous les plis de ce drapeau était la protection. Mais, de loin, la ville semblait vaste. Où se trouvait le consulat? Oserait-il en demander la route? Oui, s'il trouvait des Français.

— Bah! pensa-t-il, il ne manque pas de navires sur le port, ni de négociants dans la ville. L'élève de Galhauban ne doit jamais avoir peur. En avant!

Il marcha lentement, cependant, afin de ne point éveiller la curiosité. La tête entourée d'un turban énorme, enveloppé de vert, de rouge et de bleu, un manche de couteau dépassant sa ceinture, le pauvre petit avait alors la tournure la plus falote qu'il fût possible d'imaginer. Il s'en rendait compte, et la gaieté enfantine prenant parfois le dessus, en dépit des périls de la situation, il se prenait à sourire. Enfin il entra dans Alger.

La ville lui apparut, en ce moment, sombre et triste. Il fallait qu'un rayon de soleil l'embrasât pour qu'il en devinât le charme.

A peine avait-il franchi la porte qu'elle se referma derrière lui, laissant au dehors un groupe de chameliers en retard.

La fondation d'Alger remonte à Juba II, père de Ptolémée, qui lui donna le nom de Jol ou *Julia Cæsarea*. Assise sur le penchant d'une colline, elle semble se mirer dans les flots bleus qui lui servent de ceinture.

L'enfant se glissa dans la première rue s'ouvrant devant lui, rasant les maisons, se faisant petit, cherchant un trou pour se cacher; un coin pour dormir. Comme il n'était pas exigeant, il trouva ce qu'il lui fallait. A l'aurore il était debout, et la ville s'éveillait. Du haut des minarets, les prêtres convoquaient les Croyants à la prière. A la même heure les prêtres catholiques, se trouvant en petit nombre à Alger, se préparaient à célébrer les saints offices; mais ils n'avaient point le droit de sonner la cloche pour appeler les chrétiens dans leur modeste église.

Servan traversa plusieurs rues, coudoyant des Juifs habillés uniformément de noir pour obéir à la loi; lorsque dans les ruelles étroites et infectes que suivait l'enfant, s'engageaient des chevaux, des mulets ou des chameaux, il courait fort le risque d'être écrasé contre la muraille, et plus d'une fois il s'aplatit sur le sol, laissant passer les troupeaux de dromadaires. Il venait de parcourir au hasard un certain nombre de rues, attendant de la Providence le renseignement qui lui manquait, quand, brusquement, au détour d'un étroit passage, il se trouva en présence d'un soldat turc à la mine féroce, et d'un étranger portant un costume européen.

Le soldat, estimant que celui-ci ne se pressait point assez pour lui faire place, poussa le chrétien avec une brutalité sauvage contre le mur de la maison voisine.

— Chien de chrétien! fit-il, devant un soldat comme moi les misérables qui te ressemblent doivent s'aplatir dans la poussière.

L'homme brutalisé ne répondit rien, et le soldat passa.

Il avait raison, ce Turc : c'était la loi.

Les soldats, le peuple, le bétail avaient le pas sur les giaours. On les tolérait pour les besoins du commerce qui, sans eux, aurait été impossible à Alger; mais ils subissaient sinon une persécution publique, du moins de telles vexations qu'il fallait l'obstination juive ou la hardiesse française pour braver chez eux les Turcs et les Maures. De justice, les étrangers n'en devaient attendre aucune. Le moindre délit commis par un Juif était puni de la peine du feu. Le Consulat français restait impuissant à protéger ceux qui se réclamaient de lui. Il existait bien moins afin de défendre les intérêts des négociants, que pour régler les conditions du rachat des captifs. On pouvait alors considérer comme illusoires les promesses faites, les serments prêtés. L'Afrique, théâtre des exploits des Croisés, se vengeait cruellement des humiliations passées.

L'enfant, après avoir vu s'éloigner le soldat, suivit pendant quelques minutes celui qu'on venait d'appeler « chien de chrétien », le rejoignit auprès d'une des cent fontaines qui répandaient dans la ville la fraîcheur et le murmure de leurs eaux, puis doucement il le tira par la manche de son vêtement.

— Monsieur, dit-il d'une voix douce, Monsieur!

Le passant se retourna, regarda avec attention le paquet de guenilles d'où sortait cet accent suppliant, aperçut sous un turban informe une jolie tête pâle et souffrante, et demanda :

— Qui es-tu?

— Un prisonnier échappé, Monsieur...

— Que veux-tu?

— Me rendre au Consulat français.

— Sous ce costume ?

— Oh ! le costume n'y fait rien, Monsieur. Depuis quelque temps j'apprends à n'avoir plus peur. Est-ce loin, le Consulat ?

— Non, mon enfant.

— Auriez-vous la bonté de m'y conduire ?

— Certainement.

Et le mousse déguisé en Turc de carnaval suivit le Français à quelque distance.

La ville achevait de s'éveiller. Les rayons d'or du matin baignaient de clartés l'ancien fort d'Alcasabar, situé au sud de la ville, puis les cinq portes fermant son enceinte : la porte Babaxdit, conduisant au fort de l'Empereur, souvenir de l'infructueuse tentative de Charles-Quint ; la porte Babazira par laquelle pénètrent les pêcheurs, et que l'enfant reconnut pour l'avoir franchie la veille ; au sud, la porte Barbozan, sanglante et sinistre, le long de laquelle se voient des coulées de sang pourpre sombre. Hérissée de crochets de fer placés à des distances inégales, cette porte sert de lieu d'exécution. Certains criminels y sont pendus et leurs cadavres y demeurent jusqu'à ce qu'ils tombent en pourriture : quant aux voleurs, on les précipite de la plate-forme en bas, et leurs corps déchiquetés par les crochets servent de pâture aux corbeaux et aux vautours.

L'enfant détourna les yeux.

Puis au loin, léger, traversant la montagne, Servan aperçut l'aqueduc distribuant dans Alger l'eau qui alimente ses fontaines. Les dômes des minarets éblouissaient, et la masse du palais du Pacha, aussi vaste qu'une ville, frappa les regards du mousse.

Lorsque ses yeux eurent parcouru ce panorama superbe il se retrouva dans une rue noire, infecte, au milieu de laquelle restaient des tas d'immondices partagés par des chiens voraces.

Au bout d'un quart d'heure, le négociant marseillais s'arrêta en face d'un bâtiment au-dessus de la porte duquel flottait un drapeau.

L'enfant eut un beau regard en se tournant vers son guide :

— Ne craignez rien, dit-il, je serai bien reçu.

Le négociant n'osa conduire l'enfant à la chapelle, tant il jugeait son accoutrement étrange ; mais le petit Breton ne crut pas qu'il ferait honte à ceux qui s'y trouvaient, il se glissa à la suite du Marseillais, et tomba à deux genoux sur les dalles.

Alors, voyant rayonner dans le fond du sanctuaire l'image de la Vierge, cette Mère qui présente son Enfant aux adorations des siècles, en respirant cette odeur d'encens qui lui rappelait la chapelle de l'hospice de Saint-Malo, en entendant ces chants divins qui remuaient si profondément son âme, il éclata subitement en sanglots.

Quand la messe s'acheva, il quitta si rapidement la chapelle qu'il ne s'aperçut point qu'il perdait son turban, et ce fut en courant qu'il rejoignit le Marseillais dans la cour, au moment où celui-ci saluait le consul.

Il s'appelait le Père Vacher : homme d'une haute intelligence, d'une inépuisable bonté, et qui, dans le drame que nous racontons, eut avec La Barbinais son auréole de martyr du patriotisme.

— Monsieur ! Monsieur ! murmura Servan.

— Troun de l'air ! le voilà, mon Père, ce pitchoun ! Il a perdu son turban, pécaïré ! Jolie frimousse d'enfant. Allons parle, petit ! Te voilà devant le Père des Français à Alger !

— Un prêtre ! dit Servan en joignant les mains, je suis sauvé.

Le Père Vacher posa la main sur le front du mousse :

— Que veux-tu ?

Servan leva le front.

— Je donne d'abord, dit-il, je demanderai ensuite.

Le prêtre le regarda profondément.

— Déjà un homme ! fit-il.

Il emmena dans une pièce meublée à la turque, c'est-à-dire de divans et de tapis, le Marseillais Croustillac, négociant en soieries et le petit mousse breton. Puis, quand les portières furent retombées, il dit à l'enfant :

— Parle sans crainte, maintenant.

Le visage de Servan prit une expression douloureuse.

— On vous a raconté la prise du *Sirius*, mon Père ?

— Oui, répondit le consul. Le canon des pirates a tonné longtemps pour célébrer cette victoire, et j'ai vu dépecer ce noble navire...

— Il était de Saint-Malo, comme moi, et j'étais mousse à bord. Lui avait eu son berceau à Solidor, et de là il s'était élancé dans la mer ; moi on m'avait ramené dans les roches, et de l'hospice j'allai sur le *Sirius* dont M. de la Barbinais était capitaine, et Galhauban contremaître. Deux fiers hommes ! Oh ! nous n'avons pas commencé par être battus ! D'abord nous fîmes flamber un bâtiment pirate, deux fois plus grand que le *Sirius*, et la cale renfermait des Maures et des Turcs à en couler, sans compter les chrétiens obligés de manœuvrer sur les navires mahométans et qui embrassaient nos genoux en nous appelant leurs libérateurs... C'était beau, allez, mon Père. Chacun avait rempli son devoir. Le capitaine était content ; moi, je

venais de passer matelot pour ma blessure... Tenez, mon front en
saigne encore...

— Noble enfant !

— Nous étions heureux, fallait voir ! Hors les infidèles de la cale,
la victoire ne rapportait pas d'argent, puisque le grand brûlot s'était
affalé dans la mer ; mais de la gloire, c'est autre chose, et le Breton
en vit !

— Tous les Français, mon enfant.

— Les Français, une fois je ne dis pas ! Les Bretons, deux ! Dam !
ça se comprend. Le bon Dieu les crée Français d'abord, Bretons
ensuite. De plus fort en plus fort quoi ! Nous étions trop fiers, paraît-
il. Le lendemain, on avait à peine eu le temps de laver le pont, de
remplacer les manœuvres brisées, que la vigie signale non pas un
navire turc, mais une flotte... Un vol de vautours accourant sur
notre frégate. Le capitaine fit le signe de la croix. Nous comprîmes
tous que ça allait chauffer. On reprit les piques et les haches, les
canonniers préparèrent leurs mèches ; mes camarades de l'hospice
et moi nous montâmes le reste des grenades... Et toujours les
vaisseaux turcs s'approchaient.

Pauvre capitaine ! Il ne parlait plus de vaincre, mais de mourir...

Un document, écrit sur parchemin, fut placé dans une bouteille
lancée à la mer... Le testament du *Sirius* et de son équipage...

Et puis un moment vint où le canon tonna... Une tempête de
fer éclata, mon Père. Le combat dura deux heures, et les Turcs
nous écrasaient du poids de dix navires... Le capitaine se défendait
en héros ; deux fois je coupai les jarrets des Maures prêts à lui fendre
la tête, mais l'heure de la défaite se trouvait seulement reculée ! Il
songeait à mourir en grand, et tandis que j'essayais encore de le
défendre : — Descends à la Sainte-Barbe, me dit-il, et mets le feu aux
poudres ! — Bon ! que je dis. Je cours, je prépare la mèche, je me
jette à genoux, et je récite ma dernière prière... En haut, Yvonnet
accompagnait la bataille de son fifre... On fait ce qu'on peut pour
prouver qu'on n'a pas peur... Je venais de mettre le feu à la mèche,
quand un groupe de Turcs fond sur moi, éteint la mèche, m'entrave
et me laisse dans la Sainte-Barbe, impuissant, ivre de douleur et de
rage... Les prisonniers que nous avions faits la veille, ayant réussi à
rompre leurs liens, accouraient afin d'empêcher un acte de désespoir,
quand ils me trouvèrent en train de faire sauter le *Sirius*, et ceux
qui nous approchaient de trop près...

Le Père Vacher attira Servan contre sa poitrine.

— Dieu te bénira, cher petit Breton !

—Je l'espère bien! mais j'ai oublié le plus beau. Au moment où le capitaine venait de me donner ordre de mettre le feu aux poudres, j'avise le pavillon français flottant à notre mât. Bon, me dis-je, celui-là doit reposer sur une poitrine de Breton, je le prends pour moi! Je grimpe, je l'enlève, je redescends, je le cache dans ma poitrine; vous savez ce qui arriva après... J'entendis, sans la voir, la fin du combat. On fit passer les survivants du *Sirius* à bord du navire capturé chargé de le remorquer. On m'emporta de la Sainte-Barbe, brisé, à demi-mort, et je rampai sur le pont au milieu de mes camarades. Le capitaine paraissait près d'expirer; Galhauban portait vingt blessures, tout le monde saignait, aux mains, au visage, sauf Mériadec et Hervé, les mousses. Nous nous embrassâmes en pleurant... Le chirurgien pansa tout le monde... Quand nous aperçûmes Alger nous pleurâmes tous! C'était l'esclavage. Les uns parlaient de mourir, le capitaine La Barbinais leur reprocha de manquer de courage; les autres voulaient tenter de se venger; il leur recommanda à tous la patience.

On nous avait redescendus dans la cale, afin que le débarquement s'opérât avec plus d'ordre. Il y eut cependant une minute durant laquelle on nous surveilla moins. J'avais les mains entravées avec des cordes, je les broyai à l'aide de mes dents; détachant ensuite les liens de mes jambes, je me trouvai libre... Alors, sans rien dire, dans la crainte qu'un cri donnât l'alarme, qu'un geste surprît la sentinelle, je montai jusqu'au hublot, puis me laissant couler le long du navire, pressé entre les quilles de deux vaisseaux, je nageai et je me trouvai libre! libre!

Par exemple, dès que je fus en sûreté, je m'évanouis... Hier, j'ai recouvré la force et la raison et, quittant les bords de la mer, je suis entré dans la ville. Galhauban parlait souvent du Consulat, et je savais qu'ici je serais sauvé!

Servan déroula la ceinture remplaçant une veste absente, une seconde ceinture fixant autour de ses reins la bande d'étoffe représentant sa fantaisiste culotte, puis il tira de sa poitrine le drapeau du *Sirius*.

— Mon Père, dit-il, je le rends à la France.

— Ah! Pitchoun! s'écria le Marseillais, tu n'aurais pas mieux fait si tu étais né sur la Cannebière.

Le Père Vacher prit le pavillon et le porta à ses lèvres:

— Ceux qui se battirent sous ses plis le reverront, dit-il; j'en ai la ferme espérance.

— Qu'allez-vous faire de ce brave petit, mon Père? demanda

Croustillac... S'il le veut, je l'adopte. Je suis sans enfants, et j'aime les braves, moi! On me connaît sur la place de Marseille, Croustillac négociant en soieries du Levant, té!

— Merci, Monsieur, répondit Servan.

— Tu acceptes?

— Que ferais-je avec vous?

— Tu ferais fortune.

— Ce n'est pas assez pour moi; il faut que je venge mon capitaine, Galhauban et les camarades.

— Il a raison, le pitchoun! Venge-les d'abord! Tu seras mon enfant adoptif ensuite. Pour le moment, je puis au moins te rendre le service d'abord de te cacher à Alger, pendant que j'écoulerai mes marchandises, et que je chargerai ma nouvelle cargaison...

— Oh! cela, je l'accepte.

— Ensuite tu feras avec moi le voyage jusqu'à Marseille... Je te donnerai assez d'argent pour gagner Saint-Malo, et tu te rembarqueras sur un bâtiment corsaire.

— Vous êtes un brave homme! s'écria Servan.

— L'emmènerai-je aujourd'hui? demanda Croustillac au consul.

— Non, répondit le Père Vacher, attendons les événements. Chez moi il ne court aucun risque; une indiscrétion serait un danger à votre bord; ma situation me permet d'apprendre, jour par jour, heure par heure, ce qui adviendra des marins du *Sirius*, il trouvera consolant de le savoir; bien plus, peut-être me sera-t-il possible, avant son embarquement à votre bord, de lui fournir l'occasion d'échanger quelques mots avec ses compagnons.

— Vous avez raison, mon Père, répondit Croustillac. Mon chargement prendra trois semaines. Débarbouillez le Pitchoun, changez sa tête si vous le pouvez, car ces satanés Turcs sont plus malins qu'ils n'en ont l'air, et quand je serai prêt à lever l'ancre, je vous préviendrai.

— C'est entendu, répondit le Père Vacher.

Le marchand de soieries quitta le Consulat, en y laissant son protégé.

Les enchères montèrent. (*Voir page* 112.)

X

LES FAIBLES

A partir de ce moment, le mousse n'eut pas de plus vif désir que
celui de revoir, fût-ce une minute, ses anciens compagnons. Reposé
de ses fatigues, vêtu comme les petits Algériens, il sortait le plus

Les enchères montèrent. (*Voir page* 112.)

X

LES FAIBLES

A partir de ce moment, le mousse n'eut pas de plus vif désir que
celui de revoir, fût-ce une minute, ses anciens compagnons. Reposé
de ses fatigues, vêtu comme les petits Algériens, il sortait le plus

souvent dans la ville en compagnie d'un vieillard, Maure d'origine,
qui s'était fait tardivement chrétien, et témoignait une admirable
charité à l'égard des captifs. On le voyait fréquemment sur le port,
guettant l'arrivée des navires, à l'affût des nouvelles, sollicitant
pour les infortunés une dîme sur les bénéfices des capitaines. Tous
les Européens connaissaient Azil, et lui témoignaient leur sympathie.
Mis au courant des aventures de Servan, Azil s'occupa d'abord de
le rendre méconnaissable, grâce à une mixture savante qui changea
le ton de sa peau, et à l'aide d'un coiffeur qui lui rasa les cheveux
suivant la mode du pays. En trois jours Servan apprit quelques
mots turcs, et suivit Azil sur le port. Il s'agissait de connaître la
date de la seconde vente des matelots et des officiers du *Sirius*,
vente qui, cette fois, resterait définitive.

Lorsque le Maure la connut, en dépit des dangers que pouvait courir le mousse, il lui jura qu'il y assisterait.

Cette fois, l'angoisse des malheureux était grande. Ils avaient
appris les règlements et le mécanisme de ces marchés d'esclaves
et, si résignés qu'ils fussent à leur sort, l'inconnu en face duquel ils
se trouvaient les pénétrait d'une secrète terreur.

Vernon se demandait si le vieux médecin turc se déciderait à
l'acheter; Poigne-d'Acier se souvenait de la brutalité avec laquelle
un reis de fuste turque lui avait palpé les bras et ouvert la mâchoire.

— Je ne pourrai jamais me dispenser de casser la tête à ce gredin-
là ! pensait-il.

Tous roulaient dans leur esprit des pensées aussi sombres. Ils
en étaient venus à ne plus oser échanger leurs idées. Que pouvaient-
ils se confier? de mutuelles angoisses. Même les plus énergiques
faiblissaient dans l'attente du malheur prochain. Aussi regardèrent-
ils comme un soulagement la vente qui devait avoir lieu dans deux
jours.

La volonté de n'avoir point à rougir devant leurs ennemis leur
rendit des forces. Comme pour les premières enchères on les baigna,
on leur distribua des vêtements convenables ; on leur servit un repas
copieux ; puis on les rangea dans une cour intérieure du palais de
Baba-Hassan.

Les acquéreurs s'y étaient rendus à l'avance. Parmi eux, Vernon
reconnut le vieux savant turc; Poigne-d'Acier, le reis dont il se
jurait de briser la tête s'il s'avisait de ne point lui parler avec une
douceur suffisante. Les autres prisonniers ne se souvenaient pas
de ceux qui s'étaient posés en acquéreurs futurs, et dont les offres
se trouvaient inscrites sur le carnet de l' « Inventeur. »

Celui-ci était un homme dans la force de l'âge, renégat grec, faisant trafic d'hommes, de femmes et d'enfants; haïssant d'autant plus les chrétiens que leur vue lui rappelait son apostasie. Il avait pris pour femme une belle créature d'origine slave, dont il avait fait une martyre sans parvenir à la faire renoncer à sa foi.

Dans ces marchés de chrétiens il apportait une adresse extrême, s'entendant merveilleusement à faire valoir la force et la beauté des sujets, à pousser les enchères; or le Pacha, ayant intérêt à ce qu'elles atteignissent un chiffre élevé, tenait Hafiz en grande estime, lui confiait souvent des missions délicates, et le chargeait d'acquérir pour son propre compte des enfants chrétiens destinés à augmenter le nombre de ses pages.

Les yeux d'Hafiz avaient déjà remarqué les mousses du *Sirius*. Hervé et Mériadec, élevés à l'ombre des grandes murailles de l'hospice, gardaient une pâleur rendant plus douce l'expression de leur visage. Le peu de durée du voyage de Saint-Malo à Alger n'avait point déformé leurs mains délicates. Serrés l'un contre l'autre, effarés comme des oiseaux que la main du chasseur vient d'arracher à leur nid, ils se mirent à trembler sous le regard d'Hafiz.

Mais, en même temps, tous deux reçurent à la fois une commotion au cœur.

Un regard intelligent, sympathique sous les larmes dont se mouillaient les paupières, les embrassa d'une façon soudaine.

Ces yeux noirs, ils les connaissaient. Où et quand les avaient-ils vus?

Ce petit garçon aux cheveux rasés, au teint brun, portant un élégant costume turc, leur était nécessairement inconnu, et cependant, cependant...

Du reste, après avoir éveillé leur attention et leur curiosité, le jeune compagnon d'Azil entraîna le Maure du côté des enfants.

Il se glissa près d'eux, paraissant les examiner avec la curiosité d'un acheteur. Puis, lorsqu'il se trouva tout près :

— Ne bougez pas, ne me regardez pas, dit-il, je suis Servan... Dieu m'a sauvé, et j'essaierai de vous venir en aide... Je repars pour Saint-Malo où je raconterai votre histoire...

Ni Hervé ni Mériadec ne s'étaient trompés : c'était bien Servan, l'élève, le favori de Galhauban. Dans le groupe des matelots du *Sirius*, c'était surtout ce dernier que voulait retrouver Servan. Ne pouvant demander ce qu'il était devenu, il pria le Maure de s'en informer, et celui-ci s'adressant à Hafiz :

— Je croyais, lui dit-il, qu'il se trouvait un plus grand nombre de prisonniers à bord du *Sirius*.

— Le Pacha a prélevé sa part, suivant la loi.

— Et il a choisi?

— Le capitaine du navire capturé, puis un matelot.

— Ne vendra-t-il point ce capitaine? Il pourrait rendre, en raison de sa bravoure et de ses connaissances, de grands services à la marine turque.

— Le Pacha a déjà refusé des offres à ce sujet. Le capitaine du *Sirius* était, suivant la pensée de Baba-Hassan, un envoyé du sultan de France, bien plus que le maître d'une frégate destinée à protéger des vaisseaux marchands. Il le gardera au milieu des cinq ou six cents prisonniers dont il remplit les cachots du palais.

La main de Servan frémit dans celle du Maure.

— Et le matelot? reprit celui-ci.

— Sa place est marquée sur une galère.

Hafiz s'éloigna. Azil se rapprocha de Vernon.

— Espérez! lui dit-il, nous enverrons Servan à Saint-Malo.

Le Français ne parut pas avoir entendu, son regard seul répondit au Maure.

La foule grossissait de plus en plus ; les amateurs se rapprochaient des prisonniers; enfin Hafiz déclara le marché ouvert, et se mit à promener autour de la cour le docteur Vernon, dont il recommença l'éloge, puis il indiqua le prix de la dernière enchère du *Balistan*.

Lentement, de nouvelles sommes furent offertes; le médecin turc se taisait dans la crainte de laisser deviner son désir; Vernon évitait avec soin de tourner la tête de son côté; cependant, le seul adoucissement qu'il pût recevoir dans sa misère, c'était d'être acheté par lui. Brusquement, des compétitions se manifestèrent au moment où nul ne les pouvait prévoir. Les enchères montèrent, le vieillard hésita; cette fois Vernon, oubliant sa résolution, lui jeta un regard désespéré, et d'une voix haletante le docteur turc hasarda un dernier chiffre.

— Arrache! Arrache! répéta Hafiz en continuant de promener le prisonnier autour de la cour; mais on trouva sans doute que le prix qu'il atteignait se trouvait plus que suffisant, car le malheureux fut adjugé au vieillard.

— C'est la ruine! murmura l'acquéreur en comptant les piastres.

— Vous achetez plus qu'un esclave, un ami, répliqua Vernon.

— Partons, dit le vieillard.

— Restons encore, je vous en supplie, jusqu'à ce que j'apprenne en quelles mains tombent mes compagnons.

Ce fut le tour de Jean-la-Grenade. Un capitaine de navire l'acheta.

Poigne-d'Acier, ne pouvant échapper à son sort, devint la propriété du reis qui l'avait, à l'avance, traité avec une brutalité de belluaire.

— C'est fini! murmura Poigne-d'Acier, je suis destiné à devenir un assassin.

Les adjudications suivantes furent peu disputées; mais quand arriva le tour de Mériadec et d'Hervé les compétitions s'éveillèrent. Ils étaient d'un âge où l'âme, malléable, se plie sous la volonté du maître. Beaux de visage, d'aspect triste, mais doux et bon, ils pouvaient devenir de précieux sujets. C'était surtout parmi ces adolescents que se recrutaient les Pages, dont un grand nombre, après avoir joui de toutes les prérogatives du favoritisme, finissaient par prendre place au Divan. Hafiz, au moment où il les saisit tous deux par la main, afin de les faire passer devant les chalands, adressa un signe à un vieux Turc vêtu d'un caftan usé, puis la vente commença.

— Azil! Azil! murmura Servan, achetez-les! Nous avons grandi ensemble. Ils seront si malheureux! Songez donc, ces mécréants les feront mourir sous le bâton!

— Il ne servirait de rien de tenter de les disputer à celui qui pousse l'enchère, mon enfant : il agit pour le compte de Baba-Hassan.

— Sont-ils donc perdus?

— Prie beaucoup pour eux, mon enfant.

Quand ils frôlèrent les vêtements de leur camarade, les orphelins lui jetèrent un regard empreint de désespoir. Servan porta ses poings à sa bouche pour étouffer ses sanglots.

Une demi-heure plus tard, la vente se trouvait terminée.

Le Maure avait pris soin d'inscrire le nom de ceux qui venaient de se rendre acquéreurs des matelots du *Sirius*. Ce qu'à ce moment il était impuissant à faire, il espérait bien le réaliser plus tard.

Le médecin turc s'éloigna suivi de Vernon, qui trouva le moyen de serrer les mains de ses anciens compagnons de bord.

— Nous nous vengerons! murmurèrent-ils tous.

Les groupes se divisèrent, chacun des esclaves suivait un homme ayant sur lui droit de vie et de mort.

Tandis que Servan s'en allait avec Azil, Hafiz, prenant la main des orphelins, leur fit quitter la cour où la vente venait d'avoir lieu, et les conduisit dans une petite salle en forme de rotonde. Garnie de faïences de couleurs claires dans toute sa hauteur, meublée de divans bas, égayée par des corbeilles remplies de fleurs et des cages en treillis d'or dans lesquelles s'ébattaient des oiseaux aux plumages chatoyants, elle parut aux deux enfants une pièce féerique. Sur des guéridons de nacre ils trouvèrent des sorbets, des confitures de feuilles de roses, des pâtisseries. On leur donna des jouets, puis on les laissa seuls.

La surprise d'Hervé et de Mériadec ne peut se décrire.

— Si c'est cela qu'on appelle être esclave! s'écria Mériadec, nous sommes bien mieux ici qu'à bord du *Sirius*.

— Je me défie, répondit Hervé.

— Cependant, le vieux Turc a l'air bon et la voix très douce.

— Trop douce. Le chirurgien nous l'a dit : on nous tendra des pièges.

— En attendant, dormons sur ces lits de soie; nous goûterons plus tard ces friandises.

— As-tu donc faim, toi?

— Pas beaucoup.

— Moi, je revois toujours la figure triste d'Yvonnet qu'on a vendu à un marchand habillé de noir, un Juif, paraît-il; puis la colère qui éclatait sur le visage de Poigne-d'Acier. Si le reis compte sur un bon service à bord de sa fuste, il pourra bien compter deux fois. Avant un mois Poigne-d'Acier aura trouvé moyen de s'évader.

— Servan a une fière chance.

— Si nous avions eu, comme lui, le courage de passer par les hublots, nous serions libres! Mais tu as entendu ses promesses : il racontera notre histoire à Saint-Malo; on y quêtera pour notre rachat, et nous reverrons l'hôpital que jamais nous n'aurions dû quitter.

— Bah! repartit Hervé, les enfants sans famille ne sont pas libres de choisir un métier. Tout le monde est marin à Saint-Malo... L'État nous aurait pris; c'est la loi.

Ils s'endormirent sur les moelleuses fourrures, et à leur réveil ils virent dans un coin un jeune noir entouré d'instruments de musique. Il leur donna une première leçon entremêlée de jeux. Plus tard, on vint leur essayer des habits magnifiques. On les mena au bain; ils eurent le loisir de se promener dans les jardins, et rentrèrent dans la rotonde de faïence bleue lassés des plaisirs de cette journée.

Pendant deux semaines, ils attendirent, inquiets, au milieu de cette vie trop facile, ce qu'on allait exiger d'eux; on les obligea seulement à prendre des leçons de turc, pour lequel tous deux montrèrent des dispositions qui leur valurent de grands éloges.

Avec la mobilité de l'enfance, Mériadec s'abandonnait à cette existence, tandis qu'Hervé devenait de jour en jour plus sombre.

Son camarade remarquait qu'il hésitait souvent à boire les liqueurs qu'on lui servait, qu'il s'effrayait d'un bruit inoffensif.

— Mais qu'as-tu? lui demandait Mériadec.

— J'ai peur.

— De quoi?

— De tout. Est-il naturel qu'on nous ait achetés un prix élevé pour nous garder dans ce palais occupés à apprendre la langue turque, la musique, à déguster des sorbets et à manger des confitures de feuilles de roses?Cela ne se peut pas,vois-tu, cela ne se peut pas.

— Si tu questionnais Hafiz?

— C'est de lui que nous dépendons : il viendra toujours trop tôt.

Trois semaines après l'entrée des enfants au palais de Baba-Hassan, le renégat revint cependant dans la salle de faïence bleue. Un drogman le suivait, chargé de traduire tour à tour et ses questions et les réponses des enfants.

Hafiz paraissait plus doux, plus caressant que jamais. Il commença par s'informer si les orphelins se trouvaient heureux au palais. Il leur vanta la magnanimité d'un maître tel que Baba Hassan, fit valoir de quel avantage il serait pour eux d'être bientôt comptés au nombre de ses pages, énuméra les bienfaits dont le maître comblait ses serviteurs fidèles, et termina en leur demandant s'ils souhaitaient entrer à son service.

Hervé repartit le premier :

— Si j'étais libre, je préférerais retourner à Saint-Malo.

— Et toi? demanda Hafiz à Mériadec.

L'enfant hésita.

— Là-bas le travail était dur, fit-il; ici nous jouons toute la journée, nous portons des habillements de soie, on nous traite en petits seigneurs... Je consens à rester à Alger, moi.

— Un Breton! s'écria Hervé avec indignation.

— Je ne suis point aussi robuste que toi! Souvent il m'est arrivé de trouver qu'il est dur de grimper dans les manœuvres, de tirer sur les cordages goudronnés qui nous arrachaient la peau des mains, de ronger du biscuit sur lequel se brisaient nos dents, de dormir en double dans un hamac ballotté par le roulis, de se sentir réveillé par les craquements de la membrure du navire. Je sais bien que tous les matelots ont commencé comme nous... On s'y fait peut-être... Mais j'aurais mieux aimé entrer dans les chantiers de Solidor, fendre,équarrir du bois, regarder la mer, et vivre paisiblement que d'affronter les périls d'une traversée... Vois quel a été notre début : des batailles, du sang, l'esclavage...

— Oh! la bataille! répliqua Hervé, c'était beau!

— Et la prison, le marché aux esclaves... Ma foi, jusqu'à présent, nous n'avons pas à nous plaindre.

— C'est possible; mais pourtant je me défie. Ce qui se passe n'est pas naturel, vois-tu. Je me souviens des histoires racontées au gaillard d'avant. Les Turcs haïssent les chrétiens. Le Pacha tient plus de six cents prisonniers dans des basses fosses... On les condamne à recevoir des coups de bâton sous la plante des pieds à propos de rien... J'ai un conseil à te donner, vois-tu, c'est de te persuader que cela ne durera point. C'est trop pareil à un conte de fées.

Cependant leur situation devint encore moins triste ; ou, plutôt, il leur fut envoyé un puissant moyen de distraction. Un adolescent d'environ quinze ans entra dans la salle où ils étaient enfermés. Il était d'une grande beauté, et vêtu avec une magnificence relevant encore sa belle mine. Néanmoins, au fond de ses yeux on pouvait lire une tristesse persistante, quelque chose comme l'ombre lointaine d'un regret amer. Les exilés ont cette expression de douleur sans bornes. Cependant, la vue des deux mousses parut l'arracher à une préoccupation douloureuse, ou plutôt lui rappeler un ordre reçu, une leçon apprise.

Après avoir joué durant quelques instants avec les deux mousses du *Sirius*, Mirza raconta ses aventures personnelles. Lui aussi avait vu le jour en France : le hasard d'une bataille le rendit esclave. Épouvanté à l'idée de rudes travaux à accomplir, de brutalités à redouter, il préféra entrer dans les pages du Pacha. A partir de ce moment, les mets délicats, les costumes magnifiques lui furent prodigués. Il était heureux, très heureux !

Pourtant, il baissa la tête en l'affirmant.

Puis, reprenant avec une rapidité nouvelle, comme s'il voulait se débarrasser d'une corvée honteuse, il engagea les deux enfants à suivre son exemple.

— Vous serez comme moi, dit Mirza ; au bout de quelques semaines de soins, de bains parfumés, vous verrez disparaître les callosités de vos mains, vous prendrez goût aux riches costumes. Tout d'abord, vous inspirerez un intérêt véritable à Baba-Hassan, il vous fera instruire ; sa faveur est le signal de toutes les grâces. Il prend ses vizirs parmi ses pages, et il en fait les premiers après lui... Il vous demandera seulement de prendre le turban...

— Ma foi, répondit Mériadec, je vous assure qu'il m'est à peu près égal de mettre sur ma tête cette machine roulée, qui cache les cheveux; dans tous les cas, ce n'est pas bien difficile... Voyez ! nous avons déjà des pantalons bouffants, des souliers qu'on appelle ici babouches. J'accepte la coiffure, moi...

— Sans doute, ajouta Mirza ; mais l'expression « prendre le turban » ne signifie pas seulement rouler une écharpe de soie ou de mousseline sur sa tête... Cela veut dire aussi qu'on invoque Allah !

— Qui ça, Allah?

— Dieu ! répondit Mirza.

— Dieu en turc alors? demanda le mousse. Je veux bien encore. Puisqu'on me fait apprendre le turc, il faudra bien que je récite mon *Pater* dans cette langue... Allah signifie Dieu... Et Notre-Dame s'appelle?

— Miriam, répondit Mirza.

— *Ave* Miriam... ça ne sonne pas aussi bien ; mais puisque vous affirmez que c'est la même chose...

L'adolescent hésita, ses regards troublés fixèrent les yeux innocents et naïfs des deux petits Bretons, avec un sentiment de crainte et de pitié.

— Je ne suis point ici pour vous tromper, dit-il, mais pour vous éclairer, vous conseiller, sonder vos intentions, vous apprendre ce qu'on exige de vous, sous peine...

Les mots s'arrêtèrent dans sa gorge.

— Eh bien ! reprit Hervé, c'est donc terrible ce que vous avez à nous dire? Vous tremblez maintenant... Vous tremblez ! et vous parlez de prière, de Sidi-Aïssa, de Miriam la Vierge Sainte, et d'Allah !

— Vous ne réciterez plus le *Pater*, répondit Mirza, vous ne chanterez plus *Ave Maris Stella*... J'ai su cela aussi, je l'ai su... Et, la douleur dans l'âme, je me souviens... Non ! non ! c'est fini ! bien fini ! Comme les Vizirs, les Croyants, le Padischah lui-même, je répète : Dieu est Dieu et Mahomet est son prophète !

Hervé se leva d'un bond.

— Est-ce vrai ce que tu viens de dire? Oh ! je comprends ! Plus de Notre-Dame, de Sauveur crucifié, de prières saintes... C'est Allah et le prophète, maintenant ! Malheureux, tu nous proposes d'abjurer...

— Abjurer ! répondit Mériadec comme un écho.

— Mais toi ! toi ! reprit le petit Breton en secouant Mirza par l'épaule, tu as donc renié Dieu et marché sur le crucifix?

L'adolescent cacha son front dans ses mains, un sanglot s'échappa de sa poitrine, puis brusquement il releva la tête :

— Oui, fit-il, je suis un renégat, j'ai apostasié... Que voulez-vous
que fasse un pauvre enfant jeté au milieu de bourreaux sans entrailles. C'était après une défaite, on me conduisit au *Balistan*, je
fus ensuite ramené ici... Alors un homme, occupant au palais une
haute situation, me fit descendre dans un cachot privé de lumière et
d'air, et m'y laissa en me disant : On affirme que les gens de ta
religion meurent pour leur foi, je suis bien aise de m'en assurer...
Jusqu'à ce que tu consentes à devenir adorateur d'Allah et disciple
du prophète, tu subiras toutes les privations et tous les supplices...
Le jour où tu te soumettras, la faveur du maître t'attend... Durant
trois jours on parut m'oublier... la faim me déchirait les entrailles...
Le quatrième, deux hommes entrèrent. Bondissant vers eux je criai :
Du pain! du pain!..... Horreur! Ils venaient seulement me faire
subir le supplice d'une effroyable bastonnade. Au quinzième coup
je m'évanouis... Quand on me rappela à la vie, brisé, affamé, presque
fou : — Faites de moi ce que vous voudrez! leur dis-je; — les tortures m'avaient vaincu... Depuis ce temps on me prodigue toutes
les jouissances du luxe, et, plus tard, je serai vizir à mon tour...

— Tu ne pries plus! tu ne pries plus! dit Hervé.

— Ne le répétez pas, mais j'essaie quelquefois de me rappeler les
mots oubliés. Je les retrouve avec peine dans le vague de ma mémoire, et cependant ils me consolent! Que ferez-vous tous deux?
Tenterez-vous de lutter contre des bêtes féroces? Vous laisserez-
vous martyriser au fond de leurs cachots?

— Oui, répondit Hervé, jusqu'à la mort!

— On le dit, on le croit.

— On le fait, quand on est Breton!

— Ma mission est remplie, dit Mirza; pendant huit jours je reviendrai, vous engageant à l'obéissance, vous montrant les dangers que
vous allez courir, et vous...

— Va-t-en! fit Hervé d'une voix rude. Va-t-en et ne reviens jamais, tentateur! Nous deviendrons ce que Dieu voudra, Dieu reste
avec les faibles et les petits.

Mirza s'éloigna lentement, après avoir vu Mériadec faire un mouvement vague pour le retenir.

Durant le reste de la journée les deux enfants gardèrent le silence;
le soir, aucun d'eux ne toucha au repas qui leur fut offert. Ils comprenaient ce qu'on attendait, ce qu'on exigeait. Au lieu de les jeter
dans des souterrains, on commençait par les amollir. Peut-être était-
ce plus habile encore. Hervé pria longtemps avant de s'endormir;
Mériadec sanglota toute la nuit, s'épouvantant des supplices à subir,

de la lutte à affronter, ne sachant pas s'il aurait la force de sortir victorieux de l'épreuve.

Le matin, Hervé, interpellant l'esclave qui lui apportait à déjeuner, lui dit qu'il désirait voir tout de suite le vieil Hafiz.

Celui-ci arriva quelques moments après.

— Conduis-nous aux cachots de ton maître, dit-il ; Mirza nous a, hier, révélé qu'il nous faudrait choisir entre le turban ou la mort. Il est plus facile de mourir que d'abjurer.

— Oh ! oh ! ne chante pas si haut ! fit le vieillard ; tu pouvais attendre qu'on te commandât de prendre une décision... Mais, si tu es pressé, viens ! Le Commandeur des Croyants n'a que faire de révoltés de ton espèce ! Il en a, du reste, maté de plus forts que toi !

— Peut-être ceux-là n'étaient-ils point Bretons, répliqua Hervé ; les Bretons sont de fiers gars à tête dure comme le granit des roches.

Il étendit la main.

— Viens, Mériadec, dit-il simplement.

Mais Mériadec se recula, pris d'effroi.

— Attendons ! fit-il, nous pouvons attendre... Hafiz et Mirza l'ont affirmé... Je ne sais pas, moi ! J'ai peur de souffrir ! On ne nous demande pas de cracher sur le crucifix, mais de crier Allah voilà tout... n'est-ce pas, Hafiz ?...

— Et de renier ton baptême ! ajouta Hervé...

— On ne l'effacera pas, reprit Mériadec, l'eau de la mer n'y pourrait suffire... Mais le cachot, les coups de bâton... Y as-tu songé ?

— Depuis hier je ne pense qu'à cela... On ne meurt qu'une fois, Mériadec ! Si le *Sirius* n'avait pas été pris, ne pouvions-nous tomber du haut d'un mât et nous briser sur le pont ? Un naufrage nous jetait à la côte ; un boulet nous coupait en deux ! Nous sommes des Malouins ; je me souviens des paroles du vieux prêtre de l'hospice, des conseils de Galhauban, quand il m'enseignait les devoirs d'un mousse... Les Turcs ne me font pas plus peur que les bêtes féroces, il me semble même qu'ils sont pareils... Viens !

Mais Mériadec se jeta sur un divan d'une façon désespérée.

Hervé eut un mouvement de honte virile, et dit à Hafiz :

— Il est plus jeune que moi, et plus faible...

— Je reviendrai, répliqua le vieillard.

Cependant ce fut Mirza seul qui revint. Hervé voulut le chasser, Mériadec le retint. Non pas qu'il aimât encore cet adolescent, mais il éprouvait une curiosité étrange, maladive, dangereuse, à lui entendre raconter ses aventures, et peindre la vie qu'il menait au palais du Pacha.

Hervé observait une conduite bien différente. Depuis qu'il con naissait la vérité, il ne touchait plus aux mets délicats et se contentait d'une poignée de riz. Il essayait de s'accoutumer à la faim, au manque de sommeil. Sa résolution était prise : on le tuerait. Parfois, il se rappelait cependant, avec l'expression d'un regret, la cité Corsaire entourée de ses hautes murailles, la bande dorée du Sablon, la haute tour de Solidor, les fours à chaux et ces roches bordées d'algues et de fucus. Il se retrouvait à l'hospice, dans cette douce maison que jamais il n'aurait voulu quitter. Puis la résignation remplaçait les regrets, tout s'effaçait à ses regards, hors une autre demeure dont les splendeurs lui apparaissaient infinies au milieu des mondes semant la voûte azurée.

Une semaine s'écoula de la sorte. Mériadec causait maintenant tout bas avec Mirza, et paraissait embarrassé dès qu'il se trouvait seul avec Hervé. Celui-ci s'efforçait de réveiller cette âme faible, de viriliser cette nature chancelante ; Mériadec pleurait encore, mais il ne répondait plus.

Un matin, Mirza entra tenant dans les mains deux objets symboliques : un turban et un bâton.

Mériadec tomba sur les genoux.

— Grâce ! fit-il.

Le vieillard lui jeta le turban, qu'Hervé mit subitement en pièces.

— Ah ! s'écria-t-il, tu ne seras pas lâche à ce point. Rappelle-toi, rappelle-toi les conseils du vieil aumônier, les histoires de martyrs qu'il nous contait le dimanche. Souffrir, ce n'est rien, va ! quand on souffre pour Dieu et pour la France. Breton et chrétien ! Je ne connais que cela, moi !

Il voulut l'attirer dans ses bras ; mais, au même moment, Mirza saisit la main de Mériadec, et disparut avec lui.

— Emmenez-moi ! dit Hervé à Hafiz : maintenant que j'ai vu Mériadec apostasier, je vous défie de me faire mal.

Le vieillard l'entraîna à travers des salles, des galeries sans nombre, lui fit descendre trois escaliers, puis ouvrant la porte d'une sorte de trou sans clarté et sans air :

— Pourris là ! chien de chrétien ! fit-il.

La porte se referma sur l'enfant.

Robert de Miniac! le père de Jocelyne ! (*Voir page* 125.)

XI

DANS LES CACHOTS DU PACHA

Lorsque Pierre de la Barbinais se trouva brutalement poussé dans une salle qu'envahissait une obscurité complète, il lui fut impossible de se rendre compte de l'endroit où on venait de l'enfermer. Cette

Robert de Miniac! le père de Jocelyne! (*Voir page* 125.)

XI

DANS LES CACHOTS DU PACHA

Lorsque Pierre de la Barbinais se trouva brutalement poussé dans une salle qu'envahissait une obscurité complète, il lui fut impossible de se rendre compte de l'endroit où on venait de l'enfermer. Cette obscurité profonde, les odeurs putrides, les souffles pressés de malheureux dont il ne pouvait deviner le nombre troublèrent son cerveau jusqu'à la folie. Il porta ses mains à son front que mouillait une sueur froide, puis brusquement, s'affaissant sur lui-même, il roula évanoui sur le sol.

Quand il revint à lui, un rayon de soleil tombant par une étroite ouverture lui permit de comprendre en quel lieu il se trouvait.

Le cachot dans lequel on l'avait conduit la veille avait les vastes proportions et les perspectives sombres d'un hypogée. Des colonnes trapues, dépourvues d'ornements, soutenaient la lourde masse de la voûte faiblement arrondie. Au pied de chacune des colonnes, et leur servant pour ainsi dire de base, quatre pierres brutes se trouvaient disposées pour servir de siège aux prisonniers. A une hauteur de dix mètres une chaîne se trouvait rivée; cette chaîne, reliée à un carcan, permettait à peine au captif de faire quelques pas au delà du pilier. Quelques-uns de ces carcans se trouvaient rivés au cou des malheureux, d'autres à la ceinture ; les plus éprouvés avaient les pieds et les poignets serrés dans des bracelets de fer. Ils portaient avec tant de peine le poids de leurs chaînes qu'ils demeuraient couchés sur le sol. Tous n'étaient point entravés cependant. Leur maître, mû par un sentiment de pitié ou d'intérêt, leur laissait la liberté de se mouvoir dans ce lieu de supplice.

Les plus anciens de ces captifs portaient pour unique vêtement des morceaux de couvertures. Les autres voyaient pièce à pièce tomber les lambeaux de leurs habillements. Ils en prolongeaient la durée par un sentiment de dernière dignité.

Les regards de Pierre de la Barbinais s'accoutumèrent assez vite à la demi-obscurité régnant dans le cachot. Il les promena lentement de l'un à l'autre des captifs, s'efforçant de lire sur le visage de chacun l'histoire de ses douleurs, et la cause de sa servitude.

Un frisson de terreur grandissante le saisit à mesure qu'il prolongea cette étude navrante.

Chacun de ces hommes paraissait un vieillard ou un agonisant.

La vie morale s'éteignait en eux avec l'espérance.

Une seule pensée les eût fait sourire comme l'annonce d'une délivrance suprême : ne comptant plus sur la liberté, ils attendaient la mort.

Pas un homme ! des spectres...

Sur ces corps décharnés on comptait les cicatrices reçues dans les batailles.

Ceux-là aussi, trahis par la fortune, avaient rempli leur devoir.

D'autres traces marquaient les bras, sillonnaient les flancs.

Le bâton des bourreaux y laissait des marques profondes.

Au sortir d'un lourd sommeil, ils ne se parlaient point. Qu'auraient-ils pu se dire? Quelles confidences faire qui n'eussent déjà été vingt, cent fois répétées? Ils se comptaient des yeux, voilà tout.

Pas un ne manquait.

Chose étrange, ils se mouvaient lentement dans ces cachots infects.

Caché dans l'ombre formée par la voussure de la porte, La Barbinais regardait sans être vu. Les malheureux ignoraient encore qu'un frère en souffrance leur était envoyé. Quant à lui, par dignité, par orgueil, il attendait que ses forces revinssent, que sa pensée se réveillât lucide, qu'il se retrouvât lui-même, avant de souhaiter la bienvenue à ses compagnons de misère.

Il ne voulait point qu'on le jugeât faible. Rassemblant tout son courage, après avoir prié comme prient ceux à qui reste Dieu seul, il se souleva du sol, s'y appuya du coude, puis enfin se releva lentement.

Il était debout, brisé, faible encore du sang perdu, des blessures reçues, mais droit et fier, et ce fut d'un pas régulier et lent que les prisonniers le virent s'avancer dans la raie lumineuse que faisait le soleil en tombant sur la terre durcie.

La pâleur du beau visage de Pierre, ses habits en lambeaux auxquels pendaient des bouts de galon d'or, les taches de sang qui les marquaient, puis son allure fière, son port de tête martial le firent vite reconnaître pour un marin.

— Français? s'écrièrent vingt voix troublées.

— Breton! répondit-il.

— Soldat? reprirent des accents haletants d'impatience.

— Vaincu! fit Pierre en baissant la tête.

Il se passa alors, dans cet immense cabanon, une scène indescriptible. Les prisonniers jouissant de la liberté de mouvoir leurs membres s'avancèrent vers le capitaine du *Sirius*, tandis que les misérables liés à leurs piliers tendaient vers lui des mains suppliantes.

— Français!

C'est-à-dire un compatriote, un ami, un frère.

— Breton!

Un marin, un de ces hommes qui sont l'orgueil de la patrie, et dont le nom signifie: courage et loyauté!

Pour la première fois depuis son désastre, au milieu même d'une douleur sans nom, Pierre de la Barbinais ressentit une consolation soudaine. Ses bras, qu'il tenait croisés sur sa poitrine, s'ouvrirent, et ce fut avec une mâle tendresse qu'il y pressa les malheureux dont le sort allait être le sien.

Durant un moment cette étreinte fut muette; puis, brusquement, des sanglots éclatèrent. La vue de ce beau jeune homme remuait tant de douleurs et de souvenirs!

Combien, parmi ceux qui semblaient aujourd'hui de précoces vieillards, étaient entrés dans les prisons du Pacha jeunes, fiers, altiers. Durant de longs mois ils supportèrent leurs maux avec courage, en attendant la fin de la bonté de Dieu, de la pitié des hommes! Mais il avait plu au Seigneur de prolonger leur vie au sein du martyre, et les hommes étaient demeurés impuissants... qui sait? peut-être oublieux...

Et c'était la plaie vive rongeant le cœur de ces infortunés, que l'oubli de ceux dont ils avaient entendu des protestations de tendresse, dont l'amour leur paraissait jadis fort comme la mort...

Certes, les fers étaient lourds, la faim rongeait souvent les entrailles, les coups de bâton pleuvaient sur les chairs tuméfiées; l'air manquait dans ces cabanons, la chaleur y prenait des proportions de fournaise, et cependant ces supplices multipliés n'étaient rien, comparés à la douleur de se voir séparé d'une mère adorée, de jeunes femmes, de petits enfants... Oh! c'était là le supplice de toutes les heures, la douleur permanente.

Ces êtres, dont les prisonniers criaient le nom au milieu de leurs sanglots, trahissaient-ils donc les tendresses d'autrefois? Du sein d'une vie facile, cessaient-ils de songer à ceux qu'ils pleurèrent quelque temps, puis dont l'image s'effaça de leur souvenir...

La vue de Pierre réveilla chez ces infortunés un monde de pensées amères. Chacun d'eux s'imagina que le nouveau captif allait lui donner des nouvelles d'êtres chers. Tout au moins, il en apporterait de la patrie! Et la patrie, pour les captifs de Baba-Hassan, était encore une mère!

Pierre de la Barbinais comprit ces mouvements divers, tandis qu'il serrait sur son sein ses compatriotes. Ses yeux s'emplirent de larmes vite refoulées, et il s'assit sur une des pierres placées au bas des colonnes, ayant autour de lui un groupe de Français et d'amis.

Mille questions se pressaient sur les lèvres de ceux-ci, quand une voix tremblante s'éleva dans l'angle du cachot.

— Français et Breton! j'ai bien entendu?.. Conduisez-moi vers lui, prenez pitié du pauvre aveugle...

— Nous l'avions oublié! murmura le plus valide des prisonniers.

Il se leva, traversa les groupes de prisonniers, et revint conduisant par la main un homme à chevelure blanche, dont les grands yeux avaient presque perdu la faculté de voir.

La Barbinais fit un pas vers lui, saisit sa main, et le fit asseoir à ses côtés.

Des pleurs roulaient sur ses joues. Quel âge avait-il? Nul ne pouvait le préciser. Sa taille courbée, sa barbe blanche, les rides profondes de son visage lui donnaient l'apparence d'un vieillard. Cependant, parmi ceux qui se trouvaient là quand il fut amené dans le cabanon, quelques-uns se souvenaient qu'alors il paraissait à l'âge moyen de la vie. Ses cheveux étaient noirs, son regard brillant. Son visage rasé indiquait la jeunesse. Il avait suffi de quelques années pour en faire une ruine humaine. Ses mains ne quittèrent plus celles de Pierre, et d'une voix tremblante il lui demanda :

— Vous êtes Breton, vous aussi ! De quelle ville?

— Saint-Malo.

— Bonté du ciel ! De Saint-Malo, ma vieille Cité Corsaire, de Saint-Malo, où j'ai laissé tous ceux que j'aime !

Sa voix se perdit dans un sanglot, mais il rassembla ses forces, et reprit :

— Votre nom, apprenez-moi votre nom?

— Pierre Porçon de la Barbinais...

— Pauvre noble enfant ! Je le connais ce nom de brave ! Vous ici, vous ici...

Pierre se rapprocha davantage de l'aveugle :

— Mais vous? vous?

— Je suis le docteur Robert de Miniac.

Les mains du prisonnier tremblèrent sous l'ardente pression des doigts de La Barbinais.

— Robert de Miniac ! le père de Jocelyne ! Dans quel état, grand Dieu ! presque aveugle, demi-mort, les cheveux blancs, se soutenant à peine...

Ah ! combien il eût souhaité pouvoir lui apprendre, dans un cri, dans une étreinte, ce qui se passait au fond de son âme, lui dire : C'est un fils qui vous est envoyé ! Mais la foule des prisonniers était là ; Pierre ne pouvait commencer ses confidences intimes ; il se contenta de dire :

— J'ai vu Mme de Miniac et votre fille avant mon départ.

— Elles vivent?

— Si c'est vivre que de tant pleurer ! Hélas ! ces deux anges ne songent qu'à vous; votre liberté est leur préoccupation et leur rêve...

Pardonnez-moi, j'avais accepté la tâche glorieuse de tenter de vous la rendre, et Dieu ne l'a pas permis.

— Jeanne ! Jocelyne ! murmura M. de Miniac.

Il pressa de nouveau la main de Pierre ; mais on eût dit que, devinant la réserve du jeune homme, il le priait de ne point parler davantage à cette heure de celles qui lui étaient si chères, comme si la sainteté de leur souvenir eût été profanée devant la foule des malheureux qui les entouraient.

N'était-ce point assez pour lui, en ce moment, d'apprendre que sa femme et sa fille vivaient et qu'elles songeaient à lui !

Pierre dut parler pour tous.

Un grand nombre de prisonniers ignoraient les faits qui s'accomplissaient en Europe depuis un certain nombre d'années. Pierre dut leur apprendre quelle était la situation des divers royaumes. Il parla longuement des victoires de Louis XIV, de la prospérité de la France, de la gloire de ses armées, de la splendeur des arts, des beautés de notre littérature. Pierre de la Barbinais employait autrefois ses loisirs à l'étude des grands maîtres de notre langue ; il en apprenait par cœur des fragments durant ses longs voyages ; de quelle consolation ne lui seraient-ils point pendant les mois d'une captivité dont rien ne lui permettait de prévoir le terme.

Le capitaine du *Sirius* parlait encore quand deux esclaves apportèrent les misérables vivres chargés de soutenir l'existence des prisonniers du Pacha : du couscous et un peu d'eau.

Ils prirent ce jour-là leurs aliments avec moins de répugnance. Un nouvel élément s'ajoutait à leur vie, ils se trouvaient un intérêt puissant au fond du cœur. Les nouvelles de la patrie, de la famille, les arrachaient à leur torpeur. La Barbinais comprit vite qu'au milieu de ses malheureux compagnons il pouvait remplir une mission vraiment sublime.

Jeune, n'ayant pas perdu toute espérance, il se devait, il devait à ses camarades de captivité de réveiller en lui, en eux, la sève restant au fond de son âme et dans ses veines. Dieu l'envoyait comme un ange consolateur dans cet épouvantable enfer.

En retrouvant Robert de Miniac, il crut soudainement reconnaître un père. A l'heure où un esclave le poussa dans le vaste cachot, il se dit qu'il descendait dans une tombe ; la présence du docteur le galvanisa. N'avait-il point promis à Jocelyne de le sauver ? Il croyait alors qu'une bourse remplie d'or devait suffire ; il comprenait désormais que, pour être plus rude, la tâche n'en devenait pas moins sacrée. Le nom de Jocelyne lui rendit subitement le courage. Pour ressusciter l'espérance dans l'âme du docteur de Miniac, il devait la rendre à tous.

— Amis et frères, dit-il, je croyais en m'embarquant pour protéger, grâce aux trente canons de ma frégate, un convoi de navires marchands, n'avoir qu'à jeter au Pacha quelques milliers de livres afin de racheter quelques-uns d'entre vous. Sans doute j'avais trop d'orgueil, et Dieu n'a point permis que je menasse à bien mon entreprise. Mais d'autres travaillent à notre salut, tandis que nous souffrons. Lors du retour à Saint-Malo de leurs bâtiments, les armateurs apprendront qu'après avoir accompli des prodiges de valeur mes matelots, désarmés, à demi morts, se sont vus écrasés par le nombre. Les Bretons ont le cœur bon, la volonté ferme, et la main généreuse. Ce que je ne pus accomplir, un autre le fera... Les Pères de la Merci savent que l'or ne pèse guère dans la main des Corsaires. Ils le dépensent comme ils le gagnent... Chez nous, la récolte est toujours abondante; le Père Vacher ne l'ignore pas. D'ailleurs, si je suis captif au milieu de vous, il reste quinze de mes matelots employés aux travaux du port, ou bien achetés par des particuliers. Je les connais assez, mes loups de mer, pour savoir qu'avant un mois plusieurs d'entre eux auront trouvé le moyen de s'évader, et de monter subrepticement à bord de n'importe quel navire faisant voile pour la France ou l'Espagne. Et quand pas un d'entre eux ne parviendrait à rompre mes fers, je sais en France quelqu'un qui veille, la main sur l'épée de Charlemagne.

— Le Roi? demanda l'aveugle.

— Le Roi! répliqua Pierre : le roi voit son pavillon insulté chaque jour par le croissant, les Mahométans nous poussent du pied dans leurs cachots en nous appelant : fils de chiens ; il sait que les traités de commerce sont méconnus, nos droits trahis, nos navires rançonnés ; que le rachat de nos prisonniers est le sujet d'insultes sans nombre...

Il sait tout cela, le roi Louis XIV ; la colère qui bouillonne dans son âme éclatera d'une façon terrible : et quand il dira : — « Foudroyez Alger, ce repaire de bandits, balayez ce Padischah insolent ! » Colbert fera signe à nos flottes, et Alger cessera de dominer cette rade, et Louis XIV vengera la perte des navires de Charles-Quint, en anéantissant le successeur du pirate Barberousse. Ayez donc confiance ! Si le salut ne vient pas d'êtres chers, mais souvent impuissants, il viendra de Dieu, il viendra du roi !

Un long cri ébranla les voûtes du cachot :

— Vive le Roi !

Et Pierre avait raison : Louis XIV songeait à tirer du Pacha d'Alger une éclatante vengeance.

Le passé de la Barbarie se noyait dans un fleuve de sang. Son nom de sinistre augure venait de *Ber*, mot arabe qui signifie désert. Oui, un désert de sable, battu par la mer, abreuvé par le sang des races diverses qui s'en étaient disputé la possession. L'ancienne *Mauritanie* césarienne se trouvait bornée au midi par le Biledulgerid ou ancienne Numidie, au nord par la Méditerranée, à l'orient par le royaume de Fez, à l'occident par le royaume de Tunis.

Successivement possédée par les Romains, puis les Vandales et les Grecs, la Barbarie, partagée ensuite en plusieurs districts, gouvernés par des cheikhs arabes, conquise par les Espagnols, avait à son tour repris possession de ses droits. Le roi de Ténez, Albuférez, après s'être emparé de l'Afrique, la partagea entre ses trois fils, et la Mauritanie tout entière aurait subi son joug, si le rêve ambitieux de l'Espagne n'avait brusquement changé la face des affaires.

Sous le ministère de Xinarez, Ferdinand V, roi d'Aragon, envoya une armée en Afrique ; le comte de Navarre, qui la commandait, s'empara d'Oran, habitée alors par des Maures qui, chassés de Valence, de Grenade et d'Aragon en 1492, y avaient trouvé un refuge. Bugia, Oran, Alger devinrent la proie de l'armée espagnole. La domination de Ferdinand V menaçait de s'étendre sur toute l'Afrique, quand les Algériens, effrayés, s'adressèrent à Sélim-Ebn-Témi, prince arabe doué d'un grand courage et d'une habileté peu commune. Emmenant avec lui sa femme Zaphire, son fils âgé de douze ans, et toutes les troupes dont il peut disposer dans ses États, il combat la nouvelle flotte armée par le roi d'Aragon, et après quelques avantages remportés se voit réduit à capituler, et à permettre à Ferdinand V d'élever un fort sur une île située en face de la ville. Ce fort serrait les Algériens de si près qu'aucun navire ne pouvait entrer ni sortir du port. La mort de Ferdinand rendit aux Algériens l'espoir de recouvrer leur liberté.

La conquérir seul parut impossible à Sélim-Ebn-Témi, qui songea à s'adjoindre un des plus célèbres aventuriers de ce temps : Aurach, connu par nous sous le nom de Barberousse.

Né à Mitylène, fils du Rouméliote Yakoub à Yènidj è wardar, il débuta par faire la course contre les chrétiens, et ne tarda pas à se rendre redoutable. Son audace le fit remarquer par Mohamed, sultan de Tunis, qui le reçut dans sa marine.

Barberousse tenait la mer avec son escadre, quand les députés de

Sélim-Ebn-Témi le rencontrèrent et le prièrent de les délivrer des Espagnols.

Barberousse accueille cette idée avec autant de promptitude que d'enthousiasme ; il expédie à Alger dix-huit galères et trente barques, tandis que, suivi d'une armée de Maures et d'Arabes, il marchait à son tour sur Alger. Cette hâte remplit les Algériens d'espérance. Sélim-Ebn-Témi se rend au devant de son allié, à deux journées de la ville ; les principaux habitants de la cité l'accompagnaient, les plus grands honneurs sont rendus à cet aventurier en qui on croit voir un sauveur. Sélim le reçoit dans son palais. Le lendemain il préside le Conseil. Mais déjà Barberousse rêvait de trahir ceux qui l'appelaient à leur aide. Le trône d'Alger lui paraissait digne de lui. Avant même l'heure de la conquête, il prétendit agir en vainqueur. Il ne fallut pas longtemps aux Algériens pour comprendre qu'ils venaient de se donner un maître ; la licence de ses soldats, dans les quartiers de la ville comme dans les campagnes, égala bientôt le despotisme de Barberousse. Celui-ci finit cependant de remplir ses engagements, puis il commença les hostilités. Il éleva à la porte d'Alger une batterie regardant la mer, à cinq cents pas du fort espagnol ; mais il savait bien que ses canons manquaient de portée, et durant un mois le fort fut inutilement bombardé.

Sélim-Ebn-Témi comprit d'autant mieux sa faute que le pirate commençait à le traiter d'une façon hautaine.

Barberousse, pressentant que Sélim allait secouer le joug d'un allié dangereux, résolut d'en finir, et de s'emparer à la fois de Zaphire qui lui inspirait une passion irrésistible, et du trône d'Alger objet de sa convoitise. Alliée des plus grands cheiks arabes, Zaphire pouvait lui être d'un immense secours ; ne l'eût-il pas aimée, il devait au moins la dompter.

Pour accomplir sa sinistre besogne, Barberousse n'eut confiance qu'en lui-même. Pénétrant dans la salle de bain du prince, il l'étrangle avec une serviette, revient avec ses amis sous prétexte de se baigner, trouve le cadavre de Sélim, affecte une hypocrite douleur, et multiplie de vains efforts afin de le rendre à la vie.

Cependant la nouvelle de la mort de Sélim plonge Zaphire dans une inexprimable douleur, et les Algériens dans la consternation. Ils s'enferment dans leurs maisons ; pendant ce temps, les Turcs proclament Barberousse roi d'Alger, et menacent de la « destruction ceux qui s'opposeraient à un monarque si gracieux ».

Le palais de Sélim est envahi par son armée et ses séïdes ; Barberousse se place sous le dais, reçoit les hommages de ses nouveaux sujets, fait parcourir par ses troupes les quartiers de la ville. Des promesses magnifiques sont faites aux habitants effrayés; ceux-ci, voyant leur prince mort et redoutant la vengeance de Barberousse, signent l'acte de couronnement du pirate.

Les Algériens ont ordre de reprendre leurs occupations. L'infortuné fils de Sélim s'évade d'Alger avec quelques serviteurs fidèles, se rend à Oran, se place sous la protection de l'Espagne, et lui demande vengeance du meurtre de son père.

Le marquis de Gouarez accueille l'orphelin avec respect et pitié.

Mais tandis que les Espagnols rêvent une revanche, Barberousse répare la citadelle d'Alger, bat monnaie, et s'efforce de décider la veuve de Sélim à devenir sa femme.

Barberousse s'empare de Ténez, dont il met le roi en fuite; les habitants de Trémcen lui ouvrent leurs portes; Mali-Hamed, roi de Fez, conclut avec lui une alliance. Mais tandis que le monarque couronné poursuit ses victoires, le marquis de Gouarez, fidèle à sa promesse, intéresse Charles-Quint au sort du fils de Sélim. Une armée est accordée pour défendre les droits de l'orphelin; au moment où Barberousse quitte la ville conquise de Trémcen pour rentrer à Alger, l'armée espagnole le rejoint près de la rivière d'Huexda; Barberousse ordonne de semer sur la route ses pierreries, son trésor, ses bijoux, afin de retarder la marche des chrétiens. Ceux-ci, loin de se laisser tenter par cet appât grossier, sautent sur l'arrière-garde turque; Barberousse, qui se trouvait en sûreté de l'autre côté de la rivière, vient en aide à son armée, est tué d'un coup de lance, et sa tête, placée au bout d'une pique, est promenée dans Trémcen par les Espagnols vainqueurs.

Le frère de Barberousse reprit à la fois le trône d'Alger et le commandement des armées; mais en proie à la double haine des Arabes et des Espagnols, Kaïr-Eddin s'adressa au sultan Sélim pour en recevoir des secours de troupes et d'argent. En échange d'un acte de soumission absolue, il obtint le titre de Bey d'Alger, des sommes importantes, et le secours de deux mille janissaires. Grâce à cette aide, Kaïr-Eddin s'empara du fort des Espagnols qui tenait encore, et fit construire par des esclaves chrétiens la jetée d'Alger. Le sultan Sélim, inquiet de l'importance du rôle que jouait Kaïr-Eddin, lui retira le gouvernement d'Alger pour le confier à un ennuque, renégat sarde qui s'était rendu célèbre par ses pirateries. Vers cette époque, le pape Paul III, alarmé des apparitions des Algériens sur les côtes d'Italie, et particulièrement sur le territoire de Saint-Pierre, engagea l'empereur Charles-Quint à prendre en main la défense de la chrétienté. Le vieil amiral Doria, consulté par l'empereur, se montra défavorable à l'expédition ; Charles céda cependant à l'influence papale, et rassembla des forces considérables : une flotte composée de cent gros vaisseaux, soixante-dix galères, et cent navires plus petits, ayant à bord vingt-sept mille hommes, se disposa à la lutte contre le croissant. Au nombre de ceux qui s'enrôlèrent pour combattre les Algériens, se trouvaient Fernand Cortez, le conquérant du Mexique, et ses trois fils.

Les forces défensives dont disposait alors Alger se réduisaient à huit cents Turcs et cinq mille indigènes. Le reste des habitants tenait la campagne afin de lever des tributs sur les Arabes. Une terreur sans nom régnait dans la ville. Deux jours s'étaient écoulés depuis le débarquement des troupes espagnoles, aucune affaire ne s'était encore engagée, lorsque le ciel parut se déclarer contre l'armée de Charles-Quint. Une tempête, plus terrible que jamais il n'en sévit sur les côtes, s'éleva dans la nuit, brisant les navires contre le port, les entrechoquant et les broyant les uns contre les autres avec fracas. Le jour, en se levant, éclaira un spectacle lamentable. Le vent arrachait les bâtiments de leurs ancres, les échouait sur le rivage ou les abîmait au sein des flots. Quinze vaisseaux de guerre, soixante navires de transport périrent dans une heure ; huit cents hommes furent noyés. Le reste de ceux qui gagnèrent la plage trouvèrent, sur le bord, les Arabes prêts à les massacrer.

Les vivres, les munitions, les moyens de transport manquaient à la fois. Le découragement s'emparait des plus forts, quand un messager de Doria annonça le lendemain que l'amiral, ayant échappé à la tempête, attendait l'armée impériale sous le cap Tunend-Fous.

Mais le cap se trouvait à quatre lieues de marche. Le voyage de l'armée, épuisée, manquant de vivres, ralenti par le nombre croissant des malades et des blessés, ne fut guère moins désastreux que le sort de la flotte. Les Turcs ne donnèrent aucune relâche aux fugitifs. Enfin on toucha au cap, et les tristes débris de la brillante armée de Charles-Quint reprirent la route d'Espagne.

Les chevaliers de Malte ramenèrent dans leurs îles trois galères à demi brisées.

A partir de cette tentative désastreuse, les corsaires algériens redoublèrent d'audace. La mer devint pour eux un libre champ de rapines ; sur tous les points, la course s'organisa afin de protéger le commerce, de défendre la fortune et la vie des individus ; mais les avantages remportés ne furent que partiels, et demeurèrent sans résultats effectifs, jusqu'à ce que Louis XIV qui, après vingt ans de

règne, comptant déjà tant de victoires, songea qu'il serait digne
de lui de mettre un terme à la piraterie barbaresque. On était alors
en 1663. Sa pensée, admirablement comprise par Colbert, reçut un
commencement d'exécution, mais il fallut des préparatifs de plusieurs années, avant de tenter une bataille dont allaient dépendre le
sort de tous les captifs français, les franchises de notre commerce,
et l'abaissement d'une puissance demeurée tyrannique et sauvage.

Lorsque Porçon de la Barbinais prenait, en 1665, le commandement
de la frégate destinée à protéger les navires malouins, on se préoc-
cupait fort des résolutions de Versailles et des agissements prudents
de Colbert. Pierre avait donc raison de le dire à ses nouveaux
compagnons d'infortune : oui, le roi Louis XIV se souvenait que
sur les côtes barbaresques un grand nombre de sujets fidèles
ramaient sur les galères du Pacha d'Alger, ou remplaçaient les bêtes
de somme chez les Turcs et les Arabes; mais qui pouvait savoir
combien de temps prendraient les négociations? On les avait en-
tamées afin de prévenir la guerre; mais le Pacha, aussi lâche que
fourbe, amassait mensonge sur mensonge, et continuait à démem-
brer pour son compte les navires français pris par ses pirates, à
garder la part du lion sur les prises, et à entasser les captifs sur le
port où il les employait à de rudes et vils travaux, ou à les jeter au
fond des cabanons où ils attendaient l'heure de mourir.

— Vive le Roi! avaient crié les prisonniers.

La pensée que le grand monarque songeait à eux leur rendit le
courage et l'espérance. Pendant le reste du jour, ils continuèrent à
interroger Pierre de la Barbinais ; lorsque mourut le dernier rayon
dans le cachot des malheureux, chacun regagna lentement sa place
accoutumée, et se mit à songer à l'avenir, seul moyen d'oublier les
horreurs du passé.

Alors aussi Robert de Miniac saisit la main de Pierre, l'entraîna
dans d'angle le plus reculé de la prison, puis élevant jusqu'à sa
bouche les deux mains de Pierre :

— Parlez-moi d'elles! dit-il, parlez-moi d'elles!

Le mousse saisit la main du quartier-maître. (*Voir page* 144.)

XII

CONFIDENCES

Tandis que les malheureux s'abandonnaient à leurs songes, le docteur de Miniac répétait, avec un redoublement de tendresse :

— Parlez-moi d'elles !

Le mousse saisit la main du quartier-maître. (*Voir page* 144.)

XII

CONFIDENCES

Tandis que les malheureux s'abandonnaient à leurs songes, le docteur de Miniac répétait, avec un redoublement de tendresse :

— Parlez-moi d'elles !

—Ah! tenez! dit Pierre en pressant le docteur contre sa poitrine, je ne saurais commencer mon récit d'une façon banale et froide. Que me servirait de dissimuler et de mentir à mon cœur? Que vous raconterais-je, si tout d'abord vous ignorez mon secret?

— Votre secret... répéta le vieillard.

— J'aime Jocelyne! dit Pierre d'une voix plus basse; je l'aime à me demander s'il me serait possible de vivre sans elle.

— Vous l'aimez! Et Dieu vous l'enlève. Ah! Seigneur! tous ceux qui me touchent de près sont-ils destinés à souffrir?

— Je l'aime! répéta Pierre, sa mère nous a bénis tous deux, bénis avec des larmes. Nous savions bien qu'une union était impossible jusqu'à ce que vous eussiez donné votre approbation à notre projet. Jocelyne mettait votre liberté pour condition à notre mariage; loin de m'alarmer, cette condition me réjouissait. Ne me montrait-elle pas davantage la bonté, les vertus de Jocelyne! Vous ne pouvez vous imaginer quelle est la vie de ces deux femmes, de ces deux anges, depuis que vous êtes perdu pour elles. Si les cachots du Pacha sont profonds, une clef d'or les peut ouvrir; et pour en amasser, elles travaillent sans relâche. Mme de Miniac donne des leçons, votre fille exécute des travaux de broderies... Elles habitent à Saint-Malo une maison de bois, fermée comme un cloître... Chaque jour leurs mains pieuses jettent l'argent gagné dans une cassette, cet argent est le prix de la rançon du père...

— Mes deux saintes! s'écria M. de Miniac.

— Oui, deux saintes, vous avez raison! Savez-vous comment je les ai connues? en leur sauvant la vie, en arrachant de la main des voleurs ce trésor rendu sacré deux fois... Comprenez-vous la joie de conserver des vies si chères... Je comptais venir ici vous dire : — Donnez-moi Jocelyne! je l'ai gagnée! — Quand elles voulurent me remettre l'or amassé pour vous, je le refusai... Vous me devriez la liberté, comme elles me devaient l'existence. Ah! la première moitié de mon voyage fut un enchantement. J'aurais offert tant d'or à Baba-Hassan qu'il vous aurait cédé; j'étais certain de vous ramener à Saint-Malo, et dans l'avenir je me voyais déjà l'époux de Jocelyne... Je me suis courageusement battu! allez! Il s'agissait de me garder libre pour vous, pour elle! Puis, je l'avoue, en me voyant vaincu, j'ai souhaité mourir. Perdre à la fois la liberté et Jocelyne, c'était trop! Maintenant je vous retrouve, le courage me remonte au cœur. Je dois exister pour vous; je serai votre fils avant d'être le soutien de Jocelyne. Nous trouverons un adoucissement suprême à nous entretenir de celles que nous pleurons... Notre captivité ne saurait être éternelle. Les Malouins apprendront mon infortune ; je connais assez les armateurs dont je protégeais les navires avec ma pauvre frégate, pour être certain que rien ne sera négligé par eux pour me rendre la liberté ! Je ne vous laisserai point après moi, mon père. Désormais nos destinées seront semblables, si vous le voulez, si vous daignez m'adopter.

— Mon fils ! ah ! mon fils, s'écria l'aveugle.

Il n'ajouta rien de plus ; les larmes le suffoquaient.

Cependant son émotion se calma lentement, et tous deux continuèrent cet entretien d'âme à âme, jusqu'à ce que s'affaiblît l'étreinte de leurs doigts, jusqu'à ce que le sommeil éteignît leurs pensées.

L'impression produite par l'entrée de Pierre dans le cachot souterrain se prolongea durant plusieurs semaines. Les infortunés l'interrogeaient sans relâche sur les événements survenus. Il les ranimait, les consolait. Souvent, cherchant au fond de son souvenir des vers héroïques de Corneille et de Racine, il les leur récitait, afin de hausser leur courage au niveau de leur malheur. Chacun d'eux avait fini par le rendre confident de ses regrets et de ses peines. Grâce à sa connaissance parfaite des langues vivantes, il pouvait tour à tour s'entretenir avec les Espagnols et les Italiens captifs comme lui. Mais, comme il arrive fréquemment dans les grandes crises, le cœur de l'homme se prend trop vite à l'espérance, la déception grandit de toutes les forces vives de l'attente.

Pierre calculait les diverses chances de salut qui lui restaient, en s'efforçant de ne les jamais exagérer, dans la crainte d'une désillusion plus terrible que le reste.

— Mon père, disait-il à Robert de Miniac, car désormais il ne lui donnait plus d'autre titre, nous devons compter trois mois pour le retour à Saint-Malo de la flotte marchande... Admettez qu'alors nos amis, nos frères, votre femme et votre fille soient informés de notre situation... Ils devront patienter jusqu'au départ pour l'Orient des Pères de la Merci, chargés de recueillir les aumônes des fidèles...

Un motif d'atteindre plus rapidement ma liberté semble me sourire, mais qui sait si je ne m'illusionne pas... A bord de ma frégate se trouvaient trois orphelins pris à l'hospice... Pauvres petits êtres, vaillants déjà, comprenant le devoir, aimant la France... Ils se sont battus pour elle comme des hommes... L'un d'entre eux, celui que je préférais, parce que Galhauban, mon vieux marsouin, s'était chargé de son éducation, Servan, le mousse blessé pendant la mêlée, et jeté avec les survivants dans la cale du navire, n'a pas été retrouvé à l'heure du débarquement des prisonniers... Un mot de Vernon, mon camarade, me fait croire qu'il a réussi à passer par un sabord, et à reprendre sa liberté. S'il en est ainsi, il trouvera le moyen de s'occuper de son capitaine.

Pierre de la Barbinais ne se trompait point quand il jugeait de la sorte le protégé de Galhauban. Celui-ci, fort de la protection du Père Vacher, de l'amitié de Croustillac dont la verve gasconne n'enlevait rien à la franchise, ne songeait qu'à revoir et consoler ses anciens compagnons.

Après quelques jours de réclusion forcée pendant lesquels il s'était guéri de ses blessures, il supplia le Consul de lui permettre de sortir sous la garde d'Azil.

Celui-ci, après quelques hésitations, répliqua :

— Soit, mais auparavant il recevra la visite de Fathma.

Fathma était une vieille femme, parfumeuse émérite, favorisée de la clientèle de toutes les Algériennes élégantes. Convertie depuis de longues années à la religion catholique, dans le premier sentiment de cette ferveur qui fait souhaiter aux néophytes le martyre, elle confia au Père Vacher qu'elle annoncerait publiquement son changement de religion, quitte à périr sous le bâton des bourreaux.

Le Consul, après avoir loué ce zèle ardent, s'employa à le refréner.

— Certes, lui dit-il, nous admirons les saints dont les noms sont écrits à notre martyrologe ; mais je crois pouvoir vous affirmer que vous rendrez à la chrétienté de plus grands services en cachant à tous votre foi nouvelle, qu'en l'étalant au grand jour. Votre situation de parfumeuse en titre du harem du Pacha vous permet d'entrer à toute heure dans son palais, de visiter ses femmes, avec une sorte d'intimité, de jouer avec leurs enfants, de connaître au milieu de longues causeries que vous saurez toujours diriger à votre gré, ce qui se passe à l'intérieur. Combien d'infortunées ne pourrez-vous point consoler ! que de chrétiennes jetées au fond de cet enfer vous devront de conserver un peu de courage ! Avant peu de temps, vous deviendrez un de nos instruments les plus utiles, et vous remplirez une véritable mission. Votre martyre serait d'une heure, votre apostolat durera toute la vie.

Fathma céda à l'autorité de cette parole. Douée d'une grande prudence, elle rendait en effet d'importants services, et le Père Vacher en faisait grand cas.

Suivant la promesse faite au mousse, la parfumeuse fut mandée au consulat.

— Tu vois cet enfant, lui dit Azil, change la couleur de son teint, et rends-le méconnaissable.

La parfumeuse du harem prit une fiole renfermant une eau brune, en frotta la figure, les épaules, les bras et les mains de l'enfant, passa sur ses sourcils et sur ses cils un pinceau trempé dans une eau noire comme de l'encre; puis, saisissant un rasoir, elle coupa ses cheveux d'une façon complète. Une minute après Servan était méconnaissable.

— Ma teinture tient deux mois, fit Fathma.

— Dans deux mois je serai à Marseille, répliqua le mousse.

Azil, satisfait de la métamorphose, ne crut point devoir refuser à l'enfant ce qu'il souhaitait avec tant d'ardeur. Azil se chargea d'un paquet assez lourd, l'enfant prit une corbeille d'oranges et tous deux se dirigèrent vers le port où travaillaient les esclaves.

Azil et son jeune compagnon s'avancèrent au milieu des prisonniers. L'enfant cherchait si, parmi eux, il ne reconnaîtrait point quelques-uns des matelots du *Sirius*. Certainement, un certain nombre avaient été emmenés dans les campagnes voisines d'Alger, mais il en restait dans la ville; Galhauban, Jean-la-Grenade, Poigne-d'Acier ne pouvaient manquer de se trouver sur le port.

Cependant Servan cherchait en vain dans les groupes; il passait en sifflant un air breton d'un petit ton délibéré, certain d'attirer à lui l'attention des marins du *Sirius*; quand un captif brûlé par la soif regardait d'un air de convoitise ardente la corbeille remplie de fruits d'or, il lui tendait une orange, et murmurait :

— Courage !

Une larme brillait aux cils du captif; il comprenait que l'enfant était un ami. Mais, ce jour-là, vainement, Azil et Servan fouillèrent le port où les travailleurs ployaient sous le fardeau de leur misère, ils ne reconnurent aucun des marins du *Sirius*.

— Nous recommencerons demain, dit le mousse.

En effet, le matin, à l'aube, il reprit ses investigations. Seul cette fois, il connaissait le chemin, et faisait de si rapides progrès dans la langue turque qu'il pouvait demander ou fournir un renseignement.

Au moment où il passait devant un amas de marchandises qu'on déchargeait d'un navire arrivant des Indes, il entendit un surveillant insulter un chrétien avec une rage véritablement affolée. Le captif, sans paraître rien entendre, continuait sa besogne, le front courbé, la lèvre mordue, les poings crispés.

— Grogne, murmura-t-il, pourceau immonde, grogne ! Mais s'il t'arrive de me toucher... Je ne te dis que cela, ce sera ta mort ou la mienne... Je tuerai un mécréant dans ce pays-ci, c'est sûr! Et qui sait si ce meurtre-là ne me vaudra pas des indulgences! Mahométan du diable, hurle et crie, mais gare à mes poings : ce n'est pas pour rien qu'on affirme qu'ils sont d'acier...

Le garde-chiourme continuait à hurler des injures. Tout à coup-irrité par l'apparente patience du prisonnier, il fit tournoyer son bâ, ton qui s'abattit sur l'épaule du travailleur.

— Malheur ! s'écria le prisonnier, c'est ta fin !

Il bondit, la face allumée, les yeux ardents, montrant des dents blanches comme celles d'un jeune requin, les poings en avant, ces poings terribles dont plus d'un connaissait le poids.

Il allait d'un seul coup assommer le misérable, et c'en était fait de lui-même, quand un être agile se glissa entre lui et son bourreau, et la main levée du prisonnier tomba sur une corbeille d'oranges que portait un enfant.

— Tonnerre ! fit le matelot, j'allais le tuer, l'infâme gredin.

— Et te perdre, dit l'enfant. Mes oranges ! mes belles oranges! qui me paiera mes oranges? demanda-t-il en langue turque, s'a-dressant tour à tour au garde et au captif. Des fruits si beaux... Où est Galhauban?... Je demanderai justice au Cadi!... C'est ton bâton qui a effrayé ce malheureux... Les petits enfants ont droit à la protection du Prophète. Allah! Allah! mes belles oranges!

— Aide l'enfant à ramasser ses fruits, chien de chrétien ! Et paie-les leur valeur... Si le petit marchand ne se déclare pas satisfait, tu recevras dix coups de bâton.

Un mouvement qui lui parut inquiétant ayant lieu à quelques pas, le surveillant se dirigea de ce côté.

— Ne me reconnais-tu pas, Poigne-d'Acier? je suis Servan le mousse...

— Toi ! par saint Jouan !

— Je pars dans trois semaines pour Marseille.

— Et après?

— J'irai à Saint-Malo.

— C'est bon, petiot? cours alors chez la mère Cachalot, dis-lui de prendre dans le coin d'une armoire le bas de laine que je lui ai confié... qu'elle le vide jusqu'au bout du pied... Elle y trouvera de tout : des cruzados, des doubles louis, des onces d'Espagne... Je comptais donner cela au père Lalouette en demandant sa fille en mariage... Mais, si je veux l'épouser, la première condition est de m'évader d'ici, pas vrai... Les Pères de la Merci s'en arrange-ront.

— Ce sera fait, Poigne-d'Acier... De la prudence, ne tue personne... As-tu vu Galhauban ?

— Il rame sur les galères du Pacha.

— Et notre pauvre joueur de fifre ?

— Celui-là cultive des dattiers quelque part.

— Et Jean-la-Grenade ?

— Tu le trouveras à l'extrémité du port.

— Courage, j'espère te revoir, mais je n'oublierai rien ; le pied de bas... la mère Cachalot... le fermier Lalouette... adieu !

Il mit une douzaine d'oranges dans les mains du matelot, replaça en équilibre sa corbeille sur sa tête et reprit sa marche sur le port en criant ses oranges.

— Je suis payé ! dit-il au garde-chiourme.

Il crut reconnaître Jean-la-Grenade au milieu d'un groupe de forçats ; mais, cette fois, il n'osa point l'aborder, et se contenta d'un premier succès. Ce fut avec une joie tenant de l'ivresse qu'il raconta devant Azil et le Consul les péripéties de cette journée.

— Je crois bien, dit-il au Père Vacher, que j'ai empêché Poigne-d'Acier d'assommer le garde-chiourme. Ce n'est pas un grand acte de vertu de sauver la vie d'un Turc.

— Du même coup, n'as-tu point préservé Poigne-d'Acier du supplice ?

Certes, il pouvait écraser son misérable bourreau, mais les tortionnaires du Pacha eussent vengé le gardien. Ta journée n'est pas perdue, petit homme !

— J'ai grand'peur d'oublier les recommandations qui me seront faites par les matelots du *Sirius*, reprit Servan ; voudriez-vous, mon Père, avoir la bonté de prendre pour moi des notes ?

— Volontiers, répondit le Consul.

Il ouvrit un carnet, traça sur la première page le nom de Servan puis il dit à l'enfant :

— Tu peux dicter, maintenant.

— Bon ; alors mettez, en gros caractères : *Poigne-d'Acier*.

— C'est fait.

— Et au-dessous, dans un autre genre de lettres, les plus belles que vous pourrez faire : *Chez la mère Cachalot, le pied de bas du Mathurin-Salé...*

— Voilà.

— A la ligne : *Le père Lalouette et sa fille.*

— Est-ce tout ?

— C'est tout.

— Et cela signifie ?

— Poigne-d'Acier s'était comme qui dirait fiancé avec la fille du père Lalouette, un vieux fermier riche d'écus... Notre matelot mettait de côté une partie de ses parts de prise dans un grand bas que lui garde l'hôtesse du port, la mère Cachalot... Je redemanderai le pied de bas, et j'en remettrai le contenu à un Père de la Merci, afin de payer la liberté du camarade, voilà.

— Et, demanda Azil, le matelot a-t-il un reçu du dépôt ?

— Du dépôt de quoi ? De l'argent confié à la mère Cachalot ? Oh ! mais il ne lui serait jamais venu à l'idée d'humilier cette brave femme d'hôtesse ! Elle rendra tout : l'argent et le bas ! La mère Cachalot, c'est plus sûr qu'au fermier général, sans leur faire tort. Vous êtes un bon Turc à ce qu'on dit, Azil, mais nous sommes Bretons, voyez-vous, et c'est tout dire.

Le lendemain, Servan descendit sur le port et rôda du côté des galères. Il connaissait les heures du repas des prisonniers, et se promit de trouver le moyen de se faire reconnaître de Galhauban.

La chaleur torride du midi expliquait suffisamment le désir de l'enfant de prendre un bain, il gagna la grève et se mit bravement à l'eau. On ne voyait émergeant de la mer que sa petite tête rusée, son visage brun éclairé par des yeux brillants. Quand la fatigue le prenait, il se retournait et faisait la planche. Enfin il arriva près de la galère. Les prisonniers, allongés sur leurs bancs, goûtaient un moment de repos. Les uns dormaient, les autres songeaient au bonheur passé, et les cœurs se serraient d'angoisse.

Galhauban, le dernier venu de ces malheureux, s'abandonnait à une crise de désespoir. Après avoir soupesé ses fers, étudié la galère sur laquelle il ramait, et s'être convaincu qu'aucune évasion n'était possible, il fut pris d'une douleur sans bornes, et la pensée du suicide hanta son cerveau. Ramer sur les galères de Baba-Hassan jusqu'à ce que ses bras roidis lui refusassent le service ; voir assommer pour la moindre faute, et souvent sans prétexte, ses compagnons de captivité, lui parut au-dessus de ses forces. Un jour il se briserait le front avec les fers qui l'entravaient, et tout serait dit... Pourquoi, jusqu'à cette heure, repoussait-il cette tentation ? Galhauban n'aurait pu le dire. Il lui semblait qu'il devait attendre quelque chose. Quoi ? Il ne le savait pas. Peut-être un excès de cruauté de la part de ses gardiens, une condamnation injuste, la perte d'une dernière espérance, si tant est qu'il en eût encore...

Ce jour-là, couvrant sa face de ses deux bras, il songeait à sa ville natale, à la mère Cachalot, au *Sirius*, à Pierre de la Barbinais, l'héroïque capitaine, à l'orphelin qu'il aimait, et dont il tirait en riant les oreilles : Servan le mousse.

— Pauvre petit! pensait le matelot, c'était bien la peine de l'enlever à l'hospice, dont les Sœurs le dorlotaient comme des mères, pour le mettre à bord d'un navire qui devait flamber comme un brûlot. Ah! tonnerre des tonnerres! Tous trois perdus, ces moussaillons si lestes, si bons enfants qui riaient en apprenant la manœuvre, et se laissaient bercer dans la hune comme dans un ber de Bretagne! Que sont-ils devenus tous trois... Mériadec et Hervé ont été vendus... Mais l'autre, le plus fûté, mon élève... Il avait réussi à s'échapper, mais on l'aura repris... S'il était libre, celui-là!...

Et la pensée de Galhauban se reposant sur Servan, il passa en revue les situations plus ou moins critiques qu'il devait avoir traversées.

— Je l'aurais vu s'il s'était vraiment évadé! fit-il en manière de conclusion. Il est perdu comme les autres.

Tout à coup un sifflement de manœuvre se fit entendre tout près d'un hublot envoyant aux galériens l'air plus frais de la mer. Galhauban prêta l'oreille, mais il se garda de bouger, dans la crainte d'éveiller l'attention des gardiens assoupis près de la porte. Le même signal se répéta trois fois. En dépit de sa prudence, redoutant de perdre une occasion unique de salut, s'il s'obstinait à se taire, le matelot répondit par un sifflement semblable, mais il eut soin de garder son corps immobile, et de ne point remuer les lèvres.

Un silence suivit, puis deux mains s'accrochèrent au hublot, une face brune s'y encadra, et une voix d'enfant murmura :

— Galhauban!

— Servan! répliqua le quartier-maître.

Mais il eut encore la force de rester immobile. Les deux noms échangés venaient d'arracher à leur somnolence les gardiens de banc des galériens. Incapables de discerner quel était le coupable, ils trouvèrent plus juste de faire une égale distribution de coups de gourdin. Galhauban, s'il ne se fût agi que de subir seul un châtiment dix fois pire, n'eût point hésité à se livrer; mais l'apparition de Servan renfermait trop de promesses, et pouvait devenir favorable à d'autres qu'à lui; cette considération l'arrêta. Il se jura de payer en bons offices les coups de bâtons distribués, mais le cœur en fête, il reprit sa songerie au point où il l'avait laissée.

— Le moussaillon! Un qui fera un rude matelot, ou j'y perdrai mon nom.

L'enfant avait atteint son but. Il ne lui restait plus qu'à retrouver

Jean-la-Grenade; il y employa trois jours. Le malheureux put serrer l'enfant dans ses bras, et laisser sur sa joue des larmes brûlantes. Ses parents étaient morts, il n'avait point de fiancée.

— Je ne t'oublierai point! lui dit le mousse ; si ce n'est à ce voyage-ci, compte sur moi pour un autre. Nous sommes Bretons, pas vrai !

— As-tu des nouvelles du capitaine?

L'enfant secoua la tête :

— Il est parmi les prisonniers du Pacha.

— Ne nous plaignons pas! dit alors Jean-la-Grenade, il est plus malheureux que nous...

Toute la sollicitude de l'enfant se tourna du côté du rameur de galère. Il s'agissait d'une question de temps pour les autres. Poigne-d'Acier paierait sa rançon; la charité solderait celle de Jean-la-Grenade. Mais Galhauban était pauvre, chargé de fers, Galhauban avait été pour lui bon comme un père, il s'agissait de tenter de lui rendre la liberté !

Chaque jour l'enfant prit un bain à la même heure, rôdant autour de la galère, sifflant un air grâce auquel il signalait sa présence. Un jour Galhauban se montra. L'enfant décrivit de la main un grand cercle; le marin comprit, le mousse parlait d'espérance, d'évasion, de la mer jolie, du retour là-bas...

Cette nuit-là, Galhauban ne ferma pas les yeux.

A l'heure accoutumée il se glissa vers le hublot, s'exposant ainsi à un châtiment rigoureux. Il n'aperçut rien d'abord, puis tout à coup une main s'éleva au-dessus de l'eau, et tendit un étui au forçat. Celui-ci le saisit et le cacha dans sa chevelure hérissée.

Il ne quitta point assez rapidement la fenêtre, un gardien l'aperçut, lui donna sur les épaules deux coups terribles, et Galhauban cria; mais, vraiment, dans ce cri, il exhalait plus de joie que de souffrance.

Que renfermait l'étui? Une lettre, peut-être. Comment la lire? Il fallait attendre au lendemain. Vers l'aube, dont il attendit les premiers rayons avec une folle impatience, Galhauban ouvrit l'étui, attendant un jour plus clair. Il ne vit que deux lignes :

« Le *Phocéen*, destination de Marseille, part samedi; vous le reconnaîtrez à une flamme rouge placée à l'arrière. »

Un outil accompagnait la lettre, lime si fine qu'elle devait à peine faire grincer les chaînes et les carcans. Galhauban mangea la lettre et cacha la lime dans ses rudes cheveux.

— Samedi, fit-il, dans trois jours.

Durant le repos de midi, il confia à son compagnon de chaîne quelle chance de salut lui était offerte, et il lui offrit de la partager.

Cet homme était un Espagnol, captif depuis dix années à bord de cette galère.

— Nous ne risquons que d'être tués, dit-il, à la garde de Dieu !

Et tous deux songèrent au moyen de s'évader sans donner l'alarme.

Le meilleur était de limer leurs fers pendant la première moitié de la nuit, de passer par le hublot et de nager ensuite dans la direction du navire que la clarté rouge placée à l'arrière rendrait facile à reconnaître.

Pendant ces dernières journées, Servan ne sentit pas moins d'angoisse que Galhauban.

Croustillac, ayant terminé son chargement, céda son plus jeune mousse Flambard à un capitaine portugais, et fit prendre sa place par Servan; celui-ci pleura en embrassant le Père Vacher, promit à la vieille Fathma de ne jamais l'oublier, et son carnet grossi par des notes de tout genre recueillies le long du port, prières ardentes, testaments suprêmes, dernières volontés de captifs tués par la captivité même, il gardait tout avec un soin religieux, tout fier, ce faible, ce petit, de pouvoir être utile et de se conduire comme un homme.

Quelque confiance que lui inspirât le *Phocéen*, il n'osa cependant lui raconter le hardi projet qu'il avait fait de sauver Galhauban. Il se promettait seulement de se trouver sur le pont dans la nuit du samedi, d'allumer les feux rouges, et de tenir prêt le filin de sauvetage.

Du reste, le capitaine Croustillac avait fort à faire pendant cette dernière journée; à l'égard de l'enfant, sa tâche était finie, puisque le mousse était en sûreté. Le lendemain il recommanderait le *pitchoun* au quartier-maître.

On se préparait à lever l'ancre, on attendait le vent dans la voile, et l'aide de la marée. Il faisait nuit noire, pas une étoile au ciel, pas un rayon de lune si mince qu'il fût ; Servan alluma une lanterne à verres rouges et se plaça à l'arrière du navire, ayant à côté de lui une corde à nœuds solidement arrimée. La lanterne dépassait à peine le bordage du *Phocéen*; quant à Servan il s'aplatissait sur le pont comme un crabe sous une roche.

Tout à coup il entendit un clapotement dans l'eau, loin, encore bien loin... S'il se trompait? Au milieu des cris des marins, des ordres du capitaine, du grincement des poulies, des éclats du porte-voix, du ressac des vagues, des gémissements des grands mâts craquant sous l'effort du vent, des sifflements de la brise arrondissant la toile, pouvait-il distinguer le bruit si faible causé par deux nageurs fendant l'eau ?

Les malheureux ! Déjà leurs forces déclinaient ; la mer était trop mauvaise, eux trop affaiblis par les privations... Ils venaient de s'enlacer, se soutenant, nageant de concert; mais l'un d'eux avait senti déjà la morsure mortelle de la crampe ; il s'abandonnait aux bras de son compagnon... Galhauban aurait pu lâcher l'infortuné et se sauver seul, mais les derniers mots prononcés par l'Espagnol avaient été : « Mes enfants ! ma femme ! » et il se jura de mériter l'aide du Ciel en sauvant son frère en douleurs...

Cependant Servan s'était soulevé. Il se penchait sur le bord cette fois, avançant la lanterne rouge... Deux bras frappaient l'eau, mais d'un mouvement inégal et fatigué... Il sembla même au mousse qu'on prononçait son nom :

— Servan !

Plaçant la lanterne entre ses dents, il saisit à deux mains la corde à nœuds, enjamba le bordage du navire, et descendit en s'aidant du filin de sauvetage. Il se trouva bientôt lui aussi dans la mer, se cramponnant d'une main au cordage, avançant l'autre devant lui, et promenant la clarté brillante de la lanterne autour d'un cercle restreint.

Bonté du ciel! C'est Galhauban soutenant un corps inanimé...

Le mousse, accrochant sa lanterne au gouvernail, saisit la main du quartier-maître, l'attire; celui-ci prend la corde, respire à pleins poumons, puis s'adressant au mousse :

— Remonte, dit-il, je le porterai sur mon dos.

Servan regagne le bord; Galhauban arrime l'Espagnol autour de son corps et monte lentement, lentement...

Servan dénoue la corde, l'Espagnol roule sur le pont, Galhauban y parvient à demi mort; Servan souffle la lanterne, et comme si le capitaine Croustillac, qui pourtant ne se doutait guère de ce qui se passait à bord de son navire, n'eût attendu que ce miraculeux sauvetage pour prendre le vent, et voir le *Phocéen* s'élancer gracieusement sur la mer aplanie, il jeta ses derniers ordres, et le vaisseau commença à filer ses nœuds.

Une heure plus tard Galhauban et l'Espagnol, couchés dans la soute à charbon, attendaient que le lendemain Servan les vînt prévenir que l'heure de se présenter au capitaine Croustillac était propice.

A la fin de l'office, l'évêque donna sa bénédiction. (*Voir page* 149.)

XIII

JOCELYNE

A Saint-Malo on était sans nouvelles de la flotte. Les armateurs n'osaient encore manifester hautement les craintes dont ils commençaient à être tourmentés. Deux semaines s'écoulèrent de la sorte ;

A la fin de l'office, l'évêque donna sa bénédiction. (*Voir page* 149.)

XIII

JOCELYNE

A Saint-Malo on était sans nouvelles de la flotte. Les armateurs n'osaient encore manifester hautement les craintes dont ils commençaient à être tourmentés. Deux semaines s'écoulèrent de la sorte ;

ce ne furent pas seulement alors les armateurs qui s'étonnèrent de ce retard, car on ne signalait aucune tempête et plusieurs navires arrivant des mêmes parages n'avaient souffert d'aucune avarie.

Un petit brick, revenant des Indes au moment où les négociants devenaient le plus inquiets, apporta des nouvelles peu rassurantes.

La flotte avait été rencontrée dans le golfe des Indes, mais la frégate ne la protégeait plus ; Kervan, capitaine du brick, avait appris d'un officier les détails d'une terrible rencontre sur les côtes barbaresques et le *Sirius* avait dû être écrasé par des forces supérieures, puis conduit à Alger par le Reis renégat qui en opéra la capture.

On essaya d'étouffer ces nouvelles sinistres ; mais si Kervan garda le silence, les matelots parlèrent, et le soir, dans le cabaret de la mère Cachalot, les marins apprirent la perte du *Sirius*.

Le lendemain toute la ville connaissait ce malheur.

Ce jour-là, Mme de Miniac et sa fille se dirigeaient vers le port. On leur avait parlé vaguement de l'arrivée d'un brick, et dans l'espérance d'apprendre des nouvelles, elles hâtaient le pas, fendant la foule, inquiètes déjà de voir tant de monde sur les quais, saisissant un mot alarmant, s'effrayant d'un geste, regardant avec un effroi croissant les visages mornes et les yeux troublés.

Évidemment, il se passait quelque chose ; au moment où elles s'approchaient du brick deux hommes, dont le visage reflétait une poignante angoisse, s'inclinèrent devant elles, et leur offrirent le bras.

— Venez, dirent-ils, ce que nous savons vous allez l'apprendre...

— Un malheur ! Un malheur ! s'écria Mme de Miniac.

Le nom de Pierre mourut sur les lèvres de la jeune fille.

Alors, avec des précautions inouïes, ces deux hommes qui s'efforçaient de maîtriser leur douleur apprirent à la femme du docteur les bruits sinistres circulant sur le *Sirius*. Rien n'était certain, cependant ; on ne saurait rien de positif avant le retour de la flotte, qui ne pouvait tarder...

Jocelyne et sa mère secouaient la tête, elles savaient bien que leur malheur était complet. Quand Louis et Jean de la Barbinais se retirèrent, la mère et la fille tombèrent dans les bras l'une de l'autre.

Elles passèrent deux jours en proie à une horrible douleur, ne prenant ni repas ni nourriture. Mme de Miniac avait tant compté sur Pierre de la Barbinais pour lui ramener son mari ! Jocelyne s'estimait deux fois heureuse à la pensée de lui devoir son père. Fallait-il renoncer à cette double joie, perdre sans retour les dernières espérances qui eussent fleuri dans leurs existences déjà si difficiles et

si désolées? Parfois, elles se rattachaient à cette idée du retour de
la flotte, le plus souvent elles n'attendaient que la confirmation de
leur malheur.

Elles retrouvèrent le courage d'aller de nouveau sur le port, afin
de questionner, de chercher; un matin, elles apprirent que la flotte
était en vue...

C'était la mort ou le salut.

Toute la ville se trouvait là, les yeux fixés sur la mer...

Mais du plus loin qu'on pût voir, on aperçut que les navires portaient leurs vergues en deuil...

Alors un cri jaillit de toutes les poitrines, et ceux ¡qui se pressaient, à cette heure, sur le port tombèrent à genoux en récitant les
prières des morts...

Une heure plus tard nul ne gardait d'illusions sur le sort du
Sirius.

Alors régna dans la ville une désolation générale; la perte du
Sirius devint un deuil public; on rappelait les traits héroïques de
la carrière maritime de Pierre de la Barbinais. Les noms du jeune
chirurgien Vernon, de M. de Méloir, officier en second, se trouvaient
dans toutes les bouches. Au milieu des groupes populaires, des matelots énergiques dans l'expression de leurs regrets rappelaient les
exploits de ces « marsouins » appelés Poigne-d'Acier, Jean-la-Grenade, et le plus populaire de tous, le contre-maître Galhauban.

— Nom d'un tonnerre! dit le plus goudronné des Mathurins-Salés,
cela ne peut point se passer comme cela! Il ne sera pas dit que ces
braves-là s'en iront devant le bon Dieu sans feuille de route. Ils sont
tombés pour la France, en Bretons et en Malouins, — et sans faire
tort aux autres villes, Saint-Malo est comme qui dirait la fleur de la
France maritime! Nous leur ferons un service, à ces braves-là! Le curé
mettra dehors ses chapes, ses cierges et ses tentures. Branle-bas de
chantres et de serpents de paroisse, quoi! Et on paiera ce qu'il faudra, nom d'un tonnerre! Je vote même un monument à la mémoire
des camarades!

Cette motion souleva un mouvement d'enthousiasme attendri; le
vieux Jérôme tendit son bonnet de laine qui, en une minute, se trouva déborder de pièces de toutes les valeurs, or, argent, cuivre.
Mais, il faut le dire, les marins de la flotte dont le *Sirius* faisait jadis
partie montrèrent une générosité vraiment fraternelle. Une partie
de leur paie passa dans les mains de Jérôme. Celui-ci avait les larmes aux yeux.

— Maintenant, dit-il, allons chez le curé, en députation comme on dit ; les plus vieux et les plus gradés, c'est dans l'ordre. Six, ça suffira...

Il fit signe à cinq de ses camarades, et les matelots se dirigèrent vers le presbytère.

Le curé lisait dans son cabinet, quand sa vieille servante ouvrit aux marins.

— C'est pour un service, fit le matelot, un service soigné ! Nous voulons arranger cela avec notre curé. Dites-lui que le choix sur-choix des Mathurins-Salés demande à le voir.

Le vieillard ordonna de les introduire.

Tout le monde aimait les matelots, à Saint-Malo. Le curé savait bien que s'ils buvaient parfois plus que de raison, chez la mère Cachalot, leur main s'ouvrait généreuse pour soutenir les orphelins et les veuves des camarades. Mieux que personne, il connaissait la ferveur avec laquelle ils priaient au retour d'une campagne ; leur fidélité à remplir les vœux prononcés à l'heure du péril.

— Que voulez-vous, mes enfants ? leur demanda-t-il.

— Monsieur le curé, répondit Jérôme dont la voix devint rauque de larmes, nous avons appris de mauvaises nouvelles... Le *Sirius* est perdu, avec lui le capitaine de la Barbinais et ses officiers... Des matelots qui étaient quasiment nos frères... braves comme les meilleurs, avec qui nous avions bourlingué plus d'une fois... Alors nous nous sommes dit : S'il plaît à Dieu de les coucher au fond de la mer au lieu de leur donner une place dans le cimetière, il n'en faut pas moins qu'on leur chante des prières, et que leurs âmes d'honnêtes gens et de chrétiens reposent en paix... Pour lors, nous avons fait une collecte dont voici le produit... Vous compterez cela, monsieur le curé, nous, voyez-vous, nous nous embrouillerions dans les chiffres... Pouvez-vous larguer en grand un service ?

Le prêtre les regarda avec des yeux troublés par les pleurs.

— On tendra l'église en noir comme pour les grandes funérailles... Mes prêtres de Saint-Malo et de Saint-Servan assisteront à l'office, et je supplierai notre évêque de daigner prier pour les victimes de ce sinistre... Jamais plus de cierges et de fleurs n'auront entouré un sarcophage... Oui, mes enfants, vous aurez tout cela pour ceux que vous pleurez... Mais il ne faudra point d'argent à votre pasteur ; c'est votre cœur qui vous amène ici, c'est le mien qui vous reçoit... La somme que vous m'apportez sera remise aux Pères de la Merci, et rachètera un prisonnier français, un Malouin...

Jérome tendit ses mains goudronnées au prêtre.

— Vous êtes un brave homme ! fit-il, un brave homme ! digne de naviguer dans la barque de saint Pierre ! C'était un matelot aussi, pas vrai !

Le curé serra les mains des marins qui rentrèrent chez la mère Cachalot raconter le succès de leur ambassade.

Trois jours plus tard, selon sa promesse, une messe solennelle était célébrée par l'Évêque pour les marins du *Sirius*. Sur les tentures noires s'enlevaient de grandes ancres brisées en argent, alternant avec des croix. Un sarcophage couvert de fleurs et de palmes, s'élevait, dans la nef, entouré de cierges à la lueur vive, et de torches projetant leurs clartés verdâtres. Les magistrats, les notables de la ville, les armateurs, tous ceux qui comptaient sur le *Sirius* des parents ou des amis, étaient là, vêtus de deuil, les yeux humides, prenant leur part de ce sinistre.

Tout près du sarcophage, enveloppées de grandes mantes, la tête couverte d'un long voile, se tenaient Mme de Miniac et Jocelyne. Derrière elles Ganette étouffait ses sanglots.

Jean et Louis de la Barbinais paraissaient conduire le convoi des braves tombés en combattant pour la France.

A la fin de l'office l'Évêque donna sa bénédiction à la foule, puis il dit d'une voix émue :

— Nous avons prié pour ceux qui sont morts... Mais qui sait si du tombeau embrasé du *Sirius* ne sortira point plus d'un Lazare... Ceux-là aussi ont besoin de notre souvenir, de nos aumônes... Il plaira au Seigneur de vous rendre quelques-uns de ceux que vous pleurez... Les cachots du Pacha sont aussi des tombes... Mais on les peut ouvrir avec la clef d'or de la charité... Espérez encore, espérez toujours, et priez !

Sa main tremblante dessina le signe de la croix, les fronts s'inclinèrent, puis au milieu d'une vapeur d'encens et des clartés plus molles des cierges, les prêtres en longs habits s'éloignèrent, et à son tour la foule s'écoula.

Mme de Miniac tomba évanouie sur le pavé de l'église.

Jérôme et trois de ses camarades s'élancèrent à son secours ; un brancard fut improvisé, et on la ramena dans la maison de bois. Le docteur Gallois, appelé en toute hâte, secoua tristement la tête.

— Vous n'allez pas me dire qu'elle est perdue ? s'écria Jocelyne.

— Pauvre enfant ! L'âme a usé l'enveloppe... Elle n'a plus le courage de vivre.

— Plus le courage de vivre quand sa fille lui reste ? Oh ! cela n'est pas vrai, cela ne peut être... Je connais sa force d'âme...

— Je souhaite me tromper, pauvre et chère enfant ! mais votre

mère s'était prise à trop espérer du voyage de M. de la Barbinais à
Alger... Je m'effrayais souvent de l'exaltation de son rêve... Elle
ne parlait plus, vous le savez, que de la liberté de mon pauvre ami...
La nouvelle de la perte du *Sirius* lui porte un coup terrible... Tous
les miracles sont possibles : il en faut un pour la sauver...

Au bout d'une heure Jeanne de Miniac ouvrit les yeux.

— Mon mari ! dit-elle, mon mari !

Elle ne voyait pas Jocelyne.

— Il reviendra, dit l'enfant prosternée devant son lit, oui, tu le
reverras... Je te reste, je t'aime ! Hélas ! nous avons tout perdu,
vivons pour nous aimer davantage encore.

— Pierre est mort ! murmura la veuve, ton père est mort, pourquoi vivrions-nous maintenant ? J'avais des forces pour l'attendre...
Pierre avait juré de me le ramener, Pierre un grand cœur... Dieu
ne le veut pas, vois tu, ma fille ; non, Dieu ne le veut pas ! Oh ! la
terre est dure et ce monde est mauvais... La mort vaut mieux, je
remercie sa pitié de m'appeler à lui !.. Tu iras au couvent, Jocelyne,
au couvent... Le cloître est aussi une tombe...

Mme de Miniac versa des larmes abondantes, puis elle tomba
dans un sommeil fiévreux.

Elle ne se releva pas. Jocelyne constatait avec une épouvante
grandissante les progrès d'un mal qu'elle restait impuissante à guérir... La veuve, témoin du désespoir de son enfant, essaya cependant
de se cramponner à l'existence, mais cet effort tardif demeura
impuissant. De quelque tendresse qu'elle aimât Jocelyne, celui qui
avait été le compagnon de sa jeunesse l'emportait encore dans son
âme. La défaite du *Sirius* fut le dernier coup porté à ses espérances ;
certaine de la mort de Pierre de la Barbinais, voyant à la fois brisés
et son bonheur et le cœur de Jocelyne, elle sentit que c'était la fin
irrévocable de tout, et s'abandonna aux bras de la mort.

Cette agonie dura quinze jours.

Les jours succédaient aux jours et chacun d'eux, en fuyant, emportait les forces suprêmes de la malade. Cependant, après avoir reçu
les premiers coups de cette douleur qui la foudroyait, elle se reprenait à songer qu'en mourant elle désertait un devoir : Jocelyne lui
restait. Et, durant plusieurs heures, elle demandait à Dieu de la
soutenir et de lui permettre de vivre, afin de ne point laisser son
enfant seule au monde, son enfant qui s'entêtait dans son espérance
obstinée.

— Moi, disait Jocelyne, je comprends autrement l'amour. Il est
fait de courage, ma mère. Mourir n'est rien ! Il s'agit de lutter et de

vivre! On me dit : « — Pierre de la Barbinais est mort! » — Vous répétez : « — Ton père n'est plus! » — Qu'en savent-ils? Qu'en sais-tu ? Jadis les femmes suivaient leurs maris à la croisade, et prenaient comme eux la croix rouge... J'aurais fait comme elles si j'avais vécu de ce temps-là ! Ce que je rêverais, moi, ce serait de partir à mon tour, d'aller à Alger, cette ville de renégats et de bourreaux, de la fouiller dans toutes ses rues, de descendre au fond de ses cachots, d'entrer dans ses galères, et de regarder, les yeux rouges de pleurs, mais le cœur stoïque, si mon père et mon fiancé sont là! Je veux l'amour vaillant, allant jusqu'au sang, jusqu'au martyre ! Je me révolte contre tout ce qui affaiblit l'âme. Il faut vivre, entends-tu, vivre! Si tu vis nous ferons des choses folles peut-être, mais à coup sûr héroïques. Nous pourrons mourir, mais en remplissant un grand devoir, et en prouvant à ceux que nous regrettons que nous étions dignes d'être aimées.

Cette chaleur d'âme, cette éloquence imprévue jaillissant d'une façon soudaine de l'âme de Jocelyne galvanisait Mme de Miniac. Elle retrouvait par intermittence le courage et le vouloir. Alors, entrant dans les vues de sa fille, elle aussi songeait à quitter Saint-Malo pour aller chercher, au fond des repaires de la côte barbaresque où ils achevaient de s'éteindre, les captifs au nombre desquels respiraient peut-être encore Pierre de la Barbinais et Robert de Miniac.

Le vieux docteur passait de la crainte à l'espérance. Tantôt Jocelyne l'emportait par son influence vivante, entraînante ; tantôt le découragement reprenait le dessus. Ce qui était certain, c'est que les forces de cette femme infortunée, affaiblies par une longue lutte, diminuaient progressivement.

— Un miracle ! répétait le docteur, il faudrait un miracle !

Et ce miracle, Jocelyne et Ganette le demandaient.

La jeune fille brodait sans relâche, usant ses yeux sur un travail minutieux, difficile, employant les nuits comme les jours, s'efforçant de compenser à ce qui manquait désormais au budget du modeste ménage. Il n'était plus possible de songer aux leçons que donnait jadis Mme de Miniac ; quant à toucher à la réserve destinée au salut de M. de Miniac, les deux femmes auraient préféré mourir de faim. Ganette se montra héroïquement dévouée. Elle alla voir ses fermiers, prit avec eux de nouveaux arrangements, exigea non pas plus d'argent, mais une quantité triple de redevances en œufs, poulets, beurre et légumes. Il fallait que désormais elle entretînt la maison.

Elle fit davantage ; en se levant plus tôt, elle gagna une heure qu'elle employa à soigner le ménage d'une vieille demoiselle, sa voisine; le soir, elle prit des travaux de couture.

La malade ne manquait de rien.

Autour de son lit, à la faible clarté d'une chandelle, les deux jeunes filles se groupaient le soir, parlant à voix basse de ceux qui étaient partis sur le *Sirius*. Ganette, elle aussi, s'efforçait de croire que Galhauban survivait au désastre.

Quelquefois, trop absorbée et trop fiévreuse, Mme de Miniac ne pouvait suivre l'entretien de Jocelyne et de sa compagne ; de temps à autre seulement elle en saisissait quelques mots; malgré sa tristesse, ils lui entraient dans le cœur et la berçaient; elle leur devait des rêves consolants, des réveils moins amers.

Un soir on frappa à la porte de la maison de bois avec une obstination bruyante. Ganette hésitait à ouvrir. Qui pouvait venir à cette heure? Ce n'était pas le médecin? On n'attendait personne. Une minute s'écoula dans l'indécision, mais alors ce fut un véritable roulement qui retentit sur la porte de chêne, et ce bruit avait quelque chose de martial, de triomphant qui alla au cœur de Jocelyne.

— Ouvre, Ganette, il s'agit d'une bonne nouvelle.

Bravement, Ganette descendit.

A la clarté de la chandelle qu'elle abritait de sa main, elle aperçut un enfant.

— Mlle Jocelyne? demanda celui-ci.

— A pareille heure, que lui veux-tu?

— Vous le saurez tout à l'heure, et vous me remercierez... Vous devez vous appeler Ganette...

Il n'attendit point qu'elle répondît, grimpa l'escalier avec l'agilité d'un chat, et ce fut non point précédé mais suivi par elle qu'il fit son entrée dans la chambre de la malade.

D'un coup d'œil, il embrassa toute la scène : la mère malade, blanche comme ses oreillers, et dont le visage émacié n'avait de vivant que les yeux, car le sourire, cette flamme des lèvres, s'était à jamais effacé; puis Jocelyne, droite au chevet, ses grands yeux bleus fixés sur cette mère adorée qu'elle voyait s'éteindre lentement.

D'un bond, Servan fut au pied du lit de souffrance. Il tomba sur les genoux avec l'impression de ferveur et de pitié que tout martyre nous impose, puis d'une voix rapide, coupée par l'émotion qui lui serrait la gorge, il dit à Mme de Miniac :

— Vous ne me connaissez pas... Je suis Servan, un des mousses du *Sirius*.

— Du *Sirius*! répéta Mme de Miniac, tout l'équipage n'est donc pas mort?

— Dame! fit l'enfant, il n'en est pas resté beaucoup à vrai dire...

La main de Jocelyne se posa sur son épaule :

— Le capitaine? demanda-t-elle, oh! réponds-moi, le capitaine...

— Prisonnier du Pacha, mademoiselle.

Le visage de Jocelyne s'éclaira subitement :

— Prisonnier! Mais il peut revenir alors, ses frères feront pour lui tous les sacrifices possibles! Prisonnier! pauvre noble cœur!

— Ensemble peut-être... murmura Mme de Miniac, comprends-tu, Jocelyne, Pierre et ton père se retrouvant dans les même cachots!

— Mais toi? reprit Jocelyne comment t'es-tu évadé?

— Par un sabord... Je suis mince, voyez-vous ; une fois à l'eau, j'ai nagé... Pendant huit jours je suis resté au bord de la mer lavant ma blessure, mourant de faim, dévoré par la fièvre... Puis entré à Alger, j'ai cherché le Consul... Un vrai père pour les Français... Après, ah! dame! je me suis obstiné à voir la vente des prisonniers... Je ne voulais pas les perdre de vue... Le capitaine fut mis dans les cachots du Pacha... Galhauban devint prisonnier sur les galères... C'était déjà quelque chose de savoir où les retrouver tous deux... Mais il me fallait aussi Jean-la-Grenade et Poigne-d'Acier... Pour notre pauvre Yvonnet, le joueur de hautbois, on l'a emmené dans la campagne... Le chirurgien apprend la médecine à un docteur turc... Oh! j'ai eu de la chance! figurez-vous qu'un marchand de Marseille m'a pris à son bord pour me ramener en France... J'ai voulu revenir à Saint-Malo afin de vous apporter des nouvelles, et aussi pour rendre aux armateurs du *Sirius* ce que j'ai sauvé de leur navire...

— Et qu'as-tu sauvé, pauvre enfant?

— Le pavillon! répondit le mousse.

Il tira de son sein un lambeau de soie blanche bordé de fleurs de lys et le tendit à Mme de Miniac.

Celle-ci y colla religieusement ses lèvres.

Quant à Jocelyne, elle serra dans ses bras l'héroïque enfant.

— C'est bien ce que tu as fait là! c'est beau!

— Galhauban m'avait recommandé de lui faire honneur, j'y ai tâché.

— Et tu l'as sauvé, comme le drapeau?

— Histoire de chanter un air et de lui jeter une lime... Ils se sont évadés deux ensemble... Je les attendais à bord... Le capitaine ne savait rien... Un bien brave homme, le capitaine Croustillac... Mais il paraît que les autorités turques lui auraient fait un mauvais parti,

si on avait su qu'il prenait à son bord des captifs évadés... Le soir
même je cachai Galhauban dans la soute à charbon; le lendemain
il en sortit et se présenta devant Croustillac, noir d'escarbilles, maigre
de faim, des marques bleues sur le dos... Il faisait pitié... Croustillac
me condamna à recevoir vingt coups de garcette pour avoir introduit
des étrangers sur son navire... Il me les doit encore... Quant à
Galhauban et à son camarade, ils sont à Marseille aidant au déchar-
gement du vaisseau.

Est-ce que Galhauban ne reviendra pas? demanda Ganette.

L'enfant secoua la tête.

— Il reviendra quand il aura tenu la parole qu'il s'est donnée : de
sauver son capitaine ou de mourir à la peine.

— Ah! le brave cœur! dit Ganette.

— Je le rejoindrai dans huit jours... Je suis revenu pour voir
Mme de Miniac et lui donner des nouvelles du capitaine... Je remettrai le drapeau du *Sirius*, puis après avoir reçu la bénédiction de
l'aumônier de l'hospice, et embrassé la mère Cachalot, je retournerai
à Marseille... On y est plus près d'Alger, voyez-vous...

La malade se souleva et le serra contre sa poitrine...

— Que Dieu te protège! mon enfant, dit-elle, tu m'apportes une
dernière espérance !

Le mousse partagea le frugal repas des deux femmes, et fut servi
par Ganette qui interrompait sa besogne tantôt pour l'embrasser,
tantôt pour s'essuyer les yeux.

Il dormit dans un cabinet servant de débarras, et le lendemain il
alla remettre le drapeau aux armateurs de la frégate.

En vingt-quatre heures le mousse devint populaire. Touchés de
son précoce courage et de son sang-froid, les négociants le présen-
tèrent au conseil de l'Amirauté. Un rapport fut envoyé au gouver-
neur de Bretagne, et l'orphelin de l'hôpital eut son jour de gloire.

Comblé de présents, voyant tomber dans ses petites mains des
pièces d'or et une montre de prix, il eut un mot sublime qui lui parut
le plus simple du monde :

— Avec tout cet argent, monsieur, demanda-t-il, pourrai-je racheter un matelot du *Sirius*?

— Oui, répondit l'armateur.

— Alors je délivrerai Jean-la-Grenade; je le connais, il tuerait un
Turc au moins, et on lui couperait la tête. A mon prochain voyage,
je remettrai tout ceci à notre Consul.

— Mais on te le donnait à toi, pour toi seul...

— Ai-je donc besoin d'argent? Aurais-je le courage d'en dépenser quand les matelots du *Sirius* sont sous le bâton des Turcs... Le capitaine Croustillac se charge de moi; je suis Breton, je ferai mon chemin...

Nul n'insista. Ne fallait-il point permettre à ce jeune cœur de se développer dans la générosité, le dévouement et l'amour?

Il songea ensuite aux commissions de ses camarades.

La mère Cachalot n'avait point été la dernière à apprendre les hauts faits de l'orphelin, aussi l'accueillit-elle avec une tendresse vraiment maternelle.

Il dut, d'abord, raconter, devant les marins emplissant la grande salle, la bataille soutenue contre six navires turcs par la frégate commandée par La Barbinais, puis de quelle façon il préserva le drapeau; son évasion, son séjour dans le marabout ruiné, son entrée à Alger, sa transformation en jeune Turc au moyen des drogues de la parfumeuse du harem, la bonté du Père Vacher, la générosité de Croustillac; enfin, ce qui parut mille fois plus merveilleux encore, la présence d'esprit, le courage dont il avait donné des preuves en faisant évader les deux forçats.

L'enthousiasme des auditeurs devint du délire; on but à la santé, à l'avancement, à la fortune de Servan, et on décida qu'à l'avenir on ajouterait à son nom déjà glorieux celui de *Malouin*.

Et l'enfant pleurait de joie et d'attendrissement, répétant de sa voix douce:

— C'est bien simple! Galhauban m'avait dit de lui faire honneur.

Il dit ensuite :

— Maintenant, mère Cachalot, ma commission... Poigne-d'Acier vous a confié un bas gonflé par ses économies... Vous comprenez qu'il songe à se racheter avant tout... La fille du père Lalouette attendra, si elle l'aime... Il demande sa fortune afin de payer sa rançon, et je la lui remettrai lors de mon retour à Alger.

La mère Cachalot ouvrit une grande armoire, et ses habitués purent voir, rangés sur des planches, une collection recommandable de modestes trésors. Les uns enfermés dans des boîtes, les autres dans des sacs de toile. Il y avait des pots de grès remplis d'argent, des sabots débordant de gros sous, des pieds de bas! oh! beaucoup de pieds de bas de laine. Tout cela étiqueté, de telle sorte que la mère Cachalot n'eut qu'à étendre la main pour trouver le magot de Poigne-d'Acier.

— Voilà! mon enfant, dit-elle, le compte y est... La vieille hôtesse du port est connue... Veux-tu savoir à quel chiffre s'élève la dot que

Poigne-d'Acier voulait offrir à la fille du Père Lalouette? Ce sera vite fait.

Elle prépara des piles de pièces d'or et d'écus, d'après leur provenance et leur valeur; mais au moment où elle allait additionner le tout, chaque marin qui, sournoisement, avait plongé sa main dans sa poche en retira ce qui s'y trouvait, et le joignit à la fortune de Poigne-d'Acier. Et ils riaient, les Mathurins-Salés! ils riaient à se tenir les côtes, tandis que la mère Cachalot s'essuyait les yeux du coin de son tablier.

On recommença le calcul, et tous déclarèrent que la rançon serait suffisante, elle atteignait près de deux mille livres.

L'armoire se referma, et la mère Cachalot ne mit pas même la clef dans sa poche. Est-ce qu'il se trouvait des voleurs parmi les Mathurins-Salés de Saint-Malo?

Servan-le-Malouin alla, deux jours après, dire adieu à Mme de Miniac, à Jocelyne et à Ganette. Ce fut dans ce cœur d'enfant qu'elles versèrent leurs suprêmes confidences, et lui, devenu grave subitement, devenu homme au milieu des dangers courus, des luttes subies, des héroïsmes accomplis, jura de s'occuper sans relâche des êtres chers que pleuraient Mme et Mlle de Miniac.

Le lendemain, il reprit la route de Marseille où Croustillac l'attendait. Hélas! les nouvelles apportées par l'enfant, si elles apprenaient à Jocelyne que son fiancé vivait encore, lui révélaient aussi l'excès de sa misère. Le docteur Miniac vivait-il encore? Dans tous les cas, Pierre de la Barbinais demeurait impuissant à le secourir... Certes, ni ses frères ni les négociants dont, tant de fois il avait protégé les navires, ne reculeraient devant aucun sacrifice pour racheter sa liberté, mais un pressentiment secret, obstiné, disait à la malade qu'elle ne reverrait jamais son mari, et que Jocelyne devait renoncer à son rêve...

Ce fut pour elle le coup de grâce. Elle languit plus pâle, plus affaiblie, pleurant sur sa fille et ne gardant pas la force de vivre.

Une nuit elle attira Jocelyne tout près de son cœur... Le souffle passait à peine ses lèvres, ses yeux s'emplissaient de la vision de l'infini, elle murmura:

— Le devoir, c'est d'aller là-bas... Ton père... Sauve ton père. Dieu t'aidera...

Elle retomba immobile, ses traits prirent la rigidité de la mort..

Jocelyne restait seule au monde.

Jocelyne se trouva dans les bras de Ganette. (*Voir page 167.*)

XIV

LA CÔTE BARBARESQUE

La douleur de Jocelyne eût dépassé ses forces, si la volonté suprême de sa mère ne lui eût imposé un dévouement qui la sauva du
désespoir. Cependant, quand elle exposa ses projets au docteur Gallois, celui-ci s'effraya des dangers qu'elle allait courir.

Jocelyne se trouva dans les bras de Ganette. (*Voir page* 167.)

XIV

LA CÔTE BARBARESQUE

La douleur de Jocelyne eût dépassé ses forces, si la volonté suprème de sa mère ne lui eût imposé un dévouement qui la sauva du désespoir. Cependant, quand elle exposa ses projets au docteur Gallois, celui-ci s'effraya des dangers qu'elle allait courir.

— Vous n'avez pas réfléchi, lui dit-il, avant de prononcer le serment qui vous lie. Que ferez-vous à Alger? Vous y courrez des périls sans nombre, et peut-être vous serez-vous inutilement sacrifiée. Certes, mon enfant, je loue fort l'amour filial; votre volonté de tout tenter pour arracher votre père aux cachots du Pacha est héroïque; mais rien ne prouve, hélas! que M. de Miniac vive encore. Des années se sont écoulées depuis sa captivité, sans que jamais vous en ayez reçu de nouvelles. Les cachots sont profonds, là-bas, et nul n'entend les plaintes des malheureux qu'ils renferment... Que souhaitait votre mère? la liberté de son mari! Remettez tout ce que vous possédez entre les mains d'un Père de la Merci, et vous êtes certaine qu'un miracle de charité et de dévouement s'accomplira...

— Ma mère m'a dit : Pars, cherche, sauve ton père... J'ai juré... juré à une créature expirante, une créature que j'adorais.

— On peut vous relever de cette promesse.

— Dieu, qui reçoit les serments, en a seul le droit.

— Et vous partez seule, ma fille?

— Ganette m'accompagne.

— Deux enfants! murmura le vieillard.

— Les anges nous garderont, ajouta la jeune fille.

Comprenant que la volonté de Jocelyne serait immuable, Gallois, qui, au fond du cœur, approuvait tous les sacrifices, et croyait aux miracles de l'héroïsme, ne s'occupa plus qu'à faciliter le voyage de Mlle de Miniac.

Il lui donna de chaleureuses recommandations pour le Consul, des lettres adressées par des armateurs de Saint-Malo à de riches négociants d'Alger, puis il la remit entre les mains de Dieu.

Les deux jeunes filles devaient s'embarquer sur un navire dont on achevait le chargement. Elles attendirent une semaine encore, et chaque jour toutes deux se rendirent à l'endroit où reposait Mme de Miniac. Enfin elles n'eurent plus à compter que les heures.

La maison de bois conservait un aspect lugubre. La grande alcôve, dans laquelle se trouvait le lit de la morte, avait l'air d'un tombeau. Tout se ressentait des projets de départ dans cette demeure où tant de larmes avaient coulé, où de cœurs ardents étaient montées vers Dieu des invocations si ferventes. Le bagage des deux jeunes filles tenait dans un coffre de bois. Quant à la somme amassée pour la rançon de son père, Jocelyne l'avais cousue dans un petit sac de peau qu'elle portait à sa ceinture.

Le prix de son passage, débattu et réglé par le docteur, ne diminua point les ressources de l'orpheline.

Au moment où elle allait entrer dans le bateau qui la devait conduire au *Nautile*, Jean et Louis de la Barbinais s'inclinèrent devant elle.

— Mademoiselle, dit Louis, répétez à mon frère que notre fortune lui appartient.

— Je le dirai, fit la jeune fille.

Mais le regard dont elle enveloppa les deux frères trahissait un secret reproche ; ce qu'elle allait tenter pour sauver son père, elle, une enfant! eux, des hommes! ne pouvaient-ils le risquer?

Ganette sauta la première dans le bateau, Louis de la Barbinais présenta la main à la jeune fille, elle s'assit sur un banc, les marins levèrent les rames, et un moment après elle se trouvait à bord du *Nautile*.

Debout sur le pont, elle regarda s'éloigner puis disparaître la ville ceinte de murailles de granit, les clochers des églises et des couvents, puis la bande noire indiquant la terre. Quand vint le soir, elle ne distinguait plus rien que l'azur assombri du ciel troué d'étoiles, et la teinte verte de la mer que les vagues semaient d'écume argentée. Alors, appuyée sur le bordage, songeant qu'elle abandonnait la tombe fraîchement fermée de sa mère pour aller aux cachots du Pacha demander si son père vivait encore, comprenant pour la première fois et les difficultés de sa tâche, et sa faiblesse, le front penché sur ses bras elle pleura.

La nuit était belle, une nuit d'été rafraîchie par la brise ; Jocelyne, indifférente à ce qui se passait autour d'elle, n'entendait ni les bruits de manœuvre, ni les craquements des voiles gonflées, ni la voix d'un mousse répétant un refrain du pays. Elle cédait à une faiblesse envahissante qui saisit les plus forts, mais dont ils se relèvent pour courir à l'accomplissement de leur tâche.

Ganette s'endormit à ses pieds.

Les matelots de quart, en voyant ces enfants si belles, si frêles, ne purent s'empêcher de se sentir émus. Quelques mots échangés avec les habitués de la veuve Cachalot les avaient mis au courant de la résolution héroïque de Jocelyne et de son humble amie, et Verdureau, le contre-maître, dit aux camarades :

— Pour ces petites saintes-là, on se jetterait au feu, n'est-ce pas?

— Au feu comme à l'eau, répondit Boujaron le matelot.

Le capitaine du *Nautile* était un jeune homme, ayant pour la première fois un commandement. Brave, hardi, il savait que le danger l'entourerait bientôt de toutes parts, aussi, autant que le permettait la taille de son navire, s'était-il muni de provisions de guerre.

Ni la poudre ni les mousquets ne manquaient dans les flancs du *Nautile*, navire bien équipé, bon marcheur, courant lestement sous la toile ; les marins qui le montaient avaient tous fourni des preuves de courage, et il semblait à Adrien Lavaur que la présence de Mlle de Miniac fût pour lui une protection. De même qu'on place une barque sous une invocation sainte, il croyait que le dévouement de Jocelyne était, pour le *Nautile*, une bénédiction et une préservation.

La jeune fille, qui se sentait étouffer dans son étroite cabine, passait presque toutes ses journées sur le pont. Il lui semblait qu'en , suivant des yeux le sillage du navire, elle en activait la marche.

Du reste, il filait sur la mer comme une flèche lancée d'une main sûre, et tout présageait une heureuse traversée.

Lorsque le déchirement produit par l'abandon de la patrie se fut apaisé dans le cœur de Jocelyne, elle ne songea plus qu'au devoir sacré devenu le but de sa vie. Comment parviendrait-elle à descendre dans les cachots où le Pacha d'Alger enfermait ses prisonniers, la pauvre enfant l'ignorait. Quant à Ganette, assise aux pieds de Jocelyne, elle écoutait celle-ci parler tour à tour du docteur de Miniac et de Pierre de la Barbinais.

— Mademoiselle, lui demanda un jour Ganette, comment se fait-il que les frères de votre fiancé ne soient point tout de suite partis pour Alger afin de délivrer le capitaine du *Sirius*?

Une ombre descendit sur le beau visage de Jocelyne. Elle aussi s'étonnait de voir que les frères de Pierre semblaient l'abandonner dans le malheur ; mais elle ne voulait point paraître les accuser, et posant sa main sur l'épaule de Ganette, elle répondit :

— La joie de sa délivrance m'est réservée.

A bord du navire, du capitaine au dernier petit mousse, chacun témoignait à la jeune fille un respect et un dévouement dont elle demeurait profondément touchée.

Chacun s'ingéniait à lui prouver qu'elle ne comptait sur le *Nautile* que des admirateurs et des amis.

Oui, vraiment, la traversée était belle et facile. Bon vent et belle mer ! La gaieté pétillait dans les yeux des matelots, et la chanson montait à leurs lèvres. Les voiles qu'on entrevoyait au lointain étaient des voiles amies. Point de traces de corsaires, et on approchait du but.

Cependant, à l'aube d'une splendide journée, l'homme de vigie signala sous le vent un navire algérien qui se trouvait environ à deux lieues du *Nautile*. Celui-ci força de toile et prit la fuite comme un oiseau que menace un autour ; mais alors le pirate lui donna la chasse. C'était un bâtiment élégant de forme, bien gréé, portant quatorze pièces d'artillerie. Lui résister paraissait impossible. On l'essaya pourtant, car il s'agissait de mourir ou de devenir esclave, et les matelots du *Nautile* préféraient la mort à la captivité.

Tandis que le branle-bas résonnait sur le *Nautile*, les marins montaient sur le pont des amas de grenades et les amoncelaient de distance en distance.

A côté des canons de bronze se rangeaient les canonniers et leurs servants.

Les piques, les haches, les sabres étaient distribués par le capitaine d'armes. On partageait les mousquets et les cartouches.

Le gaillard d'arrière et la dunette se couvraient de combattants, attendant avec impatience le signal de l'attaque.

Ce n'était pas seulement sur le pont que devait se passer l'action meurtrière ; les hunes et les vergues se changeaient en citadelles. Les marins gagnèrent avec des cris de joie les postes aériens.

Les vieux mathurins, la face couturée par les sabres d'abordage, multipliaient les encouragements aux jeunes matelots, aux novices et aux mousses.

Ceux-là, l'œil brillant, le cœur ému, écoutaient avec plus d'avidité que de crainte.

Allons, mes amours, disait le contre-maître Verdureau, tout balafré, à chacun suivant son âge et son expérience ; abordez, les petits. Vous savez lancer des boules de neige et faire des ricochets sur l'eau, pas vrai ? Eh ! bien, vous allez vous placer, chacun auprès d'un de ces tas de grenades. Voilà votre consigne. Et surtout du courage ! Les canons feront un bruit d'enfer ; les boulets et la mitraille pleuvront autour de vous ; ce n'est rien ! un poste, c'est sacré, mes agneaux. Et, tout le temps que durera la bataille, vous lancerez des grenades sur les pirates que Dieu confonde ! Si vous êtes braves les novices passeront matelots et les mousses deviendront novices à leur tour.

Sans hésiter, chacun jura de conserver son poste et de s'y faire tuer plutôt que de l'abandonner.

C'était leur devoir. Chacun devait, en effet, donner suivant ses forces ; mais les lanceurs de grenades couraient autant de danger que les matelots placés dans les vergues et dans les hunes.

Pendant les préparatifs, le capitaine Adrien Lavaur parcourait le pont du *Nautile*, donnant ses derniers ordres. Ses hommes, qui appréciaient son esprit de justice, son héroïque témérité, l'adoraient; ils avaient pour son commandement un religieux respect.

— Allons, mes vieux loups de mer, s'écria-t-il, il va falloir enlever lestement la victoire et nous y prendre de façon que le pirate turc n'ait pas le temps de se reconnaître au milieu de l'ouragan de fer qui va pleuvoir autour de lui. Si le *Nautile* était un vaisseau de haut bord, nous aurions la faculté de courir les chances d'un combat naval en règle, et les canons se parleraient de sabord à sabord. Mais notre navire, frêle de coque et chargé d'une artillerie légère, doit éviter la canonnade à bout portant. Évoluons donc avec une rapidité vertigineuse, emparons-nous, si nous le pouvons, de ce navire du diable et hâtons-nous de terminer l'affaire, — la vie de tous dépend de notre adresse, de même que le salut du *Nautile* lui-même.

— Soyez tranquille, capitaine, clamèrent les matelots, se battre sous vos ordres et pour la France nous donnera du courage et, espérons-le, la victoire!

Maintenant, c'était à qui multiplierait ses efforts pour les rapides préparatifs du combat. La plupart des braves marsouins avaient déjà vu le feu, les autres, pris d'émulation, juraient de se montrer dignes de leurs camarades. Les mousses n'étaient pas moins joyeux, et l'idée de bombarder le navire turc à coups de grenades leur causait un plaisir manifesté par les bravades adressées à l'ennemi, dans une langue imagée.

Du fond de la cale on avait, en toute éventualité, monté les grappins d'abordage liés à leurs chaînes de fer.

Chaque matelot se tenait à son poste, muni des armes diverses qu'il faudrait employer suivant les circonstances.

Les canonniers caressaient les croupes luisantes de leurs canons et leur adressaient la parole comme à des êtres doués de vie. Les anciens chevaliers baptisaient leurs épées, les matelots donnèrent des noms à leurs pièces d'artillerie.

Verdureau, Boujaron étaient auprès du capitaine, et en retrait sur le gaillard d'arrière se trouvaient massés les fusiliers. Le médecin du bord était là muni des objets nécessaires pour les premiers pansements.

Lorsque Adrien Lavaur se fut assuré que rien ne manquait de ce que la prudence ordonnait, il ordonna de forcer la marche du navire qui, favorisé par le vent, devait prendre la meilleure ligne de combat.

Le turc, de son côté, n'avait pas perdu son temps et volait de toute sa toile, comme un vautour, sur le *Nautile*.

C'était un hardi pirate, bon marcheur, gréé finement, d'un gabarit superbe et d'un armement redoutable.

Le combat s'engagea aussitôt, violent, meurtrier, sauvage de part et d'autre. Les mâts s'abattaient avec fracas, les voiles déchirées flottaient au vent avec des sifflements sinistres, la canonnade grondait comme un tonnerre ; il pleuvait du sang sur le pont des deux navires.

Ganette et Jocelyne dormaient paisiblement.

Afin d'empêcher les deux jeunes filles de s'exposer inutilement au danger, le capitaine avait donné ordre de les enfermer dans leur cabine. Une terrible fusillade mêlée à des cris forcenés les arracha à leurs rêves. S'habillant à la hâte, le cœur plein d'angoisse, elles essayèrent d'ouvrir la porte.

On se battait ; on avait besoin d'elles pour le pansement des blessés. Mais leurs efforts demeurèrent vains ; toutes deux, épouvantées, restèrent à genoux, l'oreille collée contre la porte, s'efforçant de deviner, à la nature des bruits divers dont elles entendaient le fracas, de quel côté restait l'avantage. Les deux navires s'étaient accrochés. On luttait sabre au poing, avec furie. Mais les matelots du *Nautile*, mal pourvus de munitions, ne pouvaient, en dépit de leur valeur, l'emporter sur le bâtiment pirate. Tant que le jeune capitaine du *Nautile* resta debout, se battant avec une sauvage énergie, les chances de succès demeurèrent égales ; mais lorsqu'il tomba atteint d'un coup de sabre qui lui fendit la tête jusqu'aux épaules, le découragement se mit parmi les survivants du navire malouin, et le pirate, fort de son équipage de deux cents hommes Turc ou Maures, finit par avoir raison de cette poignée de héros.

On les entoura brusquement, puis on les enchaîna, car jamais les pirates algériens, en dépit de leur haine contre les chrétiens, ne tuaient pour le plaisir de tuer. De l'heure où ils étaient vaincus, ils se changeaient en une marchandise dont un compte rigoureux était dû au Pacha et aux représentants du pouvoir.

Le capitan du pirate barbaresque était un renégat hollandais. Fait prisonnier sur un navire de sa nation, manquant de courage pour subir le supplice de sa captivité, il avait pris le turban, et ravageait les mers avec une dangereuse audace.

Dès qu'il eut fait mettre aux fers les hommes d'équipage du *Nautile*, il visita le navire devenu sa conquête afin de constater la valeur de la prise.

Entendant, derrière la porte d'une cabine, un bruit de sanglots mêlés à des prières, il l'ouvrit brusquement, et se trouva en face de Mlle de Miniac. Les mains jointes, elle leva ses beaux yeux mouillés de larmes sur le renégat.

— Ayez pitié ! lui dit-elle, ayez pitié !

Elle ignorait si cet homme au visage froid et dur, dont les mains tenaient encore un cimeterre teint de sang, comprenait la langue française ; mais ce dont elle était certaine, c'est qu'apitoyé par son épouvante et sa douleur, il retrouverait quelques sentiments humains au fond de son âme.

— Ayez pitié ! nous ne sommes pas des ennemis, nous ! Si vous saviez ! j'allais à Alger afin de sauver mon père. Est-ce que vous auriez le courage de me faire vendre comme esclave, moi, et cette enfant qui m'a suivie, fidèle à son amitié comme à mon malheur... Grâce ! je suis à vos genoux, je vous prie, vous, un ennemi de ma race et de ma foi ! Au nom de mon père qui se meurt peut-être dans les cachots du Pacha, au nom de votre mère, de vos enfants, de votre femme ! — car vous aimez quelqu'un, vous avez aimé —, vous ne me laisserez pas pleurer à vos pieds sans trouver un mot de consolation à me dire.

Van Brook secoua la tête :

— Ce que vous me demandez est impossible, mademoiselle... Et, je vous le jure, si j'étais le maître de votre destinée, je vous rendrais la liberté... Vous m'avez parlé de ma mère qui m'adorait... de ma femme morte de chagrin à Harlem en apprenant que, fait prisonnier, je renonçais à ma foi pour sauvegarder ma vie... Je suis riche, et volontiers je renoncerais à la valeur de deux esclaves pour ne point vous voir pleurer...

— Vous êtes le capitaine du navire, s'écria Jocelyne, roi sur votre bord, maître de moi et de mes compagnons.

— Vous vous trompez, mademoiselle, je commande à mes matelots, rien de plus. De cette capture je n'aurai qu'une part, et le Pacha doit choisir avant moi... Tout ce que je pourrai faire sera d'essayer de vous demander pour ma récompense.

Elle secoua désespérément la tête.

— Mais, reprit-elle, vous possédez une chaloupe, des canots... Mettez-en un à la mer, nous y descendrons, Ganette et moi, nous fiant à la Providence.

— Chacun de mes hommes est un espion prêt à me dénoncer et à me vendre. Un renégat reste esclave, mademoiselle ; si je faisais ce que vous me demandez, il y irait de ma tête... J'ai payé cher le droit de la garder sur mes épaules. Vous m'inspirez une grande compassion, mais je ne puis rien! rien!

— Au moins, reprit-elle, laissez-moi dans cette cabine avec ma compagne; ne m'exposez pas aux insultes des matelots turcs.

Van Brook permit aux deux jeunes filles de rester dans leur étroit réduit.

Les derniers survivants des matelots du *Nautile* étant aux fers, le renégat laissa sur le navire malouin sept hommes de son propre équipage. Puis un câble de remorque lia le *Nautile* au bâtiment corsaire, qui prit immédiatement la route d'Alger.

Les deux jeunes filles tremblantes d'effroi demeuraient enlacées, pleurantes, apercevant seulement la mer par le hublot de leur cabine. Deux jours se passèrent de la sorte.

La troisième nuit un épouvantable orage éclata.

Le fracas du tonnerre, la lueur livide des éclairs traversant la cabine, le désordre qu'elles devinaient dans le petit équipage, tout concourait à les glacer d'effroi.

Elles eussent éprouvé des craintes encore plus grandes si la vérité leur eût été connue.

Sous l'effort de la tempête, le câble qui gardait le *Nautile* à la remorque du navire turc se rompit, et le brick gouverné par un capitaine inhabile, privé de boussole, et monté par de mauvais marins, s'en alla au hasard de la poussée croissante des vents. Plus de manœuvre possible; nulle connaissance de la côte. Un jour se passa pendant lequel le navire affolé courut sur une mer démontée; puis une nuit et un jour encore. Le bâtiment craquait dans sa membrure, fatigué, faisant eau.

Cependant, à l'aurore, le commandant conçut une espérance; le vent poussait le *Nautile* vers un petit golfe de la côte barbaresque. On jeta l'ancre, et deux matelots gagnant à la nage un port de pêcheurs se renseignèrent sur leur position.

Ils se trouvaient à cinquante lieues d'Alger.

Force fut de lever l'ancre et de reprendre sa route dans la direction de la cité qu'ils avaient dépassée.

On remit à la voile.

Mais le calme qui venait de succéder à l'orage n'était qu'un repos trompeur : la tempête sévit plus effrayante, plus terrible.

Les Turcs, découragés et se croyant perdus, secondèrent mal le commandant.

Celui-ci dut employer la menace afin de les forcer d'obéir.

Déjà ils répétaient leur formule fataliste, et se couchaient sur le pont afin d'y attendre tranquillement la mort, quand le capitaine du *Nautile*, s'armant d'un mousquet, menaça de briser la tête des insubordonnés.

On essaya d'alléger le bâtiment ; une partie du lest fut sacrifiée ; mais les derniers efforts des matelots maures et turcs demeurèrent stériles, le navire toucha sur un banc de roches et s'ouvrit avec un craquement épouvantable.

Les matelots se jetèrent à la mer, les uns sur une cage à poules, les autres tenant entre leurs bras un morceau d'épave ou un débris de planche, et ils se dirigèrent vers la côte.

Jocelyne et Ganette étaient demeurées assises dans un angle de la cabine, les fronts rapprochés, les mains enlacées. Elles priaient, attendant la mort. Cette mort, elles la jugeaient plus clémente que l'esclavage.

Au moment où le *Nautile* s'entr'ouvrit, elles crurent que c'en était fait, et qu'il s'abîmait dans les flots. Mais il n'en fut rien. Une roche aiguë, entrant comme un coin dans les flancs du navire, le cloua sur le banc de récifs, tandis qu'une voie d'eau pénétrant dans la cale y monta comme une marée.

D'un bond, Ganette fut sur pied.

Elle ouvrit la porte de la cabine et faillit être renversée par le flot qui la repoussa au fond.

— Jocelyne ! dit-elle, Jocelyne, nous n'avons pas le droit de mourir sans lutter pour conserver la vie.

·Mais Mlle de Miniac était loin de garder la force physique de Ganette. Tant de chagrins successifs, d'épreuves et de dangers la brisaient. Elle s'abandonnait, épuisée, au trépas qui venait au-devant d'elle.

Ganette la souleva :

— Du courage ! dit-elle en l'entraînant hors de la cabine submergée.

Elles avaient de l'eau jusqu'à mi-corps, et chaque minute qui s'écoulait haussait l'inondation dans les profondeurs du navire.

Un bras passé autour de la taille de son amie, Ganette la dirigea du côté de l'escalier, tournant les obstacles, repoussant les débris de toutes sortes que l'eau montante agitait avec fracas avant de les briser.

Enfin elles gagnèrent le pont ; là, un spectacle désolé frappa leurs regards. En face, une côte blanche de sable que dorait le soleil... plus loin, des tentes plantées à l'ombre de grands palmiers ; puis un village dont la blancheur crue s'enlevait sur le ciel d'un bleu intense.

Çà et là des groupes d'hommes, armés de cordes et de gaffes, attirant à eux les débris du *Nautile* que la vague leur apportait.

Les deux femmes se demandèrent si elles aussi ne seraient point considérées comme des épaves.

—Ganette! Ganette! s'écria Jocelyne, attendons la chute du jour avant d'essayer de gagner la côte. Si nous y abordons à cette heure, nous serons infailliblement faites prisonnières... en patientant, au contraire, une chance de salut nous reste... Nous savons de quel côté se trouve Alger... En suivant le littoral de la mer, nous serons certaines de ne nous point tromper de route... Nous marcherons jusqu'à ce que nous trouvions la ville... Hervé y a pénétré en échappant aux Turcs, Dieu nous protégera comme il l'a protégé.

—Quand viendra la nuit, répliqua Ganette, nous ne verrons plus les écueils.

— Mieux vaut s'y briser que devenir esclaves.

Ganette obéit.

Elles étendirent sur elles un lambeau de voile et demeurèrent sur le pont jusqu'au crépuscule.

Mais alors surgirent des difficultés dont Jocelyne ne se faisait pas idée avant d'essayer d'en triompher. Heureusement Ganette, inventive et robuste se mit à l'œuvre. A tout hasard, elle avait mis de côté un bout de filin qu'elle fixa au bordage du navire. Descendant ensuite la première sur l'écueil, elle s'y tint debout encourageant Jocelyne dans cette descente périlleuse.

Qu'elle lâchât la corde, et elle se broyait sur les roches.

Mais Jocelyne, meurtrissant ses mains, descendit avec lenteur, et se trouva dans les bras de Ganette au moment où elle abandonnait le câble.

La lune était dans son plein. Dans le village, sous les tentes, pas une lumière, pas un bruit. Les jeunes filles venaient seulement d'entrer dans la voie périlleuse qu'elles devaient parcourir. Il s'agissait d'abord de descendre un escalier de roches, ensuite de se jeter à la mer, et de nager jusqu'au rivage.

Elles se prirent les mains, Ganette passant d'abord, posant le pied dans des trous, cherchait les passages les moins difficiles; Jocelyne l'imitait, non moins courageuse, mais plus faible et plus tremblante.

Il leur fallut plus d'une heure pour descendre ces roches couvertes de fucus et de mousses sur lesquelles les pieds ne trouvaient aucune prise. Encore un degré, et toutes deux seraient au bas de ce banc sur lequel s'étaient déjà brisés tant de navires.

Enfin, devant elles est la mer miroitante sous les reflets de la lune ; elle semble, à cette heure, plus caressante que redoutable ; on dirait qu'elle les attire, qu'elle les aime, qu'elle veut doucement les bercer dans ses remous légers.

— Dieu nous garde ! fit Ganette.

Toutes deux, d'un même élan, tombèrent dans la mer et commencèrent à nager. Elles allaient lentement, d'un mouvement égal et sans hâte. Elles comprenaient la nécessité de ménager leurs forces. La terre se rapprochait ; les tentes et le village se faisaient plus distincts sous le parasol des palmiers.

Tout à coup Jocelyne poussa un cri terrible, cessa brusquement de nager et, sa main échappant à la main de Ganette, elle disparut.

Un débris d'épave, poussé par la vague, avait atteint la jeune fille au front. Ganette étendit les bras, plongea, saisit Jocelyne par ses vêtements et la ramena à la surface.

Ce fut avec une peine infinie, en soulevant un fardeau qui allait s'alourdissant, qu'elle se remit à nager vers la plage. L'atteindrait-elle ? Ses forces commençaient à s'épuiser. Il lui semblait que le corps frêle de Jocelyne pesait étrangement à ses bras lassés.

Plus d'une fois elle s'arrêta, terrifiée, se sentant menacée d'une crampe mortelle. Enfin, la vague aidant, elle aborda ; mais à peine avait-elle déposé son fardeau sur le sable qu'elle perdit à son tour le sentiment de l'existence.

Quand elle ouvrit les yeux le soleil était déjà haut à l'horizon, et un groupe d'hommes et de femmes, l'insulte aux lèvres, la curiosité dans les regards, se penchaient vers les naufragées.

Les fils du cheik rentrèrent à cheval. (*Voir page* 172.)

XV

LE DOUAR

Sur l'ordre d'un chef de tribu, la horde se précipita sur les naufragées avec des glapissements de joie. Les femmes s'emparèrent des vêtements des deux jeunes filles, leur abandonnant en échange

Les fils du cheik rentrèrent à cheval. (*Voir page* 172.)

XV

LE DOUAR

Sur l'ordre d'un chef de tribu, la horde se précipita sur les naufragées avec des glapissements de joie. Les femmes s'emparèrent des vêtements des deux jeunes filles, leur abandonnant en échange quelques lambeaux de laine grossière jetés sur un burnous. Mlle de Miniac et Ganette furent emportées, paralysées d'épouvante, au douar le plus proche.

Le village dans lequel elles se trouvaient comptait, outre ses tentes, une cinquantaine de maisons de grandeurs diverses, aménagées avec une simplicité rudimentaire; hommes, femmes, enfants, chiens et bestiaux y trouvaient, pêle-mêle, un abri.

Cette tribu se composait de montagnards révoltés contre le gouvernement de Baba-Hassan, vivant de rapines et menant une vie libre. Ils s'étaient donné un chef ayant sur eux une autorité absolue, et gardant droit de vie et de mort sur quiconque oserait se révolter contre son autorité. Le cheik continuait d'habiter la montagne. On devait lui rendre compte des expéditions, des captures; celui qui aurait profité d'un droit d'épave illicite devenait passible d'une peine plus ou moins sévère, suivant la valeur du larcin fait à la tribu tout entière.

Pendant qu'elles demeuraient confiées à la garde des femmes, les hommes retournèrent chercher des débris du *Nautile*. Pénétrant dans le navire qui semblait encloué sur le roc, ils fouillèrent dans les cabines, emportant les armes et les effets contenus dans le coffre du capitaine.

La plus vieille des femmes, habitant la tente dans laquelle couchaient Ganette et Jocelyne, chercha vers la fin du jour dans un amas de choses bizarres amoncelées dans un angle, en retira une corde tressée avec des poils de chameau, la coupa en deux, jeta l'un des bouts à une de ses compagnes, puis prépara un nœud coulant et s'avança vers les deux prisonnières.

D'un bond, chacune d'elles se précipita sur sa victime.

Mais la fièvre à laquelle Jocelyne se trouvait en proie, à la suite d'une profonde blessure reçue sur les récifs, lui rendit des forces factices; si Dieu l'appelait à lui, elle consentait à mourir, chrétiennement résignée; mais, cette fois, il s'agissait de se laisser assassiner lâchement, et l'instinct de la vie se réveilla soudainement en elle.

Quant à Ganette, dont le sang breton coulait rouge dans ses veines de paysanne, elle se leva d'un seul élan au moment où la plus jeune des femmes essaya de lui passer au cou le nœud coulant, et elle se défendit, répondant aux coups par des coups, aux cris par des cris plus aigus encore, appelant à l'aide, demandant secours à Dieu et aux hommes, espérant vaguement que les Kabyles n'avaient pas commandé ce meurtre aux deux misérables.

Ce fut en ce moment que les épaveurs pénétrèrent dans la tente.

Rapide comme la foudre, chacun tomba sur une des cruelles créatures, lui arracha la corde de poils de chameau, puis la lia au pieu soutenant le milieu de la tente. Dès qu'elles se trouvèrent hors d'état de nuire, ils portèrent à Jocelyne et à Ganette de l'eau fraîche, du couscous et des dattes, s'efforçant de leur faire comprendre qu'elles n'avaient plus rien à craindre. Leur colère se tourna tout entière contre les mégères, ils appelèrent leurs camarades, tinrent un rapide conciliabule, ensuite arrachant les vêtements couvrant les épaules de celles qui avaient tenté d'assassiner les naufragées, ils se servirent des cordes comme d'une lanière de fouet, et firent tomber une grêle de coups sur le dos des coupables. Elles se tordaient dans leurs liens, demandant grâce avec des cris et des larmes ; nul ne semblait les entendre ni ressentir de pitié.

Mais Ganette et Jocelyne, incapables de soutenir un tel spectacle, se traînèrent aux pieds des exécuteurs de cette justice sommaire, et demandèrent grâce avec une mimique si expressive, des supplications si éloquentes dans les yeux et dans l'attitude, que les hommes s'arrêtèrent, abandonnant les suppliciées à la pitié de leurs victimes.

Tandis que les hommes revenaient de la mer au douar, ils avaient réfléchi que, peut-être, le cheik ne leur pardonnerait point de garder ces prisonnières ; encore moins d'en faire la proie de leurs femmes. Comme esclaves elles gardaient une valeur. D'ailleurs, elles étaient belles, bien belles ! Sans doute, le caractère de cette beauté se trouvait différent de celui de leurs compagnes, mais elles pouvaient sembler d'autant plus précieuses au Maître.

En attendre une rançon était inutile ; il fallait donc, sous peine d'enfreindre les lois de la tribu, les conduire à la demeure du cheik.

On leur accorda deux jours de repos durant lesquels ni l'eau fraîche, ni le lait de chamelle, ni les dattes ne leur furent épargnés.

De plus, l'Ancienne de la tribu apporta une certaine quantité d'herbes qu'elle pila devant les deux jeunes filles, et en forma une compresse qui procura à Mlle de Miniac un soulagement instantané. La fièvre disparut, et lorsque les Kabyles parlèrent du départ, les deux jeunes filles ne s'effrayèrent pas trop et se mirent bravement en marche.

La tête de Jocelyne était bien faible, ses jambes lui refusaient parfois le service. Ganette alors, s'approchant de celui qui dirigeait la caravane, désignait d'un geste la voyageuse épuisée. On s'asseyait à l'ombre, partageant des provisions frugales. Ou bien les hommes fumaient, échangeant de rares paroles.

Depuis l'heure où Jocelyne et Ganette avaient intercédé pour leurs ennemies, ces hommes éprouvaient pour elles une sorte de respect. Évidemment, leur âme était d'une trempe supérieure, puisqu'au lieu de vouloir œil pour œil et dent pour dent, elles imploraient la grâce de leurs bourreaux.

Suivant sa résolution, Ganette s'efforçait d'apprendre quelques mots de la langue parlée par ses guides. Elle savait déjà demander du lait, du couscous, des dattes, les prier de s'arrêter, ajoutant le remercîment d'une parole à l'expression franche de son regard. Jocelyne ne daignait point parler avec ces mécréants, mais elle faisait son profit des leçons que lui répétait Ganette. En effet, chaque progrès accompli dans l'étude du langage des indigènes pouvait être un pas fait vers la liberté.

Les voyageurs mirent trois jours à gravir la montagne. Enfin un groupe de tentes leur apparut, et au milieu d'elles celle du cheik, reconnaissable à la bannière flottant à sa porte.

Le chef de la tribu pouvait être âgé de quarante ans. Il avait l'aspect imposant, le geste sobre et large, la voix sonore, presque douce. Il écouta sans répondre le récit que lui firent ses sujets, les reprit de n'avoir point assez veillé sur les prisonnières, déclara qu'il les gardait pour sa part de butin, et ordonna de servir un repas dont le mets principal fut un mouton servi sur un lit de riz cuit à l'eau.

Des esclaves s'occupèrent des jeunes filles. On leur indiqua une place réservée dans la tente où elles dormirent au milieu de la famille du cheik.

Rien ne paraissait décidé sur leur sort. Quand le jour se leva, désireuses de prouver leur adresse et leur bonne volonté, Jocelyne et Ganette se mirent au travail. La première s'occupa d'une demi-douzaine d'enfants grouillant dans la tente, Ganette alla puiser de l'eau au puits voisin. Rapidement, elle rangea une partie des objets amoncelés en désordre dans la partie de la tente réservée aux femmes, puis elle releva ses cheveux, et noua autour d'elle les haillons qui la couvraient, natta la chevelure blonde de Jocelyne, nettoya sa robe de deuil et attendit qu'on lui donnât des ordres.

Vers le milieu du jour, les fils du cheik, absents depuis deux jours, rentrèrent à cheval. Jamais la beauté de la race Kabyle ne parut plus éclatante que sur le front d'Abdallah, l'aîné. L'expression de son visage était calme, son attitude fière, ses yeux noirs lançaient des flammes; lorsqu'un sourire entr'ouvrait ses lèvres, cette physionomie précocement sévère s'éclairait d'une grâce infinie.

Ils reçurent d'abord les éloges du cheik, ceux de sa mère, des

femmes, des enfants ; ensuite ils écoutèrent le récit du naufrage du
Nautile, et de ce qui s'était passé au Douar des bords de la mer.

— Je t'ai réservé une part de butin, dit le cheik à Abdallah.
Cette jeune fille deviendra ton esclave. Elle entretiendra tes armes,
tissera tes vêtements, allumera ta chibouque ; désormais tu possèdes
tous les droits sur elle ; elle est ta chose et ton chien.

Les regards d'Abdallah, ces regards doux et fiers, se tournèrent
vers Mlle de Miniac, et ils exprimèrent plus d'admiration et de pitié
que ne l'eussent fait toutes ses paroles.

Mon esclave ! murmura-t-il, mon esclave, vous êtes généreux,
mon père.

Moins que tu n'es brave, Abdallah.

Deux jours plus tard, un des hommes habitant le versant de la
montagne, au sommet de laquelle se trouvait la tente du cheik, vint
trouver celui-ci et l'entretenir des mouvements qu'il remarquait
dans une tribu ennemie.

Le cheik le remercia, lui assura qu'il mettrait bon ordre aux tentatives de ces pillards, puis lui désignant Ganette :

— Emmène cette étrangère, dit-il, elle est à toi.

Le Kabyle s'avança vers Ganette et mit la main sur son épaule.
Il y avait à la fois de la violence et le sentiment d'une prise de possession dominatrice dans le geste de cet homme.

Il épouvanta tellement Ganette que celle-ci, se prosternant aux
pieds du cheik, lui demanda grâce. A la pensée d'être séparée de
Jocelyne elle se sentait faiblir, moins épouvantée de son propre sort
que de la tristesse de Mlle de Miniac. Que deviendrait celle-ci loin
de la courageuse enfant? Sans doute, Jocelyne conservait son énergie, cette énergie dont elle aurait besoin afin de poursuivre son
œuvre ; mais plus délicate de santé, le cœur déchiré par de succes-
sives angoisses, le corps meurtri des suites du naufrage, le front
saignant, que ferait-elle seule sous la tente? Avec qui parlerait-elle
des captifs dont le souvenir emplissait son cœur? du docteur de
Miniac dont l'âme se fermait à l'espérance, de Pierre de la Barbinais
qui criait son nom avec désespoir? Elle entrevoyait confusément des
périls ignorés, des dangers contre lesquels peut-être elle tenterait
vainement de lutter. Mieux valait la mort que cette séparation.

Jocelyne le comprit comme elle, Jocelyne qui venait elle aussi
d'être adjugée à un maître... Mlle de Miniac leva sur Abdallah des
yeux remplis de larmes et lui montra Ganette.

— Prenez-nous ensemble pour esclaves ! disaient les yeux noyés
de pleurs, les lèvres tremblantes.

Abdallah fit un pas vers son père. Sans doute, le cheik devina la pensée du jeune homme, car se tournant vers le Kabyle :

— J'ai dit, emmène-là.

Abdallah recula. La parole de son père équivalait au plus impérieux des ordres.

Le Kabyle saisit un des bras de Ganette.

Un mouvement irrésistible de celle-ci l'arracha à l'étreinte de son nouveau maître.

— Sauvez-moi! fit-elle en s'abattant sur la poitrine de Mlle de Miniac.

— Hélas! répondit celle-ci, tout ce que nous ferions à cette heure ajouterait à notre misère; résignons-nous, Ganette... Dieu nous garde au désert comme il veillait sur nous dans la patrie... Je ne sais pourquoi il me semble qu'on me traitera ici avec bonté.... Dès qu'il me sera possible de demander ton retour, tu reviendras, Ganette... Reste Bretonne et chrétienne au fond de l'âme, la Providence fera le reste...

Une dernière fois le Kabyle saisit le bras de la sœur de lait de Mlle de Miniac, l'arracha à un embrassement suprême, et quitta la tente du cheik en répétant :

— Allah!

Jocelyne cacha son front dans ses mains et fondit en larmes.

— Père, dit Abdallah au cheik, je ne saurais voir pleurer une femme.

Un étrange sourire plissa les lèvres du cheik.

— Tu es jeune, fit-il; plus tard tu comprendras que les femmes sont des oiseaux charmants, mais légers, infidèles au toit qui les abrite, ingrats pour la main qui les nourrit... Traite cette étrangère en esclave; elle se révoltera d'abord, et ne tardera point à s'assouplir...

Il ajouta, après un moment de silence pendant lequel le nouveau maître de Jocelyne attacha sur elle des regards empreints de pitié :

— Emmène-la.

Jocelyne comprit ce mot, se leva avec lenteur, et voyant Abdallah se diriger vers la partie de la tente habitée par les femmes, elle le suivit.

Lorsqu'il la vit si docile, si triste et si belle, il s'efforça de la rassurer.

S'adressant à sa mère il lui apprit que, désormais, l'étrangère lui appartenait. Il la pria d'accoutumer la jeune fille à un facile labeur. Elle fut chargée du soin des armes d'Abdallah, de certains travaux d'intérieur. La mère promit, en outre, de lui apprendre à tisser les vêtements que portaient les hommes de la tribu.

Sobéia chérissait passionnément son fils. Comprenant aux recommandations du jeune homme que cette enfant lui inspirait un vif intérêt, elle traita Jocelyne avec douceur, lava elle-même sa blessure, la dispensa pour le reste du jour de toute besogne, et se mit à sourire quand son fils lui répéta :

— N'est-ce pas qu'elle est belle, bien belle, la jeune étrangère?

Sobéia cracha à terre en signe de mépris :

— Fille de chrétiens! dit-elle.

Abdallah s'éloigna et n'osa plus rentrer dans la tente; mais, le soir, quand s'allumèrent les premières étoiles, il prit sa guzla et se mit à chanter.

De ce qu'il improvisait ainsi, Jocelyne ne comprenait pas le sens d'une façon absolue; mais le jeune homme devinait que cette mélopée, triste et tendre, tombant à la fois de ses lèvres et de son cœur, devait soulager la douleur de la naufragée.

Elle tomba dans un lourd sommeil absorbant avant qu'Abdallah eût cessé de chanter.

Dès le lendemain Jocelyne se mit à la besogne, aidant à Sobéia, s'occupant des enfants, demandant qu'on lui enseignât à filer et tisser la laine.

Au sommet de cette montagne, la tribu était loin de garder la rigidité des Turcs d'Alger par rapport aux femmes. Celles-ci restaient devant les hommes le visage découvert, et les besoins de l'existence les rapprochaient fréquemment. Abdallah put donc, chaque jour, rencontrer Mlle de Miniac.

Son père lui avait répété : — « Voilà ton esclave, je te la donne! » — Et cependant Abdallah sentait qu'une créature aussi supérieure ne pourrait jamais lui être soumise.

Il n'essaya même pas de lui imposer son joug; les services qu'elle lui rendit parurent toujours volontaires. Comprenant qu'elle apportait un grand soin à le satisfaire et s'efforçait d'apprendre la langue qu'il parlait, il lui en donna des leçons, irrégulières mais fréquentes. Elle écoutait, attentive et docile, s'appliquant à retenir les mots, à s'approprier les tournures de cette langue faite d'imagination et de poésie. Si son cœur n'eût été rempli de la pensée de son père, du souvenir de Pierre de la Barbinais, de l'inquiétude où elle était sur le sort de Ganelte, cette captivité serait devenue supportable.

Cette vie sur la montagne, à l'abri des tentes, au sein d'une nature vigoureuse et charmante à la fois; la nouveauté des paysages, la beauté des fleurs aux parfums violents, aux couleurs ardentes, le gazouillement des sources s'éparpillant sur les herbes, tout jusqu'aux habitants de ce Douar.paissant leurs troupeaux, drapés dans des manteaux blancs, appuyés sur des bâtons recourbés, comme des pasteurs de la Bible ou des rois des anciens jours; tout aurait contribué à lui faire prendre son épreuve en patience. Il n'était point jusqu'à la guzla dont les sons lui arrivaient plus doux à la chute du jour qui ne l'attendrît et ne la consolât. Sans doute, elle ne comprenait point toute la chanson d'Abdallah, mais il parlait de roses mourantes, de rossignols penchés sur la tige de l'arbuste, enchantant l'agonie de la fleur, ou bien encore des jeunes vierges silencieuses qui passent comme des ombres, ignorantes du trouble qu'elles jettent dans les âmes.

La plus grande distraction de Jocelyne était de jouer avec les sœurs d'Abdallah; l'aînée comptait douze ans; la plus petite hésitait encore en marchant sur ses pieds roses. D'abord elles s'étaient défiées; farouches, et dérobant leurs visages sous leurs chevelures noires, elles fuyaient l'étrangère. Lentement cependant, attirées par sa beauté, par l'art avec lequel Jocelyne leur tressait des couronnes; l'adresse dont elle faisait preuve, en créant pour elles des costumes enfantins, elles s'approchèrent, le regard en dessous, les doigts aux lèvres, rougissantes. La plus petite se montra la plus brave et, de l'heure où elle s'endormit dans les bras de Jocelyne, elle l'aima.

Sobéia leur mère s'effraya de cette tendresse; nature despotique et jalouse, elle se demanda si cette fille aux cheveux blonds n'allait point lui enlever une part du cœur de ses enfants.

Déjà elle surveillait Abdallah, s'étonnant de le voir moins avide de chasses dangereuses et de combats sanglants. Elle tenta même de l'en railler; mais sous la tente le rôle des mères n'a point la grandeur que nous lui gardons. La mère reste femme, c'est-à-dire soumise. Sobéia, aimée de son mari à qui elle avait donné une nombreuse famille, respectée par son fils Abdallah, ne devait cependant pas, elle le savait, abuser de sa puissance. Sans que le jeune homme l'avouât à personne, et peut-être se l'avouât à lui-même, la prisonnière prenait sur lui un empire inconscient. Il s'abandonnait au charme de cette grâce plaintive, de cette tristesse mêlée de sérénité. Il devinait que ce cœur enfermait des trésors de pureté, de dévouement inconnus aux femmes de sa tribu. Il aimait jusqu'à son costume de deuil, dont elle s'efforçait de prolonger la durée. L'austérité des plis droits de sa robe noire, de son corsage chaste moulant un buste virginal lui paraissait préférable aux toilettes que revêtaient parfois les femmes de sa tribu. Ces brocards, ces gazes de soie brochées d'or, ces krals-krals d'argent sonnant aux chevilles, ces pièces de monnaie tintant sur le front, ces colliers descendant sur les découpures du corsage, tout ce qu'il estimait jadis l'élément de la coquetterie féminine lui paraissait misérable. Et pourtant il se demandait parfois si la beauté de Jocelyne ne serait point doublée par les splendeurs d'une toilette orientale.

Ne semblerait-elle point mieux à lui, cette esclave, si elle portait le costume des femmes de sa nation?

Fantaisie ou premier besoin d'établir sa puissance sur la naufragée, Abdallah, après une absence de deux jours, revint à la montagne, et jeta aux pieds de Jocelyne un coffre de nacre débordant de merveilles.

La jeune fille secoua tristement la tête.

— Cela t'humilierait de porter un costume pareil à celui des femmes qui t'entourent?

En hésitant, en cherchant les mots, car elle ne pouvait encore s'expliquer aisément, Jocelyne lui répondit :

— Dieu te laisse ta mère... j'ai perdu la mienne... Ton père, l'illustre cheik, commande à une nombreuse tribu... Le mien, jeté dans les cachots du Pacha d'Alger, subit une dure servitude... Tout ce qui me reste du passé est cette robe de deuil qui chaque jour tombe en lambeaux, laisse-la moi...

— Qu'il soit fait suivant ton vouloir, répondit-il.

Craignant de l'avoir blessé, elle ajouta:

— J'accepte tes présents pour les distribuer à tes sœurs.

Elle appela les mignonnes créatures, les drapa dans les étoffes soyeuses, les coiffa de séquins, glissa leurs pieds mignons dans les krals-krals au bruit argentin, et garda la plus petite pelotonnée sur ses genoux.

— Ma tribu est ennemie du Pacha d'Alger, dit Abdallah.

— Serais-tu assez fort pour lui ravir mon père?

— Non, répondit-il, en accompagnant d'un geste de colère l'aveu de son impuissance, non!

Elle retomba dans sa tristesse et lui dans ses rêves.

Cependant ses songes en se prolongeant devinrent douloureux; son caractère changea. Sans raison, il quitta la tente et demeura absent plusieurs jours.

— Qu'as-tu fait dans la montagne? lui demanda le cheik lorsqu'il revint.

— J'ai chassé, répondit le jeune homme.

Le chef secoua la tête.

Chassé! et il revenait sans butin, sans quelques-unes de ces peaux de lion à griffes d'or ou de fourrures de panthère dessinant de larges roses noires sur un ton fauve, ou de dépouilles de tigres rayées d'une façon superbe, et qu'il jetait en travers de son cheval quand il courait à toute bride dans l'ardeur de la fantasia.

Abdallah comprit, au regard et au geste de son père, que celui-ci ne le croyait point. La rougeur lui monta au front; mais il s'éloigna en baissant la tête.

Il souffrait, cependant; cette souffrance s'accentuait chaque jour davantage. Il la disait sur sa guzla durant les nuits claires d'étoiles; mais ce secret ne passait point encore ses lèvres.

Sobéia le lui arracha.

— Pourquoi te taire? lui demanda-t-elle un jour. Est-il quelque chose que ton père ou moi nous puissions te refuser? Veux-tu à ton tour dresser une tente et y conduire une jeune femme?

— Jocelyne! Jocelyne! balbutia le malheureux.

— Quoi! ton esclave?

— Oui, cette fille d'une autre race, d'une autre religion; cette enfant en deuil qui me parle à peine, dont l'esprit est loin du mien, dont le cœur appartient à un vieillard prisonnier du Pacha d'Alger... c'est elle et non pas une autre que je veux pour compagne.

— Tu es son maître! répondit laconiquement Sobéia. Ne sera-t-elle point par trop heureuse de passer du rang d'esclave à celui de compagne de ta vie? Parle-lui. Tu es jeune, riche et beau, elle t'aimera...

Un faible sourire erra sur les lèvres du jeune homme. Cependant, le conseil de sa mère était le seul capable de lui rendre le repos. Le jour même, trouvant Jocelyne assise à l'ombre d'un buisson en fleur, il s'approcha d'elle, et lentement, doucement, avec des tremblements dans la voix et des larmes au bord des cils, il lui raconta comment, depuis une année qu'elle habitait la montagne, il l'avait élue dans son cœur, ne voyant qu'elle, l'aimant d'une façon unique. Son âme trop pleine déborda, il fut persuasif parce qu'il était sincère.

Jocelyne lui prit la main.

— Veux-tu être mon frère? lui demanda-t-elle. Je ne saurais t'offrir que ce titre... Les filles de mon culte et de ma nation n'acceptent point un époux que leur père n'a point choisi. Tu sais dans quel abîme de douleurs est plongé le mien : je ne saurais disposer de moi sans sa volonté!

— Tu veux donc que je meure? demanda Abdallah.

— Je veux que tu vives et que tu acceptes mon amitié.

— Penses-tu qu'elle puisse me suffire... Non! ce n'est point cela! Tu m'as en horreur et en haine, parce que tu te sais esclave; et cependant, je te jure, c'est moi qui suis le véritable captif... J'ai tenté de te fuir, et je suis revenu... Peut-être ne crois-tu pas à ma tendresse... S'il en est ainsi, essaie de ton pouvoir... Soumets-moi à toutes les épreuves, j'en sortirai victorieux...

— Tu me le jures?

— Par Allah!

— Je préfère un autre serment.

— Par toi-même alors! toi qui, quoi que tu veuilles, ô fleur de ma vie! feras de moi l'esclave de ton vouloir.

— J'avais une amie, reprit Jocelyne; une sœur plus humble qui m'aimait avec un entier dévouement... Ensemble nous sommes venues de France; elle me sauva la vie durant le naufrage du *Nautile*... Ton père nous a séparées... Rends-moi ma compagne, et j'en aurai une reconnaissance infinie.

— Il suffira que tu me dises : Merci.

Le lendemain Abdallah partit.

Il demeura quatre jours en route, et revint à la tente sur son beau cheval arabe, portant en croupe une femme enveloppée d'un grand voile blanc. Elle sauta rapidement à terre, rejeta ses voiles et, courant à la tente, elle tomba dans les bras de Jocelyne.

— Ganette! s'écria celle-ci.

L'étreinte fut longue; quand les deux jeunes filles se séparèrent, Abdallah, debout sur le seuil, les regardait encore.

— Merci, frère! dit Jocelyne en lui tendant la main.

Il plia le genou et y posa les lèvres.

Ganette n'eut pas trop de toute la nuit pour raconter ce qu'elle avait souffert; et quand le jour se leva, accoudée sur la couche qu'elle partageait avec Jocelyne, elle lui parlait encore du fils du cheik.

— Il m'est apparu comme un ange sauveur, Jocelyne! Son premier mot a été : — Jocelyne vous pleure, j'obéis à Jocelyne. — Qu'a-t-il dit à mon maître, ou plutôt combien lui a-t-il donné? je l'ignore; mais celui-ci, après avoir longtemps discuté, marchandé, lui a permis de m'emmener... Si j'avais voulu, Jocelyne, je serais aujourd'hui reine sous une tente... Mais je vous retrouve, je suis heureuse! Vous êtes une sainte d'avoir songé à moi... Nous serons fortes toutes deux pour supporter ce que l'avenir nous réserve...

— Oui, répondit Jocelyne, ton retour est pour moi un grand adoucissement à mes peines.

Alors elle lui parla à cœur ouvert, racontant quelle involontaire passion elle avait allumée dans l'âme d'Abdallah.

— Je ne redoute rien de lui, ajouta-t-elle, c'est un grand et noble cœur ; mais quelles que soient sa religion et sa race, il m'en coûte cruellement de le faire souffrir. Cet amour, j'en ai le pressentiment, se terminera d'une façon fatale... pour lui ou pour moi? Dieu le sait ! Mais je garde dans sa bonté une confiance absolue, et, j'en suis sûre, il me fera triompher de cette dernière épreuve.

— Haïssez-vous Abdallah? reprit Ganette.

— Le haïr? lui ! A mesure que j'apprends à connaître davantage cette intelligence active, cette âme noble ouverte à tous les bons sentiments, je me prends à regretter davantage qu'un abîme nous sépare... Non pas que mon cœur se penche de ce côté; tu me connais trop, Ganette, pour me croire capable d'oublier Pierre, mais en retour des bontés d'Abdallah, je voudrais lui donner la lumière de la foi, le rendre véritablement mon frère devant Dieu.

— Peut-être accomplirez-vous ce miracle, Jocelyne.

— Je redoute plutôt de plonger Abdallah dans le désespoir.

Les jours, les semaines se passèrent sans amener aucun changement dans la situation du fils du cheik et de sa compagne.

Le chef de la tribu kabyle commençait à s'effrayer de la morne douleur dans laquelle il voyait tomber son fils; Sobéia, qui pendant quelque temps s'était adoucie, prit de nouveau Jocelyne en haine, l'accusant du malheur de son fils bien-aimé. La tristesse régna dans la tente où la guzla d'Abdallah resta muette; l'expression du visage du jeune homme devint tragique; on voyait qu'il approchait d'une crise désespérée.

Un jour, trouvant Jocelyne seule dans la tente, à demi fou, le cœur gonflé, des sanglots étranglant les mots dans sa gorge, il lui offrit non plus de l'épouser suivant la coutume des Kabyles, mais de la prendre pour femme unique, pour maîtresse souveraine de sa vie et de sa maison. D'esclave, il la faisait libre; plus que libre, presque reine! d'un peuple sauvage à la vérité, mais d'un peuple brave et fidèle. Il se traîna à ses pieds, pria les mains jointes, les yeux noyés de pleurs...

Elle le regarda avec une compassion infinie, et répéta :

— Jamais! jamais!

Il bondit sur ses pieds, pris de folie, et courut à travers la montagne comme un insensé.

Celle-ci brandit une lanière de cuir. (*Voir page* 189.)

XVI

LA HAINE DE SOBÉIA

Abdallah fut longtemps sans reparaître.

Dans son désespoir, il lui semblait qu'à gravir les montagnes bleuâtres, dont les croupes lui apparaissaient à l'horizon, lui appor-

Celle-ci brandit une lanière de cuir. (*Voir page* 189.)

XVI

LA HAINE DE SOBÉIA

Abdallah fut longtemps sans reparaître.

Dans son désespoir, il lui semblait qu'à gravir les montagnes Bleuâtres, dont les croupes lui apparaissaient à l'horizon, lui appor-

terait quelque soulagement en lui procurant la? salutaire fatigue
qui rompt les membres, appelle le sommeil, procure le repos.

Il se jeta donc dans les profondeurs du pays, allant sans but, au
devant de lui, sans bien se rendre compte des lieux qu'il parcourait
ni de la distance franchie.

Tantôt des rocs calcinés se dressaient de chaque côté du
sentier, tantôt des abîmes de verdure coulaient jusqu'au fond
d'étroites vallées au milieu desquelles miroitaient des cours d'eau.

Rien n'arrêtait son regard, n'attirait son attention. Le rugissement du lion dans le lointain ne parvenait pas même à éveiller
sa pensée sur un danger prochain. Il allait toujours devant lui
comme un fou.

Pendant une semaine, Abdallah erra ainsi de la croupe des collines
à la profondeur des vallées ; arrachant quelques dattes aux arbres,
buvant l'eau de la source, se complaisant dans sa douleur, la criant,
comme ferait un aigle blessé. Il dormait sur les pentes vertes, à
l'abri des rocs, sans se soucier de voir luire devant lui des prunelles
de fauves, sans se préoccuper d'être réveillé par le rauquement
d'une panthère ou le rugissement d'un lion. Il sortait de la torpeur
d'un lourd sommeil, quand il vit assis à ses côtés un vieillard, à
barbe blanche, à longs cheveux de neige tombant sur une méchante
draperie trouée en maint endroit, laissant voir par les déchirures sa
peau parcheminée collée sur des os de squelette. Ce corps amaigri
par le jeûne, ce visage émacié attiraient la sympathie. Le jeune
homme comprit que l'homme qui veillait à ses côtés attendant qu'Abdallah ouvrît les yeux était un sage, un lettré, un de ces hommes
que les Kabyles considèrent comme des saints et qu'ils appellent
Marabouts.

Sidi-Salem posa sur le bras du jeune homme sa main desséchée.

— Viens dans ma cabane, dit-il ; elle est pauvre, mais hospitalière.

Abdallah le suivit.

Il ne s'était point trompé. Sidi-Salem vivait depuis soixante-dix
ans dans la montagne, priant, méditant, offrant la moitié des fruits
et des racines qu'il récoltait aux rares voyageurs passant à portée
de son ermitage. Subitement, en pleine jeunesse, frappé du peu que
valent les objets de la convoitise des hommes, il avait repoussé
l'ambition, la fortune, rendu la liberté à ses esclaves, et quitté la
ville d'Alger, s'enfonçant au hasard dans la solitude. Sa marche
aventureuse le conduisit sur la colline couverte de dattiers ; des
troncs d'arbres creusés par l'âge, solides encore et fortement bran-
chés lui servirent à étayer sa cabane. Un entrelacement de rameaux

en forma le toit, il tressa une barrière légère, amassa des feuilles pour sa couche, choisit trois pierres pour son foyer, et trouva que ce peu suffisait à sa vie. Jamais il ne regretta la société des hommes qu'il avait fuis. Quand il en vit quelques-uns, c'étaient pour la plupart des bergers ou des conducteurs de caravanes, échangeant de tribus en tribus les produits de l'industrie. Rencontrer un Kabyle jeune, instruit, riche comme Abdallah, lui semblait un miracle. Sidi-Salem comprit vite le genre de souffrance d'Abdallah. Il écouta ses confidences avec une indulgente bonté.

— Mon fils, lui dit-il, cette Étrangère n'a ni la même patrie ni la même croyance que toi. Je sais qu'un grand nombre de saints du Sahel te diraient de la fuir, parce qu'elle ne croit point au prophète de Dieu. J'ai connu des chrétiens, ils m'ont fourni l'occasion de les admirer. Je ne t'ordonnerai donc point de broyer ton cœur, et d'en bannir la pensée de Jocelyne. Cette vierge française est belle, exilée, malheureuse ; elle repousse en toi non point le jeune homme qui l'aime, et la ferait tout ensemble opulente et fière, mais l'ennemi de sa foi... Promets-lui de profiter de la première occasion qui te sera offerte pour l'initier à son culte et le comparer avec le tien. Je regarde Aïssa comme un prophète sinon comme un Dieu, et j'honore sa mère Miriam. Ceux qui s'intitulent les vrais croyants m'écraseraient sous les débris de ma cabane ou me lapideraient avec les pierres du torrent s'ils m'entendaient parler ainsi de la religion des chrétiens. Elle est belle et sainte, cependant... Parle dans ce sens à cette jeune fille, peut-être toucheras-tu son cœur...

A l'étonnement que ressentit Abdallah en entendant de semblables conseils sortir de la bouche du Marabout succéda une profonde reconnaissance. Il voulut croire que le saint du désert venait de trouver le moyen de gagner à jamais l'âme de Jocelyne. Aussi, après avoir goûté durant trois jours l'hospitalité de Sidi-Salem, reprit-il le chemin du douar, l'âme rassérénée et paisible.

Depuis son départ, Sobéia, en proie à une cruelle angoisse, en faisait retomber le poids sur Jocelyne. Elle connaissait la demande du jeune homme et le refus de sa captive. Dévorée par l'inquiétude, elle passait une partie de ses journées errant dans la montagne, cherchant, fouillant, appelant celui qui ne revenait pas. Quand elle rentrait, brisée de corps et d'âme, la colère faisait monter l'injure à ses lèvres. Elle accablait Jocelyne d'insultes et de menaces, lui redemandait son fils en levant sur elle ses poings fermés ou la houlette d'un pasteur. Elle ne frappait cependant pas, retenue par une suprême espérance, et sachant bien que jamais Abdallah ne lui pardonnerait une brutalité à l'égard de celle dont il faisait l'objet d'un culte et le but de sa vie.

Ni Ganette ni Jocelyne ne savaient que faire et que répondre pour adoucir la fureur concentrée de Sobéia. Couchées sur une natte, n'osant toucher à la nourriture déposée auprès d'elles, elles se tenaient silencieusement accroupies, mornes et résignées. A peine prenaient-elles un peu d'eau pour apaiser la fièvre d'épouvante qui s'emparait d'elles. Évidemment, l'orage s'accumulait sur leurs têtes ; il ne tarderait pas d'éclater et serait d'autant plus terrible qu'il aurait mis plus de temps à s'amasser.

Les enfants devenaient tristes ; Jocelyne s'alarmait ; le cheik, arraché à ses préoccupations de famille par de graves nouvelles, sentait, lui aussi, grandir son chagrin, quand brusquement, au milieu d'une belle journée, Abdallah amaigri et pâle parut à l'entrée de la tente.

La mère tomba sur les genoux.

— Oh ! fleur de mon sang ! dit-elle, j'ai cru ne jamais te revoir !

Il la releva tendrement, puis ses yeux fouillèrent la tente.

— Tu cherches l'Étrangère ?

— Je cherche celle que j'aime, répondit-il simplement.

Sobéia étendit le bras et lui montra Jocelyne assise sous un figuier. Elle berçait doucement dans ses bras la petite sœur d'Abdallah, et lui faisait un récit étrange dans lequel passaient des fées, des rossignols et des princesses changées en fleurs. L'enfant, les yeux grands ouverts, écoutait, souriante.

Jocelyne n'entendit point les pas d'Abdallah, mais elle tressaillit à sa voix.

— Dieu soit béni ! vous revenez !

— Avez-vous regretté mon absence ?

— Amèrement, répondit-elle.

— Et cependant vous ne m'aimez pas !

— La tendresse que vous m'inspirez est mêlée de pitié et d'admiration. Quand je vous vois si respectueux, si bon pour une infortunée, je ne puis m'empêcher d'être touchée par vos vertus, et de demander à mon Dieu que par un de ses miracles, qu'il tient en réserve dans les trésors de sa miséricorde, vos qualités morales se changent en vertus chrétiennes !

— Écoute, reprit-il, ce que tu demandes à ton Dieu peut se réaliser... Allah a permis qu'un sage Marabout se trouvât sur ma route... Il a lu dans mon cœur... Connaissant ta religion, il m'a répété que Sidi-Aïssa et Miriam avaient droit à mon culte... Reçois donc le

serment que je te fais de te laisser pratiquer ta foi, et d'apprendre
de toi si je dois renoncer à la mienne... Je n'aurai que toi pour compagne et pour amie. Si tu ne me juges pas assez riche, je conquerrai
des trésors. Ne me refuse pas ! reste chrétienne, et le front sous tes
pieds, je te jure de me faire chrétien si tu m'aimes !

Jocelyne secoua la tête.

— Ah ! s'écria-t-il, tu mentais donc en affirmant que je ne te
suis pas odieux.

Elle tenta vainement de lui faire comprendre quel genre d'amitié
tendre et reconnaissante elle ressentait pour lui ; l'enfant du désert
refusa de la croire. Il l'accusa de duplicité, la menaça de la traiter
en esclave révoltée puisqu'elle repoussait son obéissance et ses
sacrifices, et la quitta la tête en feu, mille fois plus malheureux
encore qu'avant son départ.

Au moment où il regagnait la tente, le cheik lui saisit la main.

— Viens ! dit-il.

Le père eût regardé comme indigne de lui de questionner son fils.
Il ne jugeait point certaines choses de la même façon qu'Abdallah.
Sobéia connaissait le poids du joug pesant sur elle ; pour le cheik,
toute femme restait marquée d'un sceau d'infériorité. Sans doute, il
était ordinairement doux et indulgent, mais si Sobéia avait tenté de
résister à un de ses ordres elle n'eût point tardé à s'en repentir.

— Mon fils, dit-il, les Bédouins pillards dévastent en ce moment
une partie de nos tribus. Les messagers de divers douars sont venus
ici me dénoncer le vol de leurs troupeaux. On a tué des femmes,
brisé le crâne de jeunes enfants, enlevé des troupeaux de chameaux
et de moutons. Il est temps de mettre un terme à ces abominations.
Lève une petite armée de jeunes hommes, poursuis les voleurs, et
reviens sous la tente paternelle, quand tu pourras me dire que ces
misérables sont châtiés.

— Vous serez obéi, mon père, répondit le jeune homme.

Rejoignant alors Sobéia qu'il trouva occupée des préparatifs du
repas du soir, il lui annonça son prochain départ et, sans s'adresser
d'une façon directe à Jocelyne, il ajouta qu'il avait besoin de ses
armes.

Celle-ci alla les prendre au râtelier. Elles étaient belles, luisantes,
et vraiment faites pour un brave.

Effrayée de l'expression de douleur reflétée par le visage d'Abdallah, Mlle de Miniac lui dit à voix basse :

— Faites votre devoir, mais ne cherchez pas la mort.

Il répondit par un geste signifiant : « Que vous importe ! » et s'éloigna, afin d'aller recruter des guerriers pour l'expédition projetée.

Au bout de trois jours tout était prêt.

Au moment où Abdallah se mettait en selle, Sobéia baisa son étrier, et lui dit :

— Ne te désole point, fils de mon âme! Par l'amour que j'ai pour toi, je jure qu'à ton retour tu trouveras l'esclave docile.

Jocelyne, en le voyant s'éloigner, leva la main et traça dans l'air un signe de croix. Il prit ce geste pour une bénédiction.

Sobéia s'était bien gardée de révéler à son fils par quels moyens elle entendait réduire Jocelyne à l'obéissance. Depuis que l'infortunée habitait les tentes, la haine de la femme du cheik augmentait. Elle accusait Jocelyne d'avoir jeté à son fils un sort mauvais, d'en avoir fait la proie de quelque génie malfaisant.

Tant qu'elle crut possible de l'attendrir, de la gagner, elle se contraignit, imposant silence à sa jalousie maternelle par tendresse pour le fils que sa passion troublait jusqu'à la folie... D'ailleurs, en présence d'Abdallah que pouvait-elle? Ne l'aurait-il point sans fin défendue, même contre elle? Sobéia gardait conscience de son impuissance et s'abstenait de maltraiter la jeune fille. D'ailleurs, elle mettait sur le compte d'une puissante idée religieuse le refus qu'elle faisait d'épouser Abdallah. Mais depuis le retour de son fils, depuis qu'elle avait eu l'adresse de lui arracher l'une après l'autre ses confidences, elle connaissait les conseils du saint du Sahel, et savait que son fils eût renié le Prophète plutôt que de renoncer à Jocelyne.

Son indignation fut grande. Le fanatisme musulman activa davantage sa haine contre Mlle de Miniac.

Il ne s'agissait plus de rendre celle-ci infidèle à sa foi, c'est Abdallah qui offrait de devenir renégat au fond de l'âme! C'est Abdallah qui déshonorerait sa famille et sa tribu pour cette fille aux cheveux blonds qui lui tournait la tête. S'était-il assez humilié devant l'Étrangère que les flots jetèrent à la côte comme une dernière épave! Que de larmes mal dissimulées dont ses paupières restaient rouges! Quels cris de douleur sans cause apparente, de courses sans but dans la montagne. On eût dit qu'il jetait aux lions le défi de le dévorer. Il ne caressait plus ses petites sœurs; il restait distrait près de sa mère. Mais tout cela allait changer. L'Étrangère, fille de giaours, apprendrait que les fidèles adorateurs d'Allah les méprisent plus que leurs chiens. Ah! il ne suffisait point à la fille franque d'être épousée, elle ressentait de l'horreur pour ceux à qui elle devait de vivre encore...

Sobéia comprit que le premier coup à frapper était de séparer de nouveau Ganelle de Jocelyne. Puisque la révoltée avait daigné sup-

plier Abdallah de lui rendre son amie, elle lui tenait grandement
au cœur. Ganette appelée par Sobéia hors de la tente, n'y reparut
plus. Lorsque Jocelyne en demanda la raison, la femme du cheik se
contenta de répondre :

— L'esclave est occupée au loin.

Ce n'était que le commencement d'une persécution cruelle avec la
double pensée de venger son fils et de soumettre Jocelyne à sa volonté. La femme du cheik devint pour la captive un véritable bourreau.

On jeta Jocelyne dans une sorte de trou noir bâti avec des pierres
du torrent. Profitant de son sommeil, Sobéia lui retira ses vêtements
comme si, avec eux, elle espérait lui faire dépouiller sa résolution.

Elle n'eut plus pour se couvrir qu'un lambeau de couverture. On
lui abandonna d'une main avare des aliments qu'eussent dédaignés
les chiens de chasse d'Abdallah.

Durant les premiers jours, Jocelyne garda le silence; mais affamée,
demi nue, elle se demanda si cette mère n'était point capable de la
tuer afin de la châtier de ses dédains.

— Que vous ai-je donc fait? dit-elle en se traînant devant Sobéia.

— Tu n'aimes pas mon fils! répondit celle-ci.

— Je connais ses qualités, je les admire; il est doux et bon, jamais
il ne m'eût punie de mes refus comme vous le faites.

— Tu seras sa femme! Tu consentiras à dormir sous sa tente, ou
tu mourras désespérée dans l'abandon et les supplices. Oh! ne crois
point que je te souhaite pour fille! Je désirais pour bru une fille d'A-
frique dont jamais un homme n'aurait vu le visage... Une musulmane persuadée que son mari est son maître, et non une étrangère
qui le laisse sans pitié devant elle le front dans la poussière. Fille
de l'ange du Mal! cœur de tigresse! tu as changé mon enfant! Ce
n'est plus le guerrier qu'admiraient les jeunes hommes de la tribu,
que les pères citaient pour exemple. Est-il capable de diriger une
troupe de Kabyles, celui qui ne commande pas à sa folie? Oh! je te
voudrais morte! Morte, entends-tu bien! S'il ne s'agissait que de te
tuer, j'aurais vite cueilli des herbes qui feraient de toi un cadavre
avant ce soir... Mais Abdallah te pleurerait, et je ne veux pas voir
pleurer Abdallah... Et puis, tu ne souffrirais pas assez, sorcière aux
yeux bleus! Au milieu d'une lente agonie, tu auras le temps de réfléchir; la crainte de la mort te décidera peut-être... Car enfin tu es
jeune, bien jeune...

— Faites de moi ce que vous voudrez, je ne serai jamais la femme
de votre fils... Ayez pitié... Tenez, je ne lui ai point avoué ces cho-

ses, dans la crainte de redoubler sa peine... Vous êtes femme, vous
me comprendrez mieux... Dans mon pays, ma mère a disposé de
ma main et de ma vie... fiancée d'un homme que j'aime, je lui gar-
derai la foi promise jusqu'au dernier souffle...

— Un autre ! répéta Sobéia marchant dans l'étroit espace où Jocelyne se trouvait enfermée ; tu en préfères un autre à Abdallah.
Est-il donc possible qu'un Frangi soit plus beau, plus magnanime
et plus fort ! Eh ! que m'importe, après tout ! Celui-là est loin, il est
mort peut-être... Dans tous les cas, il est à jamais perdu pour toi !
de quoi te servira une fidélité folle à la parole donnée ? Tu expireras
loin de lui, dans les tourments, quand il te serait possible de vivre
heureuse et honorée.

— Je ne saurais trahir mon serment, répondit Jocelyne.

— Sais-tu comment on traite les esclaves révoltées...

— Qu'importe ! répliqua Jocelyne.

— On les fouaille comme des chiens ! On les meurtrit de coups,
on les fait mourir sous le bâton !

— Comme vous profitez de l'absence d'Abdallah !

— Oui, oui, tandis qu'il n'est pas là pour te défendre contre moi
tout en te maudissant, je te rendrai souple comme la bride de son
cheval. Résigne-toi ! dis adieu à tes rêves... Que demain je te trouve
docile.

— Ni demain ni jamais !

Sobéia ferma la prison.

Jocelyne demeura seule dans le désespoir et la nuit. Elle ne gardait aucune espérance. Dans la folie de son amour maternel outragé,
croyait-elle, par les refus de la captive, Sobéia pouvait commettre
un crime... Comment la ferait-on mourir ? Lentement, la femme
du cheik l'avait dit... On ne se servirait pas de poison, dans la
crainte d'attaquer les sources de la vie, on se contenterait de la torturer dans sa chair jusqu'à ce qu'elle consentît à trahir Pierre de
la Barbinais, à renoncer au salut de son père, pour devenir la compagne du fils du cheik.

Si robuste que soit notre volonté, la terreur de la souffrance est
instinctive, elle s'empare à la fois du cerveau pour le troubler, des
nerfs pour les tordre. Jocelyne ne ferma pas un instant les yeux.
Elle devina que le soleil se levait à la raie d'or qui passa sous sa
porte.

Dans la matinée, Sobéia entra accompagnée d'une négresse.
C'était une créature qu'on aurait dit taillée dans du granit noir
d'Égypte. Sa face écrasée respirait une bestialité brutale ; grande,

souple et robuste, elle paraissait éprouver une joie cruelle à la pensée d'obéir aux ordres de sa maîtresse.

— As-tu réfléchi? demanda Sobéia.

— Oui.

— Tu obéiras?

— Je refuse.

Sobéia ne répliqua point. Elle fit un signe et la négresse se précipita sur Mlle de Miniac. Tandis qu'elle lui serrait les mains à les broyer, Sobéia arracha le haillon couvrant les épaules de la jeune fille :

— Frappe! dit-elle à la négresse.

Celle-ci brandit une lanière de cuir assouplie par un bain de lait. et la laissa retomber en sifflant.

— Dix coups, ajouta Sobéia.

Jocelyne poussa un cri de douleur aiguë, se tordit, pleura, demanda grâce, puis au dernier coup elle tomba sur le sol.

— Lave ses plaies, dit Sobéia à l'esclave noire qui venait de remplir le rôle de bourreau.

Celle-ci prit dans une fiole une eau aromatisée, la versa sur les épaules de Jocelyne; le sang cessa de couler, les douleurs de chaque blessure s'avivèrent, mais un soulagement presque subit se fit sentir un moment après.

— Cède, dit la négresse, Sobéia est terrible!

— J'aime mieux mourir, répliqua Mlle de Miniac.

La femme du cheik revint, chaque jour, passer deux heures près de Jocelyne. Elle s'efforçait de la convaincre que son bonheur serait assuré si elle devenait la femme de son fils. Irritée par le mutisme de la jeune fille elle oubliait bientôt ses promesses pour se répandre en nouvelles menaces.

Une semaine se passa de la sorte.

Au bout de ce temps, Sobéia demanda encore :

— Accepteras-tu mon fils pour époux?

— Jamais.

Le lendemain la négresse revint. Jocelyne n'essaya pas même de résister. Elle reçut, agenouillée sur le sol, dix coups de cette lanière de cuir qui lui enlevait des lambeaux de chair et faisait jaillir son sang en rosée.

Mais, plus faible cette fois, elle s'évanouit au neuvième et roula sur le sol.

— Est-elle morte? demanda Sobéia.

— Pas encore.

La femme du cheik sortit à demi épouvantée de son œuvre.

Cependant elle la continua. Alternant les promesses et les menaces, les caresses et les tortures, elle épuisa sur l'âme et le corps de cette enfant délicate ce que peut inventer une barbarie raffinée.

Pendant une de ces heures de supplice, il arriva à Jocelyne d'appeler :

— Abdallah ! Abdallah !

— Seras-tu sa femme ?

— Jamais.

— Meurs donc !

Et le pied de la musulmane s'abattit sur la poitrine de Jocelyne.

La négresse sortit sans tourner la tête.

Presque au même instant on entendit, répercutés par les échos de la montagne, des cris de joie, des sons d'instruments et des détonations joyeuses.

Le douar tout entier se porta au-devant de la troupe qui s'annonçait d'une façon victorieuse. Abdallah ramenait à leurs tentes les Kabyles qui venaient de refouler au désert une armée de Bédouins pillards.

Le cheik, fier de son fils, se rendit au-devant de lui avec les anciens de la tribu, que leur faiblesse empêchait désormais de prendre part aux choses de guerre, et qui se contentaient d'aider le chef dans le rendement de la justice et la pacification des familles.

Abdallah, en apercevant son père, lança joyeusement en l'air son mousquet damasquiné, puis, sautant à terre, s'avança vers lui. Le capitaine devait rendre compte de l'expédition, avant que le fils se crût le droit de presser son père d'une mâle étreinte.

— Allah nous protège, dit le jeune homme avec une dignité fière : nos ennemis sont vaincus. L'ange de la mort a compté les âmes de dix héros ; je ramène cinq blessés.

Une acclamation des soldats d'Abdallah prouva au cheik que son fils aîné s'était conduit glorieusement.

Le cheik adressa de chaleureuses paroles aux Kabyles, rendit grâce à Dieu et au Prophète, et prit avec Abdallah le chemin de sa tente.

A peine le jeune homme se trouva-t-il assez éloigné de ses compagnons pour qu'il leur fût impossible de l'entendre, qu'il demanda :

— Jocelyne, mon père, parlez-moi de Jocelyne ?

Le cheik répondit :

— Ta mère m'a promis de la rendre docile à tes vœux.

— Ma mère ! répéta le jeune homme d'une voix agitée ; ignorez-
vous qu'elle hait cette jeune fille?

— Sobéia t'aime, du moins.

Mais déjà l'inquiétude s'était emparée de l'âme d'Abdallah, il courut à l'endroit où se trouvaient sa mère et ses sœurs.

Les petites filles se jetèrent dans ses bras.

— Je veux voir Jocelyne, dit Abdallah.

— Avant d'embrasser ta mère?... La fille des Frangi l'emportera-
t-elle toujours sur moi? Accorde le reste de cette journée à celle dont
tu es toute la vie. Tu verras demain ton esclave.

— Je veux voir Jocelyne! répéta le jeune homme en se rappro-
chant davantage... Non point que je la préfère, mais un secret instinct me dit qu'elle court un danger.

— Demain , j'ai dit demain... Jocelyne est souffrante... j'ai dû lui
donner un asile à part...

— Ganette la sert, Ganette est près d'elle?

— Non, Ganette est dans la montagne.

La voix de Sobéia devenait basse et tremblante ; l'effroi la prenait.
Si, en pénétrant dans l'immonde réduit où elle avait enfermé Jocelyne, où celle-ci avait subi son martyre, Abdallah la trouvait morte...

La colère étincelait déjà dans les prunelles du jeune homme, ses
poings se crispaient; Sobéia, prise de terreur, tomba sur les genoux.

— J'ai peut-être eu tort, fit-elle... Je voulais la contraindre à
obéir... arracher par la force le consentement qu'elle refusait. Je ne
pouvais te voir malheureux, Abdallah... Tu comprends... Jocelyne
est esclave...

— Et tu l'as traitée en esclave! Ah! misérable femme! Si tu ne
m'avais pas porté dans ton sein... Je veux la voir, vivante ou morte,
car je le comprends, maintenant, tu l'as torturée.

Sobéia fit quelques pas en chancelant, et désigna du doigt le réduit servant de prison à Mlle de Miniac.

D'un coup d'épaule, Abdallah en jeta la porte en dedans, puis il
poussa un rugissement de lion blessé en apercevant évanouie, sanglante, celle dont il faisait l'objet de son culte.

Il l'enleva comme une enfant et la rapporta dans la tente. Entas-
sant les tapis et les fourrures, il prépara un lit pour l'infortunée, et
dit à l'aînée de ses sœurs :

— Léïla, je t'ai toujours trouvée bonne, soigne cette jeune fille
par affection pour moi.

Puis, se tournant vers sa mère :

— Qui l'a frappée, est-ce toi?

— Une fille du Sahara.

— Bien.

— Ganette peut-elle être revenue avant la fin du jour?

— Oui.

— Fais-la prévenir.

Abdallah retourna près de son père.

— Je suis maintenant un homme, dit-il, me permets-tu de te parler en homme?

— Celui qui revient vainqueur d'une bataille a tous les droits.

— La négresse qui a fustigé Jocelyne sera morte cette nuit.

— Il sera fait ainsi.

— Quant à ma mère...

La voix d'Abdallah s'étrangla dans sa gorge.

— ... Quant à ma mère, qui a commandé la torture dont se meurt celle dont je voulais faire ma femme, vous la jugerez... Je ne la connais plus...

Le jeune homme ne s'était point trompé en comptant sur le zèle de Léïla.

Celle-ci multiplia les soins autour de la jeune fille, tandis que Sobéïa, muette et farouche, la tête ensevelie dans ses mains, répétait :

— Le fils de mon âme m'a maudite par amour pour l'étrangère ! Il m'a maudite!

Ganette revint dans la nuit. Comme elle approchait de la tente, elle se heurta à un long corps noir, rigide déjà : c'était le cadavre de la négresse.

Un faible sourire erra sur les lèvres de Jocelyne en reconnaissant Ganette.

— Ma croix est lourde, lui dit-elle, je tombe sous le poids.

Et, tournant bride, il s'éloigna. (*Voir page 204.*)

XVII

UN GRAND CŒUR

Abdallah et Jocelyne sont assis à l'ombre d'un bouquet de dattiers. La jeune fille, plus belle que jamais sous sa pâleur, a revêtu un costume oriental, car il ne reste pas un lambeau de cette robe de deuil

Et, tournant bride, il s'éloigna. (*Voir page* 204.)

XVII

UN GRAND CŒUR

Abdallah et Jocelyne sont assis à l'ombre d'un bouquet de dattiers. La jeune fille, plus belle que jamais sous sa pâleur, a revêtu un costume oriental, car il ne reste pas un lambeau de cette robe de deuil

qu'elle porta si longtemps. Pour la première fois, elle a quitté la tente
où l'ont soignée Léïla et Ganette. La main de Mlle de Miniac repose
fraternellement dans celle d'Abdallah. Tous deux poursuivent l'entretien commencé.

— Ainsi, ma mère a dit vrai, en affirmant que vous êtes fiancée
dans votre patrie?

— Hélas! mon malheureux fiancé n'est plus dans notre chère
patrie! A cette heure, sans doute, ainsi que mon infortuné père et de
nombreux captifs de Baba-Hassan, il travaille durement sous le soleil
terrible, sous les yeux de surveillants armés de formidables bâtons
sans cesse levés sur eux, frappant à droite, à gauche, sans motifs,
pour le bonheur de meurtrir des chairs et de tracer des sillons sanglants sur leurs membres à peine recouverts de vêtements en lambeaux.

Quand je pense qu'ils s'épuisent, lui et mon père, à un labeur pénible sous la chaleur torride de cette terre d'Afrique, remuant des ballots sur le port, tombant peut-être sous le poids d'une charge trop
lourde, assurément traités en bêtes de somme, insultés, bafoués,
recevant tour à tour l'injure sanglante et le crachat honteux, fus-
tigés, traînés par les cheveux, que sais-je! mon âme sombre dans
une affreuse angoisse.

Quelquefois je crains, au contraire, que le sentiment de la fierté
se réveille en eux et qu'alors, oubliant que leur salut futur dépend de
leur patience, ils se révoltent, se servent, à défaut d'armes, de leurs
ongles pour étrangler leurs bourreaux. Dieu les en garde! car leur
tentative s'achèverait dans leur sang, des milliers de bâtons leur
briseraient le crâne et c'en serait fait et d'eux et de moi.

— Oui, j'ai un fiancé; si je vous l'ai caché, à vous, c'est que je re-
doutais les emportements de votre tendresse et de votre jalousie...
Mais mon affection pour mon fiancé ne m'empêche point de vous rendre justice... Vous êtes noble et bon, Abdallah! Dieu mit en vous le
germe de grandes vertus que le christianisme rendrait plus pures
encore... Vous êtes digne de prier le même Dieu, de vous agenouil-
ler devant le même autel.

— Je l'aurais fait pour toi.

— Il fallait y être entraîné par amour pour lui seul.

— Parle-moi de toi, Jocelyne... Ce n'est plus l'heure des secrets,
tu as quitté la France...

— Afin de me rendre à Alger, négocier la liberté de mon père prisonnier du Pacha, et celle du capitaine Pierre de la Barbinais, mon
fiancé.

— La somme qui fut trouvée dans votre ceinture...

— Devait payer la rançon de mon père.

— Je suis cause que tu as bien souffert, Jocelyne... Ma mère n'a vu qu'une chose : le mépris témoigné à son fils...

Nous sommes des Kabyles, nous, des montagnards aux passions ardentes... Nous ne comprenons pas certains raffinements de langage, certaines nuances dans les sentiments ; nous passons de la tendresse à la haine ! Vois-tu, Jocelyne, nous sommes de la race des lions ; nous savons déchirer et rugir, ramper jamais... Mais nous gardons aussi la générosité du lion et tu l'apprendras... J'avais fait de toi l'objet de mon espérance ; cette espérance, tu la brisas comme un jouet fragile... Qu'Allah te bénisse, cependant ! car tu as souffert à cause de moi et tu ne m'accuses pas... Je ne connais point l'homme qui sera ton époux ; mais, j'ose le dire à la face du ciel, devant l'immensité du désert, il ne saurait te chérir plus que moi...

— Je le sais ! je le sais ! dit Jocelyne.

— Tout à l'heure, quand je t'ai vue apparaître sous ces vêtements, j'ai senti me reprendre cette folie de ma tête et de mon cœur... C'est fini ! Mais la chrétienne ne dépassera point le musulman en générosité... Jocelyne se souviendra éternellement d'Abdallah.

— Mon frère !

— J'ai cru mourir de douleur, je me résigne ; si je pleure, le vent du désert sèchera mes larmes... Quand tu seras heureuse, là-bas, tu te souviendras de la montagne, du vieux cheik, et tu rediras mon nom... C'en est assez pour moi ! Toute ta vie appartiendra à un autre ; mais cette joie, tu me la devras.

— Que voulez-vous dire ? demanda Mlle de Miniac.

— Tu es libre, Jocelyne.

— Libre, moi !

— Demain tu quitteras la montagne, et moi-même je te conduirai à Alger.

— Vous feriez cela, vous, vous !

— En es-tu surprise, Jocelyne ?

La jeune fille s'agenouilla lentement devant lui.

— De cette heure, je vous comprends et je vous admire, dit-elle : de cette heure, je vous bénis !

Les grands yeux bleus de Jocelyne étaient pleins de larmes, ses mains jointes tremblaient. Abdallah la força de reprendre sa place.

— Donnez-moi la fin de cette journée, dit-il, car nous partons à l'aube. Tout sera prêt, mes ordres sont donnés.

Ils demeurèrent tout le soir sous le bouquet de dattiers, et la nuit seule les ramena sous la tente. Les sœurs d'Abdallah semblaient tristes, elles aimaient la douce esclave chrétienne ; quant à Sobéia, humble et timide devant son fils, depuis le crime commis par elle, c'était avec peine qu'elle dissimulait la joie causée par le départ de cette esclave rebelle, que rien n'avait pu assouplir ni dompter.

Longtemps après que les femmes se furent retirées pour se livrer au sommeil, on entendit la guzla du jeune homme accompagner le chant suprême de l'adieu.

A l'aube, il était debout.

Une litière attendait Mlle de Miniac ; un groupe d'esclaves la devait porter jusqu'à Alger en se relayant toutes les trois heures. De plus, cinq cents jeunes hommes, choisis parmi ceux qu'Abdallah avait amenés contre les Bédouins, serviraient d'escorte à l'étrangère qui s'éloignait de la montagne avec un cortège de princesse.

Sur un chameau se trouvaient les bagages. Abdallah avait entassé pour Mlle de Miniac, dans des coffres incrustés de nacre, les plus riches étoffes, des bijoux de prix ; elle n'avait eu le courage de rien refuser, dans la crainte d'attrister davantage ce grand cœur.

Mlle de Miniac prit congé du cheik avec une dignité mêlée de reconnaissance ; elle embrassa les enfants, chercha Sobéia pour lui pardonner ; mais celle-ci s'était enfuie en redoutant d'être une dernière fois humiliée par la magnanimité de la chrétienne.

Ganette prit place, dans la litière, en face de Jocelyne. Ce qui leur arrivait était tellement inattendu qu'elles y croyaient à peine.

A côté de la litière se tenait Abdallah ; quelques amis le suivaient ; le gros de l'escorte marchait un peu en arrière, surveillant le pays, car on pouvait craindre que l'ennemi, repoussé la semaine précédente, tendît une embuscade ou recommençât ses razzias.

On avançait lentement dans la crainte de fatiguer Jocelyne. Les heures de halte la rapprochaient d'Abdallah.

Il mettait une délicatesse exquise à s'efforcer de bannir la tristesse dont son âme débordait.

Depuis trois jours on descendait les sentiers abrupts et difficiles de la montagne, quand soudainement, de chaque côté de la gorge étroite au fond de laquelle se trouvaient les voyageurs, deux troupes de Bédouins s'élancèrent contre les cavaliers protégeant la litière de Jocelyne.

Un premier combat s'engagea, rapide, acharné. Les Kabyles, munis d'armes à feu, portèrent l'épouvante dans la troupe des Bédouins, armés seulement de sabres et de piques. Debout devant la litière, Abdallah la défendait en héros. Chaque coup de son mousquet abatlait un homme. Cependant, l'effroi commençait à s'emparer de son âme, car les cavaliers qui devaient protéger la petite caravane étaient alors en arrière, et nul ne pouvait dire si, en dépit des prodiges de valeur accomplis, Abdallah, ses esclaves et une poignée d'amis tiendraient contre ce parti de Bédouins jusqu'à l'arrivée du renfort.

Le chef des pillards devina vite que la litière renfermait une proie digne d'être convoitée; suivi de ses soldats, il tourna ses efforts de ce côté et se précipita du côté d'Abdallah.

Armé d'un mousquet, celui-ci tirait, échangeait son arme pour une autre chargée que lui tendait un esclave. Le Bédouin, brandissant son sabre, se jeta sur Abdallah. Un coup de mousquet renversa le pillard sur le sol. Un cri de découragement jaillit de la poitrine des siens. L'esclave préféré du chef de la bande voit tomber son maître, lève sa pique et atteint à la poitrine Abdallah, qui tombe de cheval et roule à côté de la litière de Jocelyne.

Les Kabyles semblaient perdus, quand de bruyantes détonations se succèdent. Les cavaliers de l'escorte arrivent de toute la vitesse de leurs montures et massacrent les Bédouins, qui s'enfuient épouvantés dans les sentiers pierreux de la montagne.

On ne pouvait les y poursuivre.

Le corps d'Abdallah est relevé; Jocelyne quitte sa litière, s'agenouille près du blessé et ne cède à personne le droit de panser sa plaie. Elle en lave les bords d'une main légère, et plus d'une larme roula sur la poitrine déchirée du jeune homme.

Ses regards se fixaient sur Jocelyne avec une surprise heureuse.

— Tu daignes t'occuper de moi, disait-il; tu pleures... Je suis trop heureux.

Elle lui commanda le silence du geste, et le fit porter dans la litière où il occupa la place de Ganette. Celle-ci monta sur le chameau chargé des bagages.

Il était impossible de songer à poursuivre la route commencée; mais les amis d'Abdallah connaissaient à peu de distance un douar où il leur serait possible de trouver de l'eau et des vivres pour eux, des soins et une tente pour le blessé.

Les esclaves marchaient lentement dans la crainte de le fatiguer davantage, le plus souvent il gardait les yeux fermés; quand il les rouvrait, il apercevait Jocelyne pâle d'angoisse, se demandant si Abdallah payerait de sa vie sa conduite généreuse.

Ce fut seulement vers la nuit que l'on pénétra dans le douar. En apprenant l'arrivée du fils du cheik blessé, chacun offrit une hospitalité généreuse. Ce fut chez le plus ancien de la tribu que l'on

conduisit Abdallah, Jocelyne et Ganette, car les jeunes filles ne
purent se résoudre à abandonner un homme qui leur avait donné
tant de preuves de magnanimité.

Le marabout du douar, habile dans l'art de guérir, fut mandé. Il
accourut, apportant des breuvages et des herbes. Dès qu'il eut ins-
pecté la blessure, une tristesse profonde se répandit sur son visage.

Abdallah était perdu.

Il le comprit tout de suite, et ne parut point s'en attrister.

Jocelyne ne le quittait pas. Il lui parlait sans cesse d'une voix
plus basse et plus faible, mais dans laquelle vibraient encore les
tendresses de ce cœur fidèle.

— L'ange Arasfield va descendre me chercher, disait-il, encore
quelques jours et c'en sera fait de moi... Mon père me regrettera,
j'étais son orgueil et l'espoir de sa race... Ma mère me pleurera, ma
mère qui m'aimait et te haïssait pour ce même amour. Je t'ai défendue,
je t'ai sauvée, Allah est bon! que pouvais-je attendre de mieux que
la mort, puisque tu ne pouvais m'appartenir?

Elle s'efforça d'arrêter le flux de ces paroles suprêmes, tombant de
ses lèvres brûlées de fièvre en épuisant ses dernières forces; mais
c'était en vain.

— Puisque je meurs, laisse-moi te le dire... Je comprenais ce que
tu me disais des beautés de ta religion en te voyant si parfaite...
Les houris ne peuvent approcher des vierges chrétiennes... Tu m'at-
tirais sans fin par des chaînes invisibles vers un but mystérieux...
Tout en refusant de devenir ma femme, tu t'emparais de mon cœur,
de ma raison et de ma vie... La mort m'est douce, fille de France,
puisque j'expirerai près de toi, sous le rayon de tes yeux bleus plus
beaux que les étoiles.

Elle le regarda profondément, agenouillée près de sa couche, afin
qu'il la pût mieux voir. Depuis l'heure où le danger couru par Abdallah lui semblait imminent, elle songeait que cette âme, qui s'était
donnée à elle d'une façon si complète, devait appartenir à Dieu. Par
quelles voies miséricordieuses attirait-il ce jeune homme héroïque?
Comment la clarté se faisait-elle dans cette âme? Jocelyne le savait.
De la tendresse humaine il monterait à l'amour infini...

La nuit était douce, pure, pleine d'un calme sublime. On avait
relevé un des pans de la tente, et le blessé pouvait voir le ciel d'un
bleu intense, sur lequel rayonnaient les constellations.

Pas un bruit, pas un souffle.

— Mon frère, reprit la jeune fille, en employant à son tour ce
tutoiement oriental qui semble à la fois caressant et fort, mon frère,

par tout ce que je reconnais de plus sacré, je te jure que si tu y consens, nous ne serons pas à jamais séparés.

— La mort vient, lente, bien lente, mais elle vient, Jocelyne.

— Qu'est-ce que la mort? demanda-t-elle. Je sais bien que ton cœur cessera de battre, que tes yeux se fermeront à la lumière de ce monde, que tes lèvres ne s'ouvriront plus pour me parler; mais ton âme restera vivante, car ton âme est immortelle.

— Elle ira dans le paradis des Croyants, reprit Abdallah, et ce paradis je le trouverai triste et vide, puisque je ne t'y retrouverai jamais.

— Veux-tu me précéder dans mon ciel à moi? Là nous nous rejoindrons après les jours que Dieu me fera vivre. Tu auras oublié ce que ta tendresse avait de violence pour n'en garder qu'une joie sereine et consolante... Nous jouirons d'une éternité de joies pures dont jamais le Coran n'a pu te donner l'idée... Alors tu béniras les épreuves de la terre, et tu me suivras sans fin en chantant l'*alleluia* de l'amour...

— Répète-moi que cela est possible. :

— Possible, si tu le veux, Abdallah! Et, tiens, je ne t'ai jamais prié, c'est toi qui t'agenouillais et demandais grâce, tu le sais... Mais à cette heure suprême nos rôles changent... pour la bonté que tu témoignas à ton esclave, pour ta compassion et ton héroïque tendresse, je t'offre des joies sans prix...

— J'écoute! J'écoute! murmura Abdallah.

— Le marabout que tu consultas sur la montagne te dit qu'il considérait Aïssa comme un prophète et qu'il invoquait Miriam sa mère... Je te jure, moi, qu'Aïssa notre Christ est le Dieu unique, le Maître Éternel... Plutôt que de le renier, j'aurais subi le martyre; sa loi est ma loi, sa croix mon espérance... Regarde comme toutes choses s'effacent derrière toi dans ta jeune vie... Vingt ans! et tu vas mourir... Oh! ne meurs pas tout entier! sauve la part immortelle de ton être! crois en mon Dieu, afin qu'il te tende les bras.

— Le Dieu de Jocelyne doit être bon!

— Vois-tu, Abdallah, si dans la tombe qu'on creusera pour toi je puis mettre le signe de la rédemption tu auras plus fait pour moi que pendant les mois passés sur la montagne. Ton souvenir restera au fond de mon âme, doux et sacré. Je parlerai de toi, chaque jour, avec mon père que je sauverai avec mes amis d'Europe. Sans fin, le nom d'Abdallah sera béni en ce monde, et les anges le répéteront au ciel.

— Ainsi tu m'ouvrirais les portes de ce lieu de délices?

— Oui, si tu le veux.

— Que dois-je faire?

— Accepter ma foi, prier le Sauveur de venir à ton aide, et recevoir sur le front le sceau d'une nouvelle vie.

— Pour te retrouver plus tard, je veux être chrétien.

— Essaie d'élever et de purifier encore ce sentiment... Accepte le baptême pour devenir le fils de Dieu, et non point pour me retrouver plus tard.

— Fais vite! dit Abdallah, ma faiblesse augmente.

La jeune fille prit une amphore, une coupe dans laquelle elle versa un peu d'eau, puis elle en versa quelques gouttes sur le front du mourant en prononçant des mots dont Abdallah devina la puissance, car il sentit en même temps couler dans son âme une consolation divine.

Le silence régna entre eux pendant quelques secondes, puis le blessé s'endormit, la main dans la main de Jocelyne.

A l'aube, Ganette revint.

Le vieux Marabout la suivait. Il leva les appareils, renouvela le pansement, mais il ne donna aucune espérance.

Jamais agonie ne fut plus douce que celle du fils du cheik.

Mlle de Miniac le soignait, le veillait avec une angélique bonté. Dans le cœur d'Abdallah s'étaient éteintes les folles ardeurs de la passion; une tendresse pure les remplaçait, et sa reconnaissance pour Jocelyne empruntait une forme nouvelle.

Parfois elle priait à ses côtés; lui, suivait de l'esprit le sens des paroles prononcées. Tout ce qu'elles renfermaient de pur et d'élevé trouvait le chemin de son âme.

Redoutant de mourir avant d'avoir pris ses dispositions dernières, Abdallah pria ses amis de venir sous la tente où il achevait de mourir.

— J'avais une mission à remplir, dit-il, en acceptez-vous les devoirs?

— Oui, répondirent-ils tous en étendant la main.

— Je vous remercie, je comptais sur vous.

— Allah veuille te garder pour être la joie de ton père! dit le plus cher des compagnons d'Abdallah, mais sois certain, si l'ange Arasfiel t'emporte sur ses ailes noires, tes volontés seront accomplies.

— J'avais promis de conduire la jeune chrétienne à Alger.

— A Alger! mais nous avons secoué le joug de Baba-Hassan.

— Je sais, si ses troupes vous rencontrent, c'est la mort. Je comp-

tais vous quitter à quelques lieues de la ville ; mes esclaves seuls
eussent escorté la litière ; j'avais le droit d'exposer ma vie, non la
vôtre... Mais je vous prie, je vous supplie de donner au fils de votre
cheik cette preuve d'attachement... J'ai juré de conduire Jocelyne
aux portes d'Alger, tiendrez-vous ma parole ?

— Nous la tiendrons.

— Je mourrai en paix.

Il serra la main de ceux qui, parmi ses compagnons, étaient ses
amis les plus chers, puis il fit signe qu'il désirait être seul.

Alors Jocelyne écarta le rideau derrière lequel elle était restée.

Agenouillée près du lit de camp du blessé, les yeux rougis par
les larmes versées, elle lui parla doucement, longuement de la nouvelle vie dans laquelle il allait entrer. Son attendrissement gagnait
Abdallah ; une joie sans nom emplissait son âme. A cet enfant du
désert, Dieu ne pouvait demander que la bonne volonté. La lumière
qui frappait ses yeux, il la voyait dans les regards de la jeune fille.
Lorsqu'elle lui parlait des anges, il les devinait en la contemplant.
Elle le menait à Dieu par la route fleurie d'une tendresse humaine.
Sans doute, il s'efforçait de monter plus haut, il répétait les noms
d'Aïssa et de Miriam avec ferveur, mais il ne tardait point à y
joindre celui de Jocelyne.

Il s'endormit ainsi, tandis qu'elle récitait près de lui d'admirables
prières.

— Reine des anges ! Vase de pureté ! Miroir de justice ! Étoile du
matin !

— Oui, oui, cette Étoile est ma lumière, Jocelyne.

— Arche d'alliance ! Porte du ciel !

Abdallah tendit les bras à une vision, et retomba sur sa couche,
un sourire d'extase aux lèvres.

— Priez pour nous, maintenant et à l'heure de notre mort... murmura Jocelyne.

Des sanglots étouffèrent sa voix. Il n'était plus cet ardent jeune
homme qui parcourut tous les degrés du sacrifice, et qui, de l'im-
molation de sa tendresse, de son orgueil, de sa jalousie, était allé
jusqu'au trépas. Elle savait que ce souvenir ne la quitterait jamais.
Nul ne pouvait en prendre ombrage. N'était-il point le frère élu par
son âme ; le maître qui s'était montré généreux pour l'esclave, l'infidèle dont elle avait fait un chrétien !

Quand elle se releva, elle marcha vers l'ouverture de la tente,
écarta les draperies d'un geste et dit à ses amis :

— Abdallah est mort.

On s'occupa des funérailles. Elles furent dignes du fils d'un chef honoré, dignes d'un soldat qui promettait un héros. Les Maures parurent vivement touchés de voir Jocelyne et Ganette suivre Abdallah au champ de son repos.

Sur sa tombe furent amoncelées des palmes. On fit retentir une dernière décharge de mousquets, puis les cavaliers de l'escorte s'éloignèrent.

Le soir, Ganette et Jocelyne quittèrent sans bruit la tente, et se rendirent près d'un ruisseau, qui prenait à la saison des pluies les allures d'un torrent. Sur ses bords elles ramassèrent des cailloux polis, et les rapportèrent péniblement jusqu'à la tombe d'Abdallah. Écartant alors les monceaux de feuillages, elles dessinèrent sur le tertre une croix de pierre : un chrétien dormait là.

Le lendemain, les cavaliers lui demandèrent si elle souhaitait se mettre en marche. La pauvre enfant aspirait désormais doublement au départ. Elle remonta dans la litière avec Ganette, les porteurs prirent une sorte de pas de course et les esclaves suivirent.

Deux journées se passèrent sans incident.

Vers le milieu du troisième jour, une sourde inquiétude parut sur le visage des cavaliers. Ils observaient le ciel avec inquiétude, et plus d'un leva la main pour s'assurer de la direction du vent.

L'orage redouté ne tarda point à éclater. Le sable commença à onduler lentement comme des vagues légèrement soulevées; mais bientôt elles se mirent à rouler, à s'élever en tourbillons, et un cri jaillit de toutes les bouches :

— A terre! A terre!

Les Kabyles descendirent de cheval et s'abattirent sur le sol, laissant passer l'ouragan de sable. Les chevaux et les chameaux, fouillant le sol de leurs naseaux, frissonnaient de tous leurs membres. Un air embrasé traversait l'espace, brûlant les lèvres, les paupières, embrasant les poumons.

Durant trois heures, on eût dit que le sable allait recouvrir la caravane entière. Le sol paraissait se mouvoir et trembler ; on ne voyait plus ni le ciel, ni le soleil tout rouge derrière un voile épais de poussière. Enfin, à la chute du jour, le vent s'apaisa, les tourbillons de sable s'abattirent, le désert parut se niveler et ne garda plus que des ondulations légères.

Les cavaliers coururent à leurs montures épuisées, on but une partie de l'eau renfermée dans les outres, et la caravane reprit sa route.

— A l'oasis! A l'oasis!

Mais elle était loin encore ; les hommes se sentaient affaiblis. Plus d'un regretta peut-être le serment fait à Abdallah de conduire Jocelyne jusqu'aux portes de la ville blanche. Mais le serment d'un Kabyle est sacré, et nul ne recula.

Cependant, la soif commençait à torturer les bêtes et les cavaliers. On épuisa les outres, et les regards ardents interrogèrent l'espace.

Ganette et Jocelyne, enlacées au fond de la litière, souffraient cruellement ; mais elles eussent rougi de montrer moins de courage que les hommes qui se dévouaient pour elles.

Le lendemain, à l'aube, ce fut pour toute la caravane une joie indescriptible d'apercevoir, d'abord à peine visible, puis d'une façon distincte, des bouquets de palmiers à côté d'un lac pur comme le ciel.

— De l'eau ! de l'eau ! crièrent les cavaliers.

Les chevaux, pressés de la voix et du geste, reprirent un galop rapide ; la convoitise brillait dans le regard ardent des hommes. De l'eau pour baigner leurs lèvres, rafraîchir leurs gorges brûlées, mouiller leurs yeux gonflés par le vent âpre du désert. De l'eau ! Après le simoun, la plaine blanche, l'océan de sable !

Mais à mesure qu'ils croyaient approcher du but, celui-ci paraissait fuir. Au déclin de la journée les palmiers se fondirent sous une nuée, les flots bleus du lac redevinrent jaunes et mornes ; une ligne uniformément désespérante rapprocha la terre et borna l'horizon.

Le mirage disparut.

Durant la nuit, les cavaliers se séparèrent en deux groupes. La moitié des Kabyles refusaient d'aller plus loin, et de risquer leur vie pour la fille du Frangis. L'autre, fidèle au serment prononcé, continuerait sa route.

Peut-être, à la honte d'une partie de la troupe, quelques-uns des cavaliers allaient-ils regagner la montagne, quand on aperçut la longue file d'une caravane rafraîchie par le repos à l'oasis voisine. On y resta deux jours. Ganette et Jocelyne reprirent courage ; elles savaient que quelques lieues seulement les séparaient de leur but. Il fallut deux journées pour cette dernière partie du voyage.

Un des cavaliers, qui marchait en avant, agita la main en se tournant vers ses compagnons :

— Alger ! Alger !

En effet, on ne tarda point à voir les blanches maisons de la ville, le sommet des mosquées, le faîte des palais, les murailles cernant la cité, les hautes portes défendant son entrée.

Un quart d'heure plus tard, sur un geste du chef de l'escorte, la litière s'arrêta.

Jocelyne descendit, appuyée sur Ganette.

— Voici Alger, dit le cavalier, nous avons tenu le serment fait à Abdallah!

— Je vous remercie, dit Jocelyne, vous êtes de loyaux enfants du désert! Je prie mon Dieu de vous rendre vos bienfaits.

—Allah! Allah! Dieu est Dieu et Mahomet est son prophète.

Et, tournant bride, il s'éloigna, suivi de son escorte, avec la rapidité de la flèche, de la capitale du Pacha dont ils avaient secoué le joug.

Léïla, enlaçant d'un de ses bras la tête d'une lionne, se tenait auprès du Pacha.
(*Voir page* 213.)

XVIII

LA PARFUMEUSE DU SÉRAIL.

Alger s'éveillait, toute blanche sous les rayonnements d'un soleil brûlant, et les splendeurs intenses de son azur. Le murmure de ses

Léïla, enlaçant d'un de ses bras la tête d'une lionne, se tenait auprès du Pacha.
(*Voir page* 213.)

XVIII

LA PARFUMEUSE DU SÉRAIL.

Alger s'éveillait, toute blanche sous les rayonnements d'un soleil brûlant, et les splendeurs intenses de son azur. Le murmure de ses fontaines y formait la basse d'un long accord auquel, de loin, s'ajoutait le ressac de la vague. Rien ne transpirait au dehors de la vie des maisons closes, cubes de pierre d'une blancheur crue dont la porte paraissait s'ouvrir avec peine, et dont les moucharabis découpés en dentelles donnaient sur les cours remplies de fleurs, sans cesse arrosées par la poussière humide et irisée des jets d'eau.

Le palais du Pacha, avec ses agglomérations de bâtiments divers, gardait son énigme de mystères sanglants avec lesquels alternaient les chansons des jeunes captives.

Dans les rues seulement commençait le bruit de la vie. Les boutiques s'ouvraient — la plupart tenues par des Juifs — débordant de marchandises merveilleuses. Étoffes tissées d'or et d'argent, longs fils de corail, vestes et babouches brodées de perles, meubles de bois odorants aux brillantes incrustations de nacre ; faïences à reflets métalliques, gazes légères comme des fils de l'air tissés, chapelets de pâte de roses, laissant dans les mains qui les égrènent un parfum capiteux ; flacons remplis d'essences précieuses se volatilisant dans l'air, lourdes soieries fabriquées pour les femmes, fourrures rares destinées à border et à doubler des cafetans d'honneur ; cassolettes dans lesquelles se consumaient des pastilles ambrées, diamants et gemmes sertis avec un art bizarre ; turquoises portant gravées des versets du Coran ; tapis de nuances diverses à la laine souple et profonde. Au milieu de cet encombrement se tenait le Juif à la tête couverte d'une calotte graisseuse, à la barbe rousse, au nez de vautour, aux mains crochues, attendant les acheteurs et fouillant les places et les rues de son œil vert strié d'or pâle.

Ailleurs, des enfants chargés d'éventaires garnis de sucreries roses et blanches, ou portant dans leurs bras des rameaux d'oranger chargés de fruits. Des hommes de toutes races, de tous les tons de chair, depuis le noir de l'ébène jusqu'au teint couleur citron des Maltais. Des femmes voilées de la tête aux pieds, dont on apercevait seulement les grands yeux, passant lentement, chaussées de hautes sandales, se rendant au bain qui leur donne durant deux heures les tiédeurs de l'étuve, les gourmandises raffinées des collations, la causerie d'oiseau de prisonnières au gai ramage. Les esclaves sculpturales dans leur pose, le vase au long col maintenu sur l'épaule à l'aide d'une courroie, marchaient d'un pas lent et grave, les pieds nus, le front sans voile. Dans les cafés, des musiciens commençaient leurs chansons, et les improvisateurs leurs récits. Les caravanes parcouraient la ville : mulets, chevaux et dromadaires, avec leurs conducteurs étrangement accoutrés. Sur les places servant de marchés s'amoncelaient les globes verts des pastèques à chair rose ; les dattes sucrées s'étalaient en amas d'or bruni ; les bananes à teintes d'ambre transparent ; les figues de Barbarie hérissées de bouquets de dards, les patates jaunes, les caroubes saignantes. Des sacs débordaient les maïs rouges, le blé, la farine neigeuse. Et partout en montagne des oranges, des cédrats, des citrons roulant sous les pas des promeneurs, embaumant l'air, à côté des fruits savoureux.

Au loin se profilaient de grands étalages d'orfèvreries. Des femmes, vêtues d'une chemise de toile bleue, vendaient des vases de terre rouge, peints de couleurs vives réjouissant le regard et conservant l'élégance des formes des amphores antiques.

Les voix des marchands montaient, s'élevaient, appelant l'acheteur, discutant sa fantaisie, pressant son désir.

Le son d'un tarbouk, d'une guzla résonnait à la grande joie des enfants dansant avec une grâce inconsciente.

Des soldats turcs, farouches, l'œil guetteur, comme s'ils attendaient l'occasion d'accomplir un acte injuste ou cruel, jetaient en passant une injure aux chrétiens, et crachaient à terre en les frôlant.

A mesure que l'animation augmentait dans la capitale, il était plus facile d'y circuler sans être remarqué ; aussi nul ne fit-il attention à un groupe de trois esclaves maures escortant un chameau dont le dos pliait sous les ballots et les caisses, pas plus qu'à deux jeunes filles qui, d'un pas plus rapide que celui des autres femmes, s'avançaient vers la porte du Consulat français.

En ce moment, le Père Vacher s'entretenait avec Fathma, la parfumeuse du sérail.

— Je savais bien, disait-elle, que nous aurions des nouvelles de Servan... Le brave cœur d'enfant ! avec quelle simplicité il raconte ce qu'il a fait à Saint-Malo pour ses anciens camarades. Il ne tire vanité ni du courage qu'il lui a fallu pour faire évader Galhauban, ni de son exactitude à retourner chez la mère Cachalot... Il deviendra un fameux marin... Et généreux ! Garde-t-il une seule pièce d'argent de ce qu'il reçoit du capitaine Croustillac ? Non ! tout pour les captifs ! Tout pour hâter la mise en liberté de Poigne-d'Acier et le rachat de Jean-la-Grenade !

— Pauvres gens ! Ils se montrent d'autant plus courageux qu'on s'occupe davantage de les arracher à leur enfer.

— Je n'en ignore rien, ma fille. Plus d'une fois, depuis leur captivité, j'ai pu les faire secourir et consoler dans leurs accès de sombre

désespoir du début. Je me suis efforcé de leur procurer toutes les
consolations pour relever leur courage. Depuis qu'ils savent qu'on
s'occupe d'eux, ils se tiennent à la hauteur de leur infortune. Ils
escomptent tous les jours qu'une circonstance imprévue, mais possible après tout, favorise leur évasion, ou bien sur l'arrivée des Pères
de la Merci, qui font le rachat des captifs. Quand on a l'expérience
des hommes on sait qu'il n'y a rien de tel que l'aiguillon de l'espérance pour les garder forts au sein de la servitude.

En effet, pour les âmes enthousiastes, l'idée de reconquérir leur
liberté, de revoir, après mille épreuves, le ciel de leur patrie,
suffit à donner un aliment à leur confiance et a pour résultat de
leur conserver une énergie dont, sans cela, ils seraient absolument
incapables.

— Ce qui m'a le plus touché, dit Fathma, c'est la naïve histoire de deux mousses du *Sirius* : Hervé et Mériadec.

— Voyons cela, dit le Père Vacher, pour qui la moindre des
choses enfermait toujours quelque intérêt qu'il pouvait mettre à
profit pour le service des malheureux captifs.

— Voici. Ce sont, paraît-il, des enfants qui avaient été recueillis
par un hospice. C'est, du moins, ce qui résulte de la conversation
échangée entre eux et qu'on m'a rapportée.

— Pourquoi avons-nous quitté l'hospice! gémissait Mériadec en
sanglotant. Les religieuses y remplaçaient les mères que nous
n'avons pas connues; les prêtres se montraient bons pour nous.
Il serait devenu facile de travailler dans le chantier du port... En
face de nous, la mer égayée par des voiles n'eût jamais été effrayante.
Où nous avions grandi, nous serions morts paisiblement... Je le
connais le cimetière de là-bas, on y est tranquille... Ici, qu'allons-
nous devenir? Le capitaine s'efforçait de nous rassurer, mais, un soir,
je l'ai bien entendu dire à M. Vernon : « Je ne tremble que pour les
petits. On s'efforcera de les faire changer de religion. »

— Est-ce que tu apostasierais, toi? Moi, on me tuerait plutôt,
s'écriait Hervé bravement.

— La mort, disait Mériadec, c'est un moment à passer... S'il
s'agissait de m'étrangler ou de me trancher la tête, je pourrais être
sûr de moi... mais la torture, le feu, le fer, la faim... Je ne sais pas,
non! je ne sais pas !

Effrayé, gardant conscience de sa faiblesse, le pauvre enfant
mettait sa tête dans ses bras et sanglotait.

— Tu n'es pas matelot, s'écriait Hervé, indigné.

— Non, je ne suis qu'un mousse... un pauvre petit enfant sans

mère, élevé par charité, comme toi, qu'on ramassa sur le grand
chemin... Mourir ne me fait pas peur, mais souffrir!... je ne
saurais pas souffrir.

Son camarade le prenait dans ses bras.

— Si les maudits tentent de nous faire renoncer à notre foi, ce
sera en même temps ; nos souffrances seront pareilles ; ma constance
te donnera du courage. Tu dis que nous sommes des enfants! tu te
trompes. Dès qu'on est chrétien, on est un homme...

— Quel trait admirable, disait, ému jusqu'aux larmes, le Père
Vacher.

— Les matelots, continua Fathma, éprouvent une grande pitié
pour les petits, et ils ne sont pas sans crainte sur leur avenir.

— Dieu y pourvoira, ma fille. Et le capitaine de la Barbinais ?

— De celui-là, je ne sais rien ! rien ! Considéré par le Pacha non
pas comme le capitaine d'un navire chargé de protéger une flotte
marchande, mais bien comme un envoyé du roi Louis XIV, il garde
d'autant moins de chances de quitter les cachots du tyran que nul
ne communique avec lui.

— Avez-vous reçu des lettres de sa famille?

— Aucune, répondit le Consul.

— N'était-il donc aimé de personne, en dehors de son équipage?
Le Père Vacher secoua tristement la tête.

En ce moment, un serviteur le vint prévenir que deux femmes
étrangères demandaient instamment à lui parler.

— Je me retire, fit la parfumeuse, quels sont vos ordres?

— Êtes-vous pressée de rentrer chez vous?

— Non, répondit Fathma.

— En ce cas, veuillez attendre ; qui sait si la visite de ces inconnues ne me fournira point l'occasion d'avoir besoin de vous!

Fathma souleva la portière de la pièce voisine et disparut.

Au même moment le serviteur introduisait les deux jeunes femmes.

La plus grande quitta le bras de sa compagne sur lequel elle s'appuyait, puis, soulevant son voile, elle montra au Père Vacher son
visage sillonné de larmes. Ensuite, ployant les genoux devant lui :

— Bénissez-moi, mon Père, je suis Française et chrétienne.

— Française! répéta le Consul avec étonnement.

— Daignez avoir pitié de moi, et m'écouter pendant une heure...
j'éprouve un si grand besoin de soulager mon âme de l'angoisse qui
l'oppresse...

— Parlez, ma fille, parlez! mon devoir est de consoler, j'ajouterai
que j'y puise la plus grande joie d'un ministère souvent difficile.

La jeune femme prit le siège que le Consul lui avançait et, après un moment durant lequel il lui fut possible de retrouver la voix et de rassembler ses souvenirs, elle commença :

— Je vous l'ai dit, je suis votre compatriote... J'arrive à Alger sous des habits de femme kabyle et vous devez vous demander quelle suite d'aventures et de malheurs m'y amènent... En venant ici, j'obéissais au vœu de ma mère mourante... Mon père languit dans les cachots du Pacha, à moins qu'il ait déjà succombé à l'excès de ses souffrances... Depuis sa captivité, nous n'avons eu qu'un but : le racheter... Ma mère est morte à la tâche, me léguant le même devoir, et après l'avoir ensevelie, je suis partie avec Ganette, ma sœur de lait... Nous avions un peu d'or et beaucoup de courage, nous comptions sur la Providence, et pendant la première moitié du voyage, je crus que j'arriverais tranquillement ici... J'avais pour vous une lettre de recommandation de l'évêque de Saint-Malo... Elle s'est perdue... Les pirates attaquèrent, prirent notre vaisseau ; ils nous traînaient à la remorque, quand le câble cassa, laissant notre petit navire, déjà fatigué par la bataille, à la merci de la tempête qui s'élevait... Le vent nous jeta à la côte... Après les horreurs du sang répandu, du naufrage, je connus toutes les misères de la captivité. Tour à tour entourée de soins, suppliée de devenir la femme du fils d'un cheik, réduite à la condition des plus misérables esclaves, battue, et laissée pour morte, je fus sauvée par celui qui m'aimait... Il résolut de me rendre la liberté et de me conduire vers vous ... Son dévouement lui coûta la vie... Après avoir versé l'eau sainte sur son front et planté une croix sur sa tombe, j'ai repris ma route.. Je viens à vous, brisée de corps et d'âme, enrichie par les présents d'Abdallah, en vous suppliant de me venir en aide pour m'aider à sauver mon père.

— Vous êtes une brave enfant ! répondit le Consul, tout ce que je pourrai, je le ferai... Cependant je crois que, pour agir, vous devez attendre l'arrivée des Pères de la Merci... Ce sont eux qui traitent ces négociations, eux qui rachètent les captifs. Si j'intervenais, loin de vous servir, je redouterais de vous nuire.

— Tarderont-ils beaucoup, mon Dieu ?

— Qui le sait, ma fille ! Ils arrivent lorsque leurs mains sont pleines des aumônes des fidèles. Rien n'est fixe dans leurs voyages.

— En les attendant, ne pourrais-voir mon père ?

— C'est impossible s'il ne travaille point sur le port, car alors il est enfermé dans les galères ou enseveli dans ces cachots dont nul ne passe le seuil.

— Et le palais, demanda Jocelyne, n'y peut-on pénétrer?

— Non, ma fille.

— Des femmes l'habitent, cependant.

— Sans doute, mais elles n'ont aucun commerce avec les étrangères.

— Ne ressemblé-je pas maintenant à une Kabyle? J'en parle la langue, je joue de la guzla; je dois à ma captivité dans la montagne de pouvoir me faire passer pour une fille de ce pays.

Tout à coup, le souvenir de la parfumeuse revint au père Vacher. Il souleva la portière et appela.

Fathma accourut.

— Voici, lui dit-il, une jeune fille qui vient à Alger dans l'espérance d'apporter à son père quelques consolations; peut-être même de le sauver. Trouveriez-vous un moyen pour lui ouvrir l'entrée du sérail?

— Peut-être.

— Acceptez-vous de prendre chez vous ces deux enfants?

De grand cœur.

— Mademoiselle, reprit le Consul, suivez Fathma en toute confiance; elle est chrétienne et nous rend d'immenses services. Son titre de parfumeuse du harem lui en ouvre à toute heure les portes. La Providence fera le reste.

Jocelyne fixa ses grands yeux sur Fathma, lui tendit les deux mains avec un geste de confiance et d'abandon irrésistibles, et toutes trois quittèrent le Consulat, suivies par les esclaves conduisant le dromadaire chargé des richesses dont Abdallah avait comblé la fille du docteur de Miniac.

La maison qu'habitait la parfumeuse était située dans un quartier élégant. Une boutique s'ouvrait sur la rue, et une petite Mauresque, à la mine éveillée, couverte d'écharpes bariolées, de colliers de corail, faisant sonner les sequins de sa chevelure, vendait aux femmes d'Alger, soigneuses de leur beauté, l'eau du ciel qui rafraîchit le teint; le henné qui teint les ongles en rose; le colheul dont la ligne noire agrandit les yeux, et souligne le regard; la poudre impalpable des épis de la Mecque qui garde la blancheur du teint, les essences de rose et de jasmin qui se vaporisent dans l'air; des pommades onctueuses pour la chevelure, tous les raffinements de la parfumerie orientale, grâce auxquels les femmes du harem entretiennent leur beauté.

On y trouvait encore des mousselines de soie striées d'argent, des gazes légères comme des souffles, des serviettes de batiste brodées de perles et d'or fin ; tout ce que rêvent ces captives, dont l'unique soin est de tromper la longueur des jours et de faire couler plus rapidement les heures.

De la boutique, Jocelyne et Ganette passèrent dans un appartement modeste, garni de tentures communes, mais arrangées avec goût.

Les esclaves reçurent ordre d'apporter les coffres et les ballots dans une petite pièce, où la parfumeuse les devait ouvrir plus tard.

L'essentiel était d'abord d'offrir, à Jocelyne et à sa compagne, un repas dont elles avaient grand besoin. Il se composa de poisson et de fruits.

Ensuite, Fathma conduisit Jocelyne dans une chambre dont la fenêtre donnait sur une cour ornée d'une fontaine, lui désigna un lit formé de deux matelas et lui dit avec douceur :

— Dormez ! mes affaires m'appellent au sérail ; quand je reviendrai, nous causerons.

Un quart d'heure après Jocelyne tombait dans un sommeil dont elle ne devait se réveiller que le lendemain.

Elle vit l'aube dorer le ciel, le soleil jaillir de la mer et monter au ciel ; alors, s'enveloppant d'une longue robe, elle chercha la parfumeuse.

Celle-ci se trouvait dans son laboratoire.

— Je me suis bien gardée de vous réveiller, lui dit-elle, peut-être s'était-il écoulé bien des jours depuis que vous aviez goûté un repos semblable. On vous préparera un bain, je ne souffrirai pas que vous vous rendiez aux bains publics... Vous le voyez, j'accomplis ma tâche quotidienne ; vous m'y aiderez ; quand vous posséderez des notions de mon art, il me deviendra facile de vous emmener avec moi. Je crois que, dans votre pays, les fabricants de pâtes et d'essences sont plus habiles et possèdent des instruments donnant à leurs produits une limpidité supérieure. Mais, en revanche, nous possédons des fleurs dont les aromes ont plus de force. Nous ne falsifions rien. A quoi bon ! la nature se montre prodigue de choses si complètement bonnes et belles ! Le métier de parfumeuse n'a rien de désagréable pour une femme ; il lui laisse aux doigts des senteurs de pâtes exquises, d'huiles odorantes, d'extraits merveilleux. C'est à mon habileté dans cet art que je dois la faveur dont je jouis près de Léïla la plus influente des femmes du Pacha ; grâce à elle, j'ai déjà obtenu un grand nombre de faveurs, elle m'en accordera davantage encore.

— Fathma, répondit Jocelyne, dont les beaux yeux s'emplirent de larmes, je vous seconderai de tout mon pouvoir. Peut-être les talents

que je possède ne vous seront-ils point inutiles ; j'exécute des broderies fort belles qui, peut-être, pourront plaire aux dames du harem.
J'accomplirai des prodiges pour avoir le droit de vous accompagner
dans ce mystérieux palais.

Reposée, consolée, Jocelyne passa les premières journées de son
séjour dans un calme qui reposa ses membres et rendit un peu de
tranquillité à son esprit. Sans doute, elle ignorait encore comment
elle tiendrait le serment fait à sa mère, et rendrait la liberté au
docteur de Miniac ; elle se demandait s'il lui serait possible de sauver
Pierre, mais elle était à Alger et, quand elle sortait strictement enveloppée de ses voiles et qu'elle apercevait le gigantesque palais,
elle répétait :

— J'en forcerai plus tard les portes.

Chaque jour, vers midi, Fathma la quittait et se rendait au harem.

Elle trouvait généralement les jeunes femmes dans une immense
salle stucquée, décorée de fleurs et d'oiseaux ; par les fenêtres ouvertes
on voyait les parterres ; au milieu d'une vasque remplie d'une eau
claire et fraîche s'élevait un jet limpide retombant en fine poussière.
Autour de la chambre, des divans couverts de soie brochée, à terre
des tapis, des fourrures noires ou blanches, suivant la fantaisie des
jeunes femmes qui s'y étendaient mollement. Les odeurs confondues
des narghilés, des essences de rose se mêlaient dans l'atmosphère.
Des esclaves, debout, agitaient des éventails de plumes de paon pour
rafraîchir le front des belles indolentes ; d'autres jouaient d'instruments divers et chantaient. Plus d'une fois une larme leur monta aux
yeux, tandis qu'elles répétaient les refrains d'une patrie lointaine,
dont elles avaient été arrachées pour devenir les jouets de favorites
ennuyées, capricieuses, souvent cruelles. Quelques-unes des jeunes
femmes brodaient des écharpes, des mouchoirs, caressaient des
oiseaux, formaient des bouquets, ou jouaient avec des dés, tandis
que Léïla, enlaçant d'un de ses bras la tête d'une lionne, se tenait
auprès du Pacha. Quand la fantaisie leur prenait de danser, elles esquis-
saient des pas légers, agitant les bras, un sabre nu sur la tête ou des
mouchoirs de soie dans les mains.

L'arrivée de Fathma était une fête pour elles.

Non seulement elles lui achetaient des fards, des poudres, des
essences, mais elles la consultaient sur leurs travaux, la question-
naient sur les événements de la ville. Était-il arrivé un navire? Ne
connaissait-elle point quelque Juif ayant de superbes diamants
à vendre? Que s'était-il passé au dernier marché d'esclaves?

Fathma répondait à chacune avec le plus d'ordre possible, car ces jolies créatures jasaient toutes à la fois.

Un matin, elle apporta au harem des broderies dont s'émerveillèrent les femmes.

Elles les achetèrent sans marchander, en redemandèrent de nouvelles, et s'informèrent d'où provenaient ces merveilles.

— Je vieillis, répondit Fathma, ma main devient moins sûre pour le dosage de mes drogues, et j'ai pris une aide... C'est elle qui exécute ces broderies.

— Comment s'appelle-t-elle?

— Hadja, répondit la parfumeuse.

— Est-elle belle? demanda Léïla, l'épouse adorée du Pacha.

— Dans un autre pays on la comparait à un lis; elle en a la blancheur et la faiblesse. Ici, vous ne lui trouverez point de beauté; sa taille est frêle, son visage ne s'avive d'aucune couleur; ses yeux bleus et tristes, sa bouche grave semblent jamais n'avoir reflété la joie.

— Où te l'es-tu procurée? ajouta Léïla.

— Je l'ai achetée, répondit la parfumeuse.

— Oh! tu nous l'amèneras, dit la jeune femme! elle nous enseignera ces points de broderie et nous chantera ses chansons... Si nous n'avions de temps à autre une distraction de ce genre, la vie serait trop triste...

Les jeunes femmes entourèrent Fathma; d'une voix rapide, gazouillante, avec des gestes de prière et des mots caressants, elles la supplièrent de ne point manquer d'amener sa nouvelle esclave au palais.

Fathma promit.

Heureuse de la perspective d'un plaisir inattendu, Léïla battit des mains, puis elle dit à la parfumeuse:

— Je vais maintenant te montrer les nouveaux présents d'Hassan, mon seigneur. Regarde ces perles merveilleuses! Il les a eues d'un marchand grec arrivant des Indes... puis une esclave nubienne...

Tournant alors lentement la tête vers l'extrémité de la vaste salle:

— Zorah! fit-elle.

Un corps noir et souple, drapé dans des mousselines blanches, se souleva, lentement; un frémissement de colère l'agita, à travers ses longs cils d'ébène, et ses dents blanches mordirent sa lèvre rouge.

Les yeux de Fathma, qui s'étaient dirigés du côté de la Nubienne, saisirent cette fugitive expression. Évidemment, cette fille noire, venue du pays des sables brûlants et d'un soleil implacable, gardait en elle des révoltes et des rancunes dont rien ne parviendrait à triompher.

Cependant, avec une souplesse de panthère, elle se redressa et s'avança vers Léïla d'un pas chancelant.

— Prends ton tambourin et danse, lui dit la jeune femme.

— La danse des Sabres ou des fleurs?

— Celle des Sabres, répondit Léïla.

Zorah la Nubienne saisit deux lames pendues à la muraille et les posa à terre devant elle, puis elle commença lentement à agiter le tambourin aux grelots d'argent. Tandis qu'elle le tenait au-dessus de sa tête, frappant la peau tendue tantôt du dos de sa main, tantôt faisant rouler son pouce pour lui communiquer un ronflement sonore, ses pieds s'agitaient en cadence, sans abandonner l'étroit espace sur lequel ils se mouvaient. Elle paraissait, de ce moment, oublier et sa captivité, et l'ordre auquel elle obéissait; devant elle s'étendaient les plages dorées de soleil, et baisées par le flot; les grands palmiers ombrageaient les cases, un jeune noir, beau comme elle, la contemplait; elle devait être sa femme.

C'étaient d'heureux jours, alors, tantôt dans la pirogue rasant les récifs de la côte, tantôt dans les hamacs suspendus. Elle était libre, fille d'un chef; Otaïmé lui apportait des plumes d'oiseaux rares pour les mettre dans ses cheveux, et des coquilles précieuses pour en faire des colliers.

Puis tout à coup des étrangers étaient venus, grisant les hommes du village avec de l'eau de feu, les empoisonnant à l'aide de drogues inconnues qui les jetaient dans un sommeil de plomb. Elle s'était réveillée au fond de la cale d'un navire négrier; après une traversée durant laquelle elle crut mourir, on débarqua les esclaves. Otaïmé fut battu de verges pour le punir d'une tentative d'évasion; Zorah fut vendue et amenée au harem...

Elle se souvint brusquement de cette honte, de cette douleur et le tambourin s'échappa de ses doigts.

Alors elle saisit les épées, les élevant en l'air, jonglant avec elles; exposant ses bras, sa poitrine à leur pointe acérée, renversée en arrière, la gorge gonflée et tendue comme celle d'un oiseau.

Les jeunes femmes, effrayées, détournèrent les yeux; seule, Léïla applaudit. Elle n'était point cruelle, cependant; mais l'ignorance de toute chose et les indolences du sérail lui laissaient oublier que cette Zorah était femme comme elle; qu'elle avait aimé sa mère, pleuré la côte natale, et regretté le fiancé à qui elle était promise.

Quand Zorah eut terminé cette danse étrange et dangereuse, elle s'avança vers Léïla et lui demanda :

— Es-tu contente?

— Très contente, répondit la compagne favorite d'Hassan.

Une des jeunes femmes lui tendit un sorbet.

— Merci, dit Zorah, je me souviendrai : je me souviens de tout.

Elle regagna sa place, s'étendit de nouveau sur la dépouille d'une panthère noire avec laquelle la nuance de sa peau se confondit, puis elle reprit sa rêverie sans fin, les coudes perdus dans la fourrure, le menton appuyé sur la paume de la main.

Un moment après Fathma quittait le harem.

En rentrant dans sa maison, elle trouva Jocelyne occupée à boucher des flacons d'essence de jasmin. Un morceau de gaze brodée d'or, un nœud de ruban noué avec goût suffisaient à donner un cachet particulier à ces flacons. La parfumeuse du harem ne remplissait point seulement un mandat de charité en accueillant l'étrangère, elle réalisait, il est vrai encore, une affaire excellente dont les pauvres devaient seuls profiter.

— J'ai réussi, dit Fathma d'une voix enjouée. Léïla et ses compagnes brûlent de vous connaître, et de juger de vos talents divers.

Sans doute, pour ces belles et ignorantes créatures, vous serez un peu l'oiseau rare dont on adoucit le plumage en le caressant. Mais tous les moyens sont bons pour arriver au but. Vous m'accompagnerez à ma première visite.

— Je me hâterai donc d'achever cette écharpe, dit Jocelyne, peut-être aura-t-elle la chance de plaire à ces jeunes femmes.

— J'en suis certaine, répliqua Fathma. Vraiment, vous possédez un goût exquis et une rare adresse, mes produits de parfumerie vont obtenir un succès nouveau.

— J'en serai bien heureuse, répondit Jocelyne.

Puis, cédant à un mouvement de son cœur, elle se jeta dans les bras de Fathma.

Une seule ne bougea point : Zorah. (*Voir page* 220.)

XIX

AU HAREM

Le lendemain, Fathma dit à Jocelyne :
— Nous irons ensemble au harem.

Une seule ne bougea point : Zorah. (*Voir page* 220.)

XIX

AU HAREM

Le lendemain, Fathma dit à Jocelyne :
— Nous irons ensemble au harem.

Les yeux de Jocelyne s'emplirent de larmes, et elle saisit la main de la Mauresque pour la porter à ses lèvres.

— Hélas! lui dit celle-ci, le résultat que nous allons obtenir est bien peu de chose; vous verrez des jeunes femmes prisonnières plutôt que compagnes de Baba-Hassan, habitant, comme les oiseaux, une cage aux treillis d'or, dont jamais elles ne franchissent le seuil. Aux portes qui séparent du sérail le palais du Pacha veillent des eunuques noirs, que rien ne saurait séduire.

— Mais le Pacha lui-même, demanda Jocelyne, ne pourrai-je jamais le voir?

— Peut-être entre Baba-Hassan et vous trouveriez-vous ces mêmes jeunes femmes dont vous allez devenir l'amie. Pauvre enfant! les harems sont des prisons étranges. On y chante, on s'y habille de gaze et de brocart, on y roule des perles à son cou, on y étoile ses cheveux de diamants, mais on y couve des passions terribles, des jalousies féroces. Chaque caprice du Pacha soulève des tempêtes. En ce moment, Léïla règne d'une façon souveraine, mais le maître est à la fois fantasque et cruel, et qui sait si, d'un geste, il ne fera pas tomber la tête charmante de cette créature radieuse de jeunesse et de beauté? Non, vous ne verrez point le Pacha : vous êtes assez belle pour devenir une dangereuse rivale.

Jocelyne secoua la tête.

— J'attendrai, répondit-elle, j'attendrai des semaines, des mois, des années; il faudra bien que je pénètre un jour dans les prisons du tyran... Il me semble que Dieu doit cette compensation à mes douleurs... Mon père! Je reverrai mon père!

Un autre nom vint à ses lèvres, mais elle ne le prononça pas. Seulement, cachant son front dans ses deux mains, elle pleura.

Cependant, chez cette jeune fille douée d'une virile énergie, les crises de faiblesse duraient peu. Après s'être essuyé les yeux, elle se disposa à sortir.

Elle rangea dans une corbeille de jonc doré les flacons de parfums, les poudres d'épis de la Mecque, les fards extraits des fleurs, les colheuls et le henné; puis dans un sachet elle renferma les broderies. Enfin, enveloppée de grands voiles, elle gagna le harem en compagnie de Fathma.

On les attendait toutes deux avec impatience. Sitôt qu'elle entra, elle se vit entourée de jeunes femmes curieuses. On la regarda, on l'admira, on acheta tout ce qu'elle apportait; elle dut enseigner aux plus adroites à exécuter des broderies, et quand elle quitta le palais Léïla lui avait déjà déclaré qu'elle serait son amie.

C'était beaucoup.

Léïla jouissait, momentanément, d'une puissance sans seconde. Pas un de ses souhaits qui ne fût satisfait. Très douce, presque timide, elle n'abusait nullement de cette faveur, et parvenait en partie à se la faire pardonner. Une seule femme gardait au fond de son cœur une sourde haine.

Zorah la Nubienne, fille d'un prince de son pays, avait été achetée par le Pacha dans un lot d'esclaves, puis délaissée avec un mépris dont elle ne pardonna pas l'insulte. Zorah était belle comme une statue de basalte noir, de proportions merveilleuses. Elle avait des cheveux souples, d'une longueur démesurée, des dents blanches, des lèvres rouges ; elle se drapait avec un art étrange qui rendait sa beauté presque tragique. Dans chaque détail de sa parure on trouvait des vestiges d'une cruauté mal définie ; à ses oreilles elle portait des griffes de tigre ; un poignard à gaîne pavée de diamants étincelait à sa poitrine ; ses bracelets se composaient de serpents à tête plate dont le dard paraissait menacer.

Un grand nombre des femmes du harem redoutaient la Nubienne, et répétaient qu'elle avait des incantations appelant les mauvais Esprits, et connaissait le suc des plantes vénéneuses.

Un souvenir, resté dans la mémoire des esclaves, servait à compléter ce caractère étrange.

Baba-Hassan possédait une lionne de Nubie, d'une beauté merveilleuse, élevée toute petite au palais. Le fauve, soit que la férocité propre à sa race se fût adoucie dans la captivité, soit que Baba-Hassan eût dans le regard ce pouvoir qui dompte les lions et fait ramper les panthères, obéissait à un signe, et servait souvent d'oreiller au maître.

Rarement le Pacha s'était vu obligé de châtier une rébellion. Cependant, par une brûlante journée d'été, soit que le vent soufflant des déserts eût rappelé au félin sa sauvage patrie, soit que la chaleur de l'atmosphère l'eût seulement énervé, il prit vis-à-vis de son maître une étrange attitude, refusa d'accourir à son appel, s'enfuit dans un angle de la chambre, et là, s'acculant, les lèvres retroussées sur ses dents aiguës, les griffes en avant, il parut, de ses prunelles d'or, se mesurer avec le maître.

Baba-Hassan l'appela doucement d'abord, rudement ensuite ; la bête rugit sourdement sans bouger ; mais on devinait que, se préparant à la lutte sur un geste menaçant du Pacha, elle bondirait affolée de rage.

Le Pacha prit une souple baguette d'acier, et la fit siffler en s'approchant ; la lionne s'élança, mais elle reçut sur le muffle un coup si sec, qu'elle recula, roula des prunelles égarées, et, poursuivie par la menace de l'arme dont l'éclair luisait dans la main du Pacha, elle bondit par une croisée ouverte, traversa les jardins, s'élança dans les couloirs et gagna une salle du harem.

Les femmes jetèrent des cris d'épouvante, Léïla s'évanouit, elles se firent un rempart des divans, des meubles et des coussins, et se réfugièrent derrière cet abri en poussant des cris désespérés.

Une seule ne bougea point, prête à la lutte : Zorah.

On eût dit qu'elle éprouvait un frisson de joie à revoir cette bête fauve, arrivant du désert où elle avait reçu la vie, se révoltant comme elle-même d'une captivité imméritée, prête à se venger du maître qui caressait et châtiait de la main.

Elle fixait sur les prunelles du fauve ses prunelles d'or presque aussi cruelles que celles de l'animal. Celui-ci parut reconnaître, lui aussi, une fille du désert. Il s'avança lentement, remuant sa queue formidable en signe de joie ; les lèvres s'abaissèrent, il se faisait câlin et doux ; enfin, il appuya sa grosse tête contre les mains de la Nubienne.

Celle-ci caressa le cou puissant, elle joua avec les crins roux de la rude crinière.

Oh ! combien elle aurait voulu pouvoir s'en aller avec cette lionne, à travers les déserts où le sable ondule comme des vagues, boire à la source, se reposer sous les palmiers, être libre ! libre !

Pendant les premiers instants de cette scène étrange, les femmes du harem retinrent leur haleine, l'œil fixé tantôt sur la fille noire, tantôt sur le fauve.

Maintenant la négresse parlait tout bas à la bête fauve une langue qu'elle paraissait comprendre. Sa voix avait un rythme étrange, guttural, auquel elle répondait avec de petits cris de joie et des râles étouffés.

Cependant les femmes restaient derrière leur barricade ; seulement, au lieu de se cacher, elles étaient debout, intéressées au plus haut point par ce spectacle tragique et grandiose, se demandant si la bête n'allait point retrouver sa férocité primitive, et si Zorah ne tirerait point son poignard de la gaîne.

Ce fut alors qu'à l'une des portes de la salle apparut Baba-Hassan. Les eunuques, épouvantés, lui avaient appris que la lionne venait de pénétrer dans le palais des femmes, et il arrivait, ayant derrière lui une vingtaine d'esclaves armés jusqu'aux dents.

Deux têtes se tournèrent alors vers lui : celle de Zorah et celle du fauve. La Nubienne paraissait, en ce moment, d'une incomparable beauté. Le groupe sculptural qu'elle formait avec l'animal était si magnifique, qu'Hassan arrachant l'aigrette de diamants de son turban la lança à la négresse.

— Pour toi, ma belle dompteuse ! fit-il.

Zorah prit sa ceinture de soie, la déroula, en entoura le cou de la lionne, puis, après lui avoir adressé de nouveau des paroles charmeuses, elle la conduisit à son maître.

— Elle ne se révoltera plus, dit-elle.

De cette heure data l'éphémère empire de Zorah la Noire. Elle dura ce que dure un rêve ! Hassan oublia l'épisode de la révolte du félin et celui de la dompteuse. Zorah, qui durant quelques semaines avait pris plaisir à se parer des présents du sultan, cessa de les porter, et tomba dans une noire mélancolie.

Peu après Léïla fut achetée par le Pacha, et la préférence dont elle devint l'objet parut à Zorah un nouvel outrage. Elle ne pardonna point à la Circassienne la régulière beauté de son visage, ses yeux bleus d'une expression tendre et douce, la blancheur de ses mains, la grâce de ses pieds d'enfant. Elle se mit à haïr Léïla d'une façon féroce.

Baba-Hassan mit un jour le comble à la rancune couvant dans l'âme de la Nubienne.

Désignant celle-ci à Léïla, il lui dit:

— Tu as besoin d'une esclave, je te donne Zorah.

La fille du prince nubien vint baiser la main de sa nouvelle maîtresse, mais en ce moment ses prunelles brillaient d'une expression plus redoutable que celle de la lionne domptée jadis.

Ce fut tout. Elle continua de vivre au milieu de ses compagnes, sans paraître s'occuper du passé. Léïla lui demanda rarement ses services. Son caractère doux et bon lui faisait redouter de paraître abuser des droits qu'elle tenait d'un caprice du Pacha. De temps à autre, seulement, la Circassienne la priait de chanter des airs de son pays ou de danser les pas bizarres qu'elle exécutait jadis dans le palais de bois du prince qui l'avait appelée sa fille, au milieu de vierges noires comme elle, qui semblaient au désert s'harmoniser si bien avec les parasols des palmiers, la plaine sans limite et les sources des oasis.

Cependant, bien qu'elle fût sobre de paroles et se renfermât le plus souvent dans une paresse silencieuse, les femmes qui connaissaient les mœurs de son pays persistaient à la redouter. On l'avait vue le soir dans les jardins, les bras dressés, immobile sous ses draperies, jetant des imprécations sourdes et paraissant appeler sur le palais le malheur et la mort.

Que pouvait-on prouver contre elle? Rien. De quoi l'accuser? Si, par intervalle, on la surprenait lançant des paroles qui semblaient autant de malédictions, durant de longs jours elle restait engourdie dans sa paresse. Les yeux clos, regardant au dedans d'elle-même, revoyant peut-être les plages aimées, entendant des voix jadis chères à son cœur.

Le premier jour, elle ne parut point remarquer la présence de Jocelyne. Mais, à mesure que la jeune fille vint davantage au harem, elle s'en rapprocha progressivement. D'abord, Mlle de Miniac n'y prit pas garde; ensuite, frappée de la rigidité austère reflétée par le visage de la Nubienne, troublée au fond de son âme tendre par la mélancolie de l'esclave, elle lui fit don d'une écharpe de soie en lui adressant quelques bonnes paroles.

Zorah porta le mouchoir brodé à ses lèvres et murmura:

— Tu es bonne, toi!

Peut-être à la sympathie qu'elle éprouvait pour Jocelyne se mêlait-il une espérance inavouée: celle que la vengeresse de ses affronts serait cette fille blonde aux doux yeux de gazelle.

Zorah parut se réconcilier avec ses compagnes. On entendit de nouveau son rire et ses chansons. Un jour que, devant elle, Léïla racontait l'histoire de la lionne, Zorah dit en baisant la main de Jocelyne :

— Les fauves se comprennent : là bête lisait dans mes yeux, et moi dans les siens.

Les semaines, les mois s'écoulèrent; Jocelyne venait fréquemment au palais, et cependant jamais il ne lui avait été possible d'entrevoir un prisonnier, de pénétrer dans une cour du palais voisin. Pendant les heures d'abandon où Léïla la traitait en amie, Jocelyne s'informa adroitement de la situation des prisonniers, de leurs noms.

Léïla secoua la tête.

— Je ne parle jamais de ces choses à Sa Hautesse, fit-elle.

Fathma n'en paraissait point surprise. Elle admirait le dévouement de la jeune fille, sa robuste confiance, mais elle ne croyait nullement à la réussite de ses projets.

— Ah! répétait Fathma, on doit mourir vite, voyez-vous, dans les cachots où on les jette! Ceux qui en échappent, et le nombre en est restreint, se demandent comment on survit au manque d'air, à la privation de nourriture. Attendons les Pères de la Merci, seuls ils pourront négocier des échanges et vous rendre votre père.

Jocelyne continuait à prier et à espérer.

Un jour, au Consulat, Fathma apprit une grande nouvelle.

Des moines chargés d'aumônes étaient en vue d'Alger. Ils venaient y traiter de la liberté d'un certain nombre de captifs.

Comme ils étaient d'origine espagnole ils s'occuperaient d'abord de leurs compatriotes, suivant les usages reçus, qui voulaient que chaque nation fournît la rançon de ses prisonniers propres. Certains donateurs leur fixaient en outre un choix auquel ils ne pouvaient rien changer. Cependant, comme ils avaient traversé Saint-Malo, et reçu de ses armateurs des sommes considérables, ils comptaient négocier la liberté de Pierre de la Barbinais : Ce nom était le premier sur leur liste.

Les captifs étaient rachetés en Algérie soit par la rédemption publique, c'est-à-dire aux frais de l'État dont ils étaient sujets ; soit par les religieux, enfin par des particuliers qui confiaient aux Pères le soin de transactions souvent difficiles.

Quel que fût l'intérêt du Pacha à la réussite de ces marchés, ils ne se concluaient point aisément, et mille raisons pouvaient contrecarrer les projets des religieux sollicitant la mise en liberté d'un captif.

L'arrivée de ceux-ci n'en était pas moins saluée par un long cri d'espérance.

A peine l'arrivée du Padre Anselmo et du Padre Julio fut-elle annoncée que la foule se porta sur le port, quoiqu'ils ne pussent tout de suite descendre à terre, en raison des nombreuses formalités restant encore à remplir.

Le Consul reçut l'annonce officielle de l'arrivée des Pères ; il devait informer le Pacha que des moines sollicitaient la faveur d'une audience, afin d'y traiter du rachat d'un grand nombre de captifs.

La réponse de Baba-Hassan ne se fit point attendre. Il fit savoir qu'il accepterait les présents des Pères, et daignerait les recevoir.

Lorsque Fathma apprit ces détails à Jocelyne, celle-ci porta les deux mains à sa poitrine, comme si elle ne pouvait contenir l'excès de sa joie. Puis, s'enveloppant d'un voile, elle courut au Consulat et se jeta aux pieds des religieux.

— Sauvez mon père ! leur dit-elle, et tout ce que je possède est à vous !

Ils relevèrent la jeune fille, entendirent sa douloureuse histoire, calculèrent la valeur des dons d'Abdallah et la crurent plus que suffisante pour acquitter la rançon du docteur de Miniac.

Jocelyne reprit ensuite en rougissant :

— Il est un autre prisonnier, mon compatriote, auquel me lient
des liens sacrés d'affection ; si cette fortune n'est pas entièrement
indispensable à la libération de mon père, que le reste serve à payer
la rançon de M. Porçon de la Barbinais.

— Vous le connaissez ? demanda le Père Anselmo.

— Ma mère nous avait fiancés.

Elle fit cette confidence en levant ses beaux yeux sur les deux
vieillards ; ils y lurent tant de pureté, de regrets et de courage, que
de ce moment leur sympathie fut acquise à Jocelyne.

Deux jours après les moines étaient attendus par le Pacha.

On les introduisit dans une salle meublée avec une extrême magnificence.

Sa Hautesse, entourée des officiers de sa maison, avait les deux
pieds posés sur sa lionne favorite. Le visage hautain du Pacha semblait leur vouloir apprendre à l'avance que les transactions seraient
difficiles. Mais les Pères de la Merci connaissaient la mise en scène
des Orientaux, et, soutenus par leurs sentiments d'humanité, ils se
préparèrent à opposer la souplesse à la ruse, peut-être même à la
mauvaise foi.

L'interprète exposa le but de leur mission et, quoiqu'il fût connu
du souverain dans ses moindres détails, celui-ci écouta impassible,
immobile, aspirant seulement par intervalle la fumée odorante de
sa pipe d'or incrustée de pierreries.

Ensuite sur un signe, des esclaves étalèrent sous les yeux du
Pacha les présents apportés par les Pères ; et la discussion du marché commença.

Il se traitait dans des conditions de criante injustice. Force restait
toujours à celui qui possédait le pouvoir, et cette fois il en abusa
d'une façon plus criante encore que d'ordinaire. Avant de s'occuper
de la rançon des prisonniers auxquels s'intéressaient les envoyés de
la charité, le Pacha leur imposa le rachat d'un certain nombre de
captifs appartenant à des nationalités différentes. Les souffrances
subies les ayant mis aux portes du tombeau, Baba-Hassan, dans la
crainte de perdre avec eux un capital important, se hâtait de négocier la vente de ces malheureux.

Sans doute, ils avaient bien souffert ; les tortures subies se lisaient
sur leurs visages livides, sur leurs membres ankylosés, meurtris,
refusant le service ; mais enfin l'heure de la délivrance approchait
pour eux, tandis que les prisons souterraines regorgeaient de captifs
encore jeunes, pleurés par des êtres chers.

Les moines essayèrent de soulever des objections ; il

leur fut répondu que les négociations étaient suspendues.

Ils se résignèrent, vidèrent en partie leur bourse d'aumônes pour des inconnus et, à ce prix, ils obtinrent, à des conditions acceptables, la liberté de dix Espagnols. Hélas ! que n'avaient-ils pas assez d'or pour les arracher tous à leur enfer !

La veille, tandis qu'ils se promenaient sur le port, ils avaient vu se tourner vers eux tant de visages souffrants ; ils avaient entendu tant de supplications ardentes, recueilli tant de mémoires touchants, de placets trempés de larmes, que leur cœur se brisait à la pensée de leur impuissance. Combien de malheureux, déçus dans leur attente, verseraient le soir même des pleurs de désespoir ! A chaque voyage se renouvelait une épreuve laissant leur cœur plus douloureusement meurtri.

Enfin l'entrevue des Pères de la Merci et du Pacha approchait de sa fin ; les représentants de la Miséricorde venaient de briser les fers de cinquante prisonniers, dont une partie avaient été imposés. Il ne leur restait plus qu'à s'occuper de ceux qui leur étaient recommandés par des êtres chers.

De ceux-là on demanda davantage. Des mères payaient pour des fils adorés, des filles pour des pères dignes de leur amour et de leurs regrets, des sœurs pour des frères.

De nouveau, les esclaves s'approchèrent et étalèrent devant le Pacha les richesses renfermées dans les coffres d'Abdallah.

— Une jeune fille offre ces trésors à Votre Hautesse, en échange de la liberté de son père, prononça lentement le Père Anselmo.

— Elle est riche comme une sultane.

— Ce qu'elle possède, elle le donne sans regret.

— Le nom du prisonnier ?

— Robert de Miniac.

Le Pacha fit signe à son secrétaire d'inscrire ce nom, puis il ajouta :

— N'avez-vous plus rien à solliciter ?

— Les négociants et armateurs de Saint-Malo m'ont chargé de vous proposer la mise en liberté d'un autre prisonnier, contre une somme de cinquante mille livres.

— Cinquante mille livres ! Le chiffre trahit la valeur de l'homme.

— Il se nomme Pierre de la Barbinais.

— Pierre de la Barbinais ! un Français, un capitaine chargé par le Sultan de France de calculer mes forces et de lui révéler le nombre de mes canons et la valeur numérique de mes soldats,.... Un homme qui m'a coulé plus de navires à lui seul que tous les marins français ensemble..... Un enragé et un traître! Un espion! Non! non! pour celui-là, jamais de rançon, jamais de liberté!

— Votre Hautesse se trompe, répondit avec douceur le Père Anselmo; lors du dernier combat livré contre vos navires, le capitaine de la Barbinais n'avait d'autre mission que celle d'escorter des bâtiments

— J'ai dit : jamais ! fit le Pacha.

Les moines baissèrent la tête; ils comprenaient que toute tentative resterait inutile.

— Pouvons-nous, du moins, compter sur la liberté de Robert de Miniac?

— Quel est son pays?

— Il est Français !

— Alors, non! s'écria le Pacha. J'ai su triompher de toutes les nations, hors de celle-là. Pour vaincre les Espagnols la foudre et la tempête me sont venues en aide! La France, en dépit de ma haine, de ma volonté, me prend mes navires et me tue mes marins. Je sais ce qu'elle prépare. Je sais qu'elle rêve comme Charles V, le maître des Espagnes, de m'écraser sous ses canons, et de voir flamber Alger comme une gerbe. Aussi je garde ceux qu'elle réclame et qui, à peine délivrés, s'armeraient de nouveau contre moi. Reprenez l'or et les présents qui devaient racheter ces hommes, ils pourriront tous deux au fond de mes cachots.

Le Pacha fit un signe pour congédier les Pères et leur interprète; les esclaves plièrent sous le poids des richesses désormais inutiles de Mlle de Miniac, et les moines quittèrent le palais accompagnés avec le cérémonial ordinaire.

Jocelyne, qui n'avait pu résister à son impatience, venait au-devant d'eux.

Elle comprit la vérité et se laissa tomber dans les bras de Fathma.

— Ah! lui dit-elle, avoir tant pleuré, tant souffert, et voir se briser ma dernière espérance!

— Il en reste toujours, puisque Dieu est là.

Elle ne répondit rien, et, chancelante, pleurant sous son voile, elle regagna la maison de la parfumeuse du harem.

Elle passa le reste du jour et la nuit suivante dans un tel état de fièvre et de désespoir, qu'elle n'eut point le courage d'assister aux cérémonies de la mise en liberté des esclaves rachetés!

Le Consulat, occupant une partie de la maison de France, se trouvait joint à l'hôpital et à une chapelle où l'office divin se célébrait avec pompe. Le Père Vacher, son chapelain, son interprète et ses serviteurs habitaient de grands appartements, dont la plus vaste pièce servait à rendre la justice. L'hôpital servait d'asile aux malades, aux voyageurs. On y trouvait la patrie à l'ombre de la croix. Afin de subvenir à l'entretien des malades de toutes les nations qui y étaient admis, les vaisseaux chrétiens payaient en entrant dans le port une redevance de trois piastres. Le Consul gardait sa chapelle particulière, mais les grands offices se célébraient dans l'église de l'hôpital. Les prêtres, les moines en voyage y officiaient.

Mais de toutes les fêtes pieuses dont cette église était témoin, aucune ne paraissait plus attendrissante que la messe d'action de grâce célébrée le jour de la mise en liberté des captifs.

Dès l'aube, on la parait de fleurs et de feuillages. Les capitaines de navires, les soldats, les marins remplissaient la nef; bientôt, conduits par les Pères de la Merci, on voyait s'avancer les prisonniers couverts de lambeaux sordides, dont les déchirures laissaient paraître les meurtrissures et les plaies d'un corps brisé sous le bâton des hommes de la chiourme. Ils traînaient aux jambes et portaient aux bras les carcans de fer dont le poids avait creusé les poignets et ensanglanté les chevilles. Les uns, aveuglés par l'éclat du jour, fermaient les paupières, comme de misérables oiseaux arrachés à la nuit; d'autres s'aidaient, pour marcher, du bras de leurs compagnons. On en voyait dont le dernier souffle menaçait de s'exhaler pendant le trajet du cachot à l'église. Les longues barbes blanches, les mains amaigries, les yeux cavés par les pleurs arrachaient à la foule des exclamations de pitié. On plaçait dans la main de ces malheureux de nombreuses aumônes; les Pères de la Merci tendaient les leurs à l'offrande. L'office sacré commençait, et plus d'un malheureux s'évanouissait de saisissement et de joie en entendant les chants sacrés qui lui rappelaient la liberté et sa jeunesse.

Devant l'autel, chaque captif recevait des mains des Pères de la Merci son *Jasker et* (certificat de liberté), puis ils se rangeaient deux par deux, se dirigeant à travers la ville jusqu'au port où le vaisseau les attendait.

La foule les escorta jusque-là, puis, au moment où le navire leva l'ancre, une grande exclamation monta vers le ciel.

Le vaisseau s'avança lentement d'abord, se balançant sur ses hanches, puis sa marche s'accéléra, il diminua lentement, jusqu'à ce qu'il ne semblât pas plus grand que l'aile d'un albatros; enfin il se fondit sous un voile de brume, et disparut.

La maladie de Jocelyne fut longue et cruelle. Un amer découragement s'empara de son âme. Qu'était-elle venue faire dans ce pays maudit, dans cet enfer dont elle avait cru ouvrir les portes comme font les anges dans les chroniques sacrées. Convaincue de son impuissance, ne devait-elle pas retourner dans la terre natale, y vivre et y mourir au milieu de ceux qu'elle aimait? L'orgueil l'avait poussée à le quitter. Elle avait cru à une mission sainte; mais Dieu se chargeait de briser l'instrument inutile, et Jocelyne sentait bien qu'elle n'était qu'une pauvre enfant dont l'avenir restait à jamais fermé.

Ganette se montra d'une bonté, d'un dévouement admirables, et lentement elle triompha de la torpeur douloureuse dans laquelle la jeune fille restait plongée.

Lorsque Mlle de Miniac s'abandonnait au désespoir, Ganette trouvait le moyen de la consoler doucement :

— Ce que le Pacha refuse aujourd'hui, disait-elle, ne peut-il l'accorder demain? Restons quand même, Jocelyne. Tant que M. de Miniac et M. de la Barbinais seront prisonniers, notre place sera à Alger. Galhauban s'est évadé, votre père et votre fiancé seront libres un jour.

Jocelyne ne répondait pas et secouait tristement la tête.

Cependant, peu à peu, elle se voua à une œuvre dans laquelle elle mit tout son cœur. Grâce à ses dons, les esclaves travaillant sur le port reçurent des secours nombreux, et pour attirer la bénédiction du ciel sur ceux qu'elle aimait, elle se dévoua aux misérables captifs. Elle en fut vite connue. Quand elle apparaissait, toutes les mains se tendaient vers elle ; bientôt elle devint l'intermédiaire des familles désolées, et on la nomma : l'Ange des Captifs.

Combien de fois versa-t-elle des larmes en recevant de touchants témoignages de reconnaissance? Combien de fois, tandis qu'on la bénissait, supplia-t-elle ceux qui lui baisaient les mains de demander au ciel la fin de son épreuve !

Des semaines, des mois se passèrent avant que Jocelyne reprît avec Fathma le chemin du harem. Lorsque Léïla s'informait de la jeune fille, pour qui elle éprouvait une sincère amitié, Fathma se contentait de répondre :

— Jocelyne est frappée au cœur.

Malheureuse ! Malheureuse ! Mon fils est empoisonné! (*Voir page* 233.)

XX

LE CRIME DE ZORAH LA NOIRE

Au harem Léïla triomphait. A la nouvelle qu'elle allait devenir mère, le Pacha avait ordonné des fêtes dans son palais comme au sérail. La faveur de la Circassienne devenait l'objet des préoccupa-

Malheureuse ! Malheureuse ! Mon fils est empoisonné! (*Voir page* 233.)

XX

LE CRIME DE ZORAH LA NOIRE

Au harem Léïla triomphait. A la nouvelle qu'elle allait devenir mère, le Pacha avait ordonné des fêtes dans son palais comme au sérail. La faveur de la Circassienne devenait l'objet des préoccupations générales. Le Pacha ne décidait plus aucune affaire sans la consulter.

Léïla, qui avait toujours aimé Fathma, la choisissait souvent pour sa confidente, et ce fut en apprenant à quel point le Pacha se montrait soumis aux désirs de sa jeune épouse, que la parfumeuse se demanda si le crédit de Léïla ne viendrait pas un jour à bout des refus du tyran.

Jocelyne retourna donc au harem. Pâle, affaiblie, elle toucha profondément par sa tristesse le cœur de Léïla.

— J'ignore ce que mon crédit pourra pour toi, lui dit-elle, mais à l'heure où tu souhaiteras que j'intercède auprès du Maître en ta faveur, je le ferai.

Il fallait laisser au Pacha le temps d'oublier les tentatives des Pères de la Merci, le surprendre en pleine félicité par une prière inattendue, et faire à la fois violence à son orgueil et à son cœur.

Enfin, un jour, en entrant au harem, Jocelyne apprit que Léïla berçait dans ses bras un bel enfant auquel on avait donné le nom d'Orphy, et à qui était promis d'avance le sceptre d'Alger.

Les soldats reçurent une paie extraordinaire, des festins réunirent le Maître et ses amis, tandis que les femmes du sérail se livraient à la danse ou essayaient de nouvelles parures.

Zorah en avait été comblée comme ses compagnes, mais au lieu de s'en réjouir, elle s'approcha de Léïla qui berçait Orphy sur son sein et plaçant les colliers et les bracelets sous sa sandale :

— Puisse la vie de cet enfant, dont tu es si fière, se briser comme ces hochets.

Cette fois l'épouvante de Léïla l'emporta sur sa bonté. Soulevée sur les coussins, le visage terrifié, elle appela à l'aide :

— Elle maudit mon fils ! dit-elle, Zorah menace mon enfant !

Léïla tomba évanouie sur le divan, tandis qu'on entraînait la Nubienne.

Ce fut en entendant des cris mêlés de sanglots que Léïla retrouva le sentiment de ce qui se passait autour d'elle. Son premier regard tomba sur son enfant, sa première question fut de s'informer de ce qui se passait au dehors.

— On châtie Zorah, répondit une jeune femme.

— Je le défends ! Grâce pour elle ! dit la Circassienne. La punition grandira sa haine au lieu de l'éteindre... Qu'on cesse ces coups, les lamentations de Zorah me brisent le cœur.

On avait cru prouver à la jeune femme un zèle dont elle serait reconnaissante, mais on n'obtint d'autre résultat que de l'effrayer

davantage. A la pensée que l'animosité de la Nubienne grandirait
en proportion des tortures subies, elle tomba dans un effroi véritable, et commanda non seulement de cesser une fustigation cruelle,
mais encore de panser Zorah avec le plus grand soin. On lui obéit;
mais si les verges teintes du sang de l'Africaine s'échappèrent des
mains de la mégère qui, dans le harem, remplissait l'office de bourreau, il fut moins aisé de décider Zorah la Noire à laisser panser ses
plaies. Relevant sur le sol les voiles blancs dont elle aimait à se
draper, elle en entoura ses épaules meurtries et à travers la mousseline légère le sang apparut par grandes taches rouges.

Le front aussi fier, la démarche aussi orgueilleuse que si elle ne
venait point d'être flétrie, Zorah rentra dans la salle du harem, s'allongea sur la fourrure d'ours, y enfonça ses coudes, et reprit son
attitude de sphinx. Elle ne regarda pas même du côté de la jeune
mère, refusa de manger et demeura tout le jour ainsi, l'esprit rempli
d'amères et cruelles pensées.

Léïla s'épouvanta plus de cette attitude qu'elle ne l'aurait fait si
la Nubienne, dans l'emportement de sa rage, l'eût accablée de reproches. Les plaies de celle-ci guérirent lentement, et le voile dont
elle s'entourait cessa d'avoir des marques sanglantes. Mais ce qui
ne changea pas, ce fut le cœur de la Nubienne, ce cœur de tigresse
noire dans lequel s'était infiltrée une inguérissable haine.

A partir de cette époque on la vit souvent dans les jardins, tantôt
respirant l'odeur d'une fleur, tantôt cueillant des feuilles ou arrachant de terre des racines. Elle les gardait dans sa main, les étudiant
avec une curiosité obstinée ; ses lèvres remuaient ; on eût dit qu'elle
leur parlait. Ses compagnes ressentaient à son contact une crainte
superstitieuse et, bien qu'en apparence le calme le plus grand régnât
au harem, on y sentait pour ainsi dire grandir une de ces tragédies
domestiques qui bouleversent si fréquemment les cours orien-
tales.

Jocelyne était revenue. Entraînée par la bonté que lui témoignait
Léïla et comprenant qu'elle avait dans la jeune femme une amie sincère, un jour elle lui apprit tout : son nom, sa nationalité, le motif
pour lequel elle avait quitté la France, le but qu'elle poursuivait à
Alger.

— Mais c'est beau, c'est grand, cela! dit Léïla en serrant les
petites mains de Jocelyne ; quoi! pour un père, un fiancé, vous avez
subi tant d'épreuves. J'y mettrai un terme! Vous reverrez le vieillard que vous pleurez, vous épouserez l'homme de votre choix. Je
supplierai tant Sa Hautesse qu'elle finira par céder à ma prière.

— Vous êtes bonne ! dit Jocelyne en portant à ses lèvres la main de Léïla.

— Je suis une heureuse mère, et je voudrais tout le monde heureux, voilà tout. Soyez convaincue que je profiterai du premier moment favorable pour présenter votre requête. Et maintenant que ceci est promis, revenez tous les jours, au harem, me réjouir de votre présence, épier l'instant où il me sera possible de vous dire : — J'ai réussi. Grâce à moi, vous ne pleurerez plus jamais !

Jocelyne promit avec des larmes de joie dans les yeux.

Orphy devenait fort et beau. Il ressemblait à Léïla dont il avait déjà les grand yeux caressants. Le Pacha paraissait fou de cet enfant, et passait près de Léïla et d'Orphy plusieurs heures de la journée. Celle-ci, suivant sa promesse, attendait l'heure de demander la grâce des deux captifs; mais Baba-Hassan voulait oublier au harem les soucis de la politique, il interdisait souvent à la jeune femme de l'entretenir de semblables sujets. Elle cédait, recommençait, espérant chaque fois être plus heureuse, rassurée par la certitude qu'elle inspirait au maître redouté un amour sans borne.

Un jour, pendant qu'elle se baignait, Léïla confia Orphy aux soins d'une femme à qui elle recommanda de ne le point quitter. Mais celle-ci, attirée par l'appel d'une autre esclave, laissa une minute l'enfant couché sur un divan : lorsqu'elle revint Zorah la Noire le berçait avec une chanson nubienne.

La jeune fille, prise d'une terreur vague, arracha brusquement Orphy à la négresse, en jetant sur Zorah des regards remplis d'épouvante. Celle-ci avait repris sa pose méditative lorsque Léïla revint du bain.

Alors elle roula Orphy avec elle sur le divan de soie, le caressant, lui donnant les noms les plus tendres. Mais, contre son habitude, Orphy ne prenait nulle part aux jeux maternels; sur son joli visage passaient des pâleurs soudaines et des crispations douloureuses. Evidemment, il souffrait. Bientôt ses gémissements troublèrent le cœur de Léïla. Elle manda la plus habile des femmes dans l'art de la médecine, si rudimentaire chez les Turcs, mais ni les potions qu'on fit prendre à l'enfant, ni les soins dont on l'entoura ne mirent fin à ses tortures.

Un soupçon traversa soudain l'âme de Léïla.

Appelant d'un geste l'esclave à qui elle avait remis son fils :

— Parle, dit-elle, parle, et dis la vérité sans détour, sinon je te fais mourir sous le bâton. Désobéissant à mes ordres, tu as laissé Orphy seul...

— Pardon ! pardon ! Hanoum ! Si peu de temps ! une minute peut-être.

— Où était Orphy, alors ?

— Sur ce même divan.

— Et quand tu es revenue ?

Les lèvres de la malheureuse tremblaient, et ce fut le front sur les pieds de Léïla qu'elle ajouta :

— Je le retrouvai dans les bras de Zorah...

— Malheureuse ! Malheureuse ! mon fils est empoisonné !

Les cris de douleur de Léïla remplirent le harem ! elle, si douce, bondit jusqu'à Zorah qui se releva d'un bond de panthère et lui cracha ces mots à la face :

— Eh bien ! oui, je l'ai empoisonné cet enfant dont tu faisais ta joie et ton orgueil ! Le maître n'aura pas d'héritier de la femme qu'il m'a préférée. Qu'importe ce que tu décideras de moi ! La vengeance savourée vaut tous les supplices ! Les bourreaux sont prêts, je cours au-devant !

Repoussant Léïla de ses bras robustes, elle s'échappa de la salle et courut à travers les jardins.

En une minute les eunuques eurent cerné les cours et les jardins, et Léïla, dans l'exaspération de son désespoir, cria d'une voix étranglée par la douleur :

— La mort ! la mort pour la Nubienne !

En ce moment, Jocelyne entrait dans la salle.

— Regarde mon fils ! dit Léïla, en déposant l'enfant entre les bras de la jeune fille. On me l'a tué, Zorah lui a versé du poison.

Le visage du pauvre petit était livide ; il tournait vers sa mère des regards remplis d'une supplication déchirante. Mais que pouvait-elle pour lui ? S'il ne se fût agi que de prendre ses douleurs et de lui donner sa vie, sa santé à elle, Léïla l'aurait fait sans regret ; mais elle demeurait impuissante, et cette impuissance augmentait son désespoir.

Prévenu par le chef des eunuques, le Pacha accourut au harem plein de désespoir et de colère. Il allait ordonner le supplice de la misérable, mais Zorah s'était fait justice ; elle dormait déjà sous l'eau d'un lac, et les lotus épanouis recouvraient son corps rigide.

La douleur du Pacha était en ce moment effrayante et touchante tout ensemble. Il aimait cette femme et cet enfant d'un amour irrésistible, violent, passionné. Les tigres chérissent leurs petits. Baba-Hassan était un tigre à face humaine, mais à cette heure, sa chair et son sang criaient en lui.

— Oh! fit-il, la moitié de mes trésors à qui sauvera Orphy!

Déjà un grand nombre de médecins turcs étaient accourus, mais tous en voyant l'état désespéré de l'enfant avaient secoué la tête, et s'étaient éloignés dans la crainte qu'Orphy expirât dans leurs bras.

Tout à coup, à l'exclamation de Baba-Hassan, Jocelyne sentit affluer dans son cœur une soudaine espérance.

Sans réfléchir, avec l'entraînement des âmes enthousiastes et dévouées, elle vint se prosterner devant le Pacha.

— Prince, dit-elle d'une voix tremblante, il existe un homme capable de sauver ton enfant.

— Tu le connais, cours le chercher... La fortune, les dignités, il aura tout! son nom, sa demeure...

— Son nom? Robert de Miniac... Sa demeure? Les cachots de Ta Hautesse!

— Quoi? ici dans ce palais! un médecin dont tu garantis la science?

— Sa science est grande, et si Orphy peut être sauvé, ce ne sera que par lui.

— Quels liens t'attachent à ce prisonnier?

— Il est mon père.

— Je vais donner ordre de l'amener sur le champ.

— Laisse-moi plutôt descendre dans le cachot au fond duquel il languit depuis de longues années... Je te l'amènerai...

— Qui me répond que tu ne me tends pas un piège.

— Je t'engage ma parole de chrétienne, répondit Jocelyne.

— Je la connais! dit Léïla en joignant les mains... Déjà elle m'avait raconté son histoire... Quand j'ai voulu te parler de son père, tu me l'as interdit... Écoute-la! Quoiqu'elle soit ennemie de la foi du Prophète, elle possède un grand cœur... Sauve la vie de mon fils... Hassan, sauve la vie de mon fils!

Le Pacha promena son regard de l'enfant, dont la physionomie exprimait une atroce souffrance, à Jocelyne qui, les mains tendues, attendait la décision du maître.

Une sourde exclamation de rage échappa au prince.

— Ces giaours! fit-il, ces Français!

— Qu'importent leur nation et leur culte, s'ils ont la science! s'écria Léïla. Je demanderais le salut de mon fils à l'Ange du mal, s'il pouvait le guérir.

— Ainsi, demanda le Pacha, tu réponds de l'habileté de cet homme?

— Mon père était célèbre dans sa patrie.

— Qu'il vienne donc, répondit Baba-Hassan.

— S'il sauve ton fils, quel prix me réserves-tu?

— Tout ce qu'il te plaira de prendre dans mon trésor.

— Je demande moins à Ta Hautesse.

— Parle.

— La liberté de mon père...

— Ton père quittera sa prison.

— Et celle d'un autre captif.

— Qui est celui-là ?

— Pierre Porçon de la Barbinais.

— Jamais! dit le Pacha, jamais! La liberté de celui-là serait un danger pour mon royaume... Ton père sera libre, libre et comblé d'honneurs. Quel intérêt peut, d'ailleurs, t'inspirer ce jeune homme?

Mlle de Miniac détourna ses yeux du Pacha pour les reporter sur Léïla : celle-ci devait mieux la comprendre.

— Oh! celui-là! fit-elle.

— Tu l'aimes? demanda la femme d'Hassan.

Jocelyne baissa la tête.

— On te le rendra plus tard, je te le jure... Aujourd'hui n'insiste pas...

Un instant après, Jocelyne, escortée par quatre gardiens, et précédée par deux porteurs de torches, descendait les sombres escaliers des prisons souterraines. A mesure qu'elle avançait dans ces ténèbres, l'air se faisait plus rare, il semblait qu'il fût impossible de respirer dans une pareille atmosphère.

Jocelyne allait en avant, le cœur battant, les yeux aveuglés par les larmes. Lorsque la porte s'ouvrit et qu'elle apparut dans ses vêtements clairs entre les porteurs de torches, elle produisit aux captifs l'effet d'une fantastique apparition.

Avec la rapidité de la pensée chacun d'eux se rappela les romans chevaleresques, les chroniques guerrières, les légendes chrétiennes traversées par ces Mauresques compatissantes qui, depuis la belle Esclarmonde, tendaient leurs mains blanches pour ouvrir les carcans et les colliers de fer des prisonniers, et les amenaient à bord d'un navire sauveur.

Jocelyne resta un moment immobile sur le seuil, fouillant de ses yeux aveuglés de larmes l'ombre épaisse au fond de laquelle semblaient s'agiter des spectres. Elle ne voyait rien de bien défini, mais toutes les douleurs qu'elle devinait lui poignaient l'âme. Un instant elle s'appuya contre la muraille, prise de défaillance. Lentement, de tous les coins du cachot, se rapprochaient les prisonniers. On la voyait maintenant d'une façon plus distincte. Tout à coup elle poussa un cri en arranchant son voile :

— Mon père ! mon père ! c'est Jocelyne !

Puis un autre, étouffé par sa pudeur de jeune fille :

— Pierre ! Pierre !

A cette voix deux autres répondaient, et Jocelyne courut au-devant du vieillard que le corsaire soutenait dans ses bras.

Robert de Miniac attira Jocelyne sur sa poitrine, la serrant avec une tendresse craintive, couvrant son front et ses yeux de baisers.

Pierre de la Barbinais avait pris la main de la jeune fille et la pressait doucement.

— Toi ! toi, ici ! disait M. de Miniac ! en palpant le visage et les vêtements de sa fille. Mais sous quels habits ! que signifie...

— Vous saurez tout plus tard, mon père ! Vous êtes libre, vos chaînes vont tomber.

— Et Pierre ? demanda le vieillard, Pierre, mon fils...

— Qu'il me pardonne ! répondit Jocelyne, si je ne puis le racheter aujourd'hui.

— Songez d'abord à votre père, c'est le devoir, Jocelyne, répondit le capitaine. O noble et courageuse enfant ! vous n'avez reculé devant aucun péril pour le rejoindre.

Jamais je n'ai cessé de songer à vous, Pierre... Ma tendresse vous reste fidèle... Dieu permet que le tyran ait à cette heure besoin de nous, toute mon influence tendra désormais à obtenir votre liberté !... Peut-être faudra-t-il beaucoup de temps et d'efforts pour emporter cette victoire... Pierre, et vous tous, ses compagnons de malheur, ayez confiance en moi ; je suis femme et je suis chrétienne ! S'il ne m'est pas possible de guérir tous vos maux, j'essaierai du moins de les soulager.

— Ma noble fille ! mon fils ! Tu ne sais pas, Jocelyne, ce que ce vaillant cœur est pour moi !

— Et pour moi, donc ! s'écria la jeune fille.

Puis, craignant de trahir sa faiblesse, elle s'arracha à l'étreinte des mains de la Barbinais et entraîna son père.

— Au revoir ! au revoir ! dit-elle en fuyant,

M. de Miniac s'appuyait sur l'épaule de Jocelyne ; ses jambes le soutenaient à peine. On dut presque le porter quand il s'agit de gravir l'escalier.

Au moment où la lumière du jour frappa ses regards, il ferma les yeux à demi privés de la lumière et qu'éblouissait l'éclat du soleil. Sa poitrine refusait d'aspirer un air trop vif. Il défaillait à la vue du ciel, à la brise soufflant de la mer.

Enfin il parvint au seuil du harem, sans comprendre encore où on le conduisait, confiant dans sa fille, s'abandonnant à la joie folle de cette pensée :

— Je suis libre ! Jocelyne m'est rendue.

Mais cette sorte d'ivresse fit soudainement place à une autre idée.

— Ta mère ? demanda-t-il.

— Je suis seule ici, répondit la jeune fille.

— Sa santé délicate ne lui permettait point un si dur voyage, n'est-ce pas ?

Mais en demandant cela, M. de Miniac tremblait.

Jocelyne se pressa davantage contre lui.

— Sans vous, fit-elle, je serais orpheline.

— Morte ! morte ! ma chère Jeanne.

— Morte en me léguant le soin de vous délivrer... Nous parlerons d'elle, nous la pleurerons ensemble... A cette heure, il s'agit de gagner la liberté promise... Un enfant se meurt... le fils du Pacha... Rappelez à vous toute votre expérience et tout votre savoir... Vous allez risquer trois vies : celle de l'enfant, la vôtre et la mienne.

Prie ! dit-il, Dieu doit t'exaucer.

Tous deux entrèrent dans la salle où le Pacha, Léïla et son fils attendaient le prisonnier.

A la vue de M. de Miniac soutenu par Jocelyne, un cri d'épouvante s'échappa des lèvres de la jeune femme. A quel degré de misère la captivité avait réduit cet homme, ce savant dont elle attendait le salut d'Orphy !

Des haillons couvraient ses membres, sa barbe descendait toute blanche sur sa poitrine osseuse ; les yeux à demi éteints, retirés au fond des orbites, les rides creusées sur les joues racontaient les douleurs subies.

Le Pacha détourna la tête.

— Ta fille m'a répondu de ta science, il dépend de toi de conquérir ta liberté, des honneurs, une fortune... regarde cet enfant.

— J'y vois à peine, répondit le captif ; du fond de tes cachots je croyais ma vue complètement perdue... pourtant je garde le sentiment de la lumière... décris-moi les symptômes de son mal.

Le docteur écouta attentivement, puis il ajouta :

— Il a été empoisonné.

— Est-il des contrepoisons contre ce qu'il a pris ?

— Il en existe dans mon pays ; ici, je l'ignore.

— Mon enfant ! cria Léïla, rendez-moi mon enfant !

Le docteur demanda un interprète, lui dicta une ordonnance ; en moins d'une heure la ville fut fouillée, et le médecin put tenter de

calmer les souffrances du pauvre petit. Il le prit dans ses bras doucement, l'y garda, le soignant avec des tendresses d'aïeul, oubliant
et le Pacha et la mère, rendu subitement au devoir professionnel
et retrouvant la sûreté de son diagnostic et la lucidité de sa pensée.

Deux heures plus tard, l'enfant soulagé tendait ses bras vers
Léïla et retrouvait son sourire.

Dans un angle de la salle, Jocelyne priait en pleurant.

Le Pacha enleva la pelisse somptueuse qui lui couvrait les épaules
et en enveloppa le prisonnier, puis s'adressant à Jocelyne :

— Des ordres vont être donnés pour que ton père soit l'objet des
plus grands soins. Quand tu le reverras, tu auras peine à le reconnaître, sois sans inquiétude, jeune fille, Hassan tient toujours la
parole donnée.

L'interprète traduisit à Robert de Miniac les paroles du Pacha, et
celui-ci, quittant le harem, fut conduit aux bains du palais.

On le laissa une heure dans l'eau parfumée qui procurait le dé-
lassement à ses membres, puis un esclave le massa doucement, le
frotta d'huiles aromatiques, enfin il lui présenta des habits somp-
tueux envoyés par le Sultan. Le premier mouvement du docteur de
Miniac fut de les repousser. Mais pouvait-il reprendre ses haillons?
Sa fille ne lui avait-elle point donné l'exemple des soumissions?
N'était-ce point à la prudence de sa conduite qu'il devait aujour-
d'hui son salut? Quel que fût donc le sentiment de répulsion dont
son âme fût atteinte, il revêtit le costume présenté par un esclave,
puis, s'appuyant sur le bras du noir, les paupières mi-closes afin
d'abriter ses prunelles contre les rayons d'un jour trop vif, il regagna
l'appartement dans lequel le Pacha et Léïla l'attendaient. L'enfant
dormait toujours. Sa mère, inclinée vers lui, surveillait ce repos
inespéré, et souriait en voyant que le visage d'Orphy avait retrouvé
sa sérénité et sa grâce. Les traces laissées par la douleur se voyaient
encore dans la pâleur des joues, la ligne estompée soulignant les
paupières, mais il ne pleurait plus.

Si fier et si dur que fût le Pacha, il éprouvait en ce moment un
sentiment de reconnaissance sincère pour le docteur. Par son ordre,
on apporta pour Jocelyne des bijoux dont Léïla aurait pu se montrer
jalouse. La jeune fille ne les refusa pas, et songea que leur prix
servirait à la consolation et au rachat d'autres prisonniers.

Baba-Hassan se retira vers le soir, emmenant avec lui Robert de
Miniac.

Jocelyne et son père croyaient que leur séjour au palais n'aurait
plus que la durée de la convalescence de l'enfant. Elle la hâtait de

ses soins et de ses vœux, avide d'avoir seul, bien à elle, le père qu'elle venait d'arracher à la torture et à la mort.

Huit jours plus tard les soins de Robert de Miniac cessèrent d'être utiles à Orphy.

Jocelyne, que l'habitation du harem durant la maladie de l'enfant rendait moins timide à l'égard du Pacha d'Alger, voyant Orphy jouer et rire dans les bras de son père, se jeta aux genoux de Mohammed.

— Que Ta Hautesse tienne maintenant sa parole, dit-elle. Suivant sa promesse, mon père t'a rendu l'enfant de Léïla, permets-nous de te quitter pénétrés de reconnaissance pour tes bienfaits, et reçois notre serment de rester toujours prêts à te servir...

— Me quitter! s'écria Baba-Hassan! Quoi! ton père abandonnerait Orphy!

— N'est-il pas sauvé?

— Le crime d'hier peut devenir le crime de demain. Chacune des femmes peuplant le harem hait Léïla et mon fils.

— Mon Dieu! s'écria Jocelyne, reviendrais-tu sur une promesse solennelle? Aurais-tu trompé mon espérance filiale? Mon père n'est-il pas libre?

— Porte-t-il des fers? demanda le Pacha. Mes esclaves sont à ses ordres, il porte une pelisse d'honneur. Il trouvera ici un appartement luxueux; et je te permettrai de vivre près de lui... Que peux-tu demander davantage?

— La liberté! fit-elle, ce que nous offre Votre Hautesse est une captivité déguisée.

— J'ai besoin de ton père, répliqua le Pacha, il ne me quittera pas. Pour toute autre chose tu me trouveras disposé à satisfaire tes souhaits.

En vain Robert de Miniac et Jocelyne insistèrent-ils, pris de terreur à la pensée d'irriter ce maître ombrageux dont les colères tombaient comme la foudre. Tous deux durent se résigner et courber la tête.

Jocelyne versa des larmes dans les bras de Léïla; mais celle-ci, bien qu'elle redoutât que le manque de parole du Sultan portât malheur à son fils, ne put se défendre d'éprouver une joie profonde à la pensée que la jeune chrétienne ne la quitterait plus.

— Tu n'as plus de mère, disait-elle en la couvrant de caresses, ton père ne te quittera pas, et ton fiancé est dans ce palais dont avant ce jour j'ignorais en partie les mystères cruels... Patiente!

Tu rachèteras la vie de celui que tu aimes, comme tu as sauvé celle du savant vieillard.

Léïla, avec son cœur de femme, avait trouvé l'unique raison qui pût adoucir la déception de Jocelyne : son dévouement pouvait servir Pierre de la Barbinais.

Les mois, les années se succédèrent, passant avec lenteur sur la demi-captivité de Robert de Miniac, mais quelles que fussent les supplications de Jocelyne et celles de Léïla, le corsaire de Saint-Malo resta plongé dans les horreurs de son cachot.

La seule concession qui fût faite à l'amitié de Robert de Miniac comme à l'amour de Jocelyne, fut qu'ils obtinrent tous deux l'autorisation de descendre chaque mois au fond de cet enfer. La jeune fille distribuait ses aumônes, prodiguait à tous des paroles d'espérance, mais quand elle s'approchait de Pierre elle ne trouvait plus que des larmes.

Certes, elle l'aimait bien à l'heure où sa mère les fiança... Elle le chérissait avec une admirable constance lorsqu'elle repoussait la tendresse héroïque d'Abdallah... Mais à cette heure la passion qu'elle ressentait pour lui devenait héroïque et sublime. Elle le considérait comme un martyr. Durant leurs trop courtes entrevues, elle cherchait avec lui quelles raisons lui restaient d'espérer.

Pierre secouait alors la tête.

— La guerre, répondit-il, une guerre terrible qui nous verrait victorieux peut seule me délivrer désormais... Qu'Alger soit pris et les cachots rendront leurs victimes ! Oh ! la guerre ! Une guerre qui me mettrait de nouveau en face de ces misérables, la haine au cœur et l'épée à la main... Est-ce que Louis XIV oublie ? Colbert ne se souvient-il plus ?

Puis l'attendrissement le prenait ; tous deux confondaient leurs larmes et ils se quittaient, songeant déjà à l'heure qui les rapprocherait.

Jocelyne usait sa vie dans cette douleur. Elle s'efforçait cependant d'en triompher par tendresse pour son père ; mais il lui semblait souvent que si la Providence n'intervenait pas pour les sauver tous, elle succomberait à la tâche entreprise, et qu'on lui creuserait une tombe sur cette terre africaine dévorée par un ardent soleil, balayée par le simoun ; cette terre des mirages d'où elle s'était dit qu'elle ramènerait Pierre, et qui cacherait son tombeau.

Ainsi, Monsieur? demanda le roi. (*Voir page* 250.)

XXI

RENAUD LE BOMBARDIER

Colbert travaillait dans son cabinet ; sur son bureau s'étalaient des cartes d'Afrique ; près de lui une gigantesque mappemonde, qu'il consultait souvent du regard, prouvait qu'en ce moment il s'occupait

Ainsi, Monsieur? demanda le roi. (*Voir page* 250.)

XXI

RENAUD LE BOMBARDIER

Colbert travaillait dans son cabinet ; sur son bureau s'étalaient des cartes d'Afrique ; près de lui une gigantesque mappemonde, qu'il consultait souvent du regard, prouvait qu'en ce moment il s'occupait d'une question grave, et songeait à ces côtes barbaresques, nid de corsaires d'où partaient les forbans semant dans toutes les mers l'épouvante et la ruine. Colbert connaissait à ce sujet la pensée de Louis XIV; il savait qu'une action décisive devenait indispensable; cependant, avant de la conseiller, il s'entourait de documents nombreux, cherchant des leçons dans l'histoire, effrayé à la pensée de la guerre, et convaincu que l'honneur de la France l'exigeait.

Le dévouement du ministre à son roi était sans bornes, et cependant il devait à son égard user de précautions. L'héritage recueilli par Colbert devenait d'autant plus lourd qu'un grand nombre de courtisans, restés fidèles au souvenir de Fouquet, se tenaient prêts à relever en les grossissant les moindres fautes du ministre. La disgrâce faisait à Fouquet une auréole. Les Nymphes de Vaux le pleuraient; La Fontaine osait le regretter dans ses vers. Ses amis soulevaient des difficultés renaissantes à la nouvelle administration, et Colbert redoublait de zèle et de prudence afin de ne compromettre ni son nom ni sa popularité.

Dévoré par la passion du travail, il s'absorbait le jour et une partie des nuits dans la rédaction de mémoires embrassant tour à tour l'administration, les finances, l'armée, la marine.

Rien n'échappait à sa sollicitude, et sa vaste intelligence suffisait à ce prodigieux labeur.

Ce matin-là, très absorbé, il avait donné des ordres précis, afin de n'être pas dérangé, et comptait travailler sans interruption jusqu'à l'heure du conseil.

Pourtant, au moment où il cherchait le moyen de réparer les anciens désastres subis par les Français sur les côtes africaines, sa porte fut en quelque sorte forcée, et M. d'Aunoy pénétra dans le cabinet du ministre. Une telle colère l'agitait qu'il resta une seconde avant de pouvoir expliquer le motif de sa visite inattendue. Colbert l'aimait beaucoup, et pourtant il ne lui permettait guère d'empiéter sur les heures destinées au travail.

Néanmoins, le ministre posa la plume, tendit la main à M. d'Aunoy et lui demanda:

— Qui peut t'agiter de la sorte, bon Dieu? As-tu perdu au jeu? Cela t'arrive quelquefois, et dans ces cas-là, tu le sais, ma bourse reste à ta disposition...

— J'ai gagné à l'ombre dix mille pistoles.

— Alors tu t'es pris de querelle avec un gentilhomme, une rencontre est arrangée, et... tant pis! d'Aunoy, le roi n'aime point les duels, il trouve qu'il est de meilleurs moyens de venger son honneur que d'avoir recours à un coup d'épée.

— Certes! répondit d'Aunoy; ce serait faire trop d'honneur à certaines gens que de se mesurer avec eux... Des valets suffisent pour les bâtonner, d'abord, comme on fait des chiens hargneux; ensuite le ministre de la police les enferme à la Bastille, et ce n'est pas trop payer la lâcheté dont ils ont donné des preuves.

— Voyons, reprit Colbert en serrant les mains de M. d'Aunoy, tu as à te plaindre de quelqu'un?

— C'est une haine à mort, sans merci.

— Cette haine a une cause?

— Oui, répondit d'Aunoy.

— Confesse-toi, de quoi s'agit-il?

— De ce coquin d'Hesnaut!

Colbert secoua la tête.

— Le mot est dur, et peut-être injuste. De ce que Hesnaut se déclare hautement mon ennemi, il ne s'ensuit pas qu'il soit un coquin... En somme, son plus grand vice à tes yeux est sa rancune contre moi. Je suis presque tenté d'admirer Hesnaut, au contraire. Quoi! cet homme a le courage de m'attaquer, moi, un ministre qu'honore la faveur de Louis XIV! Et il ne m'attaque pas en raison de ma personnalité qui, dans toute autre circonstance sans doute, lui fût restée complètement indifférente, il le fait par fidélité à la mémoire d'un banni, de Fouquet, dont selon lui j'ai hâté la disgrâce... qui t'affirme, d'Aunoy, que si la faveur du roi Louis m'abandonne jamais, je trouverai un Hesnaut assez courageux pour me venger?

— Mais tu ne connais pas le sonnet injurieux qu'il a écrit contre toi?

— Un sonnet! fit Colbert avec un sourire, que de choses dans un sonnet!

Je ne m'occupe guère de littérature ce matin, ami; mais j'approuverais peut-être les vers d'Hesnaut : j'ai bien applaudi ceux de La Fontaine!

— Je te répète qu'on t'accuse, qu'on te jette de la boue au visage!

Colbert croisa tranquillement les bras:

— Se trouve-t-il dans ces vers quelque chose de contraire à la gloire du roi?

— Non, répondit d'Aunoy.

— Alors, répliqua-t-il, je n'en puis être offensé.

— Mais ton honneur?

— Mon honneur! répondit Colbert, va, d'Aunoy, je le place plus
haut. On me hait parce que j'occupe la place de Fouquet. Je me le
ferai pardonner en rétablissant dans les finances un ordre compro-
mis par les dilapidations. Je ne me ferai jamais bâtir un palais pareil à
celui de Vaux, et je ne prendrai point comme Fouquet d'orgueilleuse
devise; mais je travaillerai sans relâche à la gloire de mon roi, et je
préparerai la justice que me devra la postérité, si mes contemporains
me la refusent.

— Ah! s'écria d'Aunoy, tu n'as pas seulement un grand esprit,
mais un grand cœur.

— J'essaie seulement d'être un bon ministre, et vraiment cette
tâche est assez ardue pour qu'on ne songe point à lire des sonnets
déplaisants.

— Que faisais-tu quand je t'ai interrompu?

— Je préparais un plan de campagne.

— Contre qui?

— Contre le Pacha d'Égypte.

D'Aunoy secoua la tête.

— Que de sang versé déjà sur les côtes barbaresques!

— Je le sais trop! Mais les fautes passées nous serviront de leçons.
Il faudra, cette fois, que nous anéantissions Alger! Depuis que
Louis XIV est sur le trône il ne songe qu'à l'humiliation et à la
chute du Pacha. La hâte avec laquelle furent prises les premières
résolutions entraîna des malheurs. Rêver de créer sur la côte une
cité rivale de Tunis et d'Alger était une imprudence. Quand Paul,
lieutenant-général maritime, conduisit de Toulon une escadre de
six vaisseaux portant six mille hommes sur la côte de Djidjelli, on
aurait dû craindre que, le fort qui devait les protéger n'étant pas
construit, nos soldats y seraient vite en butte à des agressions.
Qu'était-ce que la factorerie du Bastion de France pour les garder?
Certes, le rêve était grand. Il était beau de fonder une vaste colonisation sur le rivage africain, mais les Algériens surprirent d'un
coup de mains la colonie naissante, chassèrent les Français de leur
position, et mirent à néant les projets grandioses du roi.

— Que ce premier échec ne découragea pas.

— Le roi ne se décourage jamais.

— Cependant, reprit d'Aunoy, les combats livrés en 1664 et 1665
ne furent guère plus heureux que la tentative de colonisation de
1663. Les pirates continuèrent leurs ravages, et jamais l'Italie et
l'Espagne ne subirent de déprédations semblables à celles qui ruinè-
rent les côtes de Provence. Envoyer des ambassadeurs au Pacha,

signer des traités! peine inutile, tentative stérile. Le Pacha d'Alger accepte toujours les conditions qui lui sont faites, sauf à les rejeter sous le premier prétexte. Encore le Sultan se range-t-il parfois de son côté, ainsi que dans l'affaire de Chio.

— Et pourtant, dit Colbert, du Quesne remplit vaillamment son devoir. Le roi lui avait dit : détruisez les pirates de Tripoli, il les chassa devant lui jusque dans le port de Chio dont il ravagea la côte. Sans doute, on aurait dû respecter les habitants ; mais le marin ne vit en eux que des amis des pirates, des adorateurs du Croissant, et il abattit les mosquées, pilla les habitations, et tua plus de neuf cents habitants. Le Kapoudan-Pacha mit à la voile, conduisant quarante-huit galères ; il espérait anéantir la flotte française, mais il n'y réussit point.

— Notre malheureux ambassadeur, M. de Guilleragues, paya pour tous, et se vit enfermer au Château-des-Sept-Tours... Il n'en sortit qu'en s'obligeant, en son nom privé, à payer les dommages causés aux habitants de Chio.

— Et la somme se réduisit à soixante mille piastres.

— Cette fois, reprit Colbert, c'est Alger qui paiera.

— Est-ce du Quesne qui conduira la flotte?

— Je l'espère ; mais je lui adjoindrai un aide.

— Qui?

— Oh! il s'agit d'un inconnu ; cependant, si modeste que soit aujourd'hui le nom de ce jeune homme, je ne serais point surpris qu'il le rendît célèbre.

— Qui te l'a recommandé?

— Vauban.

— Quand doit-il venir?

— Ma porte était ce matin fermée pour tous, hors pour lui.

— Dois-je te quitter?

— Pourquoi? Deux appréciations valent mieux qu'une, et il s'agit pour moi de juger un homme. D'après ce que m'a écrit Vauban, il s'agit tout simplement d'un inventeur de génie.

Peut-être d'Aunoy allait-il répondre, mais au même instant la porte s'ouvrit devant un homme d'environ vingt-cinq ans. L'exiguïté de sa taille, la délicatesse de ses traits le faisaient même paraître plus jeune. Il salua le ministre avec un respect sous lequel on devinait l'aisance de l'homme du monde. Son costume annonçait le bon goût ; il le portait avec grâce. S'il n'était point gentilhomme, il ne devait du moins avoir fréquenté que la bonne compagnie.

L'accueil de Colbert fut encourageant.

— M. de Vauban vous recommande chaleureusement à moi, dit-il. Il affirme que, dans les circonstances présentes, vous êtes à même de rendre d'importants services à l'État.

— Je ferai de mon mieux pour contribuer à la grandeur de mon pays, et légitimer la protection de M. de Vauban.

Parlez-moi donc de l'objet pour lequel vous souhaitez d'abord d'être reçu par moi, ensuite une audience de Sa Majesté... Ou plutôt, d'abord, entretenez-moi de vous-même. Avant de connaître l'œuvre, il est utile de juger l'inventeur.

— Soit! monseigneur, répondit le jeune homme en s'inclinant. Vous avez raison. Avant de savoir s'il est digne de protection, il faut comprendre un homme. Je suis Béarnais d'origine, mon père possédait peu de bien et un grand nombre d'enfants. Un heureux hasard me fit trouver sur le chemin de M. Colbert du Touron, intendant de Rochefort. Il parut touché de mon désir d'apprendre, de mon zèle pour tout ce qui pouvait m'aider à sortir de mon humble situation, et me promit de s'occuper de moi. Ne croyez point que je fusse assez lâche pour rougir de notre pauvreté relative. Non! Je sentais seulement s'agiter en moi des aspirations vers la science. Je me croyais attiré ailleurs et plus haut. Je travaillais jour et nuit pour m'instruire. M. Colbert du Touron tint sa parole. Il me demanda à mon père et me prit chez lui. Ce fut une adoption réelle, et je connus, dans cette famille, tout ce que la bonté, la tendresse prodiguent de meilleur. Je n'eus pas seulement un bon père dans mon bienfaiteur, ses deux filles cadettes, la princesse de Carpdègue et la marquise de Brabançon me traitèrent en frère et m'en donnaient le titre. M. de Gamion m'appelait son fils. Oh! heureuse vie! Une vie d'études sérieuses, d'amitiés admirables, de tendresses profondes! Comment n'aurais-je point accompli des prodiges pour reconnaître les bontés dont on me comblait. Lorsque M. Colbert du Touron me crut capable de rendre quelques services, il me recommanda à M. de Signelay, grâce à qui j'obtins une place auprès de M. le duc de Vermandois, amiral de France. Enfin, j'ai le bonheur d'être attaché à M. de Vauban que je suivis en Flandre. J'assistai au siège de Philipsbourg, je puis dire sans orgueil que j'y fis mon devoir.

— La correspondance de M. de Vauban en fait foi, répondit le ministre.

— Sa dernière faveur est de m'accréditer auprès de vous, monseigneur.

— Et votre invention? demanda le ministre. Je sais maintenant que vous aimez passionnément l'étude; que la dignité de votre caractère égale votre capacité. Mais Vauban garde le secret sur les moyens que vous voulez offrir au roi pour venir à bout d'Alger et de son Pacha.

— Monseigneur, répondit Bernard Renaud, j'ai inventé des bombes qui, lancées par les vaisseaux du roi contre la ville, détruiraient en quelques heures et le palais de Baba-Hassan, et les mosquées et les quartiers riches de ce nid de pirates. Où les boulets ne parviennent pas, mes bombes arrivent. Elles sèment à la fois la mort et l'incendie. En éclatant, elles tuent les hommes, brûlent les maisons. Rien ne tient contre leurs ravages. Les expériences que j'ai multipliées, et que je suis prêt à répéter devant vous, sont absolument concluantes. Je sollicite du roi de me confier des marins à qui j'apprendrai à se servir de ces terribles engins de guerre, et la permission de m'embarquer sur un des navires composant la flotte qui devra mettre le siège devant Alger.

— Si vous faites ce que vous annoncez, dit le ministre, la faveur de Sa Majesté sera sans bornes.

— Il me suffira de l'avoir bien servie, répondit Bernard Renaud.

— Cette audience du roi, dit Colbert, je me charge de la demander. Ou plutôt je vous emmène aujourd'hui même avec moi, à l'heure du Conseil. Qui sait si votre avis n'aura pas une influence sur les résolutions à prendre.

Passez dans la pièce voisine, vous y trouverez tout ce qui est nécessaire pour dessiner vos bombardes. Nous soumettrons le tout au roi.

Bernard Renaud s'éloigna.

— Qu'en penses-tu? demanda Colbert à son ami.

— C'est un homme, répondit d'Aunoy.

— Et, même sous le règne du Roi soleil, ils sont rares, répliqua le ministre.

Une heure après, le protégé de Vauban, devenu celui de Colbert, montait dans le carrosse du ministre pour se rendre à Versailles.

La cour y résidait depuis peu. Louis XIV s'était pris de passion pour ce séjour; les premiers artistes du temps chargés de rendre le palais digne du monarque qui l'habitait l'avaient rempli de merveilles; Le Nôtre en avait créé les jardins peuplés de groupes de dieux et de déesses; les eaux alimentaient des bassins nombreux; les fêtes qui s'y donnaient étaient les plus splendides du monde, et Versailles était véritablement devenue la capitale de France.

Au moment où Colbert y arriva, accompagné de Bernard Renaud

Louis XIV venait de réunir dans son cabinet le Conseil de marine
ainsi que les généraux de terre.

Le monarque, violemment irrité contre le Pacha d'Alger, considérait la guerre comme inévitable. Il rappela en termes amers les humiliations souffertes par notre pavillon.

— Baba-Hassan est un homme sans honneur et sans humanité !
fit Louis XIV ; au mépris des traités, il s'empare de nos navires et
fait mes sujets prisonniers. J'aimerais mieux être appelé par la
postérité le *Père du Peuple*, comme Louis XII, que d'être surnommé
le *Grand*. Quand je songe aux souffrances de ceux qui rament sur
les galères du Pacha; quand je compte le nombre de malheureux
gémissant au fond de ses cachots, et en appelant à mon sceptre; quand
je me dis que, placés entre l'apostasie et le supplice, des chrétiens
renient leur foi, ma patience est à bout, messieurs, et je ne forme
qu'un vœu : la guerre ! la guerre !

Colbert et la plupart des chefs applaudirent.

Signelay se leva, triste et grave.

— Sire, dit-il, les paroles que vous venez de prononcer sont d'un
grand roi et d'un vaillant prince ! Cependant, quelle que soit votre
impatience de vous venger des insolences du Pacha, rappelez-vous
les sinistres leçons que vous a léguées l'histoire. Certes, Charles-
Quint était un grand capitaine ; la flotte qu'il envoya contre Alger
était formidable. On eût dit que quelques jours devaient suffire
pour anéantir ce repaire d'infidèles ! Et cependant la tempête dispersa
la flotte, les Algériens massacrèrent les Espagnols, et cette victoire
ne fit qu'augmenter l'audace des forbans. Certes, je déplore le sort
misérable de nos compatriotes prisonniers; mais, jusqu'à ce que
nous ayons en main des moyens nouveaux de combat, mon avis est
qu'il faut attendre.

— Jamais ! répliqua Louis XIV ; j'ai dit que la guerre était indispensable pour notre honneur, nous ferons la guerre !

— Nous la ferons, Sire, répliqua Colbert, et nous satisferons en
même temps la prudence de M. Signelay. La Providence, qui fait
tout à son heure, nous envoie justement un homme, un inventeur
qui vient de trouver le moyen de me convaincre que, grâce à lui, la
destruction d'Alger deviendrait possible.

— Qu'est-ce que cela, Monsieur, un nouvel Archimède? fit le
roi, subitement intéressé à la nouvelle annoncée par son ministre.

— Sire, dit Colbert, je ne saurais dire à Votre Majesté s'il s'agit
ici d'un nouvel Archimède ou d'un autre Bacon. Évidemment,
l'homme que vous recommande M. de Vauban ne peut être un esprit

vulgaire. J'ai pu m'entretenir quelques instants avec lui, et il m'a
fait part de ses projets. Si téméraires qu'ils paraissent d'ailleurs, au
premier abord, ils n'en demeurent pas moins dans le domaine du
possible. Sans entrer dans le détail de son œuvre, il m'en a indiqué
les lignes générales et j'ai confiance. J'ai confiance parce que ce Bernard Renaud, ainsi se nomme le protégé de M. de Vauban, m'a paru
un homme pondéré, dépouillé de suffisance, peu accessible à l'orgueil,
mais tout bouillant d'un noble patriotisme. Servir son roi, glorifier sa patrie est la seule ambition de son esprit. Il a trouvé, dit-il,
un nouveau système de bombes chargées de matières explosives et inflammables, dont l'action dévastatrice aurait vite raison des palais les
plus solides et des villes les mieux défendues. Il faut voir avec quel
fier enthousiasme il parle de ses trouvailles. Ses projectiles éclatent,
tuent, lancent dans tous les sens de longs serpents de feu qui s'accrochent à tous les objets inflammables. Répandus par centaines, ils
sèmeraient l'effroi dans les armées les mieux organisées, l'incendie
partout.

— Oh! oh! fit le monarque, flottant entre la conviction et le doute,
votre Renaud aurait-il retrouvé le secret du feu grégeois? Par un
juste retour des choses d'ici-bas, nous serait-il permis, à de longs
siècles d'intervalle, de châtier ces Maures mécréants avec leurs
armes de jadis!

— Sire, tout ce que je peux affirmer, c'est que cet homme a
la foi en son cœur, que M. de Vauban la partage, et que je ne
suis pas éloigné d'en faire autant.

— Savez-vous, Monsieur, que vous m'intriguez énormément!
Que dites-vous de cela, Signelay?

— On n'en peut rien dire raisonnablement, Sire, avant d'avoir contrôlé ces merveilles par une sage expérience.

— C'est plus prudent, en effet, acquiesça le roi.

— Je n'ai jamais prétendu le contraire, Sire, déclara Colbert. Les
résultats de mon administration prouvent, chaque jour, que je n'ai
jamais rien décidé à la légère et sans épreuve préalable. Il en sera
de la proposition de Bernard Renaud comme de toutes les autres.
Mais j'ose dire, Sire, que sous votre règne rien n'est impossible.
Dans les rayons de votre gloire, les génies éclosent à toutes les
branches de l'esprit humain. Vous êtes le soleil bienfaisant qui
couvre la France de toutes ses merveilles; vous n'avez qu'à vouloir,
Sire, pour qu'il en jaillisse une de plus de notre sol généreux et
fécond.

Vivement flatté par l'argumentation émaillée de flatterie de son ministre, Louis XIV sourit imperceptiblement et s'inclina :

— Colbert, dit-il, je vous savais déjà sans rival dans les choses de l'agriculture, du commerce, de l'économie politique, de l'industrie, des arts, des lettres et de la marine, mais je ne vous connaissais pas encore un si beau talent d'avocat. Il ne sera pas dit que vous perdrez le premier procès que vous aurez plaidé.

— Vous et la France, Sire, en recueillerez toute la gloire, dit simplement Colbert en s'inclinant profondément.

— Eh bien! j'ai hâte, maintenant, de voir de près et d'entendre votre étonnant protégé... Quand pensez-vous nous le faire connaître... Ces histoires de bombes inflammables m'ont allumé d'un si beau feu que je brûle moi-même d'en entendre parler seulement.

— Sire, il attend le bon plaisir de Votre Majesté.

Louis XIV adressa un signe à Colbert, celui-ci vint prendre Bernard Renaud dans l'antichambre où il attendait.

Au moment où il se trouva en face du roi, Bernard devint pâle, tout son sang afflua au cœur ; cependant il se remit vite, et attendit que le monarque l'interrogeât.

— Ainsi, monsieur, demanda le roi, vous avez trouvé contre Alger un système d'attaque supérieur aux moyens employés jusqu'ici?

— Votre Majesté en jugera, si elle daigne me permettre de lui expliquer succinctement les mesures que j'emploierais. Les navires dont jusqu'à ce moment on s'est servi étaient trop grands et trop lourds ; j'en ferais construire de plus légers, faciles aux évolutions, plus forts en bois, mais dépourvus de ponts, ils auraient simplement un faux pont et un faux tillac à fond de cale. Sur ce faux tillac on établirait une maçonnerie creuse dans laquelle on enfermerait des mortiers. Ces petits navires, rapides à la marche, s'approcheraient assez pour cribler de bombes la ville qu'il s'agirait de détruire. Je me fais fort d'incendier Alger, grâce à ce système, si Votre Majesté daigne ordonner de construire quelques vaisseaux suivant mes plans, et de former une compagnie de bombardiers chargés d'apprendre la manœuvre des mortiers.

— C'est une utopie! s'écria Signelay ; en dépit de la légèreté des vaisseaux, les bombes manqueront leur but.

Louis XIV questionna Colbert du regard.

— Je ne repousse jamais ce que je ne connais pas, répliqua le ministre. M. Renaud a du mérite; Vauban le protège, je le crois digne de la bienveillance de Votre Majesté.

— Eh bien! fit le roi, nous questionnerons à ce sujet M. du Quesne.

S'il approuve vos plans, monsieur Renaud, vous aurez droit à l'avenir à la reconnaissance de la France et de votre roi.

— L'honneur d'avoir mérité les bontés de Votre Majesté me suffira, répliqua Bernard.

Son audience était terminée, il regagna l'antichambre et, sans se préoccuper du nombre de gentilshommes qui s'y pressaient, il commença sur des feuilles de papier une série de calculs si absorbants qu'il n'en fut tiré qu'au moment où Colbert lui posa la main sur l'épaule.

— J'espère, lui dit-il, que vous vous tenez pour satisfait?

— Que ne vous dois-je pas, monseigneur !

Rien encore. Ce que vous recueillez aujourd'hui, vous l'avez mérité par votre amour de l'étude, vos progrès constants, votre dévouement infatigable pour tous ceux qui vous ont aidé. Vous rêvez la gloire, vous l'avez. Dieu, qui vous fit une taille exiguë, vous dota d'un grand cœur. On vous appelait en riant « Renaud-le-Petit » vous deviendrez *Renaud-le-Bombardier*, et votre souvenir se liera à celui de la ruine d'Alger. J'ai foi en vous, Bernard, et M. du Quesne, qui s'y connaît en hommes, vous comprendra et vous accueillera.

Vous habiterez dorénavant mon hôtel, et dès demain vous rédigerez un mémoire destiné à être envoyé à Toulon, où se trouve en ce moment M. du Quesne.

Celui-ci se trouvait en possession d'une grande renommée. Fils de ses œuvres, né à Blagny, dans le comté d'Eu, de parents pauvres appartenant à la religion réformée, il comprit vite la nécessité du travail ; une noble ambition lui faisait souhaiter la renommée, mais il possédait assez de sagesse pour comprendre que le succès ne couronne que les hommes résolus, prêts à tous les labeurs et à tous les sacrifices. Il devait commencer l'état de marin par ses emplois les plus pénibles. Parti pour Dieppe, il ne tarda point à devenir un excellent pilote. Il dut à d'éminents services d'être créé, par Louis XIII, capitaine de vaisseau. Du Quesne accompagnait Richelieu au siège de la Rochelle. Il épousa Catherine de Bermirès, d'une famille de Bosc, originaire de Montpellier. Très attachée à la religion protestante, lorsque pour la première fois du Quesne lui parla de son désir d'embrasser la religion catholique, Catherine s'emporta. Son mari lui parla longuement non seulement du changement qui s'opérait dans ses idées, mais aussi de la joie que causerait au roi sa conversion.

— Cent diables ! répondit Mme du Quesne, il faut simplement

lui répondre : Sire, je suis protestant, mais mes actions sont ca-tholiques !

Du Quesne suivit les conseils de Louis XIV ; celui-ci n'attendait que cette abjuration pour le combler de ses bienfaits. La terre du Boucher, achetée pour lui par Louis XIV, fut érigée en marquisat.

Plus tard elle passa dans la famille de Noailles.

Du Quesne hâtait les préparatifs de la guerre quand il reçut les lettres et les plans de Colbert et de Bernard Renaud.

Le grand homme comprit l'inventeur et l'appela à Toulon.

Cinq vaisseaux furent construits par ordre de du Quesne : deux à Dunkerque, et trois au Havre, et tandis que dans ces ports on dé-ployait pour leur achèvement une activité extraordinaire, des bom-bardiers s'exerçaient chaque jour sous les ordres de Bernard Re-naud.

A peine ces préparatifs de guerre furent-ils commencés, que Baba-Hassan, dont les fustes et les galères ravageaient la Méditerranée, en fut instruit. Sa colère ne connut pas de bornes. Rendu confiant par les sinistres succès remportés jadis, il résolut d'accepter la guerre, et voulut même feindre de la déclarer le premier.

Par son ordre, le Père Vacher, consul de France à Alger, fut amené devant le Pacha.

— Dites au Sultan de France, s'écria-t-il, que je romps une paix pesante. Je reprends le droit de guerre et de pillage. Douze vaisseaux vont quitter le port et ravager les côtes de la Provence. S'imagine-t-il donc m'effrayer ? Le Prophète l'emportera encore sur votre Christ. Avant la fin de la campagne, mes cachots seront remplis de prison-niers, et les têtes des rebelles seront accrochées aux murailles de mon palais.

— Nul ne peut empêcher le vent de souffler en tempête et la mer de cabrer ses vagues comme des cavales affolées ; mais le sable de la plage l'arrête... Prends garde ! répondit le religieux, tu cours à ta ruine en t'attaquant au Sultan de France. Tu voudras en vain plus tard te concilier ses bonnes grâces et mériter ton pardon, il sera trop tard. Si tu es prêt à expédier douze navires, sache que des vaisseaux renfermant la mort et l'incendie dans leurs flancs vont prochainement menacer ta ville.

Le Père Vacher se retira, laissant le Pacha en proie à une si vio-lente colère, qu'il s'abstint durant plusieurs jours de visiter Léïla et son fils.

Ce prisonnier est libre, dit-elle. (*Voir page* 256.)

XXII

LA MISSION DE RÉGULUS

Depuis plusieurs jours, une profonde terreur règne dans le palais.
On y multiplie les exécutions sommaires ; Yacoub le bourreau n'a
plus le temps d'essuyer son sabre dégouttant de sang. On tremble

Ce prisonnier est libre, dit-elle. (*Voir page* 256.)

XXII

LA MISSION DE RÉGULUS

Depuis plusieurs jours, une profonde terreur règne dans le palais. On y multiplie les exécutions sommaires ; Yacoub le bourreau n'a plus le temps d'essuyer son sabre dégouttant de sang. On tremble au sérail. L'exaspération de Baba-Hassan grandit, à mesure qu'il se représente les armements terribles préparés contre lui. Pour la première fois, il redoute une défaite.

Vainement, dans le conseil, jure-t-il que la flotte française éprouvera le sort de celle de Charles-Quint : au fond de son cœur, la crainte de la défaite le glace d'épouvante. Il se demande ce qu'il fera si les Français s'emparent d'Alger. Alors il entrevoit confusément et comme en rêve un entassement de meubles rares, de tapis précieux, d'orfèvreries incrustées de gemmes ; puis, au sommet de cet amoncellement de choses splendides, les femmes du harem liées et bâillonnées, et lui, la torche au poing, allumant le bûcher sur lequel il va se coucher pour mourir.

Et Orphy ? A ce souvenir son cœur bat plus fort.

Pourquoi a-t-il mandé le Consul ? Pourquoi, plein de rage et d'arrogance, a-t-il déchiré le traité de paix ? Ceux qui se disaient ses amis, flatteurs de ses passions, de ses haines, l'ont entraîné... Saisi par le vertige de l'orgueil, il roule maintenant vers l'abîme.

Que peut-il, désormais ?

La renommée de Du Quesne est parvenue jusqu'à lui ; Tourville l'accompagne, Bernard Renaud prépare ses vaisseaux de guerre...

La colère du Pacha grandit sans qu'il trouvât un moyen capable de conjurer le danger.

Dans la crainte de se laisser énerver par les conseils de Léïla, il cessa d'aller au harem ; mais bientôt le besoin d'embrasser son fils l'y ramène.

Un jour, au moment où il y entrait après une longue absence, il aperçut Jocelyne qui jouait avec l'enfant.

Pour la première fois il éprouva contre elle un sentiment de répulsion : Jocelyne était Française,

En reconnaissant Baba-Hassan, la jeune fille se leva.

— Où allez-vous ? demanda le Pacha d'une voix brusque.

Jocelyne le regarda tranquillement :

— C'est aujourd'hui que, grâce à la bonté de Votre Hautesse, j'use de l'autorisation de descendre dans les cachots : j'y vais parler de la patrie à ceux dont les bras plient sous le poids des chaînes.

— La plupart de ces prisonniers sont Français, tous sont chrétiens, ennemis de ma race et de mon culte. Toi, ton père, vous êtes aussi contre moi. Ces haines-là passent dans le sang... Oh ! je devrais supprimer du même coup ces captifs misérables, décorer de leurs têtes livides les terrasses de mon palais et baigner mes pieds dans leur sang...

Léïla se jeta aux pieds de Baba-Hassan.

— Ils sont innocents! dit-elle. Pourquoi accuser Jocelyne et son père? Ne leur dois-tu pas la vie de notre fils! Tous deux sont prêts à te fournir des preuves de leur dévouement... Pas de cruautés, je t'en supplie, il me semble qu'elles retomberaient sur la tête d'Orphy.

Le Pacha se promenait avec agitation dans la grande salle. Ses yeux, pleins d'éclairs, allaient de Léïla à Jocelyne. Une pensée soudaine venait de traverser son esprit, mais il hésitait à la formuler, comme si on avait dû conclure de ce qu'il voulait dire que la terreur s'emparait de son imagination troublée.

Enfin il s'arrêta brusquement devant Jocelyne :

— Tu me demandes, depuis plusieurs années, la liberté de l'homme qui devait être ton époux. Je te l'ai refusée, ne voulant pas que ce capitaine du sultan de France portât de nouveau les armes contre moi. Malgré ses dénégations et les tiennes, je suis certain qu'il occupait un haut rang dans les armées navales... Cette liberté que tu sollicites, je consens à lui permettre de la conquérir.

Jocelyne tomba sur les genoux.

— Que doit-il faire? parlez! Je réponds de lui comme de moi-même.

— Je me réserve de le lui apprendre. Descends dans les prisons souterraines... prends ce cachet, mes soldats le connaissent... Que Porçon de la Barbinais soit conduit à mon palais, j'y serai avant lui.

Une joie folle envahit l'âme de Jocelyne. Elle ne se demanda même pas ce que le Pacha d'Alger allait exiger de Pierre. Un seul mot résonnait à son oreille et pénétrait jusqu'à son cœur : il serait possible à Pierre de racheter sa liberté et sa vie. Elle y croyait à peine. Après avoir espéré, attendu si longtemps, elle avait cessé de croire au salut de La Barbinais.

Pierre lui-même ne comptait plus sur sa liberté!

Leurs âmes, remplies d'un noble et saint amour, s'épuisaient au sein du martyre. Ils ne pensaient plus qu'un mariage deviendrait possible; une fraternité sainte les enveloppait. Souvent, durant les visites de Jocelyne, tandis que la jeune fille pleurait, le front posé sur les chaînes de son ami, ils songeaient ensemble : Si nous pouvions mourir! Ils s'abîmaient dans les chers souvenirs du passé, et s'étreignaient comme pour un adieu. Au moment où Jocelyne s'éloignait, où ses blancs vêtements se perdaient dans l'ombre des voûtes, Pierre murmurait : « — Je ne la reverrai peut-être plus ! »

— Elle, brisée, se traînant le long des murailles, le cœur gonflé de sanglots, la gorge sèche, s'éloignait en se demandant si elle retrouverait son ami vivant lorsqu'elle redescendrait au fond de cet enfer.

Et subitement, au milieu d'une explosion de haine contre la France, le Pacha parlait de liberté pour Porçon de la Barbinais. Disait-il vrai? Quel piège cachaient ses paroles? Un tel homme était-il capable de générosité. N'avait-il point déjà prouvé à Jocelyne et à son père qu'il avait manqué à la parole donnée. A l'heure où Orphy agonisait, il jurait d'accorder la liberté et des biens immenses à qui lui rendrait vivant l'enfant de Léïla; mais lorsque M. de Miniac l'eut sauvé, il refusa de le laisser partir. Sans doute, lui et Jocelyne étaient comblés de biens, mais ils ne pouvaient quitter le palais, et la liberté de M. de Miniac ne dépassait pas le droit de se promener dans les jardins.

Jocelyne pouvait, il est vrai, quitter à son gré le sérail; mais Baba-Hassan savait bien qu'elle y reviendrait, retenue qu'elle était par son amour filial.

Cependant, s'il restait une chance de salut, Jocelyne en devait profiter! Serrant dans une de ses mains le cachet du maître, de l'autre relevant ses longs voiles flottants, Jocelyne descendit les escaliers noirs, puis elle pénétra dans les prisons souterraines.

Combien de malheureux en étaient sortis roidis par la mort, enfouis dans un sac, prêts à être jetés à la mer, car on ne leur accordait point les honneurs de l'inhumation. D'autres comptaient les jours pendant lesquels ils pouvaient entendre les voix de leurs compagnons; ils sentaient la vie se retirer d'eux, et se recueillaient au sein d'une lente agonie.

Les seuls événements qui changeassent l'aspect de ces cachots étaient les arrivages de nouveaux captifs. Durant plusieurs jours, on les interrogeait sur les événements survenus en Europe, sur la façon plus ou moins terrible dont ils étaient tombés entre les mains des pirates. L'histoire de ces malheureux ressemblait à la plupart de celles des autres prisonniers. En contemplant les traits des infortunés, ils comprenaient qu'une lente souffrance les amenait à cet état d'épuisement voisin de la mort, mort lente, mort terrible à laquelle nul d'entre eux n'échapperait.

Jocelyne fut vite reconnue par les malheureux. Ils éprouvaient pour elle une vénération profonde.

Elle courut droit à Pierre, puis se tournant vers le geôlier:

— Ce prisonnier est libre! dit-elle.

— Libre! s'écria La Barbinais.

— Où est l'ordre de Sa Hautesse?

— Connais-tu ce cachet?

— Je le connais... Suis cette jeune femme, ajouta le gardien en s'adressant à La Barbinais.

— Libre! n'est-ce point un rêve? demanda Pierre; à quel prix, par quel miracle?

— Je l'ignore encore, répondit Jocelyne; à cette heure, il me suffit de savoir que tu peux te racheter.

Elle prit ses mains, qu'on venait de débarrasser de leurs fers, et le força de s'appuyer sur son épaule.

Pierre défaillait. A mesure qu'il montait le long de la spirale aboutissant à la cour, l'air trop vif pour ses poumons l'oppressait; la clarté trop crue l'aveuglait. Arrivé au sommet de l'escalier, il s'appuya contre la muraille, et demeura les yeux clos, perdu dans une sorte d'anéantissement.

Jocelyne le regardait.

Au fond des prisons obscures, à la lueur indécise des torches, elle distinguait mal les traits de ce cher visage, et ne pouvait se rendre un compte exact des changements qui s'étaient opérés sur cette belle physionomie. Elle voyait maintenant les paupières meurtries, la bouche souffrante, les cheveux blanchissants aux tempes, les rides traversant un front d'une pâleur livide.

A mesure qu'elle constatait une blessure, une plaie, elle sentait son amour grandir en proportion des souffrances subies. Porçon de la Barbinais n'était plus pour elle le beau, l'ardent corsaire, arrivant triomphant dans sa ville natale, mais un soldat tombé couvert de blessures, un martyr abreuvé d'amertume.

Lorsque Pierre rouvrit les yeux, ce fut pour les fixer sur Mlle de Miniac.

Elle était toujours belle, mais plus grave, plus imposante. Les langueurs de l'attente, les tristesses de sa vie avaient progressivement changé l'expression de cette tête charmante. Quelque chose de céleste émanait d'elle. A cette heure, Jocelyne rappelait les figures angéliques que les peintres représentent sur les fresques, habitants recueillis d'une cité mystique, passant les yeux au ciel, des palmes dans les bras.

— Conduis-moi, lui dit Pierre.

Elle fit encore quelques pas avec lui, puis désignant la porte du palais du Pacha:

— Baba-Hassan doit t'y attendre... Va! Je vais prier pour nous deux.

Tandis qu'il s'en allait ainsi, sans doute au devant d'une liberté certaine, Pierre de la Barbinais ne put s'empêcher d'avoir une pensée de douloureuse compassion pour ceux qui demeuraient toujours au fond des prisons souterraines.

Il les revoyait, maintenant, plus sombres, plus méphitiques, plus effrayantes que jamais. Il se rappelait les songes cruels de ceux qui sentent s'affaiblir les restes d'une vie prête à s'éteindre, en croyant voir entrer en nombre des hommes armés et s'imaginant que l'heure du massacre général était venue. Dans leur vision délirante, les uns se jetaient à genoux, d'autres s'embrassaient en pleurant, d'autres se roidissaient afin de subir le supplice avec courage, tandis que les plus jeunes murmuraient le nom d'un être cher. Maintenant, les prisonniers dont les chaînes se trouvaient soudées à la muraille, en deux colonnes, étaient arrachés à leurs carcans, puis, deux par deux, étaient amenés hors des cachots et assemblés dans une grande cour. Et tous les matins, aux premiers feux du jour, ces cauchemars torturants s'évanouissaient avec le réveil, les laissant inondés d'une sueur mortelle.

Cependant, par une grande baie ouverte devant lui, La Barbinais jeta instinctivement les yeux sur cette cour attrayante qui hantait leur rêve douloureux.

Elle était, à cette heure, pleine de lumière et de gaieté.

Au milieu, chantait une fontaine éparpillant ses jets humides et rafraîchissant les fleurs dont elle était ceinte. Tout autour les galeries de bois peint, découpé, doré, s'enlevaient avec une grâce svelte dans une gamme de tons éclatants. Des tapis précieux tombaient sur la balustrade ; les fenêtres, tendues de stores à décors de fleurs et d'oiseaux, laissaient passer les vagues parfums de l'ambre et des bandes de feuilles de roses. Dans les angles, des soldats, à mine théâtrale, formaient une étrange apparition avec les figures glabres et vieillottes des eunuques blancs ou noirs.

Des prisonniers s'y trouvaient massés. On venait de les y conduire pour renouveler leur provision d'air pur avant de les replonger pour longtemps encore dans les geôles souterraines.

Les malheureux chancelaient, frappés à la fois par l'air devenu trop vif pour leurs poumons, et la lumière trop éclatante pour leur vue fatiguée. Les soldats les poussaient brutalement contre les murailles d'une blancheur crue et, en quelques mots brefs, leur ordonnaient le silence. Les uns demeuraient debout, chancelants sur leurs jambes affaiblies ; les autres tombaient à genoux, épuisés, mourants ; les plus vieux, ceux qui semblaient avoir subi un siècle de torture, demeuraient à demi-couchés sur les dalles.

C'était un pénible spectacle de voir ces hommes hâves, demi-nus, couvrant à peine leur corps de lambeaux sordides, exposés à cette clarté riante, à côté de ces fleurs qui embaumaient et de cette fontaine qui chantait.

Et tandis qu'ils allaient demeurer là, pour toujours peut-être, lui allait être libre !

Une angoisse terrible étreignit son cœur généreux.

Pourtant, qu'aurait pu donner à la plupart de ces infortunés la liberté tant désirée?

A les voir à bout de forces, se traîner sur les dalles, languissants, finis, mieux valait encore la mort pour eux. Un certain nombre plus robustes, mais devenus idiots par les mauvais traitements et une trop longue captivité, frottaient avec des gestes enfantins leurs membres réchauffés par le soleil. L'un d'eux, un matelot apparemment, chantait quelques vers d'une chanson de bord :

> On aperçoit par tribord
> Un navire d'apparence,
> A mantelets de sabord.
> C'était un anglais, vraiment,
> A quatre rangées de dents.

La Barbinais crut recevoir en plein visage une bouffée de l'air salin de Saint-Malo.

Les soldats du Pacha les regardaient avec dédain et crachaient sur eux en signe de mépris.

Dans le nombre, il y en avait quelques-uns, mais ils étaient rares, qui, prisonniers depuis moins longtemps, gardaient encore un peu de leur vigoureuse jeunesse. Ceux-là, en fixant des prunelles étincelantes sur leurs chaînes, se demandaient si elles ne pourraient servir à les venger et briser le front de quelques-uns de leurs bourreaux.

Pourrait-il enfin, avec la liberté, recouvrer des forces suffisantes pour venger ces insultes, briser les chaînes, apporter à tous, avec la délivrance, les secours que réclamaient tous ces infortunés martyrisés par des barbares !

En quittant le sérail, le Pacha était rentré dans son appartement.

Loin de se calmer, sa colère semblait s'accroître. Sa lionne privée n'étant pas venue assez vite à son appel, il la fustigea sans pitié.

L'animal parut se demander s'il ne dévorerait pas ce maître implacable ; mais, sans doute, il se dit qu'il en aurait toujours le temps et recula jusqu'à l'extrémité de l'immense salle. Alors il s'allongea sur le marbre, le mufle entre les pattes, les yeux mi-clos, frappant de sa queue puissante le pavé sonore.

En ce moment une portière s'écarta, laissant voir le capitaine La Barbinais, pâle, la barbe démesurément longue.

Le tigre se souleva, ouvrant ses rondes prunelles striées d'or.

— Esclave, demanda le Pacha, es-tu disposé à me dire la vérité?

— Je n'ai jamais menti, répondit La Barbinais ; les Français sont les plus francs des hommes, et les Bretons les plus sincères des Français.

— Tu m'as trompé, cependant, lorsque, jadis, interrogé par moi, tu soutins être un simple capitaine corsaire, escortant avec ta frégate de guerre trente bâtiments de commerce.

— Je disais la vérité.

— Tu mens ! te dis-je. Mandataire du Sultan de France, tu venais surveiller mes ports, supputer mes forces maritimes ; ta mission était à la fois diplomatique et militaire. Si je ne l'avais pas cru, en dépit de tes dénégations, ne serais-tu pas depuis longtemps échangé contre d'autres prisonniers. Ton nom était déjà célèbre dans nos parages, tu me semblais redoutable, et je t'ai gardé. On ne rend pas la liberté à celui qu'on craint. Et cependant combien de fois ton ami, le savant vieillard, m'a-t-il supplié de t'arracher à ton cachot... Combien de fois Jocelyne et Léïla se sont-elles unies pour implorer ta grâce... J'aurais pardonné au pirate, je ne pouvais oublier que Louis XIV t'avait chargé d'étudier les moyens de me vaincre.

— Votre Hautesse se trompe, répondit La Barbinais d'une voix calme.

— Je ne me trompe point quant au passé. Il s'agit du présent aujourd'hui, du présent que je ne saurais considérer comme redoutable, mais qui peut sembler gros d'incertitudes et de dangers à mon peuple. Le Sultan de France me déclare la guerre. Oublieux des leçons reçues, il arme d'une façon formidable à Toulon. Du Quesne et Tourville poursuivent des préparatifs dans le but d'écraser ma capitale. Il paraît même qu'on vient d'inventer de nouveaux engins de guerre, qui apporteront jusque sur mon palais la mort et la foudre... Louis XIV oublie de quelle façon furent traités ses marins, quand une flotte poursuivit les pirates tripolitains jusque dans le port de Chio. — Les habitants de l'île refusèrent asile à tes compatriotes ; ceux-ci, pour s'en venger, détruisirent les mosquées, incendièrent les habitations, et tuèrent un millier de gens inoffensifs... Mais Mohammed se vengea d'une façon terrible et ton ambassadeur paya les malheurs causés par les Français... Pour lutter contre tes amiraux et tes capitaines, je possède une flotte considérable, des marins expérimentés : je me considère à l'avance comme certain de la victoire... Mais mon peuple fait des vœux pour la paix propice au commerce, et je vais tenter de conclure avec ton roi un arrangement durable.

Emploie à mon service l'influence que tu possèdes sur son esprit. Pars pour la France. Expose au Sultan de quelles forces je dispose. Montre-lui impossible la conquête rêvée; nous concluons un traité fraternel, entre souverains protecteurs de leurs sujets. La liberté du commerce français sera rétablie. Le pavillon à fleur de lis, respecté par mes corsaires, flottera librement sur les mers. Mais souviens-toi que si Louis XIV s'obstine à poursuivre ses armements, j'anéantis sa marine et je détruis son commerce jusqu'aux Indes.

Porçon de la Barbinais regarda le Sultan en face.

— Combien de fois Votre Hautesse a-t-elle conclu des alliances?

— Cette fois, je tiendrai ce que nous arrêterons. Acceptes-tu d'être mon mandataire?

— Votre Hautesse m'envoie, à la cour de France, en qualité d'envoyé extraordinaire?

— Muni de mes pleins pouvoirs.

— Et je devrai démontrer au roi?...

— Qu'il est de son intérêt de renoncer à une guerre que suivrait une défaite. Le Croissant ne se laissera jamais dominer par la croix... Vos rapides conquêtes en Orient furent, dans tous les siècles, suivies de défaites désastreuses. Le plus pur sang de la France coula à Jérusalem, à Damiette, à Tunis. Jamais vous n'aurez l'Orient! Jamais!

— Dieu le sait! répliqua Pierre. Je m'engage à répéter au Roi mon maître les paroles prononcées par Votre Hautesse. Rien de plus.

— Cela me suffit; le Sultan de France a confiance en toi.

— Le roi a raison, répondit Pierre, de compter, quoi qu'il arrive, sur le cœur et sur la parole d'un Français.

— Et maintenant, reprit Baba-Hassan, voici les dernières conditions que je t'impose. Tu partiras d'ici, libre, sur la foi d'une simple promesse. Si je hais ceux de ta nation, je leur rends cette justice de reconnaître qu'on peut se fier à leur parole. Arrivé à la cour de Louis, tu rempliras ta mission. Si elle est couronnée de succès, ta liberté complète sera le prix de ton habileté d'ambassadeur.

— Et si j'échoue? demanda Pierre.

— Tu reviendras, ici, reprendre tes chaînes...

Porçon de la Barbinais garda le silence.

Le Pacha reprit :

— Je suis certain que si le Sultan de France refuse de conclure la paix, tu reviendras te constituer prisonnier...

— Parce que je m'y serai engagé?

— Ensuite, parce que la vie de six cents Français, prisonniers dans

les cachots, dans la ville, ou disséminés dans la campagne répondra
de ton serment... Si tu manquais à la promesse, un massacre général me vengerait de ton parjure.

— Je partirai, dit Pierre

— Tu réussiras ?

— Je l'ignore... Je me rendrai en France, suivant ton ordre, je
dépeindrai au roi la situation vraie de l'Algérie ; je lui démontrerai
quelles chances il garde, quels dangers il court. Je parlerai suivant
mon sentiment de soldat et ma conscience de Français... Si mon
maître persiste dans sa résolution, je te fais le serment solennel de
venir me remettre entre tes mains.

— C'est bien ! fit le Pacha.

Il fit appeler un des premiers officiers de la maison, et lui désignant Pierre de la Barbinais :

— Cet homme est libre sur parole, dit-il ; jusqu'au jour de son
départ, vous le traiterez avec les plus grands égards... Veillez à ce
que des habillements convenables lui soient apportés.

— Permets-moi d'adresser une prière à ta Hautesse, reprit Pierre :
quand quitterai-je Alger ?

— Un navire en partance met à la voile dans huit jours.

— Je demande à les passer près du docteur de Miniac.

— Son appartement sera le tien. A l'heure de ton embarquement
tu recevras tes lettres de créance.

Porçon de la Barbinais quitta le Pacha d'Alger.

Un moment après il se trouvait près de M. de Miniac.

Les émotions violentes ressenties par le capitaine avaient épuisé
ses forces, il tomba presque évanoui sur un divan.

Quand il revint à lui le vieillard lui dit avec bonté :

— J'ai traversé cette phase, mon ami, suivez mon conseil, aban-
donnez-vous aux soins des étuvistes ; quand votre corps sera reposé,
vous reviendrez près de nous. Jocelyne a déjà fait prévenir le Consul... Tout ira bien, mon fils, tout ira bien !

— Si vous saviez... dit-il.

— Pour le moment, il me suffit d'apprendre qu'on vous a enlevé
vos chaînes, que vous allez quitter ces haillons... La Providence
vous protège comme elle me protégea moi-même...

Pierre obéit à Robert de Miniac avec la faiblesse d'un malade et
la docilité d'un enfant. Il ne gardait plus une notion exacte de ce
qui se passait autour de lui... Son corps s'abandonnait à la tiédeur
d'une eau parfumée ; il lui semblait parfois qu'il s'y évanouissait.
La lumière blessait ses yeux ; il respirait avec peine. Pourtant, la

puissance des parfums dont on frotta ses membres le ranima un peu.

Il trouva au sortir du bain un riche costume qu'il revêtit avec joie. Quand il se regarda dans un miroir, il constata bien les ravages causés par les privations et les tortures, mais il se retrouva cependant, et l'ombre d'un sourire passa sur ses lèvres.

Huit jours! Pendant huit jours il allait venir près de Jocelyne, se retremper dans sa tendresse, se rassasier de sa vue, parler des jours de deuil et d'angoisse, lui entendre raconter les événements qu'il connaissait d'une façon trop sommaire.

Il ne voyait, à cette heure, il ne voulait rien voir au delà. Ce qui surviendrait lui importait peu. Pendant une semaine, son horizon se bornerait à la salle dans laquelle le recevait le docteur ; pendant une semaine, il parlerait de la France avec Jocelyne et le vieillard qu'il s'était accoutumé à regarder comme son père.

La Barbinais révéla au docteur sous quelles conditions il acceptait de faire le voyage de Paris.

Le vieillard regarda Pierre profondément ; une angoisse secrète lui mordait le cœur.

— Que direz-vous au roi? demanda-t-il à Pierre.

— Ce que me dictera ma conscience, répliqua La Barbinais.

— Je comprends! répliqua le vieillard.

Une heure plus tard Jocelyne rentrait.

Son beau visage rayonnait. Ignorant les conditions posées par le Pacha, elle croyait à la liberté absolue de son fiancé.

Aussi la nouvelle de son départ lui causa-t-elle une souffrance inattendue. Il allait partir! Pourquoi? Si la jeune fille eût été moins égoïste elle aurait presque regretté le temps d'une captivité où, du moins, il lui était encore possible de le voir.

Il la rassura doucement, parlant de la nécessité de faire un voyage en France, de revoir ses frères et ses amis.

— Vous reviendrez? lui demanda Jocelyne, anxieuse.

— Je reviendrai, dit-il gravement.

Peut-être attendait-elle un mot de plus, quelque chose rappelant les engagements du passé; mais Pierre de la Barbinais retomba dans la gravité de ses pensées. Quand ils se quittèrent, il posa la main sur sa tête, moins comme une caresse que comme un geste de bénédiction, et Jocelyne, regagnant son appartement, s'y enferma pour pleurer.

Que lui cachait-il? Quel était le secret qu'il semblait partager avec son père? N'était-il sauvé qu'à demi?

Peut-être eût-il mieux valu qu'elle connût la vérité. Dans l'héroïsme de son cœur, elle se serait accoutumée à la pensée d'un devoir rigoureux. Et cependant, en dépit de ses craintes, des élans de folle espérance traversaient son esprit. Le Pacha, en rendant la liberté au capitaine de la Barbinais, lui prouvait une confiance absolue. Aurait-il le courage de lui rendre des fers après l'avoir honoré d'une mission, dont elle n'était pas certaine mais qu'elle soupçonnait vaguement?

Elle comptait sur l'amitié constante de Léïla, en pleine possession de son pouvoir sur l'esprit de Baba-Hassan, sur les prières innocentes d'Orphy, à qui semblait promis le trône d'Algérie.

Alors, un moment, elle s'abandonna à ses rêves : elle se voyait à bord d'un navire, entre son père et Pierre de la Barbinais, saluant les côtes de France, revenant vers la cité corsaire au bras d'un fiancé prêt à devenir son époux, rendue plus forte par les épreuves subies, savourant d'autant mieux ces joies tardives que sa jeunesse avait été plus tourmentée.

Ces douces pensées lui emplirent le cœur d'espérance, le courage rentra à nouveau dans son âme et, malgré la férocité du Pacha, dont elle n'ignorait point les cruautés barbares, elle envisagea l'avenir avec sérénité, comptant sur la puissance de Dieu qui juge les causes justes.

Elle respecta, néanmoins, le mystère des seuls êtres qu'elle chérît au monde, s'efforça, durant les quelques jours que Pierre passa près d'elle, de dissimuler son angoisse ; lui révéla heure par heure, minute par minute et la grandeur de son caractère et la puissance de sa tendresse ; puis, quand l'instant de partir fut arrivé, elle l'accompagna jusqu'au vaisseau.

Encore un instant, on allait lever l'ancre ; elle prit dans ses mains frêles les mains du capitaine, sur lesquelles restaient encore les traces des carcans, puis elle lui dit :

— Vous ne m'avez pas crue assez courageuse pour m'apprendre pourquoi vous allez en France... Sachez-le cependant : jamais je ne vous eusse détourné de votre devoir. Accordez-moi cette confiance suprême de me révéler quelle mission le Pacha vous a confiée...

— La mission de Régulus, répondit Pierre de la Barbinais.

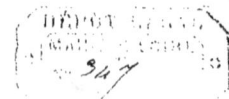

Le roi prit à la poitrine d'un de ses gentilshommes la croix de saint Louis.
(*Voir page* 275.)

XXIII

CŒUR FRANÇAIS

La traversée s'effectua rapidement par un temps admirable. Pierre demeura sur le pont, s'enivrant de l'air de la mer qu'il respirait cependant avec peine, causant avec le capitaine du navire, avide de

Le roi prit à la poitrine d'un de ses gentilshommes la croix de saint Louis.
(*Voir page* 275.)

XXIII

CŒUR FRANÇAIS

La traversée s'effectua rapidement par un temps admirable. Pierre
demeura sur le pont, s'enivrant de l'air de la mer qu'il respirait
cependant avec peine, causant avec le capitaine du navire, avide de

savoir ce qui se passait dans cette patrie qu'il allait revoir après une si longue absence. Quand les côtes de Provence lui apparurent, il porta la main à sa poitrine ; l'excès de la joie le suffoquait ; puis, croisant les bras sur le bordage du vaisseau, il laissa couler des larmes dans lesquelles se confondaient l'enthousiasme et le désespoir.

Arrivé à Toulon, il s'empressa de se faire annoncer chez M. Du Quesne. Celui-ci n'avait point oublié le nom du jeune corsaire malouin sur lequel s'étaient fondées autrefois de légitimes espérances. Il l'accueillit avec une amitié fraternelle. Avide de connaître les mystères épouvantables de la captivité des Français dans les cachots du Pacha, il écoutait palpitant de pitié les récits de la Barbinais.

— Oh ! s'écria-t-il, quand le malheureux eut terminé ses confidences, ce ne sont pas seulement des pirates que nous allons combattre, mais des bourreaux. Il faut qu'Alger soit réduite en poudre, et son Pacha subisse à son tour les tortures qu'il vous infligea. Pour doubler le courage de nos marins et de nos soldats je n'aurai qu'à citer votre nom, en ajoutant que six cents Français attendent de nous une vengeance éclatante. Si vos forces sont assez revenues quand commencera la campagne, je vous offrirai un commandement.

— Lorsque les hostilités commenceront, répondit tranquillement Pierre de la Barbinais, je serai mort...

— Vous !

Rappelez-vous alors, monsieur, en apprenant la fin du corsaire Malouin, qu'il vous l'avait prédite, et qu'il n'ignorait point que chacune de ses démarches en France le rapprochait de la tombe... J'accepte vos bons offices, cependant. Le temps est précieux ; d'après ce que vous voulez bien me confier, vos préparatifs avancent, et la lutte ne tardera point à s'engager. Veuillez joindre vos recommandations à la lettre de créance que m'a remise Baba-Hassan. Il ne s'agit pas seulement pour moi de voir les ministres, je dois arriver jusqu'au roi, lui parler avec la liberté d'un soldat et, réduit à l'impossibilité de reprendre mon épée, lui révéler au moins la vérité sur l'Algérie et les côtes barbaresques. Je resterai peu de temps en France ; la rapidité avec laquelle les armements sont conduits, la merveilleuse invention de Bernard Renaud précipiteront mon retour en Algérie...

— Pourquoi y retourner ?

— Je ne suis libre que sur parole, monsieur le Marquis.

— Une parole à Baba-Hassan !

— Je tiendrai mon serment non pas par respect pour celui qui le reçut, mais par respect pour moi-même.

Pierre passa une semaine à Toulon, s'enivrant de ces préparatifs de bataille, flairant par avance l'odeur de la poudre.

— Oh! s'écria-t-il, avoir un navire sous les pieds, un équipage breton, et le pavillon de France à son mât, courir sur les pirates, forcer le fort de la ville, aborder les uns, faire le siège de l'autre, c'est la vie, la vie ardente pour laquelle j'étais fait!

Il parlait aux matelots, aux officiers, montrait ses poignets saignants, racontait ses tortures, non pour les apitoyer sur lui-même, mais afin de grandir leur zèle de toute leur compassion pour des compatriotes prisonniers.

M. Du Quesne lui commanda une chaise de poste, attacha à sa personne deux serviteurs dont il connaissait le dévouement, et le vit partir avec un attendrissement qu'il n'essaya point de dissimuler.

— Messieurs, dit-il à Tourville et à Renaud, nous nous croyons braves parce que nous restons stoïques au milieu du danger, ne redoutant ni les boulets qui foudroient, ni la mitraille qui cause d'horribles blessures, riant tour à tour du feu et de la tempête. On nous proclame des soldats vaillants, des marins dignes d'éloges! Et pourtant aucun de nous ne possède le sublime, le simple courage de ce capitaine corsaire qui portera sa tête au Pacha d'Alger par respect pour la parole donnée. Quoi que nous ayons fait dans le passé, quoi que nous puissions faire dans l'avenir, il sera plus grand que nous: notre courage redouble de la fièvre du danger, de la griserie du bruit, de l'odeur de la poudre; mais Porçon de la Barbinais est héroïque de sang-froid, et cet héroïsme-là l'emporte sur tous les autres.

Pierre se demanda, durant les premiers jours de son voyage, s'il se rendrait d'abord à Saint-Malo afin de revoir Louis et Jean ses deux frères à qui, de Toulon, il s'était empressé d'écrire. La tentation fut forte de courir là-bas dans la Cité des Corsaires où s'était écoulée son ardente jeunesse, où il était rentré, tant de fois, remorquant des prises, salué par la population fanatisée, presque porté en triomphe, jouissant d'une sorte de royauté populaire. Mais si courageux qu'il crût être, il craignit de s'amollir au milieu des parents et des amis qui fêteraient son retour dans la ville natale. Son cœur ne devait point savourer la joie amère de se retrouver dans la ville où il rentrerait comme un exilé; où il reverrait cette maison de bois, berceau de son amour pour Jocelyne... Ces impressions-là, il n'en devait emplir son âme qu'avant de remonter sur le navire qui le ramènerait à Alger.

Parfois, dans l'enivrement de la pensée qu'il était en France,

que cet air qui rafraîchissait son visage était celui de la patrie, dans
sa joie de parler la langue maternelle, de voir se dérouler de riches
campagnes, de traverser des villages paisibles ignorés comme des
nids, des villes bruyantes emplies de mouvement et de luxe, il
oubliait qu'il se rendait à Versailles, chargé d'une mission qui, pour
lui, se terminerait d'une façon tragique. Il se sentait revivre et
s'abandonnait à cette ivresse.

Quand il approcha de Paris, cette sensation diminua par degrés,
et lorsqu'il en franchit l'enceinte, il ne songeait plus qu'à la mission qu'il devait remplir.

Trois jours lui suffirent pour obtenir une audience du Roi. En apprenant que l'envoyé du Pacha d'Alger avait subi une captivité
cruelle, Louis XIV témoigna une grande impatience de le voir, et
chargea Colbert de le lui amener.

Ce fut un matin que Porçon de la Barbinais arriva à Versailles.
La mâle et grave expression de son visage empruntait au dramatique
de sa situation une solennité que le Roi ne vit jamais sur la physionomie des courtisans qui l'entouraient. Aussi murmura-t-il en apercevant le capitaine :

— Celui-ci est un homme.

Il avait été décidé que la première audience de La Barbinais serait
privée. Il ne s'agissait point, ce jour-là, d'une réception d'ambassadeur ; celle-ci aurait lieu avec le cérémonial habituel, mais après
que le roi connaîtrait à la fois et l'envoyé du Pacha et la mission
qu'il devait remplir.

— Monsieur, dit le Roi à La Barbinais, votre nom m'est connu
comme celui d'un brave ; vous êtes marin et Breton : ces titres vous
suffisent aujourd'hui. Parlez sans contrainte, en toute franchise et
liberté. Oubliez que le maître de la France vous écoute, pour vous
souvenir seulement que, comme vous, il est doué de courage et pos-
sédé de la passion de la gloire. C'est un récit que j'attends de vous,
le récit de vos souffrances qui me révélera l'horreur de ce qu'endu-
rent vos compatriotes ; un exposé fidèle de la situation de l'Algérie,
de l'avenir qu'elle présente, et de ce que nous pouvons risquer pour
la conquérir.

— Je remercie humblement Votre Majesté de m'autoriser à lui
parler en marin, en soldat ; elle comprendra mieux ce que je dois
lui apprendre : les morts ne mentent pas...

Le roi eut un tressaillement involontaire.

Pierre reprit :

— Je croyais pouvoir compter sur une heureuse carrière ; tout

jeune, j'avais remporté des victoires navales; le danger semblait mon
élément naturel, et j'aimais passionnément ma vie aventureuse...
J'avais vingt-cinq ans, Sire, quand la frégate que je commandais fut
assaillie à la fois par sept galiotes et cinq fustes barbaresques. Les
prodiges accomplis, le sang prodigué retardèrent seulement notre
défaite. On nous jeta, blessés, mourants, à fond de cale, et nous
entrâmes dans Alger, maudissant le peu de vie que Dieu nous laissait encore. Les plus heureux d'entre les prisonniers moururent des
suites de leurs blessures ; les autres guérirent lentement, et s'en
allèrent, après avoir été vendus aux enchères comme un vil bétail,
grossir le nombre des matelots du Pacha, ramer sur ses galères, ou
servir les habitants de la ville dont ils devinrent esclaves. Ceux-là
souffrirent cruellement, sans doute, mais enfin ils vécurent à l'air
libre et sous le ciel. L'espoir d'une évasion leur fit trouver la servitude moins amère. Quelques-uns, à force de patience et de courage, recouvrèrent leur liberté... On m'a cité des matelots et des
mousses qui ont pu regagner la terre natale... Je fus moins heureux,
Sire, mon intrépidité durant la bataille, le nombre des navires
malouins que j'avais pour mission de protéger, un nom déjà redouté des pirates, tout contribua à persuader au Pacha que j'occupais, dans la marine de l'État, une situation que je tentais en vain
de dissimuler. J'eus beau répéter et tenter de prouver que mon
rôle était simplement celui d'un capitaine armé pour la Course, il
refusa toute proposition de rançon et, redoutant le zèle de mes
amis à me délivrer, il me fit jeter dans les cachots du palais... Ces
cachots-là, Sire, jamais vous n'en devinerez l'horreur... Ni clarté,
ni air ; des miasmes putrides le jour et la nuit. Des fers broyant
les mains qui, jadis, tenaient des épées, des carcans entravant les
pieds libres autrefois sur le pont des navires... Des aliments ré-
pugnants dont ne voudraient pas les bêtes de vos chenils ! Imaginez-
vous une centaine d'hommes plongés dans ces trous noirs, les uns
souffrant de vieilles blessures, les autres expirant de langueur ;
tous gardant au cœur la plaie d'un incurable désespoir. Que de sanglots poussés durant les nuits, de douloureuses confidences échan-
gées, de crises de désespoir jetant à terre les misérables. Et, au
milieu de tout cela, des noms de femmes, de mères et d'enfants,
répétés avec des larmes...

L'impuissance ! vous ne pouvez savoir, Sire, ce qu'est la torture
de l'impuissance. On souffre, on tord ses poignets sanglants, la
chair se tuméfie, mais la chaîne demeure. Le bâton des gardiens
s'abat sur les dos courbés, sur les membres nus. On redoute de

perdre quelque chose de sa dignité d'homme, au milieu de tortures
progressivement dégradantes... Puis, de temps à autre, un homme
descend dans les enfers. Il a le regard humble, la voix fausse, et
porte de riches habits. Il commence par vous plaindre... Ce que
nous endurons, il l'a éprouvé. Lui aussi tenta de lutter pour sa
conscience, pour ce qu'il appelait le point d'honneur... C'est un
renégat! Il nous offre de prendre le turban et de reconquérir la
liberté. Cela est horrible, Sire, véritablement horrible! On le menace, on veut le flageller d'un mépris écrasant, on crache sur ses
vêtements... Et, pourtant, il arrive parfois qu'à l'instant où il franchit
le seuil du cachot une ombre se glisse sur ses traces. Un homme
va renier sa patrie et sa religion! On se serre davantage, on s'agenouille, on prie! On demande le courage de subir cette angoisse
grandissante, et toute la nuit retentissent des sanglots entrecoupés
de cris poussés vers Dieu...

— Mon Dieu! mon Dieu! murmura le roi.

— Vous voulez Alger, Sire! Ah! prenez-la! domptez, écrasez cette
ville maudite; ouvrez-en les cachots, rendez libres plus de six cents
Français esclaves, comptant sur la générosité de votre cœur et la
bravoure de votre armée.

— Comment Baba-Hassan s'est-il décidé à vous rendre la liberté?

— Persistant dans sa croyance que j'occupais un rang élevé dans
la marine, il m'a chargé de venir vous proposer la paix.

— Est-il donc disposé à se soumettre, à demander pardon à la
France et à son Roi des crimes commis, des trahisons consommées?
Pense-t-il que j'oublierai son manque de foi, ses cruautés, ses spolia-
tions? Supplie-t-il qu'on oublie ses outrages, en paiera-t-il le prix?

— Non, Sire. Deux sentiments se partagent, à cette heure, l'esprit
du Pacha: l'orgueil et la crainte. La nouvelle des armements de Toulon, les noms de Du Quesne et de Trouville, les inventions meurtrières de Renaud-le-Bombardier lui causent une mortelle frayeur.
Les hommes féroces sont souvent lâches. Baba-Hassan vous redoute.
Il sait que l'heure d'une lutte décisive est arrivée. En dépit de la
confiance qu'il prétend garder dans la puissance de sa flotte, l'habileté des Reïs commandant ses vaisseaux, le courage des Maures et
des Turcs montant ses navires, il veut éviter la bataille. Je ne vous
apporte point la paix dans les conditions que vous semblez attendre.
Je suis chargé de vous prouver quelle héroïque folie serait que de
vous attaquer à un souverain semblable à Baba-Hassan. De vous
rappeler la défaite de Charles-Quint, et la perte de l'armée qu'il
amena sur les côtes barbaresques. J'ai mission de vous dire, ô mon

Roi! que les troupes du tyran tailleraient en pièces les vôtres ; que Trouville et Du Quesne, dont toutes les mers connaissent les noms glorieux, céderaient devant l'habileté des renégats commandant la flotte barbaresque. Enfin, je dois, avant de prendre congé de Votre Majesté, la décider à renoncer à une expédition condamnée d'avance, à donner ordre à Brest et au Havre de suspendre la construction des navires à mortiers inventés par Bernard Renaud à Toulon, de cesser les armements, aux navires de guerre de rentrer le pavillon fleurdelisé arboré déjà à leur mât d'honneur!

L'accent de Pierre de la Barbinais était devenu amer, railleur et terrible; tandis qu'il prononçait ces mots qui lui brûlaient les lèvres, se rallumait dans son regard une incroyable énergie ; tout son corps frissonnait, sa main tourmentait la garde de son épée, et le Roi pouvait voir autour de ses poignets une raie vive, saignante, creusée par les bracelets de fer.

— Voilà ce qu'Hassan m'a chargé de démontrer à Votre Majesté, Sire, reprit Pierre en s'inclinant.

— Et si je persiste dans mes projets de guerre?

— Avant qu'elle soit déclarée, je monterai à bord d'un navire faisant voile pour Alger, j'irai me remettre entre les mains du Pacha.

— Vous reprendrez vos fers?

— Non, Sire; cette fois, j'attendrai le bourreau.

Pierre de la Barbinais dit ces mots avec la sérénité d'un martyr.

L'émotion commençait à prendre le Roi à la gorge, et ce fut avec une lenteur mêlée de tristesse qu'il demanda au capitaine :

— Que me conseillez-vous?

— Sire, Votre Majesté sait mieux que personne ce qui est son honneur et l'honneur de la France.

— Non! non, parlez! Je sais, moi, ce qu'on écrit, ce qu'on me répète. Vous arrivez d'Alger, vous êtes marin. Je veux savoir ce que vous feriez si vous étiez Louis XIV.

Les regards de La Barbinais étincelèrent.

— Si j'étais le Roi! je me jurerais d'écraser Alger, et de n'en laisser que des ruines fumantes. Il ne resterait pas pierre sur pierre de ce nid de pirates et de bourreaux. Et je ne prendrais pas seulement la ville, je voudrais toute la côte, cette côte fertile qui, pour vous, sera la clef de l'Orient, et deviendra la reine de vos colonies. Ah! si vous connaissiez cette splendide nature, dont la paresse des indigènes dédaigne de tirer parti! Elle vous fournira ses fruits savoureux, ses blés magnifiques, ses vignes donnant un vin exquis, ses champs d'alfa qui deviendront une source de fortune. Les colons y cultiveront le café et le coton, la canne à sucre. Ils y planteront des bambous et exploiteront des forêts de chêne-liège. Ne croyez point que le climat de l'Algérie présente de sérieux dangers. Quoique la température y soit plus élevée, dans la régence d'Alger, que sur la côte méridionale de l'Europe, la chaleur reste supportable. Les vents du Sud y sont seuls à craindre. En hiver, jamais de glace. Dès les premiers jours de juillet, les vergers fournissent leurs abricots dorés, les vignes mûrissent, les orangers sauvages qui, durant l'hiver, ont conservé leurs fleurs et leurs fruits sont couverts d'oranges. Les herbes brûlées ont disparu pour faire place à une fraîche verdure. Le vent du désert souffle rarement, et ces orages redoutables, que dans le pays on appelle encore « l'orage de Charles-Quint », grondent rarement sur les côtes. Les oliviers, les figuiers de Barbarie, les palmiers, les bananiers croissent librement dans les campagnes. Le blé, l'orge et le riz de l'Algérie suffiraient pour que la France ne souffrît jamais de la famine. Quels chevaux vous fournirait cet admirable pays pour la cavalerie; une source de nouvelles richesses s'ouvrirait pour la France. Il ne s'agit pas seulement d'une conquête militaire, mais de la civilisation d'un pays admirable. Vous remplacerez les ténèbres dans lesquelles croupissent les Algériens par les lumières de la science, les progrès de l'industrie. Vous n'ouvrirez pas seulement les cachots, mais les prisons dorées dans lesquelles les femmes sont captives. L'esclave redeviendra un homme, dès qu'il ne redoutera plus la courbache des argousins. Et mes frères, mes frères de là-bas, mes compatriotes, ceux avec qui tant de fois et les larmes aux yeux j'ai parlé de la France, ceux-là vous devront la liberté et la joie de revoir la patrie. Ah! Sire! doublez s'il le faut le nombre de vos navires, jetez dix armées sur les rivages barbaresques, multipliez des efforts inouïs, appelez à vous votre vaillante noblesse, vos corsaires malouins et vos marins dieppois, ces braves qui ont pour l'honneur de la France découvert des contrées nouvelles et fondé des colonies partout florissantes ; qu'importent les efforts et les sacrifices, la victoire en paiera le prix. Vous ne serez plus seulement roi de France et Navarre, mais aussi le roi de l'Algérie!

La voix de Pierre de la Barbinais s'était élevée, son regard flamboyait. Il ne songeait plus qu'il était devant un Roi ; son esprit allait loin sur les ailes d'une vision, saluant l'avenir glorieux de la conquête. Son bras étendu paraissait montrer la côte africaine, et Louis XIV, que séduisaient toujours les grandes choses, les nobles sentiments et les conquêtes héroïques, regardait cet homme enthousiaste et se laissait entraîner par la puissance de sa parole imagée.

— Capitaine, Alger sera français, répondit Louis XIV! Vous avez raison, ce pays doit devenir notre conquête, une part vous en sera due, la plus noble, la plus sainte. Du Quesne est assez grand pour que vous consentiez à servir sous ses ordres. La campagne terminée, et le drapeau fleurdelisé flottant sur les murs de la cité de Baba-Hassan, vous recevrez un brevet d'amiral!

— Sire, répondit Pierre, quand sonnera l'heure de la victoire, j'aurai payé de ma tête les vérités que je viens de vous dire.

— Vous ne rentrerez à Alger que les armes à la main, avec Du Quesne et Trouville.

— Votre Majesté oublie que j'ai juré au Pacha de lui rendre compte de ma mission.

— Cet homme est un bourreau, capitaine!

— Je deviendrais plus misérable que lui si je manquais à mon serment.

— Vous courez au trépas.

— Au martyre.

— Il s'agit d'un infidèle!

— Il s'agit surtout de mon honneur.

— Et si moi, votre Roi, je vous interdisais de partir?

La Barbinais plia le genou.

— Votre Majesté ne le fera pas, dit-il.

— J'emploierai tous les moyens pour conserver la vie d'un homme tel que vous.

— Sire, vous ne me rendriez pas seulement vil aux yeux du Pacha d'Alger, vous condamneriez à mort six cents prisonniers français. Si je n'ai pas repris mes chaînes avant que votre flotte ait tiré le premier coup de canon, vos sujets, mes frères, mes amis paieront mon manque de parole de leur vie.

— C'est horrible! fit le roi.

— Ce sera un homme de moins, voilà tout, Sire. Heureux si les paroles qu'il a prononcées vous encouragent à continuer la guerre, et donnent à vos soldats une énergie nouvelle. Je ne mourrai pas tout entier, si je lègue un souvenir à la France.

— Mourir! vous, cela ne se peut, je ne le veux pas! N'avez-vous donc plus de liens qui vous attachent à la vie...

Une douloureuse mélancolie remplaça sur le visage de La Barbinais l'énergique volonté qui s'y lisait tout à l'heure.

— A Saint-Malo il me reste deux frères... A Alger se trouve une jeune fille dont le père fut le compagnon de ma captivité... cette jeune fille m'était fiancée... Je l'aime d'un profond amour...

— Ah! s'écria le roi, je ne puis vous laisser vous perdre! Le prix de la conquête vaudrait-il un homme tel que vous!

— Sire, vous savez tout... Quand plaira-t-il à Votre Majesté de recevoir à son audience l'ambassadeur de Baba-Hassan?

— Dans huit jours, répondit le roi. Vous logerez au palais, et jusqu'à cette heure j'aurai avec vous de fréquents entretiens.

— Je demeure aux ordres de Votre Majesté.

Pierre de la Barbinais se retira.

— Quel homme! dit Louis XIV à Colbert, quel homme!

Il fut impossible au roi de travailler le reste de la journée, et sa visible préoccupation devint l'objet de la conversation de tous les courtisans.

Pierre de la Barbinais employa la semaine qui s'écoula entre l'audience particulière du roi et sa réception officielle à rédiger un mémoire sur ce qu'il savait de l'Algérie : ses forces maritimes, son gouvernement, sa topographie. Il insista d'une façon énergique et poignante sur les tortures infligées aux prisonniers français, et termina par une adjuration pleine de patriotisme adressée à Louis XIV. Il le suppliait de les rendre à la patrie, qu'ils pleuraient dans les fers, à la liberté qu'il paierait de sa tête.

Par un sentiment de grandeur et de bonté vraiment royales, le roi commanda que l'audience publique de La Barbinais fût entourée d'une pompe que rien n'avait encore surpassée. A cet homme qui faisait parler si haut l'honneur français, il voulut offrir tout ce que lui permettait sa magnificence, et entourer des splendeurs de la vie et de la beauté cet homme qui en emporterait dans la mort la vision radieuse. Le trône du roi fut placé dans la salle des fêtes. La reine Marie-Thérèse, les dames de sa maison, les duchesses à tabouret, les grandes dames présentées, informées de la mission de Pierre de la Barbinais, se sentirent prises du désir ardent de voir le corsaire. Pour lui, elles se firent belles à éblouir. Les damas brochés, les gazes lamées d'or, les satins à plis cassants, les dentelles précieuses, les diamants héréditaires, elles réunirent tout dans leur parure ; mais surtout, par une attention d'une délicatesse exquise, elles mirent à leurs corsages et gardèrent dans leurs mains des bouquets de fleurs cueillies dans les serres de Versailles.

La grande galerie étincelait de lumières, faisant palpiter et vivre les triomphantes peintures des plafonds. Les habits brodés des hommes, constellés de décorations, traversés de rubans de moire bleue, se mêlaient aux robes de gala des femmes. Mais, contrairement à ce qui arrivait durant les grandes fêtes données par le roi, les femmes ne souriaient pas, et plus d'une sentait son attendrissement aller jusqu'aux larmes. Le roi restait pensif, et sa voix, parfois si brève pour le commandement, avait des notes graves, presque sourdes, quand il donna ordre d'introduire Pierre Porçon de la Barbinais.

Dès que celui-ci parut, il devint le centre de tous les regards. On oublia le roi lui-même pour ne voir que le prisonnier du Pacha d'Alger.

Vêtu d'un costume de couleur sombre, sans broderies, faisant davantage ressortir la pâleur de son visage, Pierre s'avança, d'un pas ferme et le front haut, jusqu'au pied du trône.

Pour traiter de la paix, ou plutôt pour le charger d'empêcher la guerre, Baba-Hassan s'était contenté de lui remettre une lettre de créance. Pierre n'eut donc qu'à répéter sommairement, devant tous, ce que Louis XIV savait déjà. Mais, cette fois, entraîné davantage par la foule sympathique qui l'entourait, le cœur haletant sous les coups pressés des souvenirs, ayant devant lui l'image de Jocelyne qu'il lui semblait voir au milieu de toutes ces femmes éclatantes de parure, La Barbinais arriva tout naturellement à l'éloquence. Il supplia le roi de s'obstiner dans son désir de conquête. Il montra dans l'avenir Alger vaincue, les pirates barbaresques anéantis, l'Algérie française ; et quand il se tut, en dépit de la présence du roi, des cris d'admiration et des bravos éclatèrent dans toute la galerie.

— Sire, dit Pierre quand il eut achevé, ma mission est remplie ; celle de votre flotte commence. Je retourne à Alger, fidèle à ma parole ; si je vis encore, mon âme tressaillera de joie aux premiers éclats du canon français.

Le roi prit à la poitrine d'un de ses gentilshommes la croix de saint Louis, et l'attacha lui-même à l'habit de La Barbinais.

— Vous avez parlé d'honneur, de foi jurée, dit-il, je ne saurais vous retenir. Allez, monsieur ! et croyez qu'au milieu des préoccupations de cette guerre, mon souvenir ne vous quittera pas.

Une expression de fierté passa sur les traits de La Barbinais, à qui le roi tendit les bras avec un élan irrésistible.

— Capitaine, lui dit-il, votre roi vous remercie !

— Et maintenant, Sire, je puis mourir ! dit Pierre.

— Voici, ajouta Louis XIV, un contrat en blanc signé par moi, avant que le navire qui vous ramènera à Alger touche terre, je désire que vous épousiez l'héroïque fille qui osa défendre contre les cruautés du Pacha, son père, son fiancé, et mes sujets captifs. Ma plus chère protection est acquise à Mlle de Miniac.

— Vous lui remettrez ce collier de la part de la reine, ajouta Marie-Thérèse, en détachant de son cou une étincelante rivière.

Cette bonté, cet ordre suprême causèrent à Pierre une émotion si profonde que, redoutant de laisser voir le trouble dont il se sentait pénétré, il ne songea plus qu'à s'éloigner.

Un moment, pourtant, il reposa ses yeux sur cette cour, la plus brillante du monde, sur cette foule parée, sur ce roi qui le comblait de ses dons, et lui offrait le commandement d'un de ses navires. Les sommets auxquels il avait rêvé de toucher se dressaient devant lui... Son devoir était de détourner la tête, de passer et de partir. Une angoisse sans nom traversa sa pensée, mais son front reprit bientôt sa sérénité, un sourire erra même sur ses lèvres.

Il s'inclina devant le roi comme les martyrs devant César.

Celui-là aussi allait mourir!

Alors le roi, debout, dit d'une voix calme et vibrante d'émotion :

— Saluez, messieurs! voilà le plus honnête homme de France!

Les courtisans s'inclinèrent, et les femmes effeuillèrent les bouquets de leurs corsages sous les pas du fiancé de Jocelyne.

287

Il monta dans une barque. (*Voir page* 288.)

XXIV

SERMENTS MORTELS

Le vent soufflait du large, la mer roulait sur la plage, se brisant contre les rochers du Grand-Bé, battant les murailles de la ville. Sur le port on attendait le retour d'un navire, et le mouvement populaire

Il monta dans une barque. (*Voir page* 288.)

XXIV

SERMENTS MORTELS

Le vent soufflait du large, la mer roulait sur la plage, se brisant
contre les rochers du Grand-Bé, battant les murailles de la ville. Sur
le port on attendait le retour d'un navire, et le mouvement populaire

s'accentuait à mesure qu'approchait l'heure où le Corsaire, revenant chargé des dépouilles de sa prise, allait entrer dans le port. Les femmes de marins, les enfants, les sœurs et les fiancées en habits du dimanche voyaient grandir les voiles gonflées du vaisseau. Les marins se promenaient sur le pont, les mains dans les poches, coiffés de travers, riant d'un gros rire entre les bouffées de leurs pipes ou les mouvements de la chique qui leur gonflait la joue.

Au milieu d'un groupe d'anciens capitaines ayant plus ou moins souffert de leurs campagnes, se tenait le capitaine Carcasse, presque aussi droit que jadis, et composé d'un si grand nombre de morceaux artificiels adroitement ajustés qu'il semblait simplement un automate, monté pour un temps dont nul ne connaissait la durée.

Dans le cabaret de la mère Cachalot, les broches tournaient devant un feu clair. On entendait un grésil de beurre fondu dans les poêles à frire, des cliquetis d'assiettes, des chocs de pichets d'étain ; un corsaire arrivait : c'est-à-dire l'abondance, la gaieté, la fortune !

Une jeune fille alerte l'aidait de tout son cœur, courant, travaillant, donnant ici un coup de balai, là un coup de torchon, descendant à la cave, rapportant du vin, du cidre, dressant des fruits, fredonnant un refrain, regardant par la fenêtre, s'avançant sur le pas de la porte.

— Comme ça, marraine, demanda-t-elle, Yvonnet va revenir ?

— Oui, ma fille, et avec lui les autres. Galhauban, qui s'est évadé des galères du Pacha, et qui se vante de lui avoir coulé trois galiotes… car Galhauban, que j'ai connu matelot, puis contre-maître, est maintenant bel et bien capitaine d'un brick qui fait gentiment la Course. Dame ! comme c'était naturel, il s'est entouré des anciens amis : Yvonnet joue toujours de son flûtiau, et finement, on peut dire !

— Oh ! oui, marraine ! ajouta la jeune fille d'une voix convaincue.

— Certains disent qu'avec l'âge le courage lui est venu, et qu'il en conte à une jeunesse, en tout honneur s'entend… Ils croient tous deux, les malins ! que la vieille marraine ne voit et n'entend rien, et peut-être se gaussent-ils d'elle ! Mais qu'importe ! Elle les aime tout de même, et quand elle se trouvera trop lasse, car elle est déjà assez riche, elle donnera en dot à la petite sournoise son cabaret et mariera les cachottiers.

— Oh ! marraine ! fit Mathurine en se jetant au cou de la mère Cachalot.

— Tu ne mérites guère qu'on t'aime ! fit la vieille femme, mais le pli est pris.

— Vous aimez bien Yvonnet aussi ?

— Oh ! lui, c'est de naissance.

— Qui viendra encore sur le navire du capitaine Galhauban ?

— Poigne-d'Acier, qu'il a racheté aux Barbaresques, et le docteur Méloir qui a passé six ans en Algérie chez un vieux médecin turc, lequel lui a rendu la liberté en lui léguant sa fortune. Dire que je vais les revoir tous ! tous ! Il n'y en a qu'un que je regrette et que je pleure, vois-tu, Mathurine ; tu ne l'as point connu, celui-là, mais jamais, au grand jamais, quand ceux qui ont servi sous ses ordres se retrouvent ensemble au cabaret de la mère Cachalot, ils ne manquent de porter la santé du brave des braves.

La voix de la vieille femme s'altéra ; rudement, elle essuya son visage avec l'angle de son torchon, puis elle dit à Mathurine :

— Vois-tu, ma fille, les vieilles blessures et les vieux souvenirs font souvent mal.

— Marraine ! Marraine ! les messieurs de l'amirauté ont fini leur visite, nous allons les voir. Les femmes courent au plus près du navire ! Un matelot ! deux matelots ! J'entends le hautbois d'Yvonnet.

Mathurine s'élança à travers la salle, mais la mère Cachalot la rattrapa prestement par son jupon.

— Cela ne se fait pas ! dit-elle ; une jeune fille sage attend son promis et ne court pas au devant... Que sais-tu, d'ailleurs, s'il songe à te prendre pour femme, cet Yvonnet ! Patience ! Mathurine, et si tu m'en crois dresse paisiblement la table, sans paraître t'occuper de ceux qui reviennent.

De grands cris les annonçaient déjà, le hautbois, des binious, des bombardes mêlaient leurs sons aigus ou ronflants ; c'étaient sur le port des reconnaissances, des embrassades, des cris de joie sans fin. Le mouvement s'accentua vite du côté du cabaret de la mère Cachalot, et ce fut avec un visage rayonnant qu'elle accueillit les officiers et les matelots du brick.

— Eh bien ! la mère ! nous revoilà ! dit un homme de taille gigantesque, à la chevelure épaisse, grisonnante, rejetée en arrière comme une crinière trop lourde.

Trois balafres lui sillonnaient le visage, et ajoutaient à l'expression martiale de sa physionomie. Son costume avait subi une transformation bizarre, rendant plus saillante son ossature d'hercule. Son habit, de drap grossier en dessus, laissait voir une doublure de drap d'or enlevée à un rajah des Indes. Un poignard au manche pavé de diamants était passé à sa ceinture, et il le caressait complaisamment de ses larges mains aux veines saillantes.

— Dressons la table en double ! mère Cachalot, dit-il d'une voix

éclatante ; je jette l'ancre chez vous, et vous allez nous faire de fameuse cuisine, pour nous permettre d'oublier les ailes de requins,
les nids d'hirondelles, les chenilles frites et les tripans que j'ai mangés
en Chine sans les digérer. Bonne course! Les poches pleines! Et
quelle frottée nous avons donnée à une galiote turque. La cale est
remplie de marchandises. Il y a de l'argent pour tout le monde! pour
les veuves de matelots, les enfants de l'hôpital et les religieux qui
délivrent les prisonniers.

Le capitaine Galhauban se découvrit en disant ces mots, puis il
frappa du poing sur la table, comme s'il redoutait de se laisser en-
vahir par l'émotion.

Pendant ce temps, Yvonnet dérangeait la coiffure de Mathurine, en
essayant de prendre sur ses joues le baiser du retour. Mais la filleule
de la mère Cachalot opposait une résistance héroïque et si persistante que le petit Yvonnet s'écria :

— Si c'est comme cela, je fais ma demande tout de suite... Mère
Cachalot, voilà, j'aime Mathurine, vous me connaissez depuis longtemps, le capitaine répond de moi, j'apporte ma belle part de prise,
faut me donner votre filleule, gréée et gentille comme une corvette, quoi !

— Dame ! mon garçon, ça dépend d'elle ; cette enfant ne m'est rien,
après tout... Une petite fille du voisinage dont la mère est morte,
laissant l'innocente sans parenté... Je l'ai recueillie... si elle t'aime !

— Oh! oui, je l'aime! dit Mathurine en mettant ses deux mains
dans les mains d'Yvonnet.

— Sapristi! en voilà assez! fit le capitaine Galhauban. On vous
mariera, c'est entendu. Ce n'est pas une raison pour parler si haut.
Je te conseille maintenant, Yvonnet, de rester à Saint-Malo et de ne
plus t'occuper que de rendre ta femme heureuse.

— Capitaine, demanda plus bas la mère Cachalot, vous n'avez
jamais eu de nouvelles de Ganette?

— Jamais ! répondit Galhauban, et c'est par amour pour elle que
je ne me marie pas. Il me semble toujours que je la retrouverai.

La grande salle s'emplissait ; les couverts s'alignaient. On prenait
place avec une grosse gaieté et un grand appétit. Mathurine se multipliait, la vieille aubergiste et ses deux marmitons versaient dans
les soupières les potages fumants, dans les plats les ragoûts fortement épicés. On débrochait les volailles dorées, ruisselantes de jus ;
les salades fleuries égayaient la table. Oh! le dîner serait gai ; il commençait de bonne heure, mais nul ne pouvait dire quand il s'achèverait. Une grande table occupait le centre de la salle ; dans l'em-

brasure des fenêtres on avait mis deux petits guéridons, suffisants pour deux couverts.

Un homme enveloppé d'un manteau, et portant un chapeau rabattu sur les yeux, vint prendre place à l'une d'elles et demanda une bouteille de vin d'Espagne. Sans doute, il se faisait servir cette fiole afin d'acheter, de la sorte, le droit de demeurer dans la salle, car il n'y toucha point et son verre demeura vide. De temps à autre, ses regards fouillaient dans les groupes, un attendrissement passait sur son visage, puis il rabattait son chapeau sur ses yeux, et s'absorbait davantage dans ses pensées.

La grande table se garnissait de convives. Un des derniers venus voulut prendre un siège demeuré vide à côté de Galhauban, mais celui-ci lui répondit avec brusquerie :

— Ne sais-tu pas qu'à la table où je m'assieds, il reste toujours une place vide... la place de l'Absent, quoi !

En effet, un couvert était dressé, mais nul ne prit la chaise voisine de celle du capitaine.

Au moment où Mathurine et la mère Cachalot posaient les soupières sur la table, Galhauban se versa une rasade, leva son gobelet et dit :

— Nous, les anciens matelots du *Sirius*, nous allons boire en honneur de celui dont le nom reste dans notre souvenir : Au capitaine Porçon de la Barbinais ! Au brave qui garde sa place dans notre cœur, Dieu rendra possible qu'il revienne présider encore au banquet des Corsaires !

— Au capitaine de la Barbinais ! répétèrent les matelots.

Alors l'étranger au manteau couleur muraille, et au chapeau dont les bords jetaient une ombre sur le visage, quitta sa table et gagna rapidement le siège vide à côté du capitaine Galhauban.

— Camarade ! dit celui-ci, n'avez-vous pas entendu, tout à l'heure?

— Vous avez dit : — « Dieu veuille renvoyer un jour parmi nous le capitaine Pierre de la Barbinais ! »

— Eh bien ? demanda Galhauban.

Le manteau tomba des épaules de l'étranger, il ôta rapidement son chapeau à grands bords, et un cri jaillit de toutes les bouches :

— Le capitaine !

— Monsieur de la Barbinais !

— Quelle joie !

— Quel miracle et quelle surprise !

Pierre serra les deux mains de Galhauban.

— C'est moi, mes amis, moi qui souperai ce soir avec vous en

souvenir du passé; moi qui n'ai oublié ni Poigne-d'Acier, ni
Yvonnet, ni Galhauban...

— Capitaine! capitaine! demanda l'ancien contre-maître, savez-
vous ce qu'est devenue Ganette?

— Elle n'a point quitté Mlle de Miniac, toutes deux sont à Alger,
avec le docteur de Miniac, libres dans le palais du Pacha, mais à qui
est interdit le retour en France.

— Vrai Dieu! c'est une brave fille. Galhauban le contre-maître l'a
demandée en mariage autrefois; quand il lui conviendra d'être la
femme d'un capitaine corsaire, on fera la noce à l'*Ancre-d'Or*.

Les marins, tout à la joie de revoir celui qui, jadis, les conduisait
à la victoire, ne songeaient guère, ce soir-là, à l'interroger sur un
passé douloureux. Plus tard, n'aurait-il point le temps de raconter
ses aventures? On le retrouvait! c'en était assez. La gaieté éclatait
sur tous ces mâles visages, les projets se multipliaient. On mêlait
l'expression chaleureuse du bonheur à celle d'une implacable haine
contre les pirates algériens.

Pierre se sentait l'âme envahie par un sentiment puissant, com-
plexe parfois. Il oubliait par instant la captivité, ses misères, jusqu'à
l'avenir, pour se croire encore au milieu de ces Malouins qui l'aimaient avec un dévouement sans bornes. Il se rappelait ses retours
triomphants dans la ville pavoisée; les folies de ses matelots, les
grandes ripailles faites dans les cabarets du port, les bordées célèbres dans la légende du pays; les voitures pavoisées, les danses à
travers la ville, toute cette exubérance folle succédant aux scènes
terribles des abordages, aux effroyables nuits de la tempête.

On buvait, on riait. Bientôt la chanson allait venir aux lèvres, accompagnée par le hautbois d'Yvonnet; Pierre ne voulait plus les
entendre les refrains de gaillard d'avant qui, jadis, le faisaient sourire.

Au moment où Mathurine plaçait le dessert sur la table, Pierre
de la Barbinais se leva.

— Mes amis, dit-il, j'ai voulu me retrouver parmi vous comme
au temps passé; vous assurer que votre dévouement et vos services
n'ont jamais été mis en oubli; vous remercier pour autrefois, et
vous parler de l'avenir... L'avenir, camarades, c'est la guerre! Une
grande guerre, une guerre mortelle contre le Pacha dont les pirates
ravagent les côtes d'Italie, d'Espagne, de Portugal, de Provence!
le tyran qui met aux fers nos marins, et vend comme un bétail les
matelots de notre pays. Le Roi arme, en ce moment, une flotte chargée de bombarder Alger. Vous avez la bravoure et l'expérience,

vous êtes des lions de mer à qui rien ne résiste : battez-vous sous le pavillon de France, prenez l'Algérie, transformez-la en colonie française ! Que notre drapeau flotte sur le palais du bourreau, que la croix remplace le croissant sur les mosquées. Portez haut l'honneur de la patrie, et qu'un jour Louis XIV puisse dire : Les Malouins sont des braves !

— Vous nous commanderez, capitaine ! et nous ferons des prodiges ! s'écria Galhauban.

— Je serai reparti, fit La Barbinais d'une voix grave. Mais vous vous souviendrez de mon dernier vœu, il vous sera sacré comme celui d'un mourant. Je bois à la France, camarades, à son Roi, à la conquête de l'Algérie !

Un tonnerre d'applaudissements éclata dans la salle, les mains se levèrent comme pour un serment, et toutes les voix répétèrent :

— A la conquête de l'Algérie !

Un moment après, Pierre quittait le cabaret de la mère Cachalot.

La brise venant de la mer soufflait fraîche, saturée de parfums âcres. La nuit était pure et belle ; des étoiles sans nombre scintillaient au ciel. Le Corsaire erra quelque temps sur le port, écoutant les bruits d'une gaieté croissante ; puis il gagna le silencieux quartier des maisons de bois, et reconnut, à la faible clarté des étoiles, celle où Mme de Miniac vivait jadis près de Jocelyne. Il l'évoqua à cette fenêtre que frappaient les rayons de la lune, et lentement, comme s'il eût effleuré une relique sacrée, il toucha le heurtoir de cette porte étroite qu'il franchissait jadis le cœur palpitant.

La maison n'était plus qu'une tombe. La mère était morte, et Jocelyne, à demi prisonnière, ne reverrait jamais peut-être sa patrie.

Jocelyne ! un sanglot lui monta aux lèvres, la passion de ces jeunes années gardait dans son âme puissante la même force, le même enthousiasme. Jocelyne ! la pure et belle créature adorée, il venait d'y renoncer comme il venait de renoncer à la vie : il eût préféré Jocelyne aux satisfactions de l'orgueil, aux jouissances de la fortune ; il préférait l'honneur à Jocelyne.

Pendant longtemps, il demeura appuyé contre la muraille, l'âme envahie par ces marées de douleur qui surprennent les âmes les plus fortes, et les noient. Puis, lentement, il se retrouva, et d'un pas lent il regagna le logis où l'attendaient ses frères.

Pierre de la Barbinais, revenu la veille seulement à Saint-Malo, avait brièvement raconté à Louis et à Jean les épisodes de sa captivité, et la mission dont il avait été chargé par Baba-Hassan ; il leur avait lu la condition posée par le souverain de l'Algérie, et son serment de retourner prendre ses fers. Durant cette première entrevue, les trois frères ne s'étaient entretenus que de leur jeunesse heureuse quand tout paraissait leur sourire ; ils s'étaient ensuite efforcés de chasser de l'esprit de Pierre le souvenir de ses années de torture. Il était célèbre maintenant, robuste encore. Le roi le récompenserait libéralement et lui donnerait un commandement important. Pierre les écoutait sans répondre. Quand il parlait à son tour, il les interrogeait sur leur situation, sur leur fortune ; il annonça qu'avant de quitter Saint-Malo il leur ferait l'abandon des biens qu'il tenait de sa famille. Eux restaient sans défiance, satisfaits de le voir, attribuant sa mélancolie profonde aux épreuves subies, s'efforçant de le ranimer, de le réjouir en quelque sorte.

Quand il leur témoigna le désir d'assister au repas donné par Galhauban, ils virent dans cette pensée le besoin de renouer la chaîne du passé avec de braves gens professant pour lui un véritable culte ; ils n'essayèrent point de le retenir, et promirent seulement de l'attendre. Il rentra le visage plus calme, leur serra la main, et demeura un moment silencieux. Il lui répugnait d'entamer l'entretien par des phrases banales. Cette nuit même, il leur devait révéler la vérité. Comment s'y prendrait-il ? comment leur dire que cette entrevue était la dernière, et que jamais plus ils ne se reverraient en ce monde ?

A l'heure où il rentra, Louis et Jean s'entretenaient de la guerre dont le Roi pressait les préparatifs. Par une pente insensible, de l'histoire des grands sièges, Pierre passa à celle de généraux et d'hommes célèbres ayant transmis à la postérité plus que le souvenir de leur courage, celui du respect de leur parole.

— Ceux-là, dit-il, ne meurent jamais dans la mémoire des peuples. Vous souvenez-vous de l'histoire de Régulus ?

— Qui ne la connaît ? répliqua Louis.

— Sans doute, nous l'avons apprise de nos maîtres ; mais alors nous étions trop enfants pour en comprendre la grandeur, et nous dire quelle leçon elle renferme... Rome et Carthage se livraient une guerre acharnée ; l'une des deux villes devait périr. Rome avait juré d'anéantir Carthage ; mais une cité dont tous les citoyens sont des soldats, et dont les femmes coupent leur chevelure pour faire des câbles de navire, reste forte en dépit de tout. Tour à tour, les chances heureuses se succédaient pour les villes rivales... Régulus, fait prisonnier, parut aux Carthaginois un ambassadeur capable de persuader au Sénat de renoncer à une guerre désastreuse... Régulus partit pour Rome, après s'être engagé à revenir prendre ses fers à

Carthage si le Sénat refusait les offres qu'il avait commission de lui transmettre. Régulus accepta le rôle d'ambassadeur et partit. Mais, arrivé à Rome, introduit devant l'assemblée des Pères conscrits, au lieu de les encourager à la conclusion d'une paix qu'il eût considérée comme honteuse, il les engagea à continuer la guerre, montra Carthage épuisée de finances et d'hommes ; la victoire prochaine, la patrie glorieuse ! Et quand il comprit que le Sénat tiendrait son serment de détruire Carthage, il remonta sur le navire qui l'avait amené, et revint demander des fers... ce fut la mort qu'il trouva... La mort terrible, la mort au sein de supplices raffinés... On lui coupa les paupières, et durant trois jours il demeura exposé aux ardeurs du soleil africain qui lui dévorait le crâne et lui rongeait les yeux ... On l'enferma dans un tonneau hérissé de lames aiguës, et qu'on roula à travers les quartiers de la ville, et comme Régulus respirait encore, on dressa une croix à Carthage et on l'y cloua... Ce fut une belle mort que la mort de Régulus.

— Certes, répliqua Louis, Régulus est un de ces héros dont le nom est dans toutes les mémoires. Mais Régulus vivait deux cent cinquante ans avant l'ère chrétienne, et la cruauté des mœurs de ce temps explique seule son trépas. Dans les temps modernes, un homme placé dans la même situation que le général romain retrouverait peut-être des fers, mais il ne perdrait jamais la vie.

— Crois-tu? demanda Pierre d'une voix de plus en plus grave.

— J'en suis certain.

— Tu oublies ou tu ignores l'histoire contemporaine dont tu parles. Je puis te citer un fait aussi simple, aussi héroïque que celui de la mort de Régulus, et qui se passa à l'île Formose en 1662... J'ai visité l'île, et j'y ai recueilli cette légende. Elle me fit alors une si grande impression que les moindres détails m'en reviennent, à cette heure, à la mémoire... Les Hollandais avaient fondé un comptoir à l'île Formose, et ce comptoir devint rapidement le centre d'une colonie florissante. Les Chinois, jaloux de la prospérité de cet établissement, jurèrent de le détruire. Sous les ordres de Coxinga, ils firent une descente à Formose, et s'emparèrent par surprise du ministre de la colonie nommé Hamboïk, et d'un certain nombre de prisonniers. On les embarqua sur les jonques, et on les conduisit dans la prochaine ville du Céleste-Empire. Là, on les chargea de fers, et on les traita avec la dernière rigueur.

Ce premier échec avait causé une pénible impression parmi les soldats chargés de défendre le fort de Zélande. Pourraient-ils tenir contre les forces de l'ennemi? L'île assiégée ne serait-elle point

obligée de se rendre dans un espace de temps plus ou moins court?
Coxinga pouvait chaque jour débarquer des troupes nouvelles;
tandis que les Hollandais se voyaient réduits à un petit nombre de
soldats que décimerait chaque sortie, ou que le siège réduirait à la
famine.

Tandis que les Hollandais s'effrayaient des alternatives de succès
et de revers auxquels ils devaient s'attendre, le général chinois,
pressé d'en finir et de s'emparer de la factorerie, songea à envoyer
en qualité d'intermédiaire chargé de négocier la paix le ministre
Hamboïk. Celui-ci accepta la mission qui lui fut proposée. Il devait
effrayer ses compatriotes en leur parlant des forces de l'ennemi, et
les amener à une capitulation qui lui serait payée de sa liberté. Hamboïk, arrivé à Formose, rentre dans le fort, expose de quelle mission
il est chargé; puis, avec le courage d'un patriote à qui la gloire de
la patrie est plus chère que sa propre existence, au lieu de démontrer aux Hollandais qu'ils seraient forcément vaincus dans une lutte
inégale, il les encourage à se défendre contre les troupes de Coxinga,
leur prouve que le général redoute la dureté d'un siège, relève leur
courage, et leur fait prêter serment de défendre jusqu'au dernier le
fort de Zélande.

Électrisés par son éloquence, par sa grandeur d'âme, ils donnèrent leur parole de mourir plutôt que de se rendre. Mais lorsque
Hamboïk leur apprit qu'il se trouvait au milieu d'eux sous condition;
que, les propositions de reddition de Coxinga étant rejetées, il était
obligé de retourner près de lui pour reprendre ses fers, les soldats
le conjurèrent de ne point s'en remettre à la générosité d'un semblable adversaire. Le général chinois lui ferait payer sa franchise
et sa générosité de la vie. Rentrer près de lui était courir à la mort.
Ce qu'il fallait, c'était rester au milieu d'eux pour les soutenir de
l'autorité de sa parole, les consoler s'il survenait des revers, et garder dans leur âme l'enthousiasme qu'il venait d'y faire naître.

— Mes amis, se contenta de répondre Hamboïk, j'ai donné ma
parole, la parole d'un homme est sacrée !

Un piège fut tendu à Hamboïk; il avait deux filles, deux filles
tendrement chéries. Prévenues de ce qui se passait, elles vinrent en
larmes se jeter aux genoux de leur père, l'enlacer de leurs bras, le
supplier de ne pas les rendre orphelines... Il les pressa sur sa poitrine avec l'emportement de la douleur, couvrant leurs fronts de
baisers, leur demandant de lui épargner ce martyre... Elles roulèrent à ses pieds demi mortes... Et il s'enfuit sans tourner la
tête...

Au moment où il s'embarquait, on tenta une dernière fois de l'empêcher de mettre son projet à exécution.

— Mes amis, répondit-il, jamais on ne pourra dire, à la honte de ma mémoire, que, pour sauver ma vie, j'ai exposé les jours de mes compagnons d'infortune... Les prisonniers hollandais paieraient de leur tête mon parjure.

Il regagna le camp ennemi, et l'on épuisa pour lui les raffinements de la barbarie dont les Chinois ont le secret...

— Et ceci se passait en 1662 ? fit Louis.

— Il y a vingt ans ! répondit Pierre.

Alors, comme si, par ces héroïques souvenirs il croyait avoir préparé ses frères à la mortelle confidence qu'il leur devait faire, il raconta tout, la mission acceptée, la parole donnée, l'audience à Versailles...

Ses frères l'écoutaient palpitants, ne pouvant croire encore à ce malheur prochain, à ce départ subit, à cette violente séparation succédant à un retour inespéré. Sans songer aux leçons qu'il venait de leur rappeler, Pierre et Jean de la Barbinais supplièrent le corsaire de ne point s'exposer à la vengeance de Baba-Hassan. Ils ne voyaient plus que le danger couru par le capitaine; ils savaient à l'avance que la déclaration de guerre de Louis XIV serait le signal de sa mort. Lui, les écoutait avec une gravité triste, emplissant son âme des mots brûlants, des pleurs involontaires, des pressions ardentes des mains fraternelles, de la tendresse puissante qui palpitait en eux à cette heure.

— Vous me regretterez ! dit-il, oui, vous me regretterez, mais à ces regrets se mêlera une noble fierté. Vous saurez qu'un jour, lorsqu'on apprendra aux enfants le respect de la parole donnée, mon nom sera cité avec ceux des philosophes Évéphène et Damon, à qui Denis le tyran de Syracuse accorda leur grâce, en faveur de leur amitié... à côté de celui de Régulus qui prédit le triomphe de Rome et mourut en croix appelant de ses vœux suprêmes la flotte romaine qui devait le venger et détruire Carthage... A côté de celui d'Hamboïk qui, voyant pleurer ses filles, les quitta pour aller au-devant des bourreaux... Je léguerai ma légende à la cité Corsaire, mon nom à l'Histoire et mon âme à Dieu.

Maintenant, embrassons-nous pour la dernière fois; si nous devons pleurer, que la nuit seule voie ces larmes... J'en ai fini avec la plupart des choses de la terre... demain, je remonterai sur le navire qui m'attend... J'ai parlé au Roi de Jocelyne... Alger prise, celle que j'ai tant aimée, devenue ma veuve, reviendra ici... Soyez bons pour

elle, traitez-la en sœur bien-aimée ! Vous me le promettez, n'est-ce
pas ?

— Nous te le jurons ! répondirent les deux frères.

Pierre de la Barbinais alla prendre un peu de repos ; quand il
s'éveilla, le soleil était haut à l'horizon ; d'après ses ordres, le navire
qui devait le ramener dans le port d'Alger n'attendait que son retour
à bord.

Il monta dans une barque, accompagné de quelques-uns des siens.

Les membres de sa famille demeurèrent sur le bâtiment jusqu'au moment où, se balançant sur ses hanches, il allait tracer
son sillage. Des mots entrecoupés et rapides s'échangèrent encore,
puis La Barbinais fit larguer tandis que ses parents durent redes-
cendre dans le canot. Tandis que les marins les ramenaient sur le
quai, le convoi bruyant des corsaires, arrivés la veille, passait sur
le port, musique en tête, et le capitaine reconnut la note grêle du
hautbois d'Yvonnet.

Pas plus que durant la traversée d'Alger à Toulon, il ne voulut
entrer dans une cabine. Il se donna cette joie amère de revoir les
brisants dangereux de la côte bretonne, les rivages paisibles, les îles
qui leur succèdent, puis il retrouva les rocs dénudés du golfe de
Gascogne. Il longea l'Espagne et le Portugal, d'où partirent tant de
flottes pour la conquête ; enfin il entra dans la Méditerranée infestée
de fustes et de galiotes barbaresques, rasa Marseille et salua Toulon
où s'achevaient les préparatifs d'une guerre formidable.

La nuit tombait quand Alger montra les coupoles de ses mosquées,
son palais énorme, ses murailles et ses portes ayant pour ornement
des têtes des suppliciés, autour desquelles volaient en rond des vautours.

Alors il ordonna de jeter l'ancre.

Une heure plus tard une barque abordait, et un matelot, maltais
d'origine, fut chargé d'aller porter au Consulat une lettre de La
Barbinais.

Avant de paraître devant Baba-Hassan, et d'entendre sans nul
doute prononcer son arrêt de mort, il restait à La Barbinais à remplir le dernier ordre du Roi, et à obéir au vœu suprême de son cœur.

Le noir, de taille colossale, s'avança tenant l'arme terrible. (*Voir page* 300.)

XXV

LE MARIAGE DANS LA MORT

Depuis le départ de Pierre, Jocelyne demeurait en proie à une angoisse que ni les caresses de son père, ni la tendre amitié de Léïla, ni l'affection de Ganette ne parvenaient à dissiper. Un mys-

Le noir, de taille colossale, s'avança tenant l'arme terrible. (*Voir page* 300.)

XXV

LE MARIAGE DANS LA MORT

Depuis le départ de Pierre, Jocelyne demeurait en proie à une angoisse que ni les caresses de son père, ni la tendre amitié de Léïla, ni l'affection de Ganette ne parvenaient à dissiper. Un mystère planait sur elle ; mystère terrible dont elle comprenait que son père possédait le secret, mais qu'il se refusait à lui révéler.

Un soir, un navire jeta l'ancre à deux lieues du port d'Alger, une barque se détacha, des rameurs robustes abordèrent, et l'un d'eux se rendit au Consulat, afin de remettre une lettre, scellée d'un large cachet rouge, au représentant de la France.

Le messager avait ordre d'attendre et d'emporter une réponse.

Le Consul lut deux fois cette lettre, sans parvenir à en saisir le sens absolu ; un brouillard flottait devant ses yeux. Il hésitait, pris tour à tour d'attendrissement et de vertige. Quand il comprit, son front tomba dans ses mains, et un sanglot s'échappa de sa poitrine. Il lui fallut plus d'une heure pour se remettre de la secousse reçue. Enfin, d'une main qui tremblait, il traça quelques lignes, plia la lettre, et mit en suscription : AU CAPITAINE PIERRE PORÇON DE LA BARBINAIS, A BORD DU *Héron*. Le messager partit, et le Père Vacher continua à écrire. Cette fois, la plume courait sur le papier, il jetait son cœur dans les pages, et l'horloge sonnait une heure du matin quand il termina cette seconde missive. Il ne se coucha point encore, et pria longtemps, si longtemps que les clartés rouges de l'aurore le trouvèrent prosterné sur son prie-Dieu.

Après l'office auquel assistait régulièrement Fathma, le Consul lui confia la lettre écrite durant la nuit, et la chargea de la faire parvenir au docteur de Miniac, par l'intermédiaire de Jocelyne.

. La parfumeuse se chargea de ses eaux de senteurs, de mouchoirs de gaze brodés d'or, d'écharpes nouvelles, et prit la route du palais avec la lettre cachée parmi le fouillis de ces objets multicolores.

Elle trouva Orphy s'essayant sur une guzla incrustée de nacre, tandis que Léïla chantait d'une voix douce. Jocelyne brodait à côté de son amie ; tout au bout de la salle d'autres femmes s'endormaient dans l'atmosphère tiède, ou fumaient le narghilé !

Fathma remit à Jocelyne sa lettre enveloppée dans un mouchoir de soie. La jeune fille allait l'ouvrir, un regard jeté sur l'adresse l'arrêta : la lettre était adressée à son père.

Après un baiser donné à Orphy, et quelques douces paroles adressées à Léïla, Jocelyne se rendit à l'appartement de son père.

M. de Miniac devina tout de suite que sa fille apportait des nouvelles, il décacheta la missive, et la lut à voix basse.

Jocelyne, anxieuse, attendait.

Quand le vieillard eut fini, il prit le billet enfermé dans la première lettre, le lut à son tour, et cacha ces papiers dans sa poitrine.

Pâle et tremblant, il attira sa fille dans ses bras, et l'y garda, comme il faisait quand elle était enfant, et qu'il la berçait. Elle ne demandait rien, retenant son souffle, oppressée par ce silence, et n'osant pourtant questionner; enfin M. de Miniac lui dit lentement, de la voix tendre des mères, de l'accent voilé des confesseurs :

— Jocelyne, rien dans ta vie ne doit ressembler à l'existence des autres jeunes filles. Tu semblais faite pour les joies intimes et cachées de la famille. Le vent du malheur passa sur nous et, emportée par l'ange qui menaçait les tiens, tu subis tant d'épreuves qu'une autre en serait morte désespérée. Je te dois de vivre, et rien ne saurait rendre ma tendresse pour toi...

— Oh! père! père! si vous saviez combien je crois à cet amour!

— Tu m'obéiras donc, quelque étrange que puisse te sembler l'ordre que tu vas recevoir. Si je demandais à quitter le palais, même pour quelques heures, le Pacha m'en refuserait immanquablement la permission : la défiance qui entrerait dans son esprit pourrait nous devenir fatale... Je ne solliciterai rien... Demain, au lever du jour, tu quitteras seule ce palais; Fathma t'attendra sur le port... Toutes deux, vous monterez dans une barque qui vous conduira en rade jusqu'au navire le *Héron*. Tu seras attendue à bord, balbutia M. de Miniac, dont la voix s'affaiblit, tant ce qui lui restait à dire semblait difficile et douloureux.

— Attendue! par qui?

— Par Pierre de la Barbinais.

— Il revient! s'écria Jocelyne avec explosion.

— Il revient, suivant sa promesse, oui, ma fille... Jadis à Saint-Malo, quand il te demanda en mariage, ta sainte mère permit cette union, n'y mettant pour condition que le consentement du père alors exilé!... Depuis que je connais l'homme élu par toi, choisi par ta mère, je l'ai adopté pour mon fils : il est devenu mien au milieu des angoisses de l'épreuve... Prisonnier dans ce palais, je ne puis t'accompagner là-bas... Ganette seule te suivra avec Fathma... Le Père Vacher, prévenu, célèbrera votre mariage à bord du *Héron*; lorsque tu rentreras près de moi j'aurai un enfant de plus.

Ma fille, dit M. de Miniac en étendant ses mains sur le front de Jocelyne, ce mariage souhaité par ton père, et dont le contrat est déjà signé par le roi de France, doit s'accomplir... Avant la fin de la journée de demain Pierre de la Barbinais rentrera au palais.

— Apporte-t-il des nouvelles de paix?

— Il vient annoncer la guerre à outrance, sans merci! jusqu'à l'embrasement de la ville, et la ruine des Mahométans en Algérie.

Jocelyne se leva, toute droite :

— Et Pierre va courir un danger de mort... Je vous remercie, mon père, de me donner une consolation suprême en me permettant de le défendre. La jeune fille eût osé à peine solliciter la grâce de son fiancé, la femme la réclamera au nom des services rendus par elle et par vous, des serments qui la lient et des droits qu'elle tiendra de la famille et de Dieu.

— Voilà ce que j'attendais de toi, ma fille.

Jocelyne et Robert de Miniac s'entretinrent toute la nuit. A l'aube, Ganette et sa sœur de lait, enveloppées de manteaux semblables à ceux des femmes turques, gagnèrent le quai, et trouvèrent Fathma causant avec un batelier. Sans prononcer un seul mot, elles montèrent dans le canot, le marin prit les avirons et nagea rapidement.

Sur le pont du *Héron,* Pierre, debout, surveillait le port et la sortie des barques, tandis que d'après les ordres du Père Vacher on dressait un autel à l'abri d'une grande voile.

Enfin il fut possible au capitaine de reconnaître les deux femmes.

Sous ses voiles d'une blancheur de neige, Jocelyne portait un costume noir, égayé seulement par un bouquet de jasmin dont le parfum mourut sous les coups pressés de son cœur.

Pierre lui saisit les deux mains, la regarda profondément dans les yeux, ces beaux yeux bleus limpides qui jadis reflétaient tant de joies innocentes, et qui maintenant brûlés par les larmes exprimaient un courage désespéré.

— Pierre, dit Mlle de Miniac d'une voix étouffée, Pierre, mon père me donne à vous!

Autour de l'autel s'étaient rangés les officiers et les matelots du *Héron.* Sur une petite table se trouvait l'acte de mariage signé par le roi; Pierre et Jocelyne y mirent leurs noms, ainsi que les officiers et le Consul. La messe de mariage commença. Jocelyne laissa couler ses larmes; Pierre, plus fort, contenait sa douleur. Avant de passer les anneaux aux doigts des jeunes gens, le Père Vacher leur adressa des paroles empreintes d'une émotion si puissante que les marins passèrent leurs mains sur leur visage afin d'essuyer leurs larmes. Il leur rappela ce qu'ils avaient souffert, loin de leur amour, et de la fin de leurs épreuves. Il s'efforça de monter leurs âmes au niveau d'un plus grand sacrifice :

— L'union que vous contractez, leur dit-il, est de celles auxquelles les anges applaudissent. Vous confondez deux vies sans tache, deux âmes héroïques, quoi que Dieu vous demande, vous serez bien assez grands pour le supporter. Vous, homme et soldat, vous remplirez votre devoir dans l'avenir comme vous l'avez fait dans le passé. Jeune femme, vous garderez le courage admirable dont vous avez déjà donné des preuves. Je vous bénis pour le ciel; je vous unis pour les noces éternelles ! Quel que soit le temps pendant lequel il vous sera permis de vous aimer en ce monde, vous y ferez naître les plus nobles sentiments que puissent élaborer deux grands cœurs.

Le prêtre les bénit; ils échangèrent leurs anneaux, puis Jocelyne se relevant, le front haut, dit à Pierre, avec une expression indicible :

— Ta femme ! je suis ta femme !

Oui, Pierre et Jocelyne, assis auprès du bordage du navire, les mains unies, les cœurs emplis d'un sentiment si profond qu'il tenait à la fois de l'angoisse et de l'extase, laissaient fuir les heures sans remarquer que le soleil baissait à l'horizon. De leurs âmes trop pleines s'échappaient de rares paroles. Tout ce qu'ils auraient pu se dire, ils le savaient. Les tendresses d'autrefois humectaient leurs paupières de larmes d'attendrissement ; la solennité du présent mettait sur leur front un rayonnement auguste. Ce qu'elle avait souffert pour lui, ce qu'il avait enduré, en gardant son image vivante au fond de son âme, comme une flamme se consume au fond d'un sanctuaire, se fondait dans l'apaisement de cette heure. Elle demandait ce qu'allait être leur avenir. Lui ne s'inquiétait que d'elle. Dans cette fiancée dont si longtemps il avait été séparé, dans cette épouse d'une heure, il lui semblait à l'avance voir une veuve... Ses regards s'emplissaient de la vue de ce cher visage, il éprouvait le besoin d'entendre sa voix. Savait-il si ces prunelles bleues avaient longtemps à le voir, si cet accent si tendre résonnerait longtemps au fond de son cœur?

Ils demeuraient sous le ciel, masqués par la grande voile qui semblait les séparer du monde ; nul ne passait sur cette partie du navire. On respectait l'entretien de ces deux êtres sur qui semblaient encore planer les grandes ailes noires de l'ange du malheur.

Le Père Vacher, descendu dans la cabine du capitaine du *Héron*, s'entretenait des événements probables.

— Nous vaincrons, disait-il, Alger bombardé se rendra ; Baba-Hassan s'humiliera devant le drapeau français ; mais je n'assisterai point au triomphe, capitaine. Le Pacha me rendra responsable de la guerre à laquelle vous vous préparez. Faites savoir au Roi, à MM. Du Quesne et Tourville, que je remplirai mon devoir de prêtre et de Consul représentant de la France ; je ne me rendrai coupable d'aucune faiblesse : représentant de Dieu, je pardonnerai à mes ennemis comme à mes bourreaux.

— Vos bourreaux, mon Père ?

— Ceux qui prient beaucoup et s'absorbent en eux-mêmes arrivent souvent à une lucidité étrange qui leur montre les événements futurs. Vous vous souviendrez plus tard de mes paroles, capitaine ; Alger sera prise et je serai tué.

Le soleil s'abaissait vers la mer. Encore une minute et il aurait disparu. Il s'abaissa dans des nuages de pourpre qui bientôt pâlirent à leur tour. La nuit allait venir rapide, sans transition. La brise fraîchissait ; l'heure de quitter le *Héron* était venue.

Le Père Vacher s'avança vers les nouveaux époux. On eût dit qu'il en coûtait à son cœur paternel d'enlever à ces deux êtres la joie fugitive dont ils savouraient les dernières minutes. Pierre comprit ce que signifiait sa venue, et il se leva :

— Viens, Jocelyne ! dit-il d'une voix douce.

Lui-même l'enveloppa de ses grands voiles blancs, avec une indicible mélancolie, il prit sur le cœur de la jeune épousée le bouquet de jasmin qui s'y mourait lentement, et il le cacha dans sa poitrine.

Elle n'objecta rien, le regarda plus longuement, puis soutenue par lui, elle descendit dans le canot.

A peine commença-t-il à s'éloigner que La Barbinais se retourna, leva son grand feutre, et salua les marins du *Héron* qui, tête nue, et le front plissé le regardaient s'éloigner.

Le Père Vacher se tenait immobile sur un banc. Pierre soutenait Jocelyne pleurant sous son voile ; Ganette songeait.

— Ma bien-aimée, dit Pierre, tu rentreras ce soir près de ton père, le nôtre ; tu lui diras que je le remercierai jusqu'à mon dernier soupir d'avoir consenti à faire de toi ma femme. Voici notre acte de mariage ; un jour tu le montreras au Roi... Je passerai la nuit au Consulat, et seulement demain je me rendrai au palais.

— Avant ton arrivée j'aurai vu Léïla, Orphy ; tous deux demanderont au Pacha ta liberté et la mienne. Quelque dur que soit Baba-Hassan, il ne refusera ni sa femme ni son enfant ! Cet enfant que mon père lui a gardé.

— Oui, tu prieras, Jocelyne, tu prieras beaucoup.

Le canot aborda ; les passagers se trouvaient sur le port. Jocelyne serra les mains de son mari et, d'une voix tremblante, murmura :

— A demain...

— Adieu ! lui répondit-il.

Ganette entraîna sa sœur vers le harem.

Le Père Vacher emmena Pierre au Consulat.

L'héroïque Breton voulait donner à Dieu cette veillée terrible. Quand il parlait d'espoir à Jocelyne, il la trompait ; voir couler ses pleurs lui eût paru au-dessus de ses forces. Pendant cette nuit suprême il ne voulait entendre que la parole du prêtre.

Tous deux s'enfermèrent dans le cabinet du Consul. Un grand crucifix le décorait. L'écusson de France, un drapeau fleurdelisé dans un coin indiquaient que dans cette maison on se trouvait protégé par le symbole de la patrie. Que se dirent ces deux hommes également héroïques, Dieu seul l'entendit, Dieu qui met au cœur, en même temps que le sentiment de la foi, l'amour puissant de la terre natale. Ils parlèrent en hommes voyant en face le péril ; en patriotes prêts à le braver. En présence d'une guerre dont il prévoyait toutes les conséquences, le prêtre discuta comme un homme d'État ; devant une échéance qu'il prévoyait être fatale, le capitaine du Corsaire qui, tant de fois, brava la tempête et l'abordage, s'humilia comme un chrétien. Tour à tour, ils s'entretinrent de l'avenir d'un pays que fertiliserait et sanctifierait leur sang. Oublieux d'eux-mêmes, ils saluèrent l'heure où la colonisation ferait de cette ville, fermée comme une forteresse, une cité florissante, de cette terre de l'esclavage, une seconde patrie française.

Quand le nom de Jocelyne revenait dans cette suprême confidence, la voix du marin faiblissait, et le prêtre serrait ses mains saisies d'un tremblement convulsif.

A l'aube ils se trouvèrent dans la chapelle.

Fathma y priait, prosternée sur les dalles.

L'office divin fut célébré avec une ferveur que doublaient les angoisses du Père Vacher. La Barbinais concentrait toutes ses pensées vers la suprême épreuve qui lui restait à subir.

Le prêtre allait se retirer, quand La Barbinais marcha vers l'autel.

— Mon Père, lui dit-il, récitez les prières des morts pour une âme qui sera bientôt rappelée vers Dieu.

Le Père Vacher comprit ; d'un accent brisé, il commença les prières mortelles et sacrées, Pierre de la Barbinais y répondit.

Le capitaine quitta la chapelle, puis attendit le prêtre sur le seuil.

Une longue étreinte les rapprocha enfin, La Barbinais prit d'un pas ferme la route du palais.

En même temps, Fathma se dirigeait vers le sérail.

Quelques instants plus tard, Baba-Hassan, informé du retour de son envoyé à la cour de France, donnait ordre d'amener La Barbinais devant lui.

— Ainsi, demanda-t-il d'une voix joyeuse, tu as réussi dans la mission dont je t'avais chargé ?

— Qui donne cette conviction à Ta Hautesse ?

— Ton retour même. Les conditions mises à ton voyage étaient telles que, si tu eusses échoué, tu ne serais jamais revenu.

— Ta Hautesse se trompe, répondit Pierre; jamais un Breton ne fut accusé de foi mentie. J'avais juré de venir te rendre compte de ma mission, quel qu'en fût le résultat. Me voici. Jamais un musulman n'aura le droit de suspecter la parole d'un Français...

— Le roi Louis XIV?

— Continue des armements formidables afin de te déclarer la guerre...

— Et tu m'apprends cela froidement, sans redouter...

— Les grandes âmes ne redoutent rien.

— Tu m'as trahi, giaour !

— Je ne suis point ton sujet. Chargé d'un mandat, je l'ai rempli. Le Roi de France a entendu en audience solennelle ce que tu m'avais chargé de lui dire. Tu pensais qu'il s'effraierait, tu le connaissais mal. Tourville, Du Quesne et Renaud-le-bombardier attaqueront prochainement ta ville. Loin de menacer, supplie... Il est temps encore d'apaiser la colère du Roi justement irrité de ton manque de parole, des déprédations de tes pirates, et du peu de cas que tu as fait d'un traité de paix qui devait te paraître sacré. Songe qu'Alger ne saurait se défendre contre un bombardement, que tu risques ta vie, celle de tes sujets; qu'il est facile encore de rentrer en grâce près de mon Roi...

— Ne t'a-t-il point chargé de fixer les conditions de cette paix nouvelle? demanda le Pacha avec une sanglante ironie.

— Il demande la franchise de commerce pour les marins et de meilleurs traitements pour les prisonniers, en attendant le règlement des échanges.

— Ainsi, tu m'apportes des ordres et non des prières.

— Le roi Louis XIV, mon maître, réclame le rétablissement des traités que Ta Hautesse déchira en présence du Consul de France.

— Faute de quoi?

— Le siège sera mis devant la ville.

— Envoyé traître et menteur, au lieu de démontrer au Roi l'impossibilité de prendre Alger et de la détruire, de coloniser les côtes barbaresques, et de lutter contre mon pouvoir doublé de l'alliance du sultan Mohamed, tu pousses les tiens à la vengeance et à la haine. Tu demandes la guerre et le carnage, soit ! La paix avec des giaours, jamais ! Tu avais juré...

— De revenir... dit Pierre en levant la tête, et je suis revenu.

— Pour le supplice, alors!

— Soit! mieux vaut la mort qu'une tache. sur la mémoire d'un Français. Le sabre du bourreau peut abattre ma tête. Je suis prêt à mourir, et tu feras ma mémoire grande devant les hommes.

— Misérable esclave! fit le Pacha en portant la main au poignard dont le pommeau de pierreries dépassait sa ceinture.

Pierre le regarda froidement, les yeux dans les yeux. Une si mâl fierté éclatait dans ses yeux que Baba-Hassan n'acheva point le mouvement commencé.

Sur un mot d'appel deux gardes accoururent.

Il leur parla bas, rapidement, d'une voix entrecoupée, puis La Barbinais fut entraîné loin de la salle où, d'un pas léger, rentrant ses griffes blondes sous la fourrure fauve, la grande lionne apprivoisée venait d'entrer.

Le capitaine s'attendait à être reconduit dans les souterrains du palais, mais on se contenta de le mener dans une sorte de corps de garde. Au milieu d'un groupe de soldats jouant à des jeux de hasard avec une passion presque farouche, Pierre aperçut un noir de taille colossale, au torse nu, aux larges épaules. Une large écharpe de soie rouge se drapait autour de ses reins. Sa force musculaire devait dépasser celle de tous les hommes que La Barbinais avait vus jusqu'à cette heure, même celle de Galhauban.

Emporté par la passion du gain, il n'accorda nulle attention à l'homme vêtu d'un costume européen qu'on venait de jeter plutôt que de remettre à la garde de la soldatesque.

Pour La Barbinais, ce qui venait de se passer entre lui et le Pacha était le prélude de la passion qu'il lui faudrait subir.

Alors il se souvint de Régulus, il songea à Hamboïk victime, comme lui, d'une héroïque fidélité à la parole donnée et, s'isolant des êtres dégradés au milieu desquels il se trouvait, son âme reprit son vol vers les hauteurs où les sentiments atteignent véritablement le sublime.

Tandis que ces choses se passaient chez le Pacha et dans la grande cour, Jocelyne pleine d'angoisse courait chez Léïla.

Depuis longtemps elle ne demandait plus rien à la jeune femme. Des événements graves ne pouvaient manquer de se produire. Elle attendrait le danger pour la supplier d'intercéder pour elle. Mais l'heure du danger était venue. Quand Jocelyne, au retour de son voyage à bord du *Héron*, eut raconté à son père ce qui s'était passé, et lui eut montré l'acte de mariage qui la liait à Pierre de la Barbinais, le vieillard l'attira sur sa poitrine.

— Ce que j'eusse caché à la jeune fille, dit-il, je le révèlerai à la femme. Tu n'avais hier que des engagements faciles à rompre, privés de la sanction divine; Dieu t'a donné des droits, il t'impose des devoirs. Impuissante pour implorer la grâce d'un fiancé, sollicite celle de ton époux... L'heure des rêves et des espérances est passée. Élève ton courage aussi haut que ton malheur... Si tu n'obtiens pas sa grâce, Pierre est perdu.

— Je ne me trompais pas, dit Jocelyne. J'ai senti à son baiser, que c'était celui de l'adieu pour l'éternité.

— Hassan l'a condamné, sois-en sûre; mais Léïla peut tout sur la volonté de ce maître redoutable. Que Léïla prie et pleure, et le Pacha fera grâce. Dieu ne voudra point sitôt te faire veuve! Jocelyne, va, cours, entraîne Léïla, prie, il faut un miracle pour sauver ton mari, pour sauver mon fils.

Elle jeta un regard fou à son père et s'enfuit.

Dans sa blanche toilette matinale, les cheveux défaits, elle courut emportée par la peur à travers les salles et les couloirs du palais, et pénétra dans l'appartement de Léïla au moment où Orphy, rieur, sorti du bain, jouait dans les bras de sa mère.

Jocelyne tomba à genoux.

— Orphy! dit-elle, nous t'avons sauvé la vie, moi et mon père, il faut à ton tour demander la grâce d'un condamné. Tu ne voudrais pas qu'on égorgeât ta gazelle ni qu'on étouffât tes colombes, tu as le cœur bon comme les êtres heureux. On va tuer mon mari à moi... Léïla, entendez-vous, mon mari... Car, devant Dieu et devant les hommes, j'ai accepté pour époux Pierre de la Barbinais... Léïla, vous aimez Baba-Hassan, et Baba-Hassan n'a rien à vous refuser... Vous êtes sa bien-aimée, la mère de son fils, de celui qui régnera après lui... Oh! par la tendresse que vous avez vouée à Orphy, par mon père, par notre amitié qui nous rendit sœurs, grâce! grâce!

— Vous, mariée! vous, femme d'un captif! Oh! vous êtes brave, Jocelyne, et je ne le serai pas moins que vous.

Appelant alors une esclave, elle lui ordonna de transmettre à un des eunuques préférés du Pacha la demande de la favorite. Celle-ci suppliait Baba-Hassan de venir sans retard dans son appartement.

Le Pacha ne soupçonnait aucun piège. Il ignorait la sortie de Jocelyne, la célébration de son mariage, il ne pensait même point qu'elle pût être informée du fatal retour de Porçon de la Barbinais.

Le sourire aux lèvres, car Baba-Hassan pouvait sourire au moment même où il venait d'ordonner de faire tomber une tête, il entra dans la salle où les deux femmes et l'enfant l'attendaient.

Léïla tomba prosternée devant lui.

— Grâce ! dit-elle, grâce de la vie pour le mari de Jocelyne, pour ce capitaine corsaire dont tu vas prononcer là sentence. Je dois à cette jeune fille la vie de notre enfant, prouve-lui enfin ta reconnaissance.

— Père ! grâce ! répéta Orphy en joignant ses petites mains.

— Grâce pour mon époux, dit Jocelyne, afin que Dieu te garde Orphy et Léïla.

— Ton époux ! répéta le Pacha, que signifie?

— Hier, dit Jocelyne à travers ses larmes, informée du retour de Pierre de la Barbinais, je me suis rendue à bord du *Héron*, et notre mariage a été célébré... Tu ne voudras point sitôt me faire veuve... Pierre est un grand et noble cœur... Le puniras-tu d'avoir tenu son serment... Il pouvait ne jamais revenir, et demeurer à la cour de France où les faveurs du Roi l'attendaient... Fidèle à sa promesse il est revenu près de toi, se fiant à ta générosité... Pourrais-tu le condamner quant, au fond de ton âme, tu ne peux t'empêcher de l'admirer? Seras-tu au-dessous de celui que tu appelles ton esclave... Roi ! montre-toi clément, afin d'appeler sur toi et les tiens la bénédiction du ciel.

— Vous me trahissez tous ! s'écria le Pacha ivre de rage... Ah ! fille maudite de France, tu viens de t'allier à mon ennemi, à un traître, qui, au lieu de paroles de paix, m'apporte de formidables nouvelles de guerre. Tu demandes sa grâce, quand à Toulon s'arment les navires qui viendront foudroyer ma ville... Et Léïla entre dans ce complot, oubliant qu'un mot de moi peut la faire rentrer dans le néant, et la priver à jamais de son fils. Non, pas de grâce ! pas de grâce...

Léïla saisit les mains du Pacha, les couvrant de baisers et de larmes, Orphy pleurait, effrayé par la colère de ce père dont jusqu'alors il n'avait eu que des baisers. Jocelyne, les bras tendus, implorait, muette, terrifiée, par l'éloquence de son beau visage, et le regard de ses yeux.

Le Pacha repoussa du pied Léïla qui roula évanouie sur les tapis, puis Baba-Hassan demanda d'une voix basse et tremblante :

— Quel prix achèterais-tu la vie de cet homme?

— Au prix de mon sang ! dit-elle, avec une lueur d'espoir.

— Une abjuration et ton honneur... dit-il plus bas.

— Mène-moi où tes gardes l'ont conduit, dit-elle, en se relevant.

Le Pacha l'entraîna jusqu'à la cour; au moment où elle y apparut par la porte s'ouvrant en face, s'avança La Barbinais.

D'un élan, elle se jeta sur sa poitrine.

— Pierre ! dit-elle, nous mourrons ensemble, ce sera un dernier bonheur.

Il l'étreignit longuement avec une tendresse mêlée de passion et de désespoir. Puis d'une voix qu'il s'efforçait d'affermir :

— Ton devoir est de vivre, comme le mien est de mourir. Tu porteras mon deuil toute ta vie... là-haut nous nous retrouverons !

Au même instant un ordre tomba de la galerie supérieure.

Baba-Hassan venait de s'accouder sur les tapis débordant la balustrade ciselée.

— Qu'on arrache la femme des bras du giaour ! cria-t-il, et toi, Yacoub, abats cette tête d'un revers de sabre.

Le noir de taille colossale, que La Barbinais avait entrevu dans la salle des gardes, s'avança, campé sur les reins, la tête renversée, tenant l'arme terrible que ses énormes mains maniaient avec une aisance tragique.

Un cri de désespoir jaillit des lèvres de Jocelyne. Nouant ses deux bras autour du cou de Pierre, elle tenta de le couvrir de son corps, s'attachant à lui dans une étreinte folle, protégeant son front, l'enveloppant de sa tendresse, s'offrant aux coups... Mais, sur un signe du Pacha, dix hommes fondirent sur elle, brisèrent les bras frêles noués autour du cou de La Barbinais, et l'emportèrent évanouie.

— A genoux, cria Yacoub le bourreau.

Pierre resta la tête haute, se tourna vers la balustrade où le Pacha s'appuyait.

— Ma mort sera vengée ! dit-il à voix haute, et l'Algérie deviendra terre française.

Parmi les prisonniers amenés dans cette cour pour être témoins du supplice de La Barbinais, se passa alors une scène navrante, sublime, inoubliable. Tous, d'un même mouvement, se précipitèrent ou se tournèrent vers Pierre. Ils voulaient serrer les mains de ce compatriote, de ce frère, de ce martyr !

Mais, comprenant bientôt que le trépas du corsaire se changeait en triomphe, les gardes armés de fouets et de courbaches se précipitèrent sur les prisonniers, et les repoussèrent contre la muraille, tandis que, d'un revers de sabre, Yacoub faisait rouler à terre la tête du héros martyr.

Je meurs pour Dieu et pour la France ! dit le Père Vacher. (*Voir page* 308.)

XXVI

ALGER SOUS LA FOUDRE

Du Quesne quitta Toulon avec une flotte de onze vaisseaux de guerre, cinq galiotes à bombes, quinze galères, de nombreuses fustes, et fut bientôt en rade d'Alger. Aussitôt les vaisseaux se pavoisent,

les ordres des amiraux et des capitaines retentissent dans les sono-
rités du porte-voix. Les canonniers sont à leurs pièces. Bernard
Renaud, plein de hardiesse, se montre avide de justifier la protection
de Colbert et la confiance du roi.

Un long cri d'enthousiasme répond à l'ordre de commencer le
feu, une acclamation immense se perd dans l'assourdissement de la
première décharge d'artillerie.

Elle fut dans la ville assiégée le commencement d'une terreur sans
nom. Baba-Hassan avait répété à ses soldats et disait aux habitants
que jamais les bombes des Français ne parviendraient jusqu'aux
murailles de la ville. La parole du Pacha les trouva crédules. Mais
à la confiance succéda une terreur soudaine, quand une pluie de
bombes, s'abattant sur les derniers quartiers d'Alger, embrasèrent
les premières maisons. Au feu des vaisseaux répondent les soldats
algériens. Baba-Hassan, enfermé dans le sérail croit pouvoir y braver
l'attaque furieuse de la flotte; mais une grêle de bombes s'abat sur le
palais : les murailles s'ébranlent, l'incendie se communique aux galeries, les toitures légères s'écroulent; Orphy, blessé au front, est renversé mourant dans les bras de sa mère. Les femmes poussent des
cris d'épouvante, tandis que les habitants des quartiers menacés se
portent en foule vers le palais. Fanatisés la veille par les promesses
de leurs prêtres, les Algériens attendaient la dispersion de la flotte
française, comme ils avaient compté sur celle de Charles-Quint. Mais
le ciel, cette fois, protège la France. Les femmes s'assemblent sur les
places, dans les rues, demandant la paix à grands cris, élevant leurs
enfants dans leurs bras, et prêchant la révolte aux soldats. Elles en-
traînent dans un mouvement de révolte la milice étrangère composée
de renégats. La Taiffe, jalouse de voir les Tagarines, anciens Maures
chassés d'Espagne et qui demeuraient en sûreté, tandis qu'elle court
à un danger permanent, s'allie aux mères épouvantées. Cette troupe
ameutée se rue sur le sérail qui flambe en même temps que l'incendie s'allume dans les mosquées.

Les bombes se succèdent sans interruption, trouant les groupes,
tuant sur les places encombrées des vieillards inoffensifs et des enfants innocents. Nul ne songe à continuer une lutte désormais inutile.

Un groupe de femmes envahit le palais, échevelées, sanglantes,
tenant dans leurs bras des petits corps d'enfants saignants de blessures ou déjà froids et bons pour le cercueil. Derrière elles s'avançaient les soldats de la Taiffe. Bien qu'avilis par le parjure, ces renégats gardant au cœur la plaie de la nationalité reniée, du crucifix

répudié, de toutes les choses sacrées foulées aux pieds, irrités d'ailleurs de se voir sans cesse portés aux endroits dangereux comme une chair bonne pour les canons et les bombes, venaient demander la fin d'une guerre qui n'était plus qu'une extermination.

A la tête des femmes arrivant de tous les quartiers, se précipitant dans le palais par les brèches béantes creusées par les bombes, vint se placer Léïla, son fils dans les bras.

— Tu n'as pas voulu me croire, dit-elle à Baba-Hassan, quand je te suppliais de faire grâce à La Barbinais; je te demandais alors le salut de ta ville! Son sang tombe sur nous, le sang d'un héros. La paix, il faut la paix!

— La paix! crièrent les femmes se ruant vers le divan où le Pacha restait couché!

— La paix! hurla la Taïffe révoltée.

— Arrière tous! fit Baba-Hassan d'une voix menaçante. Je traiterai à mes heures, et comme il me conviendra! Il me reste encore ici des soldats et des esclaves fidèles, ceux-là vous traiteront en chiens qu'on fustige et en révoltés qu'on châtie!

La foule se retira grondante encore, cependant à demi-tranquillisée. En apercevant le capitaine de vaisseau, elle comprit que le Pacha songeait à faire cesser un bombardement qui, s'il continuait un jour encore, ne laisserait pas une pierre de cette ville opulente.

Elle ne se trompait pas. Le Pacha, sur l'avis de M. de Beaujeu, se décida à charger le Père Vacher d'une mission conciliatrice auprès des vainqueurs.

Le Père Vacher accepta le mandat dont on le chargeait, et promit d'aller trouver Du Quesne et, accompagné d'un confident du Pacha, se rendit à bord du vaisseau amiral.

Quand, sa mission terminée, il rentra au palais, Baba-Hassan attendait en proie à une inquiétude violente.

Cependant lorsque le Père Vacher lui eut posé la condition imposée par Du Quesne de rendre la liberté à tous les esclaves, il refusa. Certes, il désirait la paix; mais il ne pouvait accepter qu'une capitulation et non se plier à ce point sous la volonté de l'amiral de la flotte.

— Écrivez! dit-il au Père Vacher, écrivez, puis portez cette lettre.

Il la dicta cauteleuse, pleine de réticences, de vœux pour la paix mêlés à des refus mal déguisés. Le Consul n'en pouvait attendre aucun résultat, cependant il promit de la remettre à Du Quesne.

Au moment où il franchissait le seuil du palais, il trouva Jocelyne vêtue de noir qui l'attendait :

— Est-ce la liberté? demanda-t-elle, pouvons-nous revoir la France?

— Vous êtes libre, vous, ma fille; et s'il vous convient de me suivre avec Ganette...

— Où mon père demeure, je resterai. Mais tandis que la ville flambe, que ses mosquées brûlent, que les palais croulent, je ne puis m'empêcher de me souvenir de la prophétie de Pierre : « La France me vengera! » la France le venge !

Elle regarda s'éloigner le Père Vacher et demeura immobile, regardant, à travers la fumée qui tantôt l'enveloppait comme un voile, et tantôt montait vers le ciel, la flotte superbe, ses pavillons au vent, faisant feu de tous ses sabords.

Le Consul, arrivé au vaisseau-amiral, voulut remettre à Du Quesne la lettre du Pacha ; l'amiral refusa de la lire.

— Il n'est plus question pour Baba-Hassan de capituler, mais d'obéir. Je pourrais céder sur les conditions faites s'il s'agissait d'argent ou de faux orgueil, mais je défends ici le sang de la France ; je viens chercher des compatriotes... Parmi les prisonniers se trouvent des officiers qui ont servi le Roi, et je n'oublie pas que j'ai La Barbinais à venger. Je veux tous les Français, tous, entendez-vous ! et jamais amiral n'aura remporté plus magnifique victoire que la mienne, si je ramène en France tous ceux que ce bourreau chargea de fers. Allez, mon Père, répétez au Pacha ce que vous venez d'entendre. Il ne demeurera pas un seul Français captif à Alger, ou Alger cessera d'exister...

Le Consul reprit le chemin du palais.

Entre la volonté formelle de l'amiral et les hésitations de Baba-Hassan devait continuer longtemps une lutte qui trouva Du Quesne inflexible.

Le Pacha lui fit proposer d'envoyer quelques officiers reconnaître les prisonniers, qu'on lui permettrait ensuite d'emmener.

L'amiral refusa.

— On me les amènera à bord, répondit-il.

La colère du Pacha ne connut plus de bornes. Il tenta pourtant de nouvelles ruses, trouva de nouvelles défaites. La droiture de Du Quesne démêla les dangereuses finesses de Baba-Hassan ; la volonté de l'amiral maintint les conditions premières, et le Pacha comprit qu'il devait, sous peine d'une ruine absolue, céder, en partie du moins, au vœu du commandant de la flotte.

A peine sa résolution fut-elle prise que Léïla courut chercher Jocelyne :

— Adieu, lui dit-elle, adieu sans retour, ô toi que j'ai tant aimée, et qui m'as fait admirer et chérir les vertus qu'enfante ta religion... Le Pacha renvoie des prisonniers... Ton père doit être au nombre des premiers... Souviens-toi, là-bas, de Léïla et d'Orphy !

— Je ne t'oublierai point, répliqua Jocelyne en serrant la jeune femme dans ses bras, pourrais-je ne pas me souvenir de celle qui me témoigna tant de pitié !

Léïla tint sa promesse; le docteur de Miniac se trouva compris parmi les prisonniers que le Pacha consentit enfin à envoyer à Du Quesne. Leur nombre se montait à cent quarante-deux; M. de Beaujeu s'y trouvait.

Les messagers de Baba-Hassan furent chargés d'affirmer à Du Quesne que le Pacha ne possédait point d'autres esclaves dans la ville.

— Mais hors la ville? demanda Du Quesne.

— Il faut du temps pour les rassembler.

L'amiral accorda cinq jours. Homme à homme, vie à vie, il s'agissait de reprendre et de disputer ces prisonniers. Quatre-vingt-deux captifs furent encore rendus; puis, le lendemain, on en ajouta vingt-six. On en trouva à bord des galères, chez les particuliers, dans les fermes. Trois missionnaires sont remis à M. Du Quesne. Mais celui-ci sait qu'on en détient encore. Les matelots qui servaient sous Pierre de la Barbinais ne sont pas là. Ceux-là, s'il les rend à la France, reprendront peut-être les armes contre lui, et désormais il sait ce qu'il en peut redouter. Non, ce n'était pas tout, sans doute, mais pendant le temps qui s'écoula entre le trépas héroïque de Pierre de la Barbinais et le bombardement, la peste ravagea l'Algérie. Les prisonniers, affaiblis par les privations, avaient été les premières victimes du fléau. Il en était mort quatre cents ! Cependant, sur la promesse qui lui fut faite que les derniers Français seraient cherchés et rendus, l'amiral consentit à traiter des conditions de la paix. Il demanda des otages et, guidé par les conseils de M. de Beaujeu, il les choisit parmi les habitants d'Alger les plus importants et les plus riches. Parmi eux se trouvait Aly-Broys, plus connu sous le surnom de *Mezzo-Morte* qu'il devait aux blessures reçues pendant une bataille navale, blessures qui l'avaient laissé à moitié mort.

Du Quesne chargea alors M. Layette, commissaire général de la marine, M. de Combes, ingénieur, et treize autres officiers français de traiter de la paix. Ils se rendirent chez le Père Vacher, refusèrent de conférer secrètement avec le Pacha, et annoncèrent qu'ils ne parleraient qu'en public.

Quelque répugnance qu'éprouvât le Pacha à traiter avec cette franchise, il dut se soumettre à la volonté des quinze officiers.

Du reste, les conditions posées furent les mêmes : la France redemandait les esclaves, exigeait les frais de la guerre, et réclamait une indemnité pour les marchands dont les navires avaient été capturés et pillés.

Le Pacha hésite, Du Quesne renvoie Mezzo-Morte à Alger, pensant que celui-ci gardera assez d'influence pour décider Baba-Hassan à céder à de trop justes exigences.

Mais à peine Mezzo-Morte est-il libre, qu'au lieu de conseiller à son maître une paix nécessaire, il court aux casernes, soulève les soldats, montre la faiblesse croissante du Pacha; le représente amolli par les plaisirs du sérail, et allume dans l'esprit des Maures et des Algériens une haine nouvelle contre les chrétiens. Enflammés par ces paroles, les soldats se répandent dans la ville, emplissant les divers quartiers de leurs cris et du bruit de leurs armes. A la nouvelle de la rébellion, le Pacha quitte son palais, espérant ramener les mutins à l'obéissance, mais à peine ceux-ci l'ont-ils aperçu que quatre coups de feu retentissent; Baba-Hassan tombe à la renverse, les bras étendus, la poitrine trouée.

Une troupe de soldats courant aux murailles lui passa sur le corps, tandis que les amis particuliers de Mezzo-Morte allaient en grande hâte lui apprendre cette nouvelle.

L'aventurier n'hésita point à recueillir le sanglant héritage de celui qui fut son maître. Avant que le cadavre de Baba-Hassan fût refroidi, des affidés de l'Italien renégat parcouraient déjà les rues, proclamant l'avènement de Mezzo-Morte au pouvoir. Celui-ci crut que son élévation se trouverait en un seul jour consolidée si la France la reconnaissait. Les courts rapports que Du Quesne avait eus jusqu'alors avec l'astucieux personnage pouvaient faire espérer qu'il comprendrait mieux le danger de la situation que ne l'avait fait Baba-Hassan. Aussi, lorsque le lendemain de ce coup d'État le nouveau Pacha d'Alger fit mander M. Layette, Du Quesne le chargea-t-il de complimenter l'homme de qui dépendait désormais le sort de l'Algérie. La flotte attendait vainement des nouvelles pacifiques; l'envoyé de l'amiral ne reparut point, et les drapeaux arborés durant l'armistice furent descendus pour faire place aux pavillons rouges qui, hissés au sommet des mâts, devinrent le signal de la reprise des hostilités.

Cette fois, la furie des marins français ne connut plus de bornes. Humiliés d'avoir été tour à tour trompés par Baba-Hassan et Mezzo-

Morte, ils jurèrent de ne laisser d'Alger que cendres et ruines.

Un grand nombre d'entre les matelots de la flotte savaient déjà de combien de douleurs ils avaient à venger des camarades et des frères. Quelques-uns d'entre eux, longtemps emprisonnés sur les galères, évadés à force d'audace ou rachetés par les Pères de la Merci, prétendaient tirer de leurs supplices passés une vengeance éclatante. Parmi les captifs amenés à bord avant l'assassinat de Baba-Hassan, ceux qui se sentaient assez robustes pour manier une arme se réjouissaient d'une revanche inespérée. On se retrouvait, on s'embrassait avec des larmes de joie. Aux paroles d'amitié se mêlaient des cris de mort contre les Algériens, Jean-la-Grenade ne quittait plus le capitaine Galhauban, et le hautbois d'Yvonnet mêlait sa note claire au sifflet du contremaître.

On savait déjà dans toute la flotte que l'héroïque fille du docteur de Miniac, la veuve de Pierre de la Barbinais, se trouvait à bord du vaisseau-amiral, et la pensée de venger le martyr de la foi jurée remplissait d'une ardeur sans nom soldats et matelots.

L'ordre de reprendre le bombardement fut accueilli par des cris d'enthousiasme. Une émulation sacrée emplissait les cerveaux et faisait battre les cœurs. Ce fut le soir que recommença l'attaque. Durant la nuit deux cent quarante bombes éclatèrent dans la ville, changeant des rues entières en brasiers. Le feu des Algériens demeurait impuissant pour lutter contre la formidable artillerie de la flotte. Chaque coup de canon trouait une muraille, éventrait une maison, tuait et blessait les habitants éperdus.

La terreur qui s'était emparée de Baba-Hassan commençait à paralyser Mezzo-Morte. Mais dans l'âme du renégat la haine semblait plus violente encore que dans le cœur du musulman. Mezzo-Morte ne pouvait supporter l'idée d'une défaite, et cette défaite, il le voyait, devenait inévitable. La justesse du tir des Français, les dégâts causés par les bombes, la crainte de voir de nouveau pénétrer dans le palais des femmes affolées et des mères en pleurs souleva en lui un flot de haine.

Il envoie un groupe de soldats au Consulat, et donne ordre d'en ramener le Père Vacher. Celui-ci est traité bien plus en prisonnier qu'en ambassadeur. On l'entraîne au palais, et à peine se trouve-t-il en présence de Mezzo-Morte que celui-ci lui crie :

— C'est grâce à tes indications que le tir des Français est si juste et si terrible. Tu as livré ma ville à l'amiral en lui indiquant les endroits où les canons et les bombes peuvent causer le plus de ravages!

— Vous vous trompez, répondit tranquillement le prêtre. Consul, chargé de la mission de négociateur, je me suis borné à en remplir les devoirs. Nos officiers sont assez habiles, et M. Du Quesne possède assez de génie pour que nul ne puisse lui donner de leçons ou même de conseils.

— Tu mens ! répliqua Mezzo-Morte.

— Je suis prêtre et Français, répondit le Père Vacher, c'est te dire que jamais une parole menteuse ne passa mes lèvres. Cesse de juger les autres d'après toi, Mezzo-Morte, tu ne trouveras point de renégats dans l'armée française ni dans son clergé.

— Misérable ! misérable ! fit Mezzo-Morte pâle de rage.

Il marcha durant une minute dans la salle, jetant des regards empreints de rage sur le Consul, puis marchant sur lui brusquement :

— Tu te trompes ! fit-il, il y aura des renégats parmi les tiens !

Puis l'attirant vers la brèche ouverte dans les flancs du palais :

— Les boulets vont me faire faute, dit-il, je les remplacerai par la chair humaine ! Au lieu de bombes je ferai pleuvoir sur le pont de tes navires les membres broyés des otages français et de leurs derniers prisonniers... Un seul moyen leur restera pour échapper à ce supplice.

— Où sont tes canons ? demanda le Père Vacher.

Mezzo-Morte voulut lui-même voir exécuter cet ordre féroce. Il remit aux mains de soldats non moins cruels que lui dix-sept captifs français qui n'avaient point encore été envoyés à bord du vaisseau amiral, et conduisant ce groupe de bourreaux et de martyrs, il se rend à l'endroit où le feu des Algériens était le plus vif.

Il ordonna alors de lier un prisonnier à la bouche de chaque canon, et tandis qu'on attache le Père Vacher à la gueule de bronze, Mezzo-Morte ne cesse de lui promettre la vie en échange d'une abjuration.

— Je meurs pour Dieu et pour la France ! dit le Père Vacher.

Ce fut sa dernière parole, la flamme brille, le coup part, et les membres dispersés du Consul qui, depuis tant d'années, servait à Alger les intérêts de sa patrie, allèrent retomber sur le pont du navire amiral aux pieds des soldats pétrifiés d'horreur.

Mezzo-Morte venait de donner l'ordre de faire subir le même supplice à un officier français, M. de Choiseul, quand tout à coup un soldat algérien fend la foule, écarte l'officier de la bouche du canon, et s'adressant à Mezzo-Morte :

— Grâce pour celui-là, dit-il : sur les côtes de Barcelone, je fus fait prisonnier jadis par MM. d'Héry et de Tourville ; cet officier, qui se trouvait à bord, me traita avec tant de bonté que je lui en resterai éternellement reconnaissant... Pacha, tu ne feras pas subir un tel supplice à un homme qui me prouva tant de pitié. Grâce pour lui, puisqu'il m'a fait grâce.

— Il est Français, répondit Mezzo-Morte, il mourra.

— Jamais tant qu'il me restera une minute de vie ! répond l'Algérien.

Il enlace de ses bras M. de Choiseul, tient tête à ceux qui tentent de s'emparer de lui pour le lier à la gueule du canon, puis, comprenant son impuissance à le sauver, il embrasse étroitement M. de Choiseul, et crie au canonnier :

— Tire ! puisque je ne puis sauver mon bienfaiteur, je mourrai du moins avec lui.

Mezzo-Morte détourna la tête. Le prodige d'amitié et de reconnaissance eut raison de sa cruauté, il fit un signe et l'Algérien entraîna M. de Choiseul, tandis qu'éclatait une détonation formidable. Les seize prisonniers français avaient vécu.

Les représailles furent terribles : les mosquées, les magasins, les palais s'abîmèrent dans les flammes. Quand les munitions manquèrent à Alger, ce ne fut plus à une cité vivante que Du Quesne victorieux put dicter ses lois, il ne restait d'Alger qu'un monceau de ruines... Mezzo-Morte ne peut plus que se soumettre, et lorsque Du Quesne a reçu à son bord les derniers prisonniers français au nombre desquels se trouvait M. de Choiseul, il repart pour Toulon, laissant devant Alger une division pour bloquer la ville.

Sur la galiote commandée par le capitaine Galhauban se trouvaient, en qualité de passagers, le docteur Robert de Miniac, Jocelyne, Ganette, MM. de Choiseul et de Beaujeu, et quelques autres prisonniers. Au moment où la violence du bombardement favorisa leur fuite ; au milieu des suprêmes efforts de la garnison, des désastres qui s'accumulaient dans la cité assiégée, ils se jetèrent dans une barque, abordèrent le premier navire français qu'ils aperçurent et trouvèrent les soins que nécessitait leur état.

Le docteur et sa fille ressentirent la première impression de soulagement qu'il leur fût possible de recevoir, au moment où l'artillerie de la flotte faisant silence, faute de munitions, cingla vers la terre de France.

Tous deux savaient trop que la joie ne refleurirait jamais dans leurs âmes. Certaines blessures durent autant que la vie, et laissent au cœur un éternel hiver ; mais, après de longues années de douleurs, ils allaient revoir la France, et cette pensée adoucissait l'amertume de leurs regrets. Jocelyne portait le deuil de Pierre, ce deuil qu'elle ne devait plus quitter, et qui mettait à son front une auréole de martyre. Mais elle possédait un trop grand cœur pour s'enfermer dans son désespoir; la force des grandes âmes frappées prend sa source trop haut pour qu'il leur soit possible de demeurer insensibles aux épreuves d'autrui. Dans l'acuité de leurs tourments, elles trouvent une raison puissante, souveraine de se dépenser davantage pour la consolation et le salut de leurs frères en douleurs. Elle devient d'autant plus sainte que leur âme, détachée de la terre par l'épreuve, aspire davantage en haut. Jocelyne, dès qu'elle se trouva installée à bord, servit d'aide à son père dans les soins qu'il prodigua aux blessés. Ce fut avec un dévouement sans bornes qu'elle banda leurs plaies, veilla près de leurs cadres, leur parlant de Dieu, de la patrie, de la famille, de toutes les grandes choses qui saisissent le cœur de l'homme. Le docteur et sa fille devinrent bien vite l'objet d'un culte pour l'équipage. La captivité du vieillard, l'héroïsme de sa fille, son mariage avec La Barbinais, tout concourait à faire de ces deux êtres l'objet de la sympathie et de l'admiration.

Parmi les hommes qui, à l'aide d'une embarcation prise dans le port, étaient parvenus à gagner le navire du capitaine Galhauban, se trouvait un homme jeune, d'une pâleur livide, que le chagrin plus que la maladie paraissait conduire au tombeau. Quand il grimpa à bord de la *Mouette*, un haillon rouge et bleu ceignait ses reins. Il parlait français, mais il s'exprimait en arabe et en turc avec une facilité aussi grande. Durant la traversée, au lieu de monter sur le pont, de se mêler aux matelots, de vivre pour ainsi dire sur le gaillard d'avant, avide de s'entretenir avec ses compatriotes, il demeurait dans l'entrepont, s'y cachait dans l'ombre, et paraissait manquer de courage pour rejoindre les passagers. Un jour, entendant des sanglots dans un coin du navire que noyait une ombre épaisse, Jocelyne se dirigea à tâtons de ce côté, et se tournant vers l'endroit d'où provenait ce bruit de larmes elle demanda :

— N'est-il aucun moyen de vous consoler ?

— Aucun, répondit une voix brisée.

— Où les hommes demeurent impuissants, il reste Dieu !

Les pleurs de l'infortuné redoublèrent, il se traîna sur les genoux vers l'endroit où se tenait Jocelyne, car il l'entrevoyait dans une sorte de demi-jour, tandis qu'elle ne distinguait rien dans l'obscurité où le malheureux s'était jeté, comme si l'absence de la clarté du ciel eût été un adoucissement à ses maux.

— Vous êtes bonne ! dit-il, vous êtes une sainte ! Ayez pitié de

moi ! Laissez-moi crier ma douleur et vous montrer ma blessure...
Elles sont incurables toutes deux.

— Vous vous trompez, dit Jocelyne d'une voix douce, Dieu est là.

— J'ai maudit Dieu !

— Taisez-vous ! ne blasphémez pas !

— Restez, oh ! restez ! Je meurs à la fois de remords et de honte.
Je veux savoir de vous, que je vénère, si je puis encore espérer
mon pardon.

— Quelque faute que vous ayez commise, le repentir l'efface.

— Si vous saviez... murmura le malheureux, si vous saviez...
depuis que la *Mouette* a quitté la rade d'Alger je n'ai point osé monter sur le pont de ce navire... Je redoute à la fois d'y trouver des
Français et des chrétiens.

— Vous !

— Garderiez-vous donc votre pitié à celui qui aurait renié sa patrie et son Dieu ?

— Apostat, vous !

— Ah ! fit le misérable en sanglotant, j'étais un enfant si jeune, si
faible... Un pauvre enfant sorti de l'hôpital de Saint-Malo, en même
temps que Servan... et Hervé, nous étions mousses à bord du *Phénix* commandé par le capitaine La Barbinais, quand un corsaire barbaresque nous fit prisonniers. Servan brava la dureté de son maître,
les supplices, il mourut lentement dans les tortures ; tandis que
moi, pour vivre dans le luxe et l'oisiveté, je foulai aux pieds le pavillon de France, et je marchai sur la croix. J'ai cru que je pourrais vivre avec ce remords au cœur... Mais le souvenir de ma foi
reniée me poursuit, me harcèle ; il me semble que je me suis arraché l'âme en crachant sur le crucifix... Je meurs lentement de mon
apostasie, et j'aurai cessé de vivre quand le navire de Galhauban
entrera dans le port de Saint-Malo.

— Je ne sais, répondit Jocelyne, si votre vie est près de s'éteindre ;
je souhaite qu'elle se prolonge assez pour qu'il vous soit possible
de rentrer en grâce avec le ciel... Sur la *Mouette* se trouvent trois
missionnaires arrachés à l'esclavage, je préviendrai l'un d'eux. Si
vous devez succomber à la maladie qui vous consume, vous mour-
rez réconcilié avec Dieu, et entouré d'anciens compagnons.

— Quoi ! s'écria Mériadec, vous ne m'avez pas en horreur, vous,
la veuve de La Barbinais !

— Non, répondit-elle de sa voix harmonieuse, ma mission est
de consoler au nom du martyr qui prendrait pitié de vous.

Elle resta longtemps près du misérable, et finit par le décider à

entrer dans une cabine où les premiers soins lui furent donnés par
le docteur. Lorsque Mériadec se trouva reposé par quelques heures
de sommeil, un prêtre s'approcha de son lit et, pendant longtemps,
il entendit l'explosion des regrets de celui qui demandait, avant de
mourir, la réconciliation suprême.

L'ancien ami de Servan disait vrai, quelques jours seulement lui
restaient à vivre ; il expira en vue des côtes de la terre Bretonne, et
la mer le reçut dans sa vaste tombe...

A peine la *Mouette* fut-elle signalée à Saint-Malo, que le port se
couvrit d'une foule empressée. Chacun voulait voir les vainqueurs
d'Alger, entendre de leur bouche la relation de ce grand fait d'armes ; on avait hâte de faire oublier aux anciens esclaves de Baba-
Hassan les souffrances endurées. L'enthousiasme et la douleur se
confondaient dans plus d'une âme. Que de parents morts ! d'amis
qu'on ne reverrait jamais. Mais, dans le grand triomphe de la
France, chacun faisait taire sa douleur, et ce fut en triomphateurs
qu'on accueillit les marins de la *Mouette* et les prisonniers français
qu'elle ramenait.

Lorsque Jocelyne parut si belle, si pâle dans ses habits de veuve,
les hommes saluèrent aussi bas qu'ils l'eussent fait pour la reine de
France, et les femmes baisèrent le bas de sa robe. Elle comprit que
ces hommages et ces respects s'adressaient à celui que jamais elle
ne devait revoir, et des larmes silencieuses inondèrent son visage.

Tandis que Hadji-Djafar-Aga-Effendi se rendait à la cour de Versailles pour y demander pardon à Louis XIV, au nom du Pacha
d'Alger et signer une paix dont la durée fut fixée à cent ans, le docteur de Miniac s'installait avec Jocelyne au premier étage de la maison
de bois où on l'avait tant pleuré ; le capitaine Galhauban, devenu le
mari de Ganette, meublait richement le rez-de-chaussée pour sa
femme, en attendant qu'il reprît la mer avec Jean-la-Grenade, Poigne-d'Acier, Yvonnet, et les Mathurins Salés les plus en renom de
Saint-Malo.

La prédiction de Pierre Porçon de la Barbinais s'est réalisée,
l'Algérie est devenue terre française ; mais il manque à la ville
d'Alger d'élever sur son môle la statue d'un héros aussi grand
que Régulus et qui mourut afin de prouver ce que vaut le serment
d'un Français.